Diogenes Taschenbuch 22432

Margery Allingham

Zur Hochzeit eine Leiche

Roman

Aus dem Englischen von Edith Walter

Diogenes

Titel der 1945 bei William Heinemann Ltd., London,
erschienenen Originalausgabe: ›Coroner's Pidgin‹

Umschlagzeichnung von Hans Traxler

Für Nora Seatbrook

*Die Geschichte und die handelnden Personen
wurden von der Autorin frei erfunden und
stehen in keinerlei Zusammenhang mit
tatsächlichen Ereignissen oder lebenden Personen.*

Deutsche Erstausgabe

40/94/43/2
ISBN 3 257 22432 X

1

Vorsichtig trugen der Mann und die Frau die Leiche die Treppe hinauf. Zwar war es noch früher Abend, aber der enge Aufgang war grau und schattig; und sehr kalt, kälter als es draußen gewesen war, inmitten des in Kriegszeiten auch in London nur spärlich fließenden Verkehrs.

Die beiden Lebenden in der grimmigen kleinen Gruppe, die gekrümmt und schwer atmend durch die Düsternis tappten, waren nicht mehr jung. Sie wären in jeder Situation ein auffallendes Paar gewesen; der Mann war ein großer, einfacher Cockney mit einem ausdruckslosen Gesicht. Die Frau, die ganz und gar nicht zu ihm paßte, betonte durch ihre zarte, aristokratische Anmut seine Schwerfälligkeit und das Gräßliche ihres Tuns noch mehr.

Alles, was diese beiden gemeinsam hatten, war ihre gegenwärtige Aufgabe und das Gefühl, einen Alptraum zu erleben, als sie, die tote Last zwischen sich, die teppichbelegte Treppe hinaufstapften, ohne ihre Füße zu spüren, und ihre Muskeln anspannten, ohne die Anstrengung zu bemerken.

Mr. Lugg, der seine nicht besonders ehrenvolle Zivilschutzuniform trug, dachte, daß er dem alten Mädchen allerhand Mumm zubilligen mußte, obwohl sie eine Marquise war.

»Noch eine Treppe«, murmelte er vor sich hin.

»Still«, sagte Lady Carados und fügte außer Atem hinzu: »Oh, können wir ihre Füße nicht vom Boden weghalten?«

Zur gleichen Zeit nahm in der oberen Wohnung Albert Campion in seliger Ahnungslosigkeit ein warmes Bad.

Seit er vor acht Wochen die lange Heimreise begonnen hatte, lag er zum erstenmal völlig gelöst in dem wohltuenden Wasser. Zum erstenmal war er wunschlos glücklich und hatte nur die einzige Sorge, daß er einschlafen und seinen Zug verpassen könnte. Lange Zeit lag er still, sein schlanker Körper entspannte sich.

Er hatte sich während der letzten drei Jahre ein wenig verändert. Die Sonne hatte sein helles Haar so stark gebleicht, daß es jetzt weiß aussah, was ihm eine äußere Vornehmheit verlieh, die er vorher nie besessen hatte. In seinem viel zu schmalen Gesicht gab es neue Falten, und mit ihrem Erscheinen war ein wenig von seiner irreführenden Ausdruckslosigkeit verschwunden. Aber die Winkel seines schmalen Mundes waren noch immer leicht nach oben gezogen, und die liebenswerte Arglosigkeit, die so oft fälschlicherweise den Ausdruck seiner blaßblauen Augen prägte, war ebenfalls noch dieselbe.

Im Moment dachte er jedoch kaum etwas. Sein Verstand arbeitete sehr langsam – tick tick, tick tick, tick tick. Er hatte eben mit enormer geistiger Anstrengung ausgerechnet, daß er noch fünfzehneinhalb Minuten so liegenbleiben konnte, zwanzig Minuten zum Anziehen hatte, zwanzig Minuten, um nach Dingen zu kramen, die er vielleicht vergessen hatte, und weitere zwanzig Minuten, um den Zug zu erreichen. Von seinem augenblicklichen Standpunkt aus steckten in diesem schlichten Programm Schönheit, Luxus und Kultur.

Er war seit genau einer Stunde und zehn Minuten wieder in London und hatte bisher noch keine Zeit gehabt, einen echten Eindruck von den Veränderungen der großen Stadt zu gewinnen. Doch schon hatte ihr uralter Zauber ihn in Bann geschlagen, und er erkannte an ihrem Geruch, daß sie noch sicher, noch absolut respektabel und noch immer verstockt nüchtern war. Er war unendlich erleichtert; nach allem, was man sich im Ausland erzählt hatte, hatte er Schlimmeres erwartet.

Drei Jahre lang war er auf zwei kriegführenden Kontinenten unterwegs gewesen, von der Regierung mit einer Mission betraut, die so geheim war, daß er nie richtig herausfand, um was es eigentlich ging – das war zumindest die im Augenblick vernünftigste Erklärung für seine Tätigkeit. Auf jeden Fall war er ganz verdammt müde.

In diesem Moment hörte er auf der anderen Seite der Badezimmerwand ein merkwürdiges schleifendes Geräusch, aber er beschwichtigte seine überwachen Sinne mit dem Argument, daß er wieder zu Hause in London war, wo man für Schleifgeräusche prosaische Erklärungen hatte. Er rutschte ein wenig im Wasser hin und her, bewegte die Hände wie Flossen und dachte daran, wie gern er als Kind im Bad ›schlafender Fisch‹ gespielt hatte. Das Leben war sehr schön und sehr ruhig.

Sechs Wochen Urlaub lagen vor ihm, und er war darauf vorbereitet, sie in ländlichem Frieden zu genießen, der dennoch ein wenig Aufregung versprach. Doch ausgerechnet jetzt durfte er es sich am wenigsten leisten, Zeit zu vergeuden.

Das Schloß der Wohnungstür schnappte zurück, doch das überraschte ihn ebensowenig wie die schlurfenden Schritte hinterher. Er vermutete, daß Lugg das Telegramm, welches er vom Hafen geschickt hatte, erhalten hatte. Was für eine Freude, den alten Schurken wiederzusehen, der ihm so lange Zeit treu, wenn auch mürrisch und aufsässig gedient hatte. Er hatte ganz offensichtlich auch in der Wohnung sein Bestes getan. Die zerbombten Schlafzimmerfenster waren ordentlich mit Pappdeckel verschlossen, und die ganze Wohnung war sauberer als erwartet.

Campion wollte eben einen Gruß hinausschreien, als er eine Reihe neuer, höchst befremdlicher Geräusche hörte. Rasche Schritte kamen die Haupttreppe heraufgerast, die Wohnungstür wurde genau in dem Moment heftig aufgerissen, in dem jemand sie von innen schließen wollte, es folgte ein gemurmelter Kraftausdruck und schließlich der Schrei einer ihm unbekannten Frauenstimme.

Albert Campion setzte sich langsam auf.

Eine andere unbekannte Frauenstimme, eine ältere diesmal, die ganz in der Nähe war, sagte flehend:

»Sei still, meine Liebe, o sei still!«

Wieder schlurfende Schritte, dann Geflüster und hinterher das Öffnen und Schließen einer zweiten Tür.

Campions erster Impuls war, in die Wanne zurückzusinken und sich die Decke aus Badeschaum über den Kopf zu ziehen, doch er verwarf den Gedanken als unwürdig und stieg schwungvoll aus dem Wasser. In ein Badetuch gehüllt, stand er da und lauschte. Offenbar war das Empfangskomitee – oder was immer es war – in das gegenüberliegende Wohnzimmer gezogen. Das Stimmengemurmel war nur undeutlich zu hören.

Widerwillig begann er sich abzutrocknen. Er war natürlich enttäuscht – nicht daß er, wie er sich sagte, gegen ein kleines Willkommensgeschenk zu seiner Rückkehr etwas einzuwenden gehabt hätte; im Gegenteil, er hatte sich auf das Wiedersehen mit seinem alten Knappen und Freund gefreut, aber warum der Mensch gleich eine Party geben mußte und wen er eingeladen haben mochte, konnte Campion sich nicht vorstellen.

Er hatte keinen Morgenmantel im Bad, also tappte er, unzulänglich in Handtücher gehüllt, auf Zehenspitzen auf den Flur, um sich einen aus dem Schlafzimmer zu holen. Die Wohnzimmertür war geschlossen, aber aus dem Raum dahinter drang ruhiges Stimmengemurmel. Sehr leise öffnete er die Schlafzimmertür und ging direkt zum Schrank. Da die meisten Fensterscheiben mit Pappe zugenagelt waren, war es ziemlich düster im Raum, und er hatte schon gefunden, was er gesucht hatte, ehe er etwas Ungewöhnliches feststellte. Erst als er sich wieder umdrehte, während er den Gürtel fest um seine dünne Taille zusammenzog, entdeckte er etwas auf seinem Bett. Sein erster Eindruck war, daß jemand dort eine steife, unförmige Teppichrolle deponiert hatte, und er war über sich selbst verärgert, weil sie ihm einen solchen Schreck einjagte. Aber als er näher kam und sich über das Bett beugte, sah er, was es wirklich war. Eine Welle aus Ungläubigkeit und

Furcht schlug über ihm zusammen, und ganz plötzlich fröstelte ihn.

Es war eine Frau, und sie war tot. Das stand außer Frage. Lebendig war sie ein vogelhaft kleines Geschöpf gewesen, mit zweifellos glänzenden Augen und von einer verblaßten, vermutlich übernervösen Schönheit; jetzt aber waren ihre Augen unter den Lidern verborgen, der Mund zu einem gräßlichen kleinen O geöffnet, und das hohe, schmale Nasenbein wirkte wie eine Messerklinge, die durch die blau verfärbte Haut schneiden wollte.

Unter einem langen grauen Eichhörnchenpelz trug sie ein schwarzes Seidennachthemd, und an ihren bloßen Füßen hingen kleine grau-schwarze Lederschuhe mit Keilabsätzen, sehr plump und sehr praktisch. Ein Bein war unnatürlich verdreht, mit dem Knie nach außen hing es etwa zwei bis drei Zentimeter über der Tagesdecke, auf der sie lag. Sie war tot, die Leichenstarre schon weit fortgeschritten, und ihre über der Brust gefalteten Hände sahen feierlich und absurd aus.

Campion starrte sie verständnislos an. Sie war ihm völlig fremd. Mehr noch – als er sich vor zehn Minuten das Bad eingelassen hatte, war sie noch nicht hiergewesen. Wer immer sie gebracht hatte, war jetzt wahrscheinlich im Nebenzimmer und unterhielt sich flüsternd. Der erste folgerichtige Gedanke, der zwischen dem Feuerwerk aus Fragezeichen in seinem Gehirn auftauchte, war der, daß die Tote ihn nicht daran hindern durfte, seinen Zug zu erreichen – gleichgültig, was geschehen, gleichgültig, wer dieses jämmerliche kleine Bündel gewesen war. Dieser Zug war wichtig. Die Belohnung, die er ihm versprach, hatte er sich sehr schwer verdient.

Dennoch konnte er die Situation nicht ignorieren. Sich fester in den hellen Morgenrock wickelnd, ging er leise durch den Flur und öffnete die Wohnzimmertür. Er ging nicht hinein, sondern einen Schritt zurück – eine elementare Vorsichtsmaßnahme, die ihm zur Gewohnheit geworden war.

»O mein Gott!«

Der Schrei, der das lautlose Aufschwingen der Tür begleitete, war reiner Aberglaube. Er erkannte den panischen Unterton sofort, trat ein und sah sich drei erschrockenen Menschen gegenüber: Lugg in seiner Zivilschutzuniform und zwei der hinreißendsten Frauen, denen er je begegnet war.

Es war die junge Frau, die aufgeschrien hatte, das schloß Campion aus der grauen Blässe ihrer Haut und den schreckgeweiteten Augen. Trotzdem war sie bildhübsch, hellblond, mit ungewöhnlich leuchtend blauen Augen und langen, schlanken Beinen. Doch es war ihre zarte Jugend, die auf den ersten Blick den stärksten Eindruck auf ihn machte. Sie war allerhöchstens Zwanzig, schätzte er, und im Moment sogar zu geschockt und zu entsetzt, um zu weinen.

Er blickte an ihr vorbei auf die ältere Frau und stellte überrascht fest, daß er plötzlich überzeugt war, er müßte sie eigentlich erkennen. Es war klar, daß sie erwartete, erkannt zu werden. Sie war jetzt erschrocken, voller Entschlossenheit und über jedes normale Maß hinaus verhärtet, aber man konnte dennoch nicht übersehen, was sie tatsächlich war – eine Schönheit aus edwardianischer Zeit, in jeder Beziehung jung, außer an Jahren. Sie war noch immer lebhaft, voller Unternehmungsgeist, noch immer gefühlsbetont, und sie trug ihr Alter mit innerer Abwehr, als sei es ein Kleidungsstück, das ihr zwar nicht stand, aus dem sie jedoch das Beste machen wollte. Sie war auch eine Persönlichkeit. Während er sich bemühte, sie irgendwo einzuordnen, stellte Campion verärgert fest, daß er an Sir Joshua Reynolds' Portrait von Mrs. Siddons* dachte.

Schweigend stand sie da und sah ihn hölzern und mit ausdruckslosen Augen an.

Campion wandte sich dem einzigen Mitglied der Gruppe zu, dem er schon früher begegnet war, und machte dabei eine Entdeckung, die ihn mehr beunruhigte als alles andere. Mr.

* Große englische Tragödin, 18./19. Jh.

Lugg hatte auch Angst; er zitterte, und absolute Ungläubigkeit war ihm in das große, ovale weiße Gesicht geschrieben. Campion sah ihm in die Augen, und die drei Jahre der Trennung lösten sich in Luft auf, so daß, ganz gegen seinen Willen, ein Anflug seines alten Lächelns über sein Gesicht huschte.

»Bleibt die Dame in meinem Schlafzimmer länger?« fragte er.

Lugg machte den Mund auf – und wieder zu, ohne etwas zu sagen; er blickte sich mit einer für ihn ganz untypischen Hilflosigkeit um und begegnete dann dem Blick seines langjährigen Arbeitgebers mit einer Miene, die nicht mehr trotzig war.

»Ich hab' nich' gewußt, daß Sie zurück sind«, sagte er vernichtend.

»Na, dann ist es ja in Ordnung.« Campion schien erleichtert. »Ich bin praktisch schon wieder weg. Wollte nur zwischen zwei Zügen schnell ein Bad nehmen. Mach du nur ruhig weiter, als sei ich nicht da.«

»Warten Sie'n Moment, Chef.« Lugg streckte bittend die dicke Hand aus. »Würde gern'n Wort mit Ihnen reden. Is'n Glück, daß Sie vorbeigekommen sind, wirklich. Gehn wir'n Moment in die Küche, ja?«

Sie hätten sich möglicherweise ohne Aufhebens zurückgezogen, doch gleichzeitig faßte sich die Frau, die Campion an Mrs. Siddons erinnerte, und mischte sich ein.

»Oh, das ist Mr. Campion, nicht wahr?« fragte sie liebenswürdig. »Ich fürchte, wir fallen Ihnen schrecklich zur Last. Wir sind uns noch nie begegnet, nicht wahr? Aber mein Sohn John hat oft von Ihnen gesprochen – Carados, wissen Sie.«

Es war ein sehr fairer Versuch. Die großen Salons Anfang des Jahrhunderts waren eine strenge Lehrstätte gewesen, und etwas von der stoischen Höflichkeit tauchte für einen Augenblick in ihrer ruhigen Stimme und ihrer unerschütterlich lässigen Art auf. Campion war überrascht. Wenn John, Marquis von Carados, ihr Sohn war, mußte sie Edna sein, die verwitwete Marquise, vormals die bildhübsche Edna Dawlish,

Tochter des alten Henry G. Dawlish, Baumwollkönig im goldenen Zeitalter vor den beiden Kriegen. Kein Wunder, daß er geglaubt hatte, er müsse sie kennen; er hätte sie erkennen müssen. Sie hatte den Platz von Mrs. Langtry eingenommen, als der Ruhm der Jessey Lily zu verblassen begann. Ihre Fotos waren in jeder Illustrierten und in jedem Schaufenster des Landes zu bewundern gewesen. Als junge Braut hatte sie die gesamte Londoner Gesellschaft durcheinandergewirbelt, und ihr Reichtum, ihre Lebhaftigkeit und die romantischen Geschichten über sie hatten sie innerhalb eines Jahres zu einer Art Fabelwesen werden lassen.

Nachdem Campion sich darüber klar geworden war, schien ihm die augenblickliche Situation noch unglaublicher, noch absurder, und es fiel ihm schwer, die Fassung wiederzugewinnen.

»Aber natürlich«, sagte er völlig benommen. »Mein Haus steht Ihnen jederzeit zur Verfügung. Sagen Sie mir, ist Johnny auch hier?«

In diesem Moment resignierte Lugg in seinem Bemühen, sich durch Nicken und Grimassen bemerkbar machen zu wollen, und gab ein paar Laute von sich. Lady Carados drehte sich um und sah ihn an. Der dicke Mensch war noch blasser als sonst, und seine kleinen Augen blickten flehend.

»Muß unbedingt'n paar Worte mit ihm reden«, sagte er. »Ich hab Sie hergebracht, nich wahr?«

Sie setzte sich. »Nur zu«, sagte sie. »Nur zu. Erklären Sie ihm alles, Mr. Lugg, ja? Ich will es nicht noch einmal hören. Ich fürchte, wir brauchen Hilfe.«

Lugg sagte nichts zu dieser letzten Feststellung, bis er und Campion im Ankleidezimmer hinter dem Bad waren, wo Campion seine Kleider abgelegt hatte. Dann aber nahm er kein Blatt vor den Mund.

»Tatsache is', Chef«, sagte er ruhiger, nachdem er sein Herz ausgeschüttet hatte, »wir haben wieder die alte Leier. Sie sind grade rechtzeitig gekommen, darauf läuft's raus.«

Campions Kopf tauchte aus dem Hemd auf, das er gerade anzog, sein Haar war zerzaust, seine Miene entschlossen.

»Nur keine falschen Hoffnungen, mein Junge«, sagte er. »Ich will einen Zug erreichen, der in fünfzig Minuten abfährt, und tausend Leichen können mich nicht daran hindern, selbst wenn es lauter gekrönte Häupter wären. Du – eh – du hast aber im Augenblick nur die eine, nehme ich an?«

»Aber ja doch, nur die«, stimmte Lugg zerstreut zu und fügte, nachdem er sich gefaßt hatte, vorwurfsvoll hinzu: »Das is aber wirklich nich der richtige Moment zum Witzemachen. Sie haben Ihren Spaß im Ausland gehabt, drauf könnt ich wetten. Das hier is was Ernstes. 'ne Leiche is in diesem Land immer noch 'ne Leiche. Man wird 'ne Menge Fragen stellen.«

»Das glaube ich gern«, erwiderte Campion trocken. »Doch im Vergleich zu dem bißchen Krieg scheint ihr hier ziemlich hart im Nehmen geworden zu sein. Was, zum Teufel, tust du, Lugg? Wer ist die Frau?«

»Wissen wir nich'«, sagte Lugg überraschend. »Das is ja die Hälfte von's Problem.«

Campion, der sich eben den Schuh zuband, blickte mit ungewöhnlich ernstem Gesicht auf.

»Wie wär's, wenn du damit rüberkämst«, sagte er.

Lugg zögerte noch immer.

»Tja«, sagte er endlich in einem Ausbruch plötzlichen Vertrauens, »Es is' so. Ich sitz jetzt seit ungefähr 'nem Jahr auf dem Platz rum . . .«

»Auf dem Carados Square?«

»Ja. Ich mach dort Dienst, verstehn Sie? 's war mal mehr und mal weniger, aber die meiste Zeit hab ich nich' grad besonders viel zu tun, und ich und meine Alte haben uns manchmal ganz schön gelangweilt.«

»Deine Alte?«

»Das is' mein Schwein – wir vom Zivilschutz halten dort Schweine.«

»Auf dem Carados Square?«

»Ja. Um die Kriegsversorgung zu erleichtern.«

»Ich verstehe.« Campion konzentrierte sich auf seinen anderen Schuh.

»Sie sind nich' auf'm laufenden«, sagte Lugg gnädig, »aber Sie kommen schon noch dahinter.«

»Ja. Das hoffe ich. Sprich weiter.«

»Bin schon dabei. Passen Sie gut auf das auf, was ich Ihnen sage, weil es is' kompliziert, wenigstens'n Teil davon. Also, die Lady im Nebenzimmer, was Lady Carados is', sie wohnt auf'm Platz, auf der Seite, die nich' zerbombt ist.«

»Mit den anderen drei Seiten ist wohl nicht mehr viel Staat zu machen?« Campion mußte die Frage stellen, denn er hatte plötzlich die anmutigen Häuser mit den schmalen Fenstern und den gewölbten Eingängen vor Augen, die früher wie Wachposten das zarte Grün eines der schönsten städtischen Gärten umstanden hatten.

»Das meiste auf den andern drei Seiten is' jetz' nich' mehr so ansehnlich wie früher«, antwortete Lugg lakonisch. »Aber'n Teil von dem Haus, wo seine Hoheit, der Sohn vonner Lady früher gewohnt hat, der steht noch, und darauf komm ich jetzt.«

Johnny Carados' Haus und nur noch ein Teil davon intakt. Campion sah die weitläufige, vornehme Villa der Carados' vor sich, die von George Quellett renoviert worden war. Daß sie nicht mehr existieren sollte, schien ihm unvorstellbar. Es war das Musikzimmer, an das er sich am besten erinnerte, doch da es im obersten Stockwerk des Gebäudes gewesen war, war es wahrscheinlich nicht mehr vorhanden, die indischen roten Vorhänge, das Gold und Grün, alles zu einer Masse geschwärzter Sparren verkohlt.

Dennoch, die Renovierung hatte sich gelohnt, auch wenn ihr kein langes Leben vergönnt gewesen war. Von diesem Zimmer aus hatte Johnny seine bemerkenswerten Aktivitäten geleitet. Natürlich hatte er, als Mann von solcher Herkunft und mit einem solchen Vermögen, jede Möglichkeit sein Genie auszuleben, und er hatte diese Gelegenheiten immer genutzt. Er war ein großer Mäzen gewesen: hatte das Czesca Ballett finanziert, das Weinmuseum gegründet, der Pastel Society auf die Beine geholfen, Zolly das erste halbe Dutzend seiner Konzerte in London ermöglicht und die Sicilian Hall neu erbaut.

Darüber hinaus hatte er immer seine eigene Kunst gefördert und war, obwohl das miteinander völlig unvereinbar schien, einer der besten Amateurflieger seiner Zeit. Campion erinnerte sich an ihn als an eine hervorragende Gestalt, die das Talent besaß, kluge Köpfe um sich zu versammeln; trotz seiner Jugend und seines Geldes hatte er sehr wenig von einem Dilettanten. Auch seine Freunde waren ihm geblieben. Peter Onyer und seine Frau hatten bei ihm gewohnt, erinnerte sich Campion; Peter hatte sich um Johnnys Finanzen gekümmert, und Gwenda hatte als Sekretärin ihres Mannes bei ihm gearbeitet. Es hatten auch noch andere zu Johnnys Haushalt gehört – der merkwürdige kleine Kauz Ricky Silva, der – allem Anschein nach – nur dafür gelebt hatte, Blumen zu arrangieren, und die Sekretärin, die sich um die gesellschaftlichen Kontakte kümmerte, ein fröhliches dickliches Mädchen, dessen Name Campion nicht mehr wußte; erwähnen mußte man auch den schweigsamen Captain Gold, der das Regiment über die Dienstboten führte und dem Haushalt vorstand. Es war eine seltsame, interessante Gemeinschaft gewesen, mit Mitgliedern jeden Alters und von hoher Intelligenz. Zusammen hatten sie die verschworenste all jener kleinen Zellen gebildet, die vor dem Krieg das gesellschaftliche Leben Londons geprägt hatten.

Carados hatte sein Leben auf verschwenderische Weise geführt. Evangeline Snow, der Revuestar, hatte ihn zwar nie geheiratet, aber immer dazugehört, und soweit man wußte, war Johnny ihr auch treu gewesen.

Das glanzvolle Bild der Vergangenheit verblaßte im Staub und in den Trümmern der Gegenwart, und Campion blinzelte. Der Krieg hat sie natürlich getrennt, dachte er. Er glaubte gehört zu haben, daß Johnny sich zur Royal Airforce gemeldet hatte, und das in einem Alter, das damals geradezu phantastisch anmutete; sein Ruf als Amateurflieger war ihm zustatten gekommen, und die Sache war arrangiert worden. Die Einberufung hatte ihn aus seiner alten Umgebung herausgerissen, und jetzt gab es auch den größten Teil seines Hauses nicht mehr.

Campion drehte sich zu Lugg um. »Wo ist Carados jetzt?«

»Seine Lordschaft. Zu Hause, hoff ich. Die beiden unteren 'tagen und das Souterrain sin' noch bewohnbar. Er sollte grad ankommen, als wir die Leiche weggeschafft haben.«

Luggs großes weißes Gesicht wurde immer kummervoller. »Wir haben uns in'n schönen Schlamassel reingeritten, das steht fest«, sagte er. »Daß das Mädchen so plötzlich reingeschneit is' – von Ihnen ganz zu schweigen – das war Pech. Ich wollt alles ganz still und heimlich erledigen, verstehn Sie?«

»Eigentlich nicht«, sagte Campion ehrlich. »Noch nicht. Erzähl weiter – und fang damit an, wie du in deinem Schweinestall sitzt.«

Lugg war gekränkt. »Es is' kein Schweinestall nich'«, sagte er. »Es is'n ganzes Depot. ARP – *Air raid protection* – ziviler Luftschutz, Helden der Luftangriffe. Es is' direkt inner Mitte vom Platz, wo früher die Rasen waren. Dort habe ich ihre Ladyschaft kennengelernt. Während der ganzen Luftangriffe hat sie freiwillig Dienst inner Kantine gemacht, 'n echter alter Kumpel, das is' sie. Keine Nerven. Sie und ich warn immer sehr freundlich mit'nander. Na ja, und als sie jetzt diese Schwierigkeit am Hals hatte, war's ganz natürlich, daß sie zu mir gekommen is'. Außerdem hat sie gewußt, daß ich in meiner Freizeit noch für Sie arbeite, und vielleicht hat das ja auch was damit zu tun gehabt. Sie haben einen Ruf, wissen Sie, und der hat'n bißchen auch auf mich abgefärbt.«

Er unterbrach sich und sah seinen Arbeitgeber herausfordernd an. Campions Miene war keine Hilfe. Lugg seufzte.

»Sie is' zu mir gekommen, und ich hab ihr geholfen«, sagte er. »Hab' das Gefühl gehabt, es is' meine Pflicht, und ich hab' ihr geholfen.«

»Ja, dann wollen wir hoffen, daß du der nervenlosen Marquise nicht ins Kittchen geholfen hast«, erklärte Campion liebenswürdig. »Du sagst, du weißt nicht, wer die tote Frau ist. Hat deine vornehme Komplizin vielleicht eine Idee?«

»Nein. Sie weiß auch nichts nich'. Das isses ja, was sie so wild macht, wenn Sie mich fragen.«

Campion zog den Mantel an. »Weißt du, woran die Frau gestorben ist?«

»Oh, das is' schon in Ordnung, nur keine Sorge nich'. Da is' nix faul nich' dran.« Lugg gab sich unerwartet aufgeschlossen. »Das is' okay. Dafür hab ich gesorgt. Sie kennen mich doch inzwischen. Ich tät mich nie nich' auf was Gefährliches einlassen.«

Campion betrachtete seinen alten Freund mit respektvollem Staunen.

»Ich weiß nicht, wie unbekümmert und sorglos dieses Land während meiner Abwesenheit geworden ist«, sagte er, »aber ihr scheint mit euren Leichen hier viel lässiger umzugehen, als es anderswo üblich ist. Willst du mir weismachen, daß du für diese Leiche einen ärztlichen Totenschein bekommen hast? Was beabsichtigst du eigentlich? Willst du von meiner Wohnung aus eine kleine Beerdigung veranstalten?«

»Nein, Chef. Nein. Noch nich'.«

Lugg fühlte sich unbehaglich, und wieder zeigte sich in seinen kleinen Augen ein für ihn ganz ungewöhnlicher Schimmer von Angst. »Ehrlich gesagt, wir haben noch keinen Doktor nich' gerufen. Aber ich hab's natürlich tun wollen. Es war Selbstmord, wenn Sie's wissen wollen – glatter Selbstmord. Flasche mit irgend'nem Dreckszeug neben sich und alles.«

Campion blieb unbeeindruckt, und Lugg fuhr ernst fort: »Wir haben sie wegbringen müssen, wissen Sie, weil sie in seinem Bett gelegen hat. Das hat nich' besonders gut ausgesehen, vor allem, weil er ja wegen der Hochzeit jeden Moment eintreffen mußte. Die soll übermorgen sein.«

Campion ließ sich ganz langsam nieder, zum Glück stand ein Stuhl hinter ihm.

»Wessen Bett?« fragte er.

»Seiner Hoheit.«

»Carados'?«

»Ja, sag ich doch.«

»Wessen Hochzeit?«

»Seine, 'türlich. Haben Sie da, wo Sie herkommen, keine Zeitung nich' zu sehen gekriegt?« Luggs Stimme klang jetzt flehend. »In allen waren Bilder von den beiden drin; er in seiner Uniform mit all seinen Orden und Bändern. Und sie – sie schaut ungefähr wie vierzehn aus und sehr hübsch. Ich werde beim Empfang servieren«, fügte er schüchtern hinzu. »Wenn ich aus der Sache heil rauskomme.«

Campion bemühte sich zu begreifen, was ihm da an Tatsachen aufgetischt wurde. Eine auffallende Ungereimtheit in der Geschichte machte ihm jedoch zu schaffen, und er erwähnte sie beiläufig. Er habe, sagte er, Evangeline sehr gern, aber er glaube ganz einfach nicht, daß sie wie vierzehn aussehen könne. Lugg schien verblüfft.

»Sie heißt Susan«, sagte er und fügte vergnügt hinzu: »Oh, schon kapiert, Chef. Es is' nich' das gleiche Mädchen. Nein, er heiratet nich Miss Snow, er hat jetzt eine meiner Krankenwagenfahrerinnen, Tochter von 'nem Admiral – dem Kerl, der die *Prinz Otto* versenkt hat. Hat auch in allen Zeitungen gestanden. Sie haben sie gesehn, sie is' im Nebenzimmer. Das is' das Problem – oder wenigstens 'n Teil davon«, fügte er düster hinzu.

»Wie ist sie in die Geschichte hineingeraten?«

»Durch einen verdammten Irrtum«, sagte Lugg mit großem Nachdruck. »Mit dieser Sache is' von Anfang an alles schiefgegangen. Wär nich' überrascht, wenn sie unglücklich enden täte. Hoffentlich wird es uns allen eine Lehre sein. Nun ja, sie hatte heut nachmittag dienstfrei. Seit es ein bißchen ruhiger geworden is', hat sie keine Stellvertreterin mehr. Wenn sie nich' da is', kümmere ich mich um den Krankenwagen. Um die Wahrheit zu sagen, es ist alles so ruhig, daß ich am Nachmittag die meiste Zeit allein im Depot bin.«

Campion begann zu verstehen.

»Du hast die Leiche in einem Krankenwagen hergebracht«, sagte er. »Tatsächlich hat Lady Carados sich dir anvertraut, weil du der einzige Mensch warst, der ein Fahrzeug beschaffen konnte, ohne Rechenschaft ablegen zu müssen wozu. Das ist eine Erleichterung, die Frau ist doch nicht total verrückt.«

Lugg machte ein gekränktes Gesicht. »Sie hat sich mir anvertraut, weil sie gewußt hat, daß sie mir trauen kann«, sagte er. »Ich will natürlich nich' behaupten, daß der Krankenwagen nich' vielleicht 'n bißchen dazugeholfen hat. Bei 'nem Taxifahrer kann man sich nie nich' drauf verlassen, daß er den Mund halten tut, und niemand hat zur Zeit 'nen Privatwagen. Es war 'ne sehr gute Idee von ihr, und es hätte auch funktioniert, wenn das Mädchen nich' auf'n Platz gekommen wär, als wir grad rausfahren wollten.«

»Sie ist euch gefolgt, nicht wahr?«

»Is sie, ja.« Lugg schwankte offensichtlich zwischen Bewunderung und Ärger. »Sie is 'n gewissenhaftes kleines Ding – ein paar von diesen jungen Leuten sind so. Und als sie gesehn hat, daß ihr Krankenwagen von 'ner Frau weggefahren wird (ich hab mit der Leiche hinten gesessen, wissen Sie?), hat sie geglaubt, daß jemand das Fahrzeug klauen will. Ich nehm' an, sie is' in'n Taxi gehüpft und uns nachgefahrn. Jedenfalls is' sie gleich hinter uns hier reingestürmt, und als sie gesehn hat, was wir da haben, hat sie's mit der Angst gekriegt. Als Sie reinkamen, haben wir grad versucht sie'n bißchen zur Vernunft zu bringen.«

Campion enthielt sich jeden Kommentars. Er warf einen Blick auf seine Uhr und stellte fest, daß er noch zwanzig Minuten Zeit hatte, bis er zum Bahnhof aufbrechen mußte. Die Situation war so makaber, die Möglichkeiten so unerfreulich, die Beteiligten so vornehm und die Erklärungen so menschlich albern, daß er sprachlos war.

Lugg schaute ihn unter schweren weißen Lidern an. Aus dem Wohnzimmer war nichts zu hören, in der ganzen Wohnung war es still.

»Es war nich' halb so verrückt, als wir damit angefangen haben.« Lugg fühlte sich offensichtlich nicht wohl in seiner Haut. »Hätt' man uns in Ruh' gelassen, die alte Lady und ich hätten's geschafft, und keine Menschenseel' nich' hätt' was erfahrn. Jetzt steckt das Mädchen inner Sache drin – von Ihnen ganz zu schweigen –, und es wird gar nich' so leicht sein.«

Campion sah seinen alten Gefährten unablässig an.

»Und da sind auch noch andere«, sagte er. »All die vielen hundert Leute, denen man es ganz im Vertrauen erzählen wird. Mein lieber, guter Junge, glaubst du wirklich, du könntest so etwas vertuschen? Überleg doch mal...«

Er unterbrach sich und horchte. Jemand kam die Treppe herauf; es waren leichte, energische Schritte, die zielbewußt näher kamen; immer näher und näher, nicht hastig, nicht zögernd, aber immer näher zur Tür.

2

Es klopfte zuerst leise, fast schüchtern, aber das leise Geräusch hörte sich in der stillen Wohnung wie Donner oder Kanonenfeuer an. Im Wohnzimmer verstummte das eindringliche Flüstern, das vor kurzem begonnen hatte, und Campion fing ein Echo des ängstlichen Schauders auf, der die anderen überkam, die das Klopfen gehört hatten. Neben ihm stand Lugg, stocksteif. Er runzelte die Stirn, und die Adern traten unter der Haut deutlich hervor. Niemand rührte sich, und es klopfte wieder. Diesmal energischer; doch niemand antwortete.

Von draußen drang das schwache Dröhnen des Verkehrs in die Wohnung. Es waren vertraute, alltägliche Geräusche – Hupen, das Quietschen von Reifen und die Rufe der Zeitungsverkäufer, die die neuesten Nachrichten herausschrien. Aber sie waren weit weg, gehörten in eine andere Welt.

In der Wohnung war es still. Die vier Lebenden waren genauso still wie die Gestalt, die steif auf dem Bett lag.

Das dritte Klopfen klang schon fast gewalttätig, zornig und ungeduldig. Die Klingel schrillte wie ein Wecker, während derjenige, der Einlaß begehrte, gegen die Paneele hämmerte. Als sich in der Wohnung noch immer nichts rührte, wurde heftig an der Klinke gerüttelt, und dann folgte das ominöse Geräusch, das man hört, wenn sich jemand mit der Schulter gegen eine Tür stemmt.

Bei diesem neuen Geräusch hob Campion den Kopf und sah Lugg scharf an.

»Ich fürchte, da meint es einer ernst«, sagte er vor sich hin. »Warten Sie einen Moment!« rief er in den Lärm hinein. »Was ist los? Was soll der Krach?«

Er öffnete die Tür, trat aber nicht zurück, so daß das Gesicht des Besuchers nur etwas mehr als einen Viertelmeter von seinem entfernt war.

Der sehr junge Lieutenant der US-Armee, der auf der Schwelle stand, schien über Campion genauso erstaunt wie Campion über ihn. Er wich einen Schritt zurück, doch weder seine straffen Schultern noch sein ernstes rosiges Gesicht ließen darauf schließen, daß er den Rückzug antreten wolle.

»Es tut mir sehr leid«, sagte er freundlich, »aber ich denke, Mrs. Shering ist hier, oder? Ich würde sie sehr gern sprechen, bitte.«

Er wirkte geduldig und betont höflich, aber genauso unerschütterlich und unbeirrbar wie ein Panzer. Campion musterte ihn zweifelnd.

»Ich weiß nicht so recht«, sagte er endlich. »Es sei denn... Sagen Sie mir, wie sieht sie aus?«

Das Gesicht des jungen Mannes wurde noch röter und seine freundlichen grauen Augen zorniger.

»Sie ist vor ungefähr einer Viertelstunde gekommen«, sagte er. »Ich will sie sofort sprechen – bitte.«

Die Diele war sehr klein, und er war ein sehr raumeinnehmender, junger Mann. Campion wich keinen Schritt, und es sah aus, als fahre die Situation sich völlig fest, als die Wohnzimmertür aufflog und das Mädchen, das geschrien hatte, auf sie zugelaufen kam – mit unnatürlich glänzenden Augen und einem sehr blassen Gesicht.

»O Don«, stieß sie, an Campion vorbeisehend, verzweifelt hervor, »o Don, bring mich hier weg!«

Er ging auf sie zu, als gebe es niemand sonst auf der Welt und schon gar nicht in diesem Raum. Es war eine ganz besonders jugendliche Bewegung, und Campion empfand große Sympathie für den jungen Mann.

»Susan, mein Liebes, wer ist das?«

Lady Carados betrat die überfüllte Diele nicht und schien auch nicht lauter zu sprechen als sonst, doch die Wirkung ihrer Persönlichkeit wurde nicht geringer, obwohl sie im Wohnzimmer stehenblieb. Sie beherrschte die Gruppe sofort, und Campion begann die augenblickliche ungewöhnliche Situation etwas besser zu verstehen. Ihm wurde klar, daß hier eine Frau war, die schon seit frühester Kindheit nie erwartet hatte, irgend etwas in Betracht ziehen zu müssen, das sich ihren Bedürfnissen in den Weg stellt. Nicht, daß sie besonders rücksichtslos gewesen wäre, es war einfach so, daß es Dinge, die ihr unangenehm waren, einfach nicht geben durfte. Zwar war sie jetzt verängstigt, doch er vermutete, daß sie dieses Erlebnis auch stimulierte.

»Ich denke, Sie kommen alle am besten zu mir herein«, sagte sie. »Und nun, Susan, wer ist das?«

Mrs. Susan Shering riß sich energisch zusammen, und

Campion, der sie genau beobachtete, stellte fest, daß sein erster Eindruck ihr ganz und gar nicht gerecht geworden war. Es überraschte ihn, daß sie verheiratet gewesen war; sie sah nicht nur jünger aus, als er gedacht hatte, sie war auch viel schöner. Sie behauptete sich auch gut gegen die Ältere, und ihm fiel ein, daß Lady Carados ihre künftige Schwiegermutter war, was sie angesichts der verräterischen Miene des jungen Mannes an ihrer Seite in eine sehr schwierige Lage brachte, ganz abgesehen von dem furchtbaren Geheimnis im Nebenzimmer.

Es ist, alles in allem, eine schöne Bescherung, dachte er und musterte sie neugierig, um zu sehen, ob sie dem jungen Mann auch besondere Gefühle entgegenbrachte. Im Augenblick verriet ihr Gesicht nichts; es war beherrscht, kühl, der junge Mund verschlossen, die Augen im Schatten der Wimpern verborgen.

»Aber natürlich«, sagte sie. »Liebling, darf ich dir Lieutenant Don Evers vorstellen? Don – Lady Carados.«

Es klang ganz ungezwungen, war aber dennoch keine Vorstellung wie in der Gesellschaft allgemein üblich. Die beiden Augenpaare blickten wachsam, und Lady Carados registrierte aufmerksam, was das Gesicht des jungen Mannes ihr zu sagen hatte. Es verbarg nicht viel, und sie las eine Menge heraus. Er war so verwirrt, daß er kein Wort sagte, und sie war die erste, die sprach.

»Tut mir leid, aber ich verstehe nicht recht«, stellte sie fest und wartete auf seine Erklärung.

»Don hat unten auf mich gewartet«, mischte Susan sich hastig ein. »Als ich meinen Krankenwagen entschwinden sah, waren wir zusammen. Wir hatten miteinander gegessen, und er begleitete mich ins Depot zurück. Ich war in Zivil und mußte meine Uniform anziehen. Aber als ich auf den Platz einbog, hatte ich mich ein paar Minuten verspätet, so daß ich praktisch schon wieder im Dienst war. Deshalb bin ich, als ich sah, daß mein Krankenwagen gestohlen wurde, natürlich sofort hinterher.«

»Ja, so war es«, bestätigte Evers in seiner langsamen und überlegten Art. Er war über seine Situation noch immer sehr im Zweifel, hielt jedoch tapfer stand. »Ja, so war es«, wiederholte er. »Als Sue ihren Krankenwagen mit einer unbekannten Zivilperson am Steuer vorüberflitzen sah, hatte sie das Gefühl, sie sei verantwortlich; also sind wir mit unserem Taxi hinterhergefahren – wir haben nämlich in einem Taxi gesessen, als wir den Krankenwagen sahen.«

Lady Carados ignorierte Susan und fixierte ununterbrochen den jungen Soldaten.

»Haben Sie beobachtet, wer hier aus dem Krankenwagen ausgestiegen ist?« fragte sie abrupt.

Wieder war es Susan, die antwortete.

»Wir haben Sie in die Sackgasse einbiegen sehen, wurden jedoch von der Ampel an der Ecke aufgehalten. Als wir den Krankenwagen wiedersahen, stand er hier, war aber leer. Ich wollte allein ins Haus, doch Don bestand darauf, auf mich zu warten. Erst als ich in diese Wohnung kam, habe ich ...«

»Hast du uns alle gesehen«, ergänzte Lady Carados energisch.

Die beiden maßen sich mit Blicken, und wieder kam es Campion so vor, als verfüge Susan Shering über eine ungewöhnliche Entschlossenheit. Entweder das, oder sie war am Ende ihrer Weisheit angelangt. Auf jeden Fall war sie die erste, die in diesem stummen Krieg aufgab. Sie wandte sich an den jungen Mann und wiederholte ihre eindringliche Bitte.

»Bring mich von hier weg, Don!«

»Sicher«, sagte er, nahm ihren Arm und fügte hinzu, während er um Entschuldigung bittend die anderen ansah: »Ich fürchte, ich begreife noch nicht so recht, was hier vorgeht, wissen Sie?«

Campion hätte den Kopf schütteln mögen und tat es um ein Haar auch geistesabwesend. Ihm wurde ganz warm ums Herz, weil es ihm genauso ging wie Don Evers. Lady Carados hingegen wich keinen Zoll von ihrem Weg ab.

»Wißt ihr«, sagte sie mit einem Aufflackern ihres alten Charmes, »ich glaube nicht, daß ich euch beide im Moment hier fortlasse.«

»Aber ich muß gehen«, beharrte Susan, »ich muß. Erstens habe ich Dienst, und zweitens kann ich keine Sekunde länger hierbleiben, zusammen mit...« Sie brach hilflos ab.

»Was genau ist hier los?« fragte Evers.

Lady Carados ignorierte ihn. »Meine Liebe«, sagte sie und legte Susan die Hand auf den Arm. »Es tut mir so leid, aber du mußt hier warten – ihr beide müßt hier warten, bis Johnny kommt. Ich habe meinen Sohn angerufen«, sagte sie, sich an Campion wendend. »Als Mrs. Shering und dann noch Sie so unerwartet hier auftauchten, wurde mir klar, daß ich etwas sehr Dummes und Gefährliches getan hatte. Daher habe ich, während Sie sich anzogen, mit meinem Sohn telefoniert. Zum Glück war er kurz vorher zu Hause eingetroffen und sagte, er komme sofort. Ich fürchte, ich habe wirklich etwas sehr Törichtes getan, aber es schien mir in dieser unerträglichen Situation einfach das beste.«

Offensichtlich glaubte sie, daß sie sich mit diesem Eingeständnis einer Verantwortung entledigte, anstatt sie auf sich zu nehmen. Don Evers sah sie verständnislos an.

»Carados kommt hierher?« fragte er.

»Ja«, sagte sie selbstzufrieden. »Er muß jeden Moment hier sein. Und sobald Johnny hier ist, wird alles gut. Wir müssen einfach warten.«

Campion konnte nur hoffen, daß sie recht hatte; er selbst war nicht so sicher.

Inzwischen schien Evers, der als einziger das Dilemma nicht kannte, in dem sie steckten, selbst in eins geraten zu sein.

»Ich glaube nicht, daß ich bleiben möchte, Sue«, sagte er.

Sie schwieg, nahm jedoch seinen Arm, und ihre Miene beantwortete eine von Campions Fragen, die das Paar betrafen. Diese beiden jungen Menschen liebten sich; aber das war ein anderes Rätsel. Er warf einen Blick auf seine Uhr. In fünfzehn Minuten mußte er aufbrechen – daran war nicht zu rütteln, egal, was hier passierte. In fünfunddreißig Minuten mußte er im Zug sitzen.

Ein Lachen auf der Treppe unterbrach seine Berechnungen, und eine Frauenstimme wurde laut, die höchst amüsiert klang. Er sah zu Lady Carados hinüber.

»Haben Sie Johnny erzählt, was vorgefallen ist?« fragte er.

Sie horchte auch, und der Blick, den sie ihm zurückgab, war ebenso bestürzt wie der seine.

»Nein, nicht alles. Natürlich nicht. Nicht am Telefon. Ich habe ihm einfach gesagt, er müsse sofort herkommen.«

»Ich verstehe«, sagte Campion und fügte, als jemand mit dem Türklopfer einen kleinen Trommelwirbel schlug, hinzu: »Ich glaube, er ist jetzt hier, und es hört sich an, als habe er Evangeline Snow mitgebracht.«

3

Lugg öffnete ihnen, und sie stolzierten mit fragenden und mitfühlend besorgten Mienen ins Zimmer wie eben Leute, die herbeigeeilt sind, um blindlings zu helfen. Sie waren zu dritt: Lord Carados, Evangeline Snow und das fröhliche Mädchen, das vor dem Krieg Sekretärin bei Carados für gesellschaftliche Kontakte gewesen war und an dessen Namen Campion sich nie erinnern konnte. Sein erster Eindruck von Johnny Carados war, daß er jünger aussah denn je. Er war ein großer Mann, nicht besonders hochgewachsen und ganz gewiß nicht dick, aber breit, mit langen Armen, einem starken Kinn und heiter lächelnden grauen Augen. Er trat ein, sah sich um, hob freundlich die Brauen, als er Susan entdeckte, lächelte seiner Mutter beruhigend zu und musterte Campion erstaunt.

»Hallo«, sagte er. »Ich dachte, Sie treiben sich irgendwo weit draußen rum. Was machen Sie hier?«

»Ich wohne hier«, erwiderte Campion mild. »Hab nur kurz hereingeschaut, wissen Sie. Es ist meine Wohnung«, setzte er hinzu, um eine genauere Erklärung bemüht.

»Das ist richtig – natürlich ist das Ihre Wohnung.« Carados grinste entwaffnend. »Die Adresse ist mir bekannt vorgekommen. Das habe ich auch zu Eve gesagt, nicht wahr? Liebling, kennst du eigentlich alle Welt? sage ich immer.« Er sprach völlig gedankenlos, musterte die seltsame Versammlung und versuchte die Situation irgendwie einzuordnen. Er war auch verlegen. Was nur natürlich ist, dachte Campion und betrachtete interessiert Eve Snow.

Sie begegnete seinem Blick, nickte ihm zu, und dann überstrahlte das berühmte Lächeln ihr unschönes, unvergeßliches Gesicht. Sie war noch immer dieselbe Eve, stellte er mit Vergnügen fest, auch in ihren schlichten Kleidern unnachahmlich schick, noch immer anmutig, mit einer bezaubernden Figur und dem ganz ungewöhnlichen Gesicht, noch immer die liebenswerteste Komödiantin der Welt.

Alle anderen Frauen im Raum waren auf gewisse Weise schön. Sie nicht. Aber sie nahm ihnen alle Farbe, ließ sie blaß aussehen, und ihre honigfarbenen Augen schätzten sie ab und eroberten eine nach der anderen.

Inzwischen erledigte Carados die nötigen Vorstellungen, hastig und beiläufig, mit der Miene eines Mannes, der geistig völlig abwesend ist. Susan Shering schien kaum überrascht, als sie den Namen der Berühmtheit hörte, der sie vorgestellt wurde, aber Campion hatte den Eindruck, daß die beiden Frauen einander schon früher begegnet waren. Außerdem schien Susan im Hinblick auf die Vergangenheit ihres Verlobten erstaunlich ahnungslos.

Derjenige, der sich in dieser Runde am elendsten fühlte, war – Lugg immer ausgenommen – Don Evers. Er war ein aufrichtiger, anständiger Junge und sehr unglücklich. Unerschütterlich blieb er an Susans Seite, nickte, wenn es von ihm erwartet wurde, und lächelte nicht ein einziges Mal.

Das fröhliche Mädchen, das mit John und Eve gekommen war, wurde endlich auch vorgestellt, und Campion erinnerte sich sofort an seinen Namen – Dolly Chivers. Sie war eine hellhaarige, verteufelte englische Schöne, eine angenehme junge Frau, die herumstapfte und mit einem strahlenden Lächeln alles zurechtrückte. Diesmal freute Campion sich aufrichtig, sie zu sehen, denn seiner Meinung nach war dies eine der seltenen Gelegenheiten, bei denen er ihr Verhalten angebracht fand, je früher um so besser. Schließlich mußte er seinen Zug erreichen.

Sobald alle ungefähr wußten, wer die anderen waren, nahm Lady Carados die Angelegenheit selbst in die Hände. Sie ließ sich anmutig nieder, holte ein kleines Taschentuch hervor und fing an leise hineinzuweinen. Johnny und Miss Chivers eilten zu ihr, und Campion fand Eve an seiner Seite.

»Liebling, um Himmels willen«, sagte sie in dem ihr eigenen piepsigen Flüsterton, »was ist los? Könnten wir uns vielleicht in die Küche verziehen?«

Es ist ein menschlicher Instinkt, sich in Zeiten, in denen andere großen Aufregungen ausgesetzt sind, unter den Anwesenden diejenige Person herauszusuchen, die am unbeteiligtsten ist, und sich mit ihr zusammenzutun. Campion, der Eve geholfen hatte, sich in der Kochnische auf das Abtropfbrett zu schwingen, setzte sich auf die Anrichte und versetzte der Tür mit einer gewissen Erleichterung einen Tritt.

»Es ist alles höchst seltsam«, setzte er hinzu, nachdem er Eve die Geschichte erzählt hatte, soweit er sie kannte. »Lady Carados scheint mir eine jener Frauen zu sein, die über Gesetz und Ordnung eine ganz eigene originelle Ansicht haben, was vermutlich darauf zurückzuführen ist, daß sie dem Innenminister, als er noch in Eton war, immer zwei Shilling sechs Pence Trinkgeld gegeben hat. Ich wette, daß sie das erste Mal in ihrem Leben erschrocken ist und den Kopf verloren hat. Und es war reines Pech, daß sie ausgerechnet den Mann um Hilfe bat, der zu den wenigen Menschen auf der Welt gehört, die bereit sind, gegen alle Konventionen zu verstoßen, wenn man es von ihnen verlangt. Lugg hat einen richtigen Tick, wenn es um den Adel geht – er steigt ihm gewissermaßen zu Kopf.«

»Wie Wein«, sagte sie zerstreut. Sie hörte ihm nicht mehr zu. Den lächerlichen lavendelblauen Fes hatte sie abgenommen, und das kleine gelb eingefärbte Ringellöckchen im dunklen Haar über ihrer Stirn glänzte in dem grauen Licht.

»Wo ist das – das Ding, Albert? Im Nebenzimmer?«

Er nickte. »Liegt auf meinem Bett. Lugg schwört, daß es Selbstmord war, also nehme ich an, es gibt damit keine Probleme, aber die ganze Sache ist Wahnsinn – entsetzlicher Wahnsinn.«

»Das stimmt«, pflichtete sie ihm bei, den Kopf immer noch gesenkt. »Doch es ist auch gefährlich, oder? Ich meine, man müßte so schnell wie möglich von hier verschwinden, bevor die Presse davon Wind bekommt, nicht wahr? Und das würde man auch tun, wenn's einem nicht um den guten alten Johnny ginge.«

Er sah sie neugierig an, doch sie war nicht geneigt, mehr darüber zu sagen – jedenfalls nicht viel mehr.

»Sie scheint ein reizendes Kind zu sein«, fuhr sie fort. »Hat mit neunzehn geheiratet und war nach einer Woche Witwe.«

»Susan?«

»Mmm. Aber das ist im Moment alles ziemlich überschattet von den Ereignissen, oder? Wie kann nur etwas so unaussprechlich Scheußliches passieren, mein Lieber? Sie sagen, niemand weiß, wer die arme Haut ist, und doch wurde sie in Johnnys Bett gefunden, und zwar am Morgen des Tages, an dem er nach Hause kommen sollte, um zu heiraten.«

Campion hüpfte von der Anrichte. Er hatte im Flur ein Geräusch gehört.

»Das ist die Geschichte für die Presse«, sagte er. »Aber ich glaube, daß sie noch weitergeht.« Er öffnete vorsichtig die

Tür und sah hinaus. Carados, sehr zuverlässig und solide in der blaugrauen Uniform, entfernte sich im Rückwärtsgang von der Schlafzimmertür. Dolly Chivers war hinter ihm, und das Lächeln, das fast immer auf ihrem breiten hellhäutigen Gesicht lag, war wie weggewischt. Lugg, in seiner Rolle als Führer, stand noch im Schlafzimmer. Carados drehte sich zu Dolly Chivers um und sagte etwas. Sie nickte, und ihm schien der Atem zu stocken; dann erblickte er Campion und kam in die Küche. Er sah erstaunt aus; auch geschockt und besorgt, aber hauptsächlich erstaunt.

»Wer ist sie?« fragte Eve.

»Kennen Sie sie?« wollte Campion wissen.

»Ja. O ja, ich kenne sie.« Er sah Dolly Chivers an, die ihm in die Küche gefolgt war. »Es ist doch diese Frau, nicht wahr?«

Dolly Chivers nickte abermals, ihr Mund war vor Schreck ganz verspannt.

»Wer ist sie?« fragte Eve wieder, legte den Kopf ein wenig schief und kniff die hellbraunen Augen zusammen.

»Sie hieß Moppet«, sagte Carados, ohne sich des Widersinns bewußt zu sein. »Moppet – Moppet – Harris, stimmt's? Nein. Lewis. So ist es richtig. Mrs. Moppet Lewis. Erinnerst du dich an sie, Eve?«

»Nein.« Die Schauspielerin zögerte. »Nein, es sei denn ... O nein, doch nicht etwa diese kleine Krähe von Frau, die ... Nicht ... O Johnny!«

Er sah sie hilflos an, und als ihre Augen sich trafen, umspielte ein leicht übermütiges Lächeln seine Mundwinkel.

In diesem Lächeln, dachte Campion, der ihn beobachtete, liegt ein großer Teil seines Charmes.

»Ja, genau die ist es«, sagte er. »Wenn es nicht so verdammt gräßlich wäre, könnte es schrecklich komisch sein. So hat sie es schließlich doch geschafft hineinzukommen.«

Eve schüttelte den Kopf über ihn und auch über sich selbst, denn auch in ihren Augen war ein Funke bestürzter Belustigung aufgeblitzt. »Das ist phantastisch«, sagte sie zu Campion gewandt.

»Sie hat sich – oh, das ist inzwischen Jahre her – uneingeladen eingeschlichen«, fuhr sie fort. »Johnny hat schon immer Fans angelockt, und sie gehörte zu denen, die unsere ganze Clique viel zu ernst nahmen. Ich habe vergessen, wer sie mitbrachte, aber sie war einmal im Haus, und ich erinnere mich, daß Gwenda versuchte, sie davon abzuhalten, unsere Kleider zu probieren. Alle. Sie fand, wir seien alle unbeschreiblich ›süß und zerbrechlich‹, und das hat sie auch zu irgend jemand gesagt – ich glaube, es war Peter. Wo stecken übrigens Pete und Gwenda? Werden wohl heut abend erwartet? Oh, morgen? Nun, das ist ja nicht wichtig, ich dachte mir nur, daß sie eigentlich hier sein müßten. Tja, lassen Sie uns mal sehen – wo war ich? O ja! Schließlich wurden wir Mrs. Moppet los. Das heißt, Gwenda schaffte es. Du hattest doch wohl nie eine Affaire mit ihr, oder, Johnny?«

Die letzte Frage kam ganz direkt, ohne Ziererei, und einen Augenblick sahen sie sich alle zurückversetzt in die Zeit vor dem Krieg, in der kleine Affairen schick waren und niemand sonderlich viel zu tun zu haben schien. Die Frage erschreckte Carados offenbar.

»Aber nein«, antwortete er. »Nein. Natürlich nicht. Vielleicht habe ich sie ein- zweimal zum Lunch eingeladen.«

»Zum Lunch? Ein- zweimal? Liebling, ich dachte, sie sei nur ein- oder zweimal ins Haus gekommen und wir seien alle ziemlich biestig zu ihr gewesen. War sie es nicht, die sich unentwegt angeboten hat, uns Sachen aus dem Ausverkauf zu besorgen? Das war sie doch, nicht wahr, Dolly?«

»Ja, das ist die Frau. Ich erinnere mich sehr gut an sie.« Dolly Chivers war so unverblümt wie immer. »Ziemlich lästig, neugierig und besitzergreifend. Sie haben sie gehaßt, erinnere ich mich.«

Carados zuckte mit den Schultern.

»Trotzdem habe ich sie vor ungefähr sieben Jahren drei-

oder viermal zum Lunch eingeladen.« Er sagte es ruhig und sachlich, und die anderen sahen ihn nicht an. Eve zog die langen Tänzerinnenbeine auf das Abtropfbrett und schlang die Arme um die Knie.

»Bevor wir beschließen, was tun, erzähl uns bitte genau, was passiert ist«, sagte sie. »Wie ist sie gestern abend – oder wann immer es war – ins Haus gekommen?«

»Das ist es, was ich nicht verstehe«, antwortete Dolly Chivers rasch. »Ich war gestern bis etwa sechs Uhr da. Bevor ich ging, habe ich überall nachgesehen, ob alles in Ordnung ist, und ich denke, daß ich hinter mir abgeschlossen habe. Bestimmt sogar, und ich bin auf dem üblichen Weg nach Hause gegangen. Rogers hat zwar Urlaub, aber er besteht darauf, wenigstens für diese sieben Tage zurückzukommen, Gott segne ihn, so daß jemand da sein wird, der für Johnny sorgt. Aber leider sollte er erst am nächsten Morgen kommen, und daher waren keine Hausangestellten und auch sonst niemand im Haus.«

Nachdenklich stand sie da, und ihr grobes, aber keineswegs unhübsches Gesicht war düster.

»Als ich heute morgen kam, war Lady Carados schon da und arrangierte Blumen. Ich ging nicht ins Schlafzimmer, und sie hatte ein paar Aufträge außer Haus für mich. Ich bin eben erst zurückgekommen, praktisch gleichzeitig mit Ihnen und Johnny, Eve. Lady Carados muß, als ich schon fort war, ins Schlafzimmer gegangen sein und dort diese Frau gefunden haben, mit einem Glas und einem Medizinfläschchen neben sich. Dann scheint sie den Verstand verloren zu haben, Lady Carados, meine ich. Sie dachte, es wäre gut, wenn die Leiche woanders gefunden würde, und hat beschlossen, sie wegzubringen. Meine Güte, ich habe so etwas noch nie gehört – was wird noch alles passieren? Das kommt von den vielen Luftangriffen, wissen Sie, die Menschen fürchten sich nicht mehr davor, etwas Unkonventionelles zu tun.«

»Sie hatte Angst vor dem Spektakel«, sagte Carados. »Alle

Edwardianer hatten eine Heidenangst vor Skandalen. Den gleichen Bammel hatten die Viktorianer vor der Cholera, und wir haben ihn vor Giftgasen. Ich glaube, ein Skandal war zur damaligen Zeit das Schlimmste, was passieren konnte.«

Eve Snow fing seinen Blick auf. »Es ist auch jetzt nicht sehr lustig«, sagte sie. »Es wird Stunk geben, und er wird beträchtlich sein, Johnny. Für niemanden sehr angenehm. Wir sind nicht mehr die vergnügten ›Nach-uns-die-Sintflut-Typen‹, die wir mal waren. Keiner von uns.«

»Nein«, sagte er ernst. »Nein, meine Liebe, genau das denke ich auch seit einer halben Stunde. Es sieht alles so verdammt mies aus, als ob mir jemand was anhängen wollte, nicht wahr? Alle Welt weiß, wie ich über meinen Job denke, jeder kennt meinen künftigen Schwiegervater. Der alte Bursche war zeitlebens eisern konventionell und sah sich gezwungen, umzudenken. Dann geht er hin und führt eine altmodische Seeschlacht auf genau die Art, in der seiner Meinung nach Seeschlachten geschlagen werden müssen, und der Erfolg bestätigt ihn in all seinen anderen Ansichten. Im Augenblick ist er zu hundert Prozent der viktorianisch gestrenge Vater. Deshalb ist diese Sache so hoffnungslos vernichtend. Warum in aller Welt hat diese Frau mir das angetan? Schließlich kann sie doch kaum etwas gegen mich gehabt haben.«

»Es sieht ganz so aus«, sagte Dolly Chivers und wirkte dabei wie jemand, der alles bis ins kleinste Detail durchdenkt, »als sei sie ganz und gar gegen Ihre Heirat gewesen wie – na ja, wie die meisten eben.«

Dann wurde sie feuerrot und warf mit wilden Blicken um sich, hätte ihre unbekümmerten Worte am liebsten wieder zurückgenommen. Und genau in diesem Moment, während die Luft noch vibrierte, schaute Campion auf die Uhr und stellte fest, daß seine Zeit gekommen war.

»Aber, Albert, Sie können jetzt nicht weg!« rief Eve heftig und protestierte mit jeder Faser ihres Körpers. »Sie können nicht einfach verschwinden und uns im Stich lassen! Was in aller Welt sollen wir tun?«

Campion, noch genauso lang und mager wie früher, musterte die Gruppe in der winzigen Küche streng durch die Brille. »Meine lieben Leute«, sagte er, »Sie können nur eines tun. Nehmen Sie den Rat eines alten Praktikers an, und gehen Sie zur Polizei; gehen Sie gemeinsam; gehen Sie als ein von schlechtem Gewissen geplagter Haufen unschuldiger, törichter Leute, die alle – jeder für sich natürlich – einen einflußreichen, bekannten Namen tragen. Beichten Sie der mißtrauischen, aber im Herzen nur allzu menschlichen Polizei, aber geben Sie ihr keine Rätsel auf. Verbergen und verschweigen Sie nichts. Gestehen Sie den geliehenen Krankenwagen, den Transfer der Leiche, die Luncheinladungen. Begeben Sie sich ganz in die Hände des guten alten Onkels Oates, der, soviel ich weiß, der neue Chef des CID ist. Und dann beten Sie. Die Presse hat zum Glück nicht viel Platz, und es gibt wichtigere Nachrichten. Was mich anbelangt – tut mir leid, aber ich gehe. Fast vier Jahre lang habe ich davon geträumt, auf dem Bahnhof Euston einen bestimmten Zug zu erreichen. Und heute ist der große Nachmittag gekommen. Ich fahre mit diesem Zug.« Er hielt inne und grinste sie an. »Das war ungefähr alles, denk ich«, sagte er.

Nach einer längeren Pause ergriff Eve als erste das Wort.

»Nun«, sagte sie, »das ist die Stimme der Vernunft, nicht wahr? Trotzdem wünschte ich mir, Sie würden bleiben und uns aus dem Schlamassel helfen, Albert. Schließlich sind Sie solche Geschichten gewöhnt.«

Campion war gekränkt. »Durchaus nicht«, sagte er. »Sie haben zu viele Schmöker gelesen. Das ist absolut nicht die Seite des Zauns, auf der ich gewöhnlich stehe. Außerdem«, er sah wieder auf seine Armbanduhr, »geht es nicht. Tut mir leid, meine Lieben, aber es geht wirklich nicht. Ich wage es nicht einmal, auch nur eine Sekunde länger zu bleiben. Viel Glück, und beichten Sie brav.«

»Ich begleite Sie hinunter, Chef«, sagte Lugg im Flur, aber Carados war nicht einverstanden.

»Nein«, sagte er, »Sie bleiben hier. Ich bringe Sie zu Ihrem Taxi, Campion. Niemand rührt sich von der Stelle, bis ich zurückkomme.«

Campion hatte nichts dagegen, und als sie zusammen hinuntergingen, legte Carados ihm die Hand auf die Schulter.

»Hören Sie«, sagte er, »ich weiß, daß ich Sie unverschämt ausnutze, und es tut mir leid. Aber ich kann Ihnen doch vertrauen, oder?«

Campion blickte ihn schief an.

»Mein lieber Junge«, sagte er mild, »in diesem Moment gilt mein einziges Interesse dem Zug, den ich erreichen will. Tun Sie nur, was Sie tun müssen. Ich habe Ihnen einen Rat gegeben, und darüber hinaus geht mich die Sache nichts mehr an. Aber wenn ich Sie wäre, würde ich mich vor einer Dummheit hüten.«

»Wer weiß schon, was dumm ist?« sagte Carados bedächtig mit einem seltsam verwirrten Ausdruck im kraftvollen Gesicht. »Ich lebe in zwei Welten, Campion«, setzte er plötzlich hinzu. »Zwei völlig verschiedenen Welten. Ich werde der Polizei natürlich alles sagen, weiß aber nicht, ob das der richtige Zeitpunkt ist.«

Sie waren in der kleinen Halle angekommen, und Campion antwortete nicht. Er fischte in der Tasche nach dem Schlüssel zur Portiersloge, die seit dem Krieg unbesetzt war.

»Ich hab ein paar Sachen hier drin«, sagte er. »Schweres Zeug, das seit ungefähr achtzehn Monaten auf mich wartet. Ich würde es gern mitnehmen.«

Viel Zeit hatte er nicht mehr, und Carados ging ein Taxi holen. Sehr zufrieden mit sich, kam er beinahe sofort zurück. »Hab eins gefunden!« verkündete er. »Was für ein Glück. Hier muß die Vorsehung ihre Hand im Spiel haben. Kommen Sie, ich helfe Ihnen. Dann alles Gute, alter Knabe. Ich verlasse mich auf Sie. Ich benutze meinen Grips, und Sie schweigen.«

Campion antwortete nicht sofort, da er sich um das Gepäck kümmerte, aber während der Fahrer die beiden Kisten auf dem Beifahrersitz verstaute, beugte er sich aus dem Wagenfenster und schüttelte Carados die Hand.

»Sie können sich auf mich verlassen, solange Sie vernünftig handeln«, sagte er. »Aber meiner Meinung nach haben Sie etwas Unmögliches vor. Zu viele Leute.«

Carados nickte düster, doch seine leuchtend blauen Augen blickten grimmig. »Ja«, sagte er, »aber ich heirate übermorgen, und ich will nicht, daß etwas dazwischenkommt. Ich kann in den nächsten achtundvierzig Stunden keine Schwierigkeiten brauchen. Ach, übrigens«, setzte er leiser hinzu, »wer ist der Amerikaner? Wissen Sie es?«

»Nein. Nur daß er Evers heißt.«

»Ist er mit Sue gekommen?«

»Ja, ich glaub schon.«

»Oh!« Für einen Mann kurz vor der Hochzeit schien Carados nicht besonders interessiert. »Ein Freund? Ich meine, jemand, den sie ziemlich gut kennt? Nicht nur ein Bekannter?«

»Ein Verflossener«, sagte Campion auf gut Glück. Carados machte die Augen weit auf und verzog den Mund zu einem Lächeln voller Selbstironie.

»Und dann sind Eve und ich reingeplatzt«, sagte er. »Oh, Gott! Wir werden nie älter, nicht wahr? Das Leben ist sehr schwierig. Ich glaube, ich bin verrückt, Campion.«

Er sprach mit großem Ernst. Unmöglich, da nicht neugierig zu sein, aber Campion hatte wieder einen Blick auf die Zeit erhascht.

»Sie müssen jetzt einen ganz klaren Verstand behalten, wenn ich das sagen darf, alter Junge«, sagte er. »Auf Wiedersehen, und – eh – eine fröhliche Beerdigung wünsch ich. Zum Bahnhof Euston, Fahrer.«

Das Taxi startete mit einem kleinen Knall. Als Campion sich aus den ledernen Tiefen aufsetzte und durch die Heckscheibe blickte, sah er, wie Carados langsam zum Haus zurückging.

Der kleine, kastenförmige Krankenwagen stand noch da, wo Lugg ihn am Randstein geparkt hatte, direkt vor dem leeren Gebäude, das früher das alte Bottle-Street-Polizeirevier gewesen war. Er sah irgendwie mitleiderregend und unheilvoll aus, wie Krankenwagen das nun einmal an sich haben.

Campion rätselte noch immer daran herum, welchem Wahnsinn Carados verfallen war, als er merkte, daß das Taxi zwar wie alle Londoner Taxen einen Affenzahn drauf hatte, ihn jedoch sonstwohin beförderte, nur nicht zum Bahnhof Euston.

4

Durch das Taxifenster betrachtete Campion die Stadt, auf die sich jetzt schnell die Dunkelheit senkte. Es verwirrte ihn, als er feststellte, daß viele der bekannten Wahrzeichen verschwunden und neue Plätze und Straßenzüge entstanden waren – eine sauber aufgeräumte Leere. Doch als er plötzlich der unvergleichlich häßlichen Bronzegruppe *Der Reichtum schützt die Unschuld* ansichtig wurde, die unversehrt vor der kahlen Fassade des M.O.L.E.-Versicherungsgebäudes stand, das sich wohl nach wie vor in der Sabot Lane befand, wußte er, daß der Fahrer vom richtigen Weg abgekommen war. Er klopfte an die Trennscheibe und rief:

»Nicht zum Waterloo Bahnhof, Taxi! Euston, mein Junge! Euston.«

Der Fahrer beachtete ihn nicht, und Campion versuchte die Trennscheibe zurückzuschieben, als er merkte, daß ihn ein Auge durch den Rückspiegel beobachtete. Es war nur ein Auge und kein besonders schönes, aber mit einem unverkennbar hinterhältigen Ausdruck.

Campion war erstaunt und verärgert. Er hatte gute Gründe zu glauben, daß alle seine Feinde aus jüngster Zeit sich zumindest auf der anderen Seite des Kanals aufhielten, und es kam ihm sehr unfair vor, daß einige von den alten ihn nicht vergessen haben sollten. Wieder warf er einen Blick auf die Uhr, und ohnmächtiger Zorn packte ihn. Als er versuchen wollte, eine Tür zu öffnen, stellte er fest, daß an beiden die Klinken fehlten.

Da die Situation jetzt nur noch einen Schluß zuließ, handelte Campion. Er wickelte sich den Mantel um den Arm, schlüpfte aus seinem Schuh, holte aus und knallte ihn gegen die Scheibe. Sie zerbarst zwar, zerbrach aber nicht, und im selben Moment bog das Taxi scharf ab, fuhr unter einem Torbogen durch, holperte über das Kopfsteinpflaster eines uralten Hofs und tauchte in die Dunkelheit eines Gebäudes ein.

Campion schlug noch einmal gegen das Glas. Diesmal schaffte er es, mit dem Absatz ein Stück herauszubrechen, doch bevor er die Hand durch das Loch schieben konnte, wurde hinter ihm die Wagentür aufgerissen, und jemand, der lange Arme haben mußte, packte ihn bei den Schultern. Er duckte sich unwillkürlich und machte sich breit, aber sobald er spürte, wie die Hände der im Dunkeln kaum sichtbaren Gestalt zupackten, wußte er, daß er unterlegen war. Er stemmte sich gegen den Sitz, warf sich dann mit dem ganzen Gewicht auf seinen Gegner und gewann für einen Moment die Oberhand. Aber schon im nächsten Augenblick wurde die Tür mit der zerbrochenen Scheibe aufgerissen, und ein Wattebausch, der widerwärtig roch, wurde ihm auf Mund und Nase gepreßt. Er wehrte sich heftig, empfand sogar in dieser verzweifelten Situation Empörung über die Ungerechtigkeit. Sein letzter bewußter Gedanke galt dem Zug, den er nun doch versäumt hatte.

Als er die Augen aufschlug, dachte er noch immer an den Zug. Er hatte Schmerzen, ihm war übel und kalt, und das Licht war unerträglich grell. Es traf ihn wie eine lange, gerade Klinge, die zwischen zwei dunklen Säulen hervorschoß, und es stach ihm in die Augen. Schnell machte er sie wieder zu.

Wieder erinnerte er sich an den Zug, und Verzweiflung packte ihn. Er hatte ihn versäumt. Das Licht war die Sonne, der Zug längst fort. Er hatte ihn verpaßt, um Stunden verpaßt. Er hätte weinen können vor Zorn, weil er so hilflos war.

Bald darauf begann eine Folge neuer Bilder in seinem Kopf abzurollen. Es waren Bilder, so widersinnig wie in einem Alptraum. Er sah Eve Snow in seiner Wohnung in der Kochnische auf dem Abtropfbrett sitzen; sie sah ihn an, den Kopf seitlich geneigt und mit einem merkwürdigen tragischen Ausdruck in ihrem anziehenden, aber irgendwie komischen Komödiantinnengesicht.

Dann erblickte er einen Jungen, einen hübschen, kräftigen Jungen im Olivgrün einer Invasionsarmee. Er sah entschlossen, aber irgendwie verwirrt aus und war verzweifelt unglücklich. Eine zweite Frau drängte den jungen Soldaten aus Campions Wachtraum. Zuerst war sie nur eine undeutliche Silhouette, und seine Erinnerung konzentrierte sich auf kleine Schuhe mit Keilabsatz, grau und schwarz, die eckigen Spitzen wie bei einer Puppe nach oben gekrümmt.

Durch den Nebel seiner Betäubung bemühte er sich, die Bedeutung dieses letzten Bildes zu begreifen. Etwas war hier merkwürdig, irgend etwas stimmte ganz und gar nicht. Ich hätte ihre Schuhsohlen nicht sehen dürfen, dachte er, es sei denn...

Wieder öffnete er die Augen. Richtig; etwas stimmte nicht mit ihr, stimmte überhaupt nicht. Sie war tot, erinnerte er sich jetzt. Sie hieß Moppet Sowieso, und sie war tot.

Er bewegte sich, als der Lichtstrahl breiter wurde, und er sah, daß die beiden Säulen sich auf ihn zubewegten – kräftige blaue Säulen, sehr würdevoll und gediegen. Er versuchte sich aufzurichten, und ein Polizeibeamter beugte sich über ihn.

»Geht es Ihnen besser, Sir?« fragte er. »Der Krankenwagen ist unterwegs, aber der Chef hat gesagt, wir müssen auf ihn warten.«

Campion blinzelte den Mann an, drehte sich steif zur Seite und schaute sich um.

Er befand sich in einer kleinen Garage, und durch das halb

offene Tor strömte Sonnenlicht. Ein Wagen war nicht zu sehen. Die Garage war seit längerer Zeit als Abstellraum benutzt worden. An der Wand lehnten alte Bilderrahmen, ein paar schöne schmiedeeiserne Gitter, und davor türmte sich ein ganzer Berg elektrischer Zubehörteile. Zwischen Campion und dem Tor lag alles mögliche Zeug, das er erst nach und nach als Inhalt seines Gepäcks erkannte; es sah aus, als habe sich ein wahnsinniger Zollbeamter damit vergnügt, die Sachen auf den Boden zu verstreuen.

Campion musterte den Polizisten. »Waren Sie das?« fragte er.

»Nein, Sir. Ich hab hier nichts angerührt, hab nur Ihren Kragen geöffnet und Ihnen was unter den Rücken geschoben. Ihren Namen habe ich aus den Papieren in Ihrer Brieftasche. Es ist auch noch eine Menge Geld drin, Sir. Beraubt hat man Sie offensichtlich nicht. Hier hab ich ein Glas Wasser, wollen Sie einen Schluck?«

Campion hatte sich aufgesetzt und trank, als der Sonnenstrahl wieder durchbrochen wurde und ein melancholisch aussehender älterer Mann mit wehendem Regenmantel hereinkam. Hinter ihm tauchten noch zwei Gestalten auf, blieben aber am Tor zurück, und er ging allein weiter.

Der Chef der Kriminalabteilung, Stanislaus Oates, war nie ein geistreicher Mensch gewesen, und Fröhlichkeit gehörte auch nicht zu seinen starken Seiten, doch als Campion das lange Gesicht nach drei Jahren wiedersah, hatte er den Eindruck, daß die Weltkatastrophe den alten Herrn aufgeheitert hatte. Jedenfalls lag auf seinem hageren Gesicht ein schwaches Lächeln, als er seinen Freund erkannte, und seine kalten Augen schweiften über die trostlose Szene.

»Hallo, Campion«, sagte er. »Da hat man Ihnen ja einen schönen Empfang bereitet, wie ich sehe.«

»Jammerschade, daß das Police Department nicht an den Festivitäten teilgenommen hat«, antwortete Campion, der wie ein menschliches Wrack in der Ecke lehnte, bissig.

»Oh, ich weiß nicht, ich weiß nicht.« Oates sah sich noch immer um. Seinen aufmerksamen Blicken entging nichts. »Warum so ungehalten? Man hat Sie gefunden, oder nicht?«

»Wo bin ich?«

»Goldhawk Mews 27, London-Nord 1 – was noch davon übrig ist. Es ist im Umkreis von einer Meile praktisch das einzige Gebäude, das noch ein Dach hat. Entspricht das Ihrer Vorstellung von Ihrem Aufenthaltsort?«

»Nein. Sie haben mich auf der anderen Seite Londons ausgesetzt.«

»Hm.« Oates schnüffelte weiter herum wie ein Terrier und setzte sich plötzlich auf einen umgedrehten Koffer. Er sah Campion eindringlich an. »Also – wie geht es Ihnen?« fragte er.

Campion sagte es ihm.

»Ich verstehe. Sollen wir Sie zum Arzt bringen?«

»Nein, ich glaub' nicht. Ich möchte einen Zug erreichen. Etwas dagegen?«

»Tja...« Der Polizeichef kratzte sich mit haargenau der gleichen Miene ernsthaften Zweifels am Ohr wie damals, als er noch Kommissar gewesen war. »Das hängt davon ab, wissen Sie. Tatsache ist, Campion, daß ich Sie festhalten müßte. Ich vermute, daß Sie gestern in Ihrer Wohnung waren.«

»Ja.« Campion kniff die blassen Augen zusammen. »Ja, das war ich.«

»Ah, und da haben wir's auch schon.« Die Sitzgelegenheit des Polizeichefs war niedrig, und er rieb sich die Knie, die in der ungewohnten Haltung steif wurden. »Wir haben dort eine Leiche gefunden. Eine Frau. Sie wurde ermordet. Ich hatte eben den Bericht des Gerichtspathologen bekommen, als dieser Polizist anrief und meldete, daß man Sie gefunden habe.«

Der Polizist starrte ihn an. In diesem Augenblick dachte er zu allererst an das Mädchen, das hübsche Mädchen, das so jung und so sehr in den Mann verliebt war, den es nicht heiraten würde. Das gewissenhafte Mädchen mit dem altmodischen Vater, das seinem Krankenwagen hinterhergefahren war. Es würde sie genauso hart treffen wie alle anderen.

»Ermordet?« fragte er benommen. »Sind Sie sicher?«

»Ganz sicher. Und genauso sicher bin ich, daß Sie reden müssen«, sagte der Polizeichef.

5

Als sie durch die Stadt fuhren, vergaß Campion für einen Augenblick seinen Zug. Es war ein feuchter graugelber Morgen mit einem Hauch von Sonne hinter dem Dunst. Von den Platanen fielen langsam große, runde Tropfen. Der Fluß war belebt und warm, und das hohle Geräusch der Schlepper übertönte traurig den Verkehrslärm. Das alte Gefühl der Hetze war wieder da. Der Polizeichauffeur fuhr zügig; es gab eine Menge zu tun. Man mußte mit den Leuten sprechen, Fragen aufwerfen, Geheimnisse lüften; er war wieder zu Hause.

Oates schwieg. Es ist höchst ungewöhnlich, daß es ein Mann bis zum Chef der Kriminalabteilung bringt, der als einfacher Polizist begonnen hat, doch ab und zu ereignet sich ein solches Wunder. Der graue Mann trug die Ehre gelassen; falls er wußte, daß er Feinde hatte, wußte er auch haargenau, wie mit ihnen umzugehen war. Er mußte vor ihnen auf der Hut sein, ließ sich aber nicht daran hindern, das zu tun, was er für richtig hielt.

Indem er Campion persönlich in die Stadt brachte, brach er Vorschrift Nummer eins der Polizei-Etikette, die streng und wichtig ist; doch er war vorsichtig genug, ihn nicht zu befragen, bis sie sicher im Büro des leitenden Kommissars mit Blick auf den spiegelglatten Fluß saßen.

Kommissar Yeo erwartete sie, und Campions Gefühl, wieder daheim zu sein, wurde durch den Anblick des untersetzten Mannes mit kugelförmigem Kopf noch verstärkt. Voller

Zuneigung und Respekt betrachtete er die runden dunklen Augen und die Stupsnase, die dem vollen Gesicht etwas so irreführend Komisches gaben. Yeo war ein Polizeibeamter unter Tausend, ein Polizist mit Leib und Seele; zuverlässig, exakt, konventionell und zäh; er mochte Campion, mehr noch, er bewunderte ihn, wenn auch ein bißchen widerwillig. Jetzt hieß er ihn mit aufrichtiger Herzlichkeit willkommen.

»Ich freue mich, Sie zu sehen«, sagte er. »Leider sind Sie kopfüber in eine sehr unschöne Sache hineingeraten. Was hat er uns zu erzählen, Mr. Oates?«

»Das weiß ich noch nicht.« Die kalten Augen des Polizeichefs ruhten träge auf dem Gesicht des Kommissars. »Ich dachte, wir sollten es uns gemeinsam anhören.«

Yeo wurde vor Zufriedenheit rot und blühte geradezu auf. »So gefällt es mir«, sagte er, »erst mal die ganz einfache Geschichte. Wir können die Aussage später zu Protokoll nehmen. Es hat sich da ein bißchen was Unangenehmes ergeben, und ich brauche Ihren Rat, Mr. Oates. Doch im Augenblick wäre ein sachlicher Bericht eine große Hilfe. Es ist ein glatter Mordfall und paßt zu der anderen Sache.«

Er unterbrach sich abrupt, als habe er schon zuviel gesagt, und fügte dann fröhlich hinzu:

»Sie sehen völlig erledigt aus, Mr. Campion. Nehmen Sie bitte hier Platz, ja?«

»Wo steckt der Inspektor vom Dienst?« fragte Oates. »Es ist Holly, nicht wahr?«

»Holly hat zur Zeit alle Hände voll zu tun, Sir.« Yeo fühlte sich nicht ganz wohl in seiner Haut, das merkte man seinem Gesicht an, und Oates schien plötzlich alle Neugier zu verlassen.

»In Ordnung«, sagte er und setzte sich ebenfalls. »Und nun, Campion, lassen Sie nichts aus, und behalten Sie alle Theorien für sich. Wir wollen nur Fakten hören.«

Campion war kein Narr, und er machte sich auch keine

Illusionen darüber, wem seine Loyalität galt. Es gibt sehr ernste Verbrechen, und Mord ist nicht eines der geringsten. Oates hatte recht, die Zeit zu reden war gekommen.

Er schilderte sehr sorgfältig die Ereignisse des vergangenen Abends, und die beiden anderen beobachteten ihn; Oates anerkennend, Yeo mit wachsender Sorge. Hin und wieder machten sie sich Notizen, und als Campion mit der Entführung endete, einer Episode, die ihm, je länger er darüber nachdachte, um so phantastischer vorkam, war der Kommissar vor Nervosität ganz zappelig.

»Das wird eine peinliche Angelegenheit«, sagte er unvermittelt, »eine sehr peinliche sogar.«

Diesen Kommentar hatten sie nicht erwartet, und als sie ihn erstaunt ansahen, wandte er sich an den Polizeichef.

»Kurz nachdem Sie gegangen waren, Mr. Oates, war der Assistent des Polizeipräsidenten hier«, erklärte er. »Er wollte Sie natürlich auf keinen Fall beeinflussen, aber soweit ich es übersehen konnte, steckt er selbst ein bißchen in der Klemme. Wie es scheint, hat der Minister ihn angerufen und ihm gesagt, eine Dame, mit der er seit langem sehr gut befreundet ist, sei mit einer Geschichte zu ihm gekommen, die sie – ihrer Meinung nach – der Polizei zur Kenntnis bringen müsse. Sie habe offenbar etwas Wahnwitziges getan, hat er gesagt, doch er sagte auch, ihr könne nicht klar gewesen sein, was sie da tat, also schicke er sie mit einem seiner Sekretäre vorbei. Alle sind ziemlich aufgeregt, wenn Sie mich fragen.«

Oates fluchte ein bißchen. Das war sehr ungewöhnlich, und Yeo beschwichtigte ihn. »Ich weiß, Mr. Oates, Sie dulden keine Einmischung und haben damit natürlich recht. Aber in diesem Fall, wenn ich das sagen darf, hätte der Gentleman nicht viel weniger für sie tun können, glaube ich. Sie haben beide streng korrekt gehandelt und die Dame in unsere Hände gegeben. Sie ist nicht der Mensch, von dem so etwas zu erwarten war. Es ist die Herzoginwitwe Lady Carados. Jemand wie sie ist höchst selten in Polizeigewahrsam zu finden.«

»Wie wahr!« stimmte Campion ihm leidenschaftlich zu. »Haben Sie sie schon hier oben gehabt?«

»Sie ist jetzt hier«, sagte Yeo. »Holly ist mit ihr hinuntergegangen. Sie hat ihre Aussage gemacht, und das Schwierige dabei ist, daß sie sich nicht mit der Ihren deckt, Mr. Campion. Die Unterschiede sind leider gravierend.«

Oates seufzte. »O mein Gott, diese albernen alten Frauen«, sagte er müde.

Yeo räusperte sich. »Es gibt zwei wesentliche Unterschiede«, sagte er. »Mr. Campion hat ausgesagt, er habe seinen Diener Lugg so verstanden, daß die Leiche ursprünglich aus dem Haus Carados Square 3 gekommen sei, dem Anwesen des Marquis von Carados, wo sie im Bett des Besitzers aufgefunden worden war, und zwar kurz bevor er auf Urlaub nach Hause kam. Lady Carados hingegen behauptet, die Leiche habe in ihrem Haus gelegen, in Nummer 20 auf der gegenüberliegenden Straßenseite. Ich muß sagen, ihre Aussage war sehr präzise. Sie sagt, die Tote sei in einem Souterrainzimmer entdeckt worden, das vor dem Krieg ein Diener bewohnte. Es stehe noch ein Bett darin. Ihrer Meinung nach war die Frau eine Vagabundin, die sich ins Haus geschlichen hatte, da die Kellertür den ganzen Tag unverschlossen sei und das einzige noch verbliebene Hausmädchen sich fast immer oben aufhalte. Ihre Ladyschaft meint, sie sehe nicht ein, wieso es so unwahrscheinlich sein soll, daß die Frau allein ins Haus gekommen ist. Das ist jedenfalls ihre Geschichte. Die sie übrigens sehr klar und überzeugend vorgetragen hat, das muß ich ihr zugute halten.«

»Das wäre dann meines Wissens die erste Vagabundin, die ein schwarzes Spitzennachthemd besessen hat«, sagte Oates. »Fahren Sie fort.«

Yeo sah Campion bittend an. »Wir dürfen nicht vergessen, daß dieser erste Punkt tatsächlich fraglich ist«, sagte er. »Mr. Campion gibt zu, daß seine Version auf Hörensagen beruht. Dieser zweite Punkt jedoch ist schwieriger. Mr. Campion hat ausgesagt, Lady Carados habe ihren Sohn angerufen, der dann mit Miss Evangeline Snow und seiner Sekretärin Miss Dorothy Chivers in Mr. Campions Wohnung erschien. Lord Carados und Miss Snow hätten die Tote übereinstimmend als eine gewisse Mrs. Moppet Lewis identifiziert, die Carados angeblich seit fünf Jahren nicht mehr gesehen hatte. Die Tote hat zweifellos so geheißen, aber wie ich es sehe, bringt uns das nicht viel weiter.«

»Lady Carados hat uns das ganz anders berichtet«, fuhr er fort. »Sie behauptet, ihr Sohn sei nicht dagewesen, als sie bei ihm anrief. Es habe sich nur ein gewisser Major Peter Onyer gemeldet, ein ehemaliger Berater von Lord Carados. Lady Carados zufolge seien es Onyer und seine Frau gewesen, die mit Miss Chivers zu Mr. Campion gekommen sind, und sie erklärt auch, daß keiner von den dreien die Frau je zuvor gesehen hatte. Das hat sie praktisch wortwörtlich ausgesagt. Wir werden natürlich jeden einzelnen vernehmen.«

»Diese Narren!« stieß Campion hilflos hervor. »Diese albernen, albernen Narren. Ihnen ist nicht klar, daß es sich um Mord handelt.«

»Sie weiß es«, entgegnete Yeo unerwartet. »Wir haben es ihr sehr vorsichtig und rücksichtsvoll, aber sofort gesagt.«

»Dann ist sie verrückt«, sagte Campion. »Sie haben sie übrigens wesentlich rücksichtsvoller behandelt als mich. Wie ist die unglückselige Person zu Tode gekommen?«

»Sie wurde erstickt«, sagte Oates, bevor Yeo zu Wort kam. »Man hat ihr ein starkes Opiat gegeben, und als sie bewußtlos war, ein weiches Kissen aufs Gesicht gedrückt, bis sie nicht mehr atmete. Roder-Whyte hat die Autopsie durchgeführt, und seine Diagnose ist ganz eindeutig, wie gewöhnlich. Todesursache ist Ersticken, und er hat Federn und Fusseln in ihrer Luftröhre gefunden. Jeder könnte es getan haben.«

»Jeder«, wiederholte Yeo. »Man hat nicht viel Kraft dazu gebraucht, nur Nerven.«

Campion fröstelte. Die Einfachheit der Methode und die

dazu erforderliche Entschlossenheit war erschreckend. »Wann ist es passiert?« fragte er.

»Laut Roder-Whyte irgendwann am Montagabend«, sagte Oates. »Ungefähr vierundzwanzig Stunden bevor Sie die Tote zu sehen kriegten.«

»Sie waren um die Zeit auf dem Wasser, Mr. Campion.« Es war klar, daß Yeo ihn mit dieser Bemerkung beruhigen wollte, und Campion grinste ihn an.

»Ja«, sagte er, »das ist richtig. Die Sache geht nur den Coroner etwas an – und Sie. Nicht mich, Gott sei Dank. Ich möchte jetzt meinen Zug erreichen, oder?«

»Nein«, sagte Oates kurz und fügte, sich Yeo zuwendend hinzu: »Ich denke, es wird reichen, wenn sie sich zufällig auf dem Flur begegnen. Glauben Sie nicht auch? Nicht nötig, besondere Vorkehrungen zu treffen.«

Campion protestierte heftig, aber ohne Hoffnung auf Erfolg. Yeo sprach im internen Telefon kurz mit Holly, und bald darauf gingen sie hinunter.

Die beiden Zeugen trafen sich im Flur, wie es schon oft arrangiert worden war. Campion und seine beiden Begleiter kamen genau in dem Moment um die Ecke, in dem Lady Carados und Inspektor Holly am anderen Ende des Flurs einen Raum verließen. Ein paar Sekunden lang gingen die beiden Gruppen langsam aufeinander zu. Obwohl er sich unbehaglich fühlte, war Campion neugierig zu sehen, wie Lady Carados reagieren würde. Er war nicht sicher, wann sie ihn bemerkt hatte, hinterher jedoch geneigt zu glauben, daß es sofort gewesen sein mußte. Sie kam schnell näher, in wunderbar aufrechter Haltung, den noch immer schönen Kopf erhoben, so daß sie ihr Lächeln sehen konnten. Es war ein anmutiges Lächeln, heiter und selbstsicher; das Lächeln einer Frau, die wußte, wie sie am besten wirkte, die es nicht nötig hatte, besonders mutig zu sein, die aussah, als habe sie mit einem angenehmen und guten Zuhörer ein anregendes Gespräch geführt.

Zuerst dachte Campion, sie werde ohne ein Zeichen des Erkennens an ihm vorübergehen, aber als sie einander näher kamen, trafen sich ihre Blicke, und sie blieb sofort stehen.

»Aber das ist doch Mr. Campion, nicht wahr?« sagte sie. »Mein Lieber, ich bin sehr froh, Sie hier zu sehen. Jetzt können Sie alles bestätigen, was ich gesagt habe.«

So wie sie es sagte, klang es nicht ganz beiläufig, und er war nicht sicher, ob ihre Worte nicht einen befehlenden Unterton hatten. Es war das letzte, was er von ihr erwartet hätte, und nahm ihm buchstäblich den Atem. Er sah sie besorgt an, doch falls sie seine Bitte bemerkte, reagierte sie nicht darauf. Sie lächelte immer noch freundlich und zufrieden, als sie, den hochgewachsenen, untadeligen Holly im Gefolge, weiterging.

»Das war's«, sagte Oates, als sie wieder das Büro des Kommissars betraten. Yeo schloß die Tür.

»Sie hat wirklich Courage. Ich könnte eine solche Frau bewundern, wissen Sie. Außer...« Er unterbrach sich und sah den anderen Polizeibeamten an.

Campion betrachtete beide mit Interesse. Yeo, stellte er fest, schwitzte ein bißchen.

»Es ist natürlich eine Möglichkeit«, sagte der Kommissar, »aber bei Berücksichtigung aller – ich betone – aller Umstände, Mr. Oates, kann ich es nicht glauben.«

Oates wandte sich an den leicht verwirrten Campion. »Nehmen Sie einen Moment Platz«, sagte er. »Ich habe noch ein paar Fragen, die Sie mir sehr sorgfältig beantworten sollen. In Ihrer Aussage haben Sie nicht erwähnt, daß Sie gestern abend die Polizei angerufen und den Leichenfund gemeldet haben. Das haben Sie doch getan, nicht wahr?«

Auf eine solche Inquisition war Campion nicht vorbereitet, und er sah seinen Freund erstaunt an. Wieder kam ihm der Gedanke, daß es um etwas viel Schwerwiegenderes als um eine durchschnittliche Morduntersuchung ging. Ganz offensichtlich hatten Oates und Yeo ein Geheimnis, das sie noch nicht preisgeben wollten.

»Ich habe überhaupt nicht telefoniert. Ich war nur daran interessiert, meinen Zug zu erreichen«, sagte er.

»Denken Sie nach, Campion«, sagte Oates eindringlich. »Das hätten Sie nämlich tun sollen, so etwas tun Sie doch instinktiv. Jemand hat gestern das zuständige Polizeirevier angerufen – unter Ihrem Namen. Dadurch sind wir ja auf die Sache gekommen. Sind Sie ganz sicher, daß Sie es nicht waren?«

Campion war leicht belustigt. »Tut mir leid«, sagte er, »ich war der Meinung, Sie könnten Ihre Schmutzarbeit allein erledigen. Ich mußte einen Zug erreichen.«

»Da haben wir's, sehen Sie.« Oates blieb beharrlich bei seiner neuen, wenig überzeugenden Art. »Sie sind von diesem Zug besessen. Sagen Sie mir, woher wir Ihrer Meinung nach wußten, daß Sie gestern in Ihrer Wohnung waren?«

»Sie haben es in der alten Polizei-Kristallkugel erspäht«, sagte Campion, den sein Humor allmählich verließ. »Ich habe keine Ahnung. Wahrscheinlich haben Sie überall Spione.«

»Nein. Das ist sehr wichtig. Woher haben wir es also tatsächlich gewußt?«

»Haben Sie den kleinen Acres vergessen, Mr. Campion?« fragte Yeo, und es hörte sich an, als habe er das Gefühl, einen Betrug zu begehen.

»Den kleinen Acres?« Verärgert kniff Campion die Augen zusammen. Oates sah ihn mit unbegreiflicher Kälte an.

»Sie haben es vergessen«, sagte er. »Sie haben vergessen, daß Sie gestern auf dem Viktoria Bahnhof mit einem Beamten in Zivil gesprochen haben. Sie haben ihm gesagt, wohin Sie wollten. Erinnern Sie sich?«

Campion begann zu verstehen, und einen Augenblick war er richtig wütend. Das kam bei ihm sehr selten vor, und er blieb stumm. Oates fuhr fort:

»Wahrscheinlich nicht. Und genau darauf kommt es an, Campion. Ich habe nie geglaubt, daß Sie sich von der Sache bei Kriegsbeginn völlig erholt haben. Sie hatten das Gedächtnis verloren und eine Woche lang gearbeitet, ohne daß Sie sich an etwas erinnern konnten. Oh, ich weiß, das Außenministerium ist mit der Arbeit, die Sie im Ausland geleistet haben, hochzufrieden, aber meiner Meinung nach haben Sie bei dem anderen Fall einen irreparablen Schaden davongetragen. Sehen Sie, worauf ich hinaus will?«

Die Unterstellung war so absolut unbegründet und absurd, daß es Campion vorübergehend die Sprache verschlug. Es traf zu, daß er während der letzten Zusammenarbeit mit Oates für kurze Zeit das Gedächtnis verloren hatte, aber er hatte in vier Jahren anstrengendster Strapazen nie einen Rückfall erlitten. Das drängte ihm den Gedanken auf, daß etwas sehr Merkwürdiges im Gang sein mußte, sonst hätte Oates sich nie und nimmer eines solchen Mittels bedient. Er lächelte.

»Auf dem Viktoria Bahnhof ging's zu wie bei einem Cup-Finale«, sagte er. »Als ich mich hinauskämpfte, stolperte ich tatsächlich fast über ein kleines Frettchengesicht mit kupferroten Locken. Eine Fistelstimme fragte mich, wohin ich wolle, und ich sagte: ›Nach Hause. Waschen.‹ Dann spülten blaue und khakifarbene Wellen den Kleinen einfach weg. Ich gebe zu, ich hatte den Zwischenfall vergessen. Demnach ist der frettchengesichtige Rotschopf ein Kriminalbeamter namens Acres.«

Oates blieb verdächtig stur. »Trotzdem ...«

»Trotzdem«, fiel Campion ihm energisch ins Wort, »wenn Sie hoffen, daraus schließen zu können, ich könnte Johnny, Marquis von Carados, von Peter Onyer nicht unterscheiden, dann haben Sie Pech. Und Eve Snow und Gwenda Onyer könnte ich nicht einmal verwechseln, wenn ich betrunken, ertrunken oder im Koma wäre. Seien Sie nicht albern, alter Junge. Sie können die Tatsachen nicht manipulieren, ich habe sie gesehen.«

»Ich weiß nicht«, sagte Oates verzweifelt. »Ich weiß nicht. Das Gedächtnis spielt uns allerlei Streiche. Ich selbst bin seit dieser Sache von vor vier Jahren nie wieder derselbe gewesen.

Ich war eine Woche lang bewußtlos, und Sie waren drei oder mehr Wochen auf den Beinen. Es geht nicht, Campion, wir können es uns nicht leisten, Ihre Aussage zu diesem Zeitpunkt für bare Münze zu nehmen, solange niemand anders sie bestätigt. Ich meine«, setzte er verlegen hinzu, »wir wollen es nicht. Nicht im Moment.«

Campion stand gemächlich auf.

»Sie haben recht«, sagte er. »Ich reise ab, um mich zu erholen. Soll sich ein anderer um die Sache kümmern. Ich kann über mein Gepäck verfügen, nehme ich an?«

»Nein, ich wünsche nicht, daß Sie abreisen.« Oates sprach noch immer sehr überlegt. »Ich möchte, daß Sie noch ein, zwei Tage in London bleiben. Sie kommen an diese Leute viel leichter heran als wir.«

Jetzt lächelte Campion aufrichtig amüsiert. »Beschäftigt Scotland Yard neuerdings Schwachsinnige?«

»Scotland Yard hält wichtige Zeugen oder Komplizen fest«, sagte Oates. »Ich sage Ihnen ganz offen, wenn es das ist, was ich denke, ist es ein höchst unangenehmer Zwischenfall in einem der ungewöhnlichsten Verbrechen, mit dem ich es je zu tun hatte. Und wenn die gute Lady lügt, wie Sie behaupten, wird das Ganze sehr, sehr peinlich.«

»Ich denke, sie lügt, und ich denke, ich weiß auch warum«, sagte Campion zurückhaltend. »Sie lügt, weil sie weiß, daß es sehr ernst ist.«

»Das hat man ihr gesagt«, wiederholte Yeo.

»Ja, ich weiß. Aber sie hat es noch nicht begriffen. Diese Frau ist innerhalb ihres Lebensbereichs hellwach und vernünftig, aber Mord liegt weit außerhalb ihrer Sphäre. Ist Lichtjahre von ihr entfernt.«

Oates schnaubte geringschätzig. »Sie hat Courage und gibt zu, die Leiche abtransportiert zu haben. Wenn sie darüber hinaus auch noch gelogen hat, halte ich es für durchaus möglich, daß sie auch die Tat selbst beging.«

»Ich auch«, pflichtete Campion ihm bei. »Allerdings sehe

ich kein Motiv. Auch ist es mir schleierhaft, wie sie meine Entführung arrangiert haben soll. Ich sehe keinen Sinn darin, es sei denn, sie hatte einen triftigen Grund, erst heute morgen auszusagen. Aber wer hat dann gestern abend die Polizei angerufen?«

»Warum soll Ihre Entführung überhaupt mit diesem Fall zusammenhängen?« fragte Oates. »Meiner Meinung nach hat die eine Sache mit der anderen nichts zu tun.«

»Das denke ich auch«, warf Yeo ein. »Es muß sich um ein zufälliges Zusammentreffen handeln. Die Entführung war ein Racheakt. Jemand, der Mr. Campion aus irgendeinem Grund böse ist, hat ihm aufgelauert.« Er kniff ein Auge zu und sah Campion an. »Sind Sie anderer Ansicht?« setzte er hinzu.

Campion zuckte mit den Schultern. »Keine sehr wirksame Rache«, stellte er fest. »Warum sollte jemand einen Mann in eine Garage verfrachten, ihn bewußtlos schlagen, in eine andere Garage bringen und dort liegenlassen, nachdem er das Hab und Gut seines Opfers im ganzen Raum verstreut hat? Er ärgert den anderen vielleicht damit, aber er schadet ihm nicht sonderlich.«

»Dennoch kommt es mir höchst unwahrscheinlich vor, daß die Clique vom Carados Square etwas damit zu tun gehabt haben sollte«, erklärte Yeo. »Aber diese Leute sind es, denen unser Hauptinteresse gilt. Wir werden natürlich alle befragen. Zuallererst müssen wir feststellen, wo der Mord tatsächlich begangen wurde, und wenn sie alle wie gedruckt lügen, wird das gar nicht so einfach sein, nachdem Lugg verschwunden ist.«

Campion drehte sich um. »Lugg verschwunden?« fragte er.

»Ja, leider«, entschuldigte sich Yeo. »Er hat gestern abend den Krankenwagen ins Depot zurückgebracht, sein Schwein gefüttert und ward nicht mehr gesehen. Wir werden ihn natürlich demnächst erwischen, aber bis dahin gibt es nur zwei widersprüchliche Aussagen – die Ihre und die von Lady Carados.«

»He, Campion, wohin wollen Sie?« fragte Oates.

Campion, der schon auf dem Flur war, steckte den Kopf wieder zur Tür hinein. »Ihn suchen«, antwortete er. »Sie haben mir nicht gesagt, daß die Sache ernst ist.«

Schlecht gelaunt trat er hinaus in den blassen Sonnenschein. Er war nach seinem nächtlichen Abenteuer schmutzig und noch ganz steif, wütend auf Oates, der einen leichten, wenn auch raffinierten vorübergehenden Ausweg aus einer, zugegebenermaßen, unangenehmen Situation suchte; und er hatte Angst um Lugg. Er bog auf die Straße ein und überlegte im Gehen, was er als nächstes tun sollte, als plötzlich eine elegante, in Khaki gekleidete Gestalt an seiner Seite auftauchte und mit ihm Schritt hielt. Er wandte den Kopf und begegnete Peter Onyers engstehenden dunklen Augen, die mit den seinen auf gleicher Höhe waren. Campion war nicht besonders erfreut, ihn zu sehen; nicht daß er eine Aversion gegen den Mann selbst gehabt hätte, den er nur flüchtig kannte, doch er hatte keine Lust, es mit beiden Seiten zu halten. Diesen Alptraum hatte er früher schon erlebt.

»Ich nehme an, Sie haben auf mich gewartet«, sagte er schroff.

»Oh, nicht sehr lange.« Es war typisch für Onyer, daß er annahm, Campion wolle sich entschuldigen. »Ich bin mit Edna Carados und einem jungen Kerl vom Innenministerium hergekommen. Sie sind jetzt mit einem Inspektor zurückgefahren. Aber sie hat mir gesagt, daß Sie hier sind, also hab ich mir gedacht, ich warte auf Sie und nehme Sie mit.«

»Anständig von Ihnen«, sagte Campion.

»Aber ganz und gar nicht. Ich wollte mit Ihnen sprechen.« Onyer senkte den gepflegten, gut aussehenden Kopf ein wenig. »Das ist eine höchst unglückliche Angelegenheit. Edna ist so impulsiv und auch schon recht alt. Sie versteht nicht, was sie tun darf und was nicht.«

»Mit Mord kommt sie jedenfalls nicht davon«, sagte Campion brutal. »Und wenn sie hundertzwei Jahre alt wäre. Das muß sie wissen.«

»Mord?« Onyer blieb wie angewurzelt stehen und drehte Campion zu sich herum, um ihm ins Gesicht zu sehen. Aus seinen Wangen war alle Farbe gewichen, die geschmeidige Eleganz von ihm abgefallen wie ein Kleidungsstück, und der wesentliche, intelligente Kern seines Wesens war sichtbar geworden. Es konnte der Schreck darüber gewesen sein, daß ein verbrecherisches Geheimnis aufgedeckt worden war, aber Campion war eher geneigt, ehrliches Erstaunen zu diagnostizieren.

»Wurde diese Moppet... Ich meine, nimmt die Polizei an... Gütiger Gott, woran ist sie denn gestorben?«

Campion sagte es ihm. Onyer pfiff durch die Zähne und machte eine sehr ungewöhnliche Bemerkung, als sie weitergingen.

»Ich wußte, daß wegen dieser Hochzeit der Teufel los sein würde«, sagte er und setzte kurz darauf zerstreut, als denke er an etwas ganz anderes, hinzu: »Frauen tun so unglaubliche Dinge, nicht wahr? Ich denke, wir sollten sofort und so schnell wie möglich dorthin gehen, Campion. Haben Sie etwas dagegen?«

6

Abgesehen davon, daß das halbe Haus eingestürzt, der berühmte nilgrüne Salon vollgestopft war mit Möbeln aus anderen Räumen und niemand im geringsten gelangweilt aussah, hatte Campion, als er sich mit Peter Onyer in Johnny Carados' wiedervereintem Haushalt einfand, nicht das Gefühl, etwas Grundlegendes habe sich verändert. Außer Eve waren alle anwesend, alle ein bißchen älter, alle sehr verängstigt, aber alle unendlich besser dafür gerüstet, mit jeder Situation fertig zu werden. Es war kurz vor Mittag, und es wurde Sherry gereicht.

Doch hinter dem lebhaften Geplapper war die Spannung

deutlich spürbar. Johnny saß am Klavier und spielte Passagen aus Stücken von Scarlatti. Er trug die Uniformhose und dazu ein erstaunlich buntes Brokatjackett mit Steppkragen; ein Kleidungsstück, das seit dreißig Jahren aus der Mode war. Das Kinn vorgestreckt, die Augen halb geschlossen, saß er da. Seine kurzen Finger bewegten sich sehr leicht über die Tasten, aber er strahlte eine Verdrossenheit aus, die ganz und gar nicht zu seiner bunten Kleidung paßte. Er wirkte, als habe er sich gegen die anderen Leute im Raum völlig abgekapselt, nehme sie überhaupt nicht wahr.

In einer Ecke auf dem Boden, eingeschlossen in einer Art Laufstall aus zusammengestellten Stühlen saß Ricky Silva. Seine pummelige Babyfigur hatte man in den Kampfanzug eines Soldaten der Britischen Armee gezwängt, aber an den bloßen Füßen trug er Sandalen. Seine sanften Augen waren auf eine Schachtel mit bunten Seidenlappen gerichtet, die er mit ernsthaftem Interesse zu harmonischen oder kontrastierenden Farbmustern zusammenlegte. Er war, wie gewöhnlich, ganz in sich selbst vertieft, ohne zu wissen, was für ein Bild er bot.

Auf der Couch vor dem Feuer unterhielt sich die rotblonde Gwenda Onyer, anmutig wie eine Gerte, mit Captain Gold; sie hielt den Kopf gesenkt und blickte auch nicht auf, als die anderen hereinkamen. Dolly Chivers, praktisch und energisch wie immer, beschäftigte sich mit den Gläsern.

Major Onyer ging zielbewußt auf sie zu. Er war unglücklich, aber entschlossen und nahm den Drink, den Dolly ihm, ohne aufzusehen, in die Hand schob.

»Bitte hört mir einen Augenblick zu«, sagte er. »Es gibt da etwas, das ihr meiner Meinung nach alle wissen solltet.«

Carados unterbrach sein Klavierspiel sofort.

»Moppet wurde ermordet«, sagte er, »das brauchst du uns nicht erst zu verkünden, wir wissen es längst, alter Junge. Sie wurde ermordet, und meine liebe alte Mutter weiß nicht mehr genau, wo sie die Leiche gefunden hat.«

Er begann wieder zu spielen, leidenschaftlicher diesmal, und in der Ecke legte Ricky ein kirschrotes Band über ein Stück rostbraunen Satin und bewunderte mit halb geschlossenen Augen den Kontrast der Farben. Major Onyer zuckte mit den Schultern und trank seinen Sherry.

»Hauptsache, ihr wißt es«, sagte er. »Ich nehme an, wir warten auf die Polizei. Oder war sie schon hier?«

»Wir glauben, daß sie unterwegs ist, Peter«, sagte Gwenda leise von der Couch her. Ihre Stimme klang verhalten, halb tragisch, und Campion warf ihr einen scharfen Blick zu und fragte sich, ob sie die Situation vielleicht sogar genoß.

»Gwenda war in Nummer 20, als Lady Carados mit dem Inspektor zurückkam«, sagte Dolly und brachte mit wenigen Worten Klarheit in die Sache. »Sie hat ein bißchen was von den Ereignissen mitgekriegt, kam hierher und hat uns berichtet. Anscheinend hat Lady Carados ihre Geschichte ein bißchen abgeändert, seit dieser Luftschutzmann verschwunden ist.«

»Sie meint es gut«, warf Captain Gold mit einer für seine Größe ungewöhnlich tiefen Stimme ein. »Aber das tut sie ja immer.«

»Du mußt sie zur Vernunft bringen, Johnny, die Sache ist sehr ernst!« sagte Major Onyer beschwörend, und wieder nahm Carados die Hände von den Tasten.

»Sei kein Idiot, Peter«, erwiderte er lässig. »Wann hätte Mutter je auf mich gehört? Sie hat sich überlegt, wie sie uns retten kann, und retten wird sie uns ohne Zweifel. Es sind übrigens noch andere aufregende Dinge passiert. Die Hochzeit muß verschoben werden, so will es der Admiral. Er ist voller guter Ideen. Will klar Schiff machen, sagte er. Er und ich werden die Schwierigkeiten meistern, das Geheimnis enträtseln und alles ins Lot bringen. ›Pronto‹, hat er gesagt, nicht wahr, Gwenda?«

Er drehte sich um, während er sprach, entdeckte Campion und begrüßte ihn mit aufrichtiger Freude. »Hallo. Schön, Sie zu sehen. Sie sind genau der Mann, den ich mir herbeigewünscht habe. Haben Sie irgendeine Idee?«

»Ich habe ihn in Scotland Yard aufgelesen«, sagte Major Onyer warnend.

»Man hat Sie aufgegriffen, nicht wahr, Campion?« Carados wartete nie eine Antwort ab. »Sie Ärmster, was für lästige und anstrengende Freunde Sie haben!«

»Johnny, mein Lieber!« Gwendas bernsteingelbe Augen sahen ihn über die Rückenlehne der Couch hinweg eindringlich an. »Johnny, sei doch vernünftig! Wir wissen nicht, was tun, Liebling.«

»Wenn der Admiral und deine Mutter mitmischen, dann ist der Teufel los, und die Polizei hat das Nachsehen«, sagte Major Onyer. »Was hat er vor?«

»Handeln.« Carados verzog den Mund, doch sein Blick blieb düster. »Direkt aus der Schulter heraus angreifen und siegen. Wie im Boxring. Übrigens ist er jetzt hier.«

»Verdammt!« stieß Onyer hervor. »Wo denn?«

»Unten. Telefoniert mit ›jemandem, der Einfluß hat‹ – bei der Admiralität, nehme ich an. Er weiß noch nicht, daß es Mord war. Er kam kurz nachdem Gwenda es uns gesagt hatte, und keiner hatte genug Mumm, ihn aufzuklären. Der Selbstmord ist ihm auf den Magen geschlagen. Er stürmte hier rein, sagte die Hochzeit ab, ließ mich in Tante Carados' Hochzeitsgeschenk zurück und fährt jetzt seine schweren Geschütze auf. Ich denke, er wird uns alle an den Galgen bringen. Was glauben Sie, Campion?«

Campion rückte an seiner Hornbrille und setzte sich. Er hatte Onyer zu einem Abstecher in seinen Club gezwungen und war jetzt verhältnismäßig ordentlich und sauber, aber immer noch sehr müde. Er betrachtete Carados interessiert.

»Das ist ein Hochzeitsgeschenk, nicht wahr?« fragte er.

»Die Jacke?« Carados zerrte am Aufschlag des Brokatjacketts. »Ja, von einer verschwenderischen Tante. Das gute Stück hat meinem verstorbenen Onkel gehört, aber der fand es viel zu kostbar, um es anzuziehen. Ich bin nicht sicher, ob er damit nicht recht hatte.«

»Ich würde gern ein Zimmer dazu ausstatten«, sagte Ricky in seiner Ecke. »Edwardianisch in Grün, kombiniert mit einem ziemlich feurigen Rot.«

»O nein! Spiel bloß nicht den Narren!« stieß Gwenda unglücklich hervor. »Ihr seid alle so verängstigt, daß ihr nur rumsitzt und euch albern benehmt.«

»Und genau da bist du im Irrtum, mein liebes Mädchen.« Boshaft preßte Ricky die vollen, kindlichen Lippen zusammen, und seine sanften Augen waren vor Zorn den Tränen nahe. »Ich bin nur ganz einfach der Ansicht, daß die ganze Sache überhaupt nichts mit mir zu tun hat, das ist alles.«

Seine Stimme klang zwar aufreizend selbstgefällig, doch niemand war auf die Gereiztheit gefaßt, die sie in Gwenda auslöste.

»Wie kannst du es wagen, Ricky!« sagte sie und richtete sich, das Gesicht gerötet, das Haar ein bißchen unordentlich, auf der Couch auf. »Du bist wie immer, versuchst wieder, jeder Verantwortung aus dem Weg zu gehen. Du, der du erst letzte Woche wie ein Baby geweint und vor Wut geheult hast, weil du solche Angst hattest, daß dort oben für dich kein Platz sein wird, wenn Johnny heiratet und die Familie sich trennt.«

»Das hab ich nicht getan! Du bist ein Biest, Gwenda. Mein Gott, wie ich dich verabscheue. Es ist nicht wahr. Ich habe weder geweint noch geheult.« Er war auch jetzt den Tränen nahe, und unter anderen Umständen hätte er, inmitten seiner bunten Seiden stehend, jeden Muskel seines plumpen Körpers gespannt, das Gesicht feuerrot, eine urkomische Figur abgegeben.

Carados beäugte ihn düsteren Blickes, aber mit leicht zukkenden Mundwinkeln.

»Ach, sei bloß still, Ricky«, sagte Onyer lachend.

»Ich werde nicht still sein! Immer ergreifst du ihre Partei.« Er war unglaublich kindisch, aber es gab keine Möglichkeit, ihn zum Schweigen zu bringen. »Sie beschuldigt mich praktisch, und ich verstehe nicht, wieso. Wenn jemandem der Gedanke an diese Heirat verhaßt war, dann ihr. Und dir genauso, Peter. Ihr habt beide behauptet, sie wäre das Ende von allem, und ihr seid beide durchaus fähig, so etwas Gräßliches zu tun, um euren Kopf durchzusetzen. Eigentlich ist jeder hier dazu imstande. Der alte Gee-gee Gold hat genausoviel zu verlieren wie alle anderen. Und ganz nebenbei – was ist mit Eve? Sie sieht in letzter Zeit wie der Tod aus. Wenn Johnny beschließt, uns alle im Stich zu lassen, dann verstehe ich nicht, warum ihr glaubt, ausgerechnet ich sollte etwas dagegen getan haben.«

»Halt den Mund, Ricky«, sagte Carados leise, aber mit ungeheurer Autorität in der Stimme.

»Das tu ich nicht! Man hat mich beschuldigt, und ich werde sagen, was ich zu sagen habe. Gwenda will immer...«

Carados stand auf und ging auf ihn zu. »Ich dreh dir den Hals um, Ricky.«

»Tu dir keinen Zwang an«, entgegnete Ricky unbekümmert. »Seit diesem verdammten Krieg bist du wie alle anderen. Du bist wie die Tiere, mit denen ich meine Zeit verbringen muß. Es ist die Hölle, sage ich dir, die absolute Hölle.«

Es dämmerte Campion, daß er vermutlich die Wahrheit sagte. Das Leben eines Mannes wie Ricky Silva, der als einfacher Soldat zur britischen Armee eingezogen worden war, war nicht beneidenswert. Annähernd der gleiche Gedanke mußte Carados gekommen sein; er ließ die Arme sinken, und seine Schultern sackten leicht nach vorn. Er sah müde aus und alt für seine Jahre, und wieder hatte Campion das Gefühl, ihn quäle eine viel größere Sorge als die offen zutage liegende.

»Wohin gehst du zum Lunch, Ricky?« fragte Carados.

»Ich wollte zur alten Carrie Larradine. Sie hat ein paar herrliche Kleider, die von ihrer Urgroßmutter stammen. Wir wollen sie herausholen und darüber reden. Sie will meinen Rat hören. Hat es mir schon vor einer Ewigkeit versprochen.«

»Ich verstehe. Möchtest du denn hingehen?«

Ricky sah auf seine Armbanduhr. Er zitterte so heftig, daß er die Zeit kaum ablesen konnte, aber seinen Einwand brachte er schmollend wie ein Kind vor.

»Ich werde furchtbar früh da sein. Außerdem möchte ich mir meine Stoffflecken ansehen. Ich habe ja sonst keine Gelegenheit, mich mit meinem Beruf zu beschäftigen. Es ist mir egal, wenn ihr alle gegen mich seid, daran habe ich mich inzwischen gewöhnt, sag ich euch. Ihr habt ja keine Ahnung, was ich ertragen muß, doch ich bin abgestumpft, habe gelernt, meine Gefühle auszuschalten, ich ...«

»Mein lieber Junge, mach, daß du rauskommst, ja?«

»Schon gut, wenn du in dieser Stimmung bist, kann man mit dir ohnehin nicht reden. Ich denke, du bist sehr dumm, Johnny. Du glaubst, du kannst all diesen Leuten vertrauen, aber das darfst du nicht. Sie alle waren um die Zeit in London, um die diese Frau gestorben sein muß. Ich weiß es, weil ich sie gesehen habe. O ja, ich war auch hier, doch ich kann beweisen, was ich getan habe. Sie alle hatten schon viel länger Urlaub, als du denkst.«

Er ging zur Tür, während er sprach, und mit den letzten Worten hatte er sie erreicht.

»In diesem Krieg sind die Menschen furchtbar leichtsinnig geworden und verroht«, sagte er und ging hinaus.

In der darauffolgenden Stille begann Captain Gold zu lachen. Es war ein Lachen, das tief aus der Kehle kam und wie das Knurren eines sehr alten Hundes klang.

»Armer Ricky«, sagte er. »Wenn diese Armee so ist wie die letzte, muß er sich wie im Fegefeuer vorkommen.«

Onyer, der sich für sein Militär verantwortlich fühlte, nickte. »Schrecklich«, sagte er. »Sie haben ihn in die Schreibstube gesteckt, nehme ich an? Aber er ist eine widerwärtige kleine Ratte. Gwenda und ich sind übrigens seit Freitag in London. Ich habe früher Urlaub bekommen als erwartet, und wir sind übers Wochenende im Dorchester abgestiegen. Ich hatte es bisher nicht erwähnt, weil es sich nicht ergab.«

»Ich bin Samstag gekommen«, erklärte Gold. »Ich sage euch aber nicht, wo ich war. Macht das etwas aus?«

»Und ich war die ganze Zeit hier«, warf Dolly Chivers forsch ein. »Ich...« Ihre kraftvolle Stimme verstummte abrupt, als die Tür aufging. Ricky kam zurück. Mit einem quadratischen Paket in der Hand schlenderte er so gekünstelt lässig herein wie ein ungezogenes Kind.

»Das habe ich in der Halle gefunden, Johnny«, sagte er. »Noch ein Hochzeitsgeschenk, nehme ich an. Du wirst alle zurückschicken müssen. Wie jammerschade!«

Er sagte es ganz ernst und trat einen Schritt zurück, um beim Auspacken zuzusehen. Seine Neugier war so offen und arglos, daß Campion zum erstenmal begriff, warum Johnny Carados ihn so gern hatte, daß er ihn im Haus wohnen ließ. Er bekannte sich ehrlich zu seinen Schwächen, und das war irgendwie sympathisch.

Die Unterbrechung war allen willkommen; keiner fuhlte sich nach seinem kleinen Geständnis so richtig wohl, und Carados zupfte mit nervöser Erleichterung an den Knoten herum.

»Schneide sie doch durch«, sagte Ricky und holte ein kleines Messer aus der Tasche seines Uniformhemdes. »Ich tu's für dich. Soll ich?«

Campion sah zu und hatte plötzlich das Gefühl, daß an der Schachtel und der Verpackung etwas Ungewöhnliches war, aber er konnte sich den Eindruck nicht sofort erklären. Carados nahm die feste Pappschachtel aus dem braunen Packpapier heraus, hob den Deckel und drehte sie um, so daß der Inhalt auf den Tisch fiel.

»Hauptsächlich Papier«, sagte er und hielt inne. Etwas an seiner starren Haltung erregte allgemeine Aufmerksamkeit. Zornesröte schoß ihm ins Gesicht. »Was zum Teufel hat das zu bedeuten?« fauchte er.

Zwischen zerknülltem Seidenpapier lag eine zerbeulte künstliche Rose, um deren Stiel eine Kette aus falschen Perlen gewickelt war. Es war ein seltsames Ding, ziemlich geschmacklos, doch das weitaus Interessanteste daran war die Wirkung, die es auf Johnny Carados hatte. Er war außer sich, war so wütend, daß Campion dachte, er müsse auch erschrocken sein.

»Was für ein verdammt alberner Streich, Ricky«, sagte er. »Wer hat dich dazu angestiftet?«

»Mich angestiftet? Ich habe überhaupt nichts getan. Das Paket hat in der Halle gelegen, und ich habe es dir heraufgebracht. Das ist alles.«

Daß dieser Protestschrei aufrichtig war, war nicht zu bezweifeln, und Carados wandte sich ungeduldig von Ricky ab.

»Wo ist es hergekommen?« fragte er. Er hatte seine Fassung wiedergefunden, aber seine Augen blickten wachsam, und seine Lippen umspielte nicht einmal mehr die Spur eines Lächelns. Alle sahen ihn verständnislos an. Die Onyers schienen verblüfft, Gold fühlte sich offensichtlich unbehaglich, und Dolly Chivers war leicht belustigt.

»Ich habe es in der Halle gefunden«, wiederholte Ricky.

Carados wandte sich an Onyer. »War es schon da, als du kamst?«

»Ich erinnere mich nicht. Sie, Campion?«

»Bemerkt hab ich es nicht. Aber möglich wäre es.«

»Tja, woher ist es gekommen?« Carados hatte die Stimme erhoben, und ihm wurde zum erstenmal bewußt, wie unerwartet übersteigert seine Reaktion war. »Ich wüßte es gern«, fuhr er in einem normaleren Ton fort. »Haben Sie eine Idee, Campion?«

Campion drehte die Verpackung um. »Das Papier ist alt«, sagte er. »Das ist mir sofort aufgefallen, als Silva es hereinbrachte. Es ist ein Welby & Smith-Paket, wie sie vor dem Krieg verschickt wurden. Heutzutage gibt es keine solchen Verpackungen mehr. Ich nehme an, jemand hat das Päckchen aus einem Schrank geholt, in dem nur Krimskrams aufbewahrt wird.«

»Ich glaube, ich habe diese Rose schon einmal gesehen«, sagte Gwenda. »Ich weiß nicht, warum du dich so darüber aufregst, Johnny. Stammt sie nicht aus der Kiste, in der die Sachen zum Verkleiden sind, Dolly?«

»Ja, natürlich!« Dolly Chivers lächelte, weil sie eine so prosaische Erklärung gefunden hatten. »In der Kiste ist eine Menge Kram, und auch das braune Papier wird dort aufgehoben. Wahrscheinlich handelt es sich um einen Scherz.«

Carados nahm die zerzauste gelbe Blume und brachte sie Gwenda. »Bist du sicher, daß du sie erkennst?« fragte er. »Kommen Sie her, Dolly. Ist sie tatsächlich schon länger im Haus?«

Die beiden Frauen sahen sich gegenseitig an.

»Ich denke schon«, sagte Dolly Chivers endlich. »Ich will gleich mal nachsehen. Vielleicht gibt es noch mehr davon. Für die Operettenparty anno '38 haben wir einen ganzen Haufen von diesem Zeug gehabt. Erinnern Sie sich? Aber ich verstehe nicht, was das soll. Ist es denn wichtig?«

Carados zögerte. »Es könnte wichtig sein, wenn das Paket von außerhalb kam«, sagte er. »Wenn es aus dem Haus stammt – naja, ich finde es nicht besonders lustig.«

Das war unverkennbar eine Drohung, und wieder sahen ihn alle an. Es war sehr still. Plötzlich wurde die Tür aufgerissen, und Admiral Dickon kam herein.

7

Bis zu diesem Augenblick hatte Campion sich dummerweise vorgestellt, alle großen Seeleute seien klein von Statur, stämmig und jähzornig, mit gesunder Hautfarbe und himmelblauen Augen. Der Admiral war eine Enttäuschung für ihn. Susans Vater war ein riesiges rothäutiges Mannsbild mit einem Kopf wie ein Bernhardiner und strahlte die gleiche streng beherrschte Kraft aus wie diese Hunderasse. Alles an ihm war groß. Den Raum umfaßte er mit einem einzigen Blick. Carados, selbst von mächtiger Gestalt, wirkte klein neben dem Admiral.

»Ich habe ihn erreicht«, sagte der Admiral. »Wir lunchen mit ihm im Saladin Club. Ob er viel tun kann, weiß ich nicht, aber wir haben ihn auf jeden Fall an der Angel.«

Er war offensichtlich mit sich zufrieden und wartete nur darauf, daß die Lunchgesellschaft sich in Bewegung setzte.

Zwischen Carados und Onyer fand inzwischen eine wortlose Auseinandersetzung statt. Endlich zuckte Carados mit den Schultern.

»Warten Sie einen Moment, Sir«, sagte er langsam. »Es hat sich leider etwas Unangenehmes ergeben. Die unglückliche Frau wurde ermordet. Das ist jedenfalls die Ansicht der Polizei.«

Der Admiral musterte ihn eine Zeitlang von oben herab.

»Oh«, sagte er.

Es folgte ein unbehagliches Schweigen, und Campion hatte den Eindruck, daß endlich alle den ganzen Ernst der Situation begriffen. Bisher hatte die kleine Gesellschaft jeweils nur die eigene Lage bedacht, aber dieser kraftstrotzende Riese war im Grunde ein sehr normaler Mann mit normalen Reaktionen, und eine Sekunde lang sahen sie die Geschichte so, wie sie sich seinen Augen darstellen mußte. Eine Frau war getötet, ein unverzeihliches Verbrechen begangen worden; jemand würde dafür hängen müssen.

»Das gibt der Sache natürlich ein anderes Gesicht«, sagte er endlich.

»Ich fürchte, ja«, pflichtete Carados ihm bei.

Er hatte die Hände auf dem Rücken und drehte den Stengel der zerknautschten gelben Rose zwischen den Fingern.

Der Admiral straffte die Schultern. »Wir müssen die Sache durchstehen, nicht wahr?« sagte er. »Der Mann, den ich mir an Land gezogen habe, kann die Polizei durch einen kleinen Schuß vor den Bug aufwecken und anspornen. Eine solche

Sache darf nicht hinausgezögert werden. Wir wollen, daß sie geklärt wird und alles mit rechten Dingen zugeht. Der Verbrecher muß bestraft werden. Das ist Aufgabe der Polizei. Dieser Mann kann dafür sorgen, daß sie spurt und bei der Stange bleibt. Wir müssen unbedingt mit ihm reden. Gehen wir.«

Campion dachte an Oates und Kommissar Yeo und seufzte um ihretwillen. Wenn, dachte er, Yeo und der Admiral sich je unter gleichen Bedingungen begegneten, wären sie sich wahrscheinlich ungeheuer sympathisch.

»Es ist natürlich unsere Pflicht«, sagte der Admiral, »gegen diesen Mann absolut fair zu sein, deshalb werde ich Ihnen jetzt eine direkte Frage stellen, Carados. Ich täte es jedoch ungern hier, am besten gehen wir in ein anderes Zimmer.«

Der Admiral hatte nichts Subtiles an sich; was er meinte, war nicht mißzuverstehen, und seine Naivität und Direktheit wirkten in dieser blasierten Gesellschaft ein wenig erschrekkend. Carados schien erstaunt zu sein.

»Ich habe sie nicht getötet, wenn Sie mich das fragen wollen, Sir«, sagte er.

Der Admiral, der schon auf die Tür zuging, drehte sich noch einmal um.

»Das war's, was ich wissen wollte, und das ist die Antwort, die ich erwartet habe, mein Junge«, sagte er. »Sie können mir Ihr Wort darauf geben, nicht wahr? Mehr will ich nicht.«

»Ich gebe Ihnen mein Wort, daß ich sie nicht getötet habe«, wiederholte Carados und sah aus, als komme er sich absolut albern und lächerlich vor.

»Das reicht mir«, sagte der Admiral. »Nur noch eines. Wissen Sie, wer es getan hat? Sie brauchen mir keine Namen zu nennen.«

Carados zögerte. Es war die kleinste Pause, die man sich vorstellen konnte, aber sie war vorhanden.

»Nein«, sagte er dann ein bißchen zu schnell. »Nein, ich habe keine Ahnung.«

»Ihr Wort darauf?«

»Aber ja. Ja, natürlich. Mein Wort darauf.«

»Ausgezeichnet. Dann brauchen Sie sich nur umzuziehen, und wir können gehen.«

Die Spannung hatte ein wenig nachgelassen, war aber immer noch vorhanden, und die Gesellschaft spaltete sich in kleine Gruppen auf. Carados ging hinaus, um seine Uniformjacke zu holen, und der Admiral, der Campions Vater gekannt hatte, war so gnädig, Campion zu diesem Vater und zu der Arbeit zu gratulieren, die er selbst kürzlich im Ausland geleistet hatte. Die Onyers redeten ängstlich miteinander, und als Carados zurückkam, wandte Gwenda sich bittend an ihn.

»Was ist mit Edna und der Polizei, Johnny? Werden sie nicht herkommen? Ich meine, sollten wir nicht hier auf sie warten?«

Carados sah sie gequält an.

»Mutter war sehr bestimmt, als ich mit ihr sprach«, sagte er. »Sie hat es nie ausstehen können, wenn man sich einmischt, und wenn die Polizei mit uns reden will, dann wird sie uns auch zu finden wissen.«

»Guter Gott, ja. Wir können nicht herumsitzen und auf die Polizei warten.« Der Admiral war belustigt. »Wenn sie nicht jetzt schon auf Trab ist, werden Sie heute abend feststellen, daß man ihr inzwischen die Flötentöne beigebracht hat. Kommen Sie, Carados, wir dürfen diesen Mann nicht warten lassen.«

»Ihrer Meinung nach können Gwenda und ich unsere Verabredung zum Lunch also ruhig einhalten?« sagte Onyer, der dem Admiral und Carados in die Halle folgte. Offenbar beschwichtigten sie seine Zweifel, und er kam erleichtert, aber immer noch unsicher zurück. »Ich nehme an, Johnny weiß, was er tut«, teilte er der Allgemeinheit mit. »Er sagt, wir sollen uns ganz normal benehmen. Vielleicht sollten wir zuerst einmal bei Edna vorbeischauen, Gwenda. Was meinst du?«

»Das müssen wir sogar, mein Lieber. Ich weiß, daß sie es nicht mag, wenn man sich einmischt, aber du kennst sie doch. Sie ist zu allem imstande.«

»Dann gehen wir«, sagte Onyer und sah zu Campion hinüber, für dessen Anwesenheit er sich verantwortlich fühlte. »Ich fürchte, Sie unter falschen Voraussetzungen hierher verschleppt zu haben«, sagte er voller Unbehagen. »Doch ich habe nicht geahnt, daß Ihnen der Ernst der Lage bewußt war. Ehrlich, es gefällt mir nicht, wie die Dinge sich jetzt entwikkeln, oder? Der alte Knabe meint es gut und wird die Polizei bestimmt auf Trab bringen, aber *wollen* wir das wirklich?«

Er sah so ernst aus, daß Campion lächeln mußte. »Die Aufregung wird nur um so größer werden«, meinte er.

»Ich weiß.« Onyer blickte noch düsterer drein. »Hier hat natürlich niemand viel zu befürchten, es sei denn... Hören Sie, Campion, ich verstehe nicht viel von diesen Dingen, aber ist Edna nicht schon hinreichend verdächtig? Ich meine, man kann eine Tote doch nicht so einfach aus einem Haus in ein anderes bringen, oder?«

»Man könnte es unangebrachten Übereifer nennen«, sagte Campion.

»Sie glauben nicht, daß man sie bereits festgenommen hat?«

»Also das dürfen Sie mich nicht fragen, mein Lieber.«

»Guter Gott!« Onyer wurde auffallend blaß. »Wie soll man sich um diese schreckliche Familie kümmern, wenn sie's einem so schwermacht«, sagte er bitter. »Ich gehe am besten gleich hinüber. Sie – eh – haben wohl keine Lust mitzukommen?«

Die Aufforderung war nicht eindringlich genug, und Campion lehnte dankend ab. Ricky und Captain Gold waren verschwunden, und als die Onyers gingen, blieben er und Dolly Chivers, die in einem Telefonbuch blätterte, allein zurück.

»Es muß alles abbestellt und abgesagt werden«, sagte sie. »Es ist nicht zu glauben! Seit drei Wochen habe ich für diese Hochzeit geracker, und jetzt muß ich alles rückgängig machen. Und zwar schnell. Peter Onyer hat recht. Es ist eine schreckliche Familie, für die man da arbeitet.«

Es war Campion klar, daß sie sehr beschäftigt war, aber er ging nicht. Er sah ihr eine Weile zu, wie sie, den großen wohlgeformten Kopf über ihre Arbeit gebeugt, Telefonnummern notierte.

»Stammt diese Rose wirklich aus dem Haus?« fragte er plötzlich.

Sie klappte das Buch zu und sah ihn über den kleinen Arbeitstisch hinweg an, vor dem sie saß.

»Die Rose?« wiederholte sie unbestimmt. »Oh, die! Mein lieber Mann, vergessen Sie sie. Die hat nichts zu bedeuten.«

»Mir ist die Sache spanisch vorgekommen«, sagte Campion.

»Tatsächlich?« Sie lachte. »Bleiben Sie eine Zeitlang hier, und sie werden noch ganz andere Dinge erleben.«

Er rührte sich nicht, und nach einer Weile schien sie Mitleid mit ihm zu haben. In ihrem breiten, offenen Gesicht stand ein amüsiertes Lächeln.

»Es sind lauter Spinner, sind es immer gewesen«, sagte sie nachsichtig. »Natürlich stammt die Rose aus der Kramkiste im Schrank unten. Ich vermute, daß Gwenda sie geschickt hat.«

»Mrs. Onyer? Warum?«

»Das weiß ich nicht. Warum tut in diesem Laden jemand etwas? Vielleicht war sie es auch nicht. Vielleicht hat sie Ricky dazu angestiftet, oder der Gedanke ist auf seinem Mist gewachsen. So sind sie nun einmal, beachten Sie sie gar nicht. Es hat nichts zu bedeuten.«

Er saß noch immer da und betrachtete sie. Sie sah so stark und intelligent aus, daß das, was sie sagte, überzeugend wirkte, auch wenn es etwas völlig Unerwartetes war.

»Für mich hat es nicht nach einem Scherz ausgesehen«, wandte er nach einer Pause ein.

»Vielleicht war's auch keiner«, meinte Dolly trocken.

»Was war es dann, Ihrer Meinung nach?« blieb er hartnäckig beim Thema.

»Meiner Meinung nach? Ich würde es nicht erwähnen, ja nicht einmal Notiz davon nehmen.« Sie schaute auf ihre Arbeit hinunter und sah dann wieder ihn an, mit einem entschlossenen Ausdruck in den schönen, strengen Augen. »Sie verstehen überhaupt nichts, nicht wahr?« sagte sie mit einer Heftigkeit, die ihn überraschte. »Ich weiß nicht, ob ich es erklären kann oder überhaupt erklären sollte, aber lassen Sie sich von mir gesagt sein, daß die kleinen Eifersüchteleien und Vorlieben riesige Ausmaße annehmen, wenn sich wie hier eine kluge, übersensible Gruppe um eine große Persönlichkeit schart. Keinem hier gefällt es, daß Johnny heiratet. Einigen muß es wie das Ende der Welt vorkommen.«

»Und ganz besonders Mrs. Onyer?«

»Das vermute ich. Sie war hier immer die Hausherrin, wissen Sie?«

»Sie glauben, sie hat das Paket geschickt?«

»Ich weiß überhaupt nichts darüber, mein Lieber«, sagte Dolly vergnügt. »Ich denke nur, daß sie es wahrscheinlich getan hat und daß es deshalb überhaupt nichts bedeutet. Sie hat gestern hier übernachtet und könnte es getan haben. Aber auch Ricky ist schon seit Tagesanbruch im Haus umhergetigert, und Gee-gee Gold und ich hatten die gleiche Gelegenheit. Jeder von uns könnte es getan haben, und es bedeutet gar nichts. Ich habe Ihnen gesagt, daß sie alle spinnen. Sie spielen sich gegenseitig immer kleine dramatische Streiche. Hoffen wir, daß sie bei Rosen bleiben.«

»Für Johnny muß die Rose eine Bedeutung gehabt haben.«

»Ja, wahrscheinlich«, sagte Dolly. »Wahrscheinlich hat sie ihn an etwas Hübsches und Sentimentales erinnert. Zerbrechen Sie sich nicht den Kopf darüber, überlassen Sie das ihm. So etwas ist früher jede halbe Stunde vorgekommen. Und jetzt entschuldigen Sie mich bitte, ich muß weitermachen. Wie adressiert man ein Telegramm an einen Bischof?«

»Sie müssen einen Penny drauflegen, sonst bekommt es der Stadtrat.«

Er verabschiedete sich mit einem Winken, ging aus dem Zimmer, die Treppe hinunter, in der Absicht, das Haus zu verlassen. Da niemand darauf erpicht schien, auf die Polizei zu warten, sah er nicht ein, warum ausgerechnet er es tun sollte. Als er die Halle durchquerte, wurde zu seiner Rechten eine Tür geöffnet, und Susan Shering, die noch hübscher und, wenn möglich, noch jünger aussah, schaute heraus.

»Oh, entschuldigen Sie«, sagte sie. »Ich habe gedacht, es sei vielleicht mein Vater. Ist er schon fort?«

Campion blieb stehen. »Leider ja. Er und Johnny sind vor ungefähr einer Viertelstunde gegangen. Zum Lunch, denke ich.«

»Ach! Und er hat mir gesagt, ich soll hier auf ihn warten. Ich nehme an, er hat es vergessen.« Das klang eher traurig als überrascht, und Campions Achtung vor dem Admiral wurde größer. Das war natürlich eine Möglichkeit, mit Frauen umzugehen. Dennoch war Susan vermutlich die unglücklichste Braut, die er je gesehen hatte. Er selbst war auch nicht gerade glücklich.

»Wir sind Spielzeuge des Schicksals«, sagte er. »Gehen wir, und verdrängen wir's bei einem guten Essen.«

Sie zögerte. »Ich nehme an, Sie wollen wissen, wo Lugg ist«, sagte sie. »Ich weiß es nicht, ich weiß es wirklich nicht.«

»Ich habe auch nicht angenommen, daß Sie es wüßten«, wehrte er ab. »Ich habe nur ans Essen gedacht. Wir beide scheinen hier ein bißchen überflüssig zu sein, und weder Sie noch ich haben etwas zu essen bekommen. Kümmern wir uns zuerst darum. Wir sollten bei Kräften bleiben, vielleicht brauchen wir sie noch. Wo bekommt man heutzutage etwas zu essen? Ich war so lange außer Landes, daß jedes Restaurant, das ich kannte, inzwischen zerbombt und jeder Küchenchef, zu dem ich Vertrauen hatte, interniert worden sein kann. Wohin also sollen wir gehen?«

»Ich war in letzter Zeit immer im ›Minoan‹.«

»Im ›Minoan‹? Hoffentlich laufen dort nicht lauter alte Tanten in Tuniken herum!«

»Nein, nein, nichts dergleichen. Es ist in der Frith Street.«

»Oh!« stieß Campion so düster hervor, daß sie zum erstenmal lachte, und er Gelegenheit hatte, festzustellen, wie sie aussah, wenn ihre Augen tanzten.

»Es ist schrecklich altmodisch«, sagte sie. »Stavros hat zur Zeit das beste Essen in London und ungefähr auch das meiste, denke ich.«

Campion wachte auf. »Stavros? Ihn gibt es also noch immer, nicht wahr? Gut. Kluges Mädchen, wie haben Sie ihn entdeckt?«

»Ich habe mich mit Eve Snow dort getroffen«, sagte Susan überraschend, »und war hinterher noch ein- oder zweimal mit Lieutenant Evers da. Miss Snow hat uns dort auch miteinander bekannt gemacht«, fügte sie naiv hinzu und wurde über und über rot.

Erst als sie auf der Suche nach einem Taxi den Platz überquerten, riskierte er es, eine bestimmte Frage zu stellen:

»Kennen Sie Miss Snow schon lange?«

»Nein, eigentlich nicht«, antwortete Susan. »Aber ich mag sie. Sie doch auch, oder? Ich hatte keine Ahnung, daß Johnny sie so gut kennt. Es hat mich überrascht, sie gestern zusammen auftauchen zu sehen, aber ich war auch zu verängstigt und zu aufgeregt, um sie zu begrüßen oder so. Ich fürchte, ich habe mich sehr schlecht benommen. Ich hatte solche Angst. Lady Carados erschreckt mich zu Tode, und dann ... Sagen Sie, wird es einen furchtbaren Streit geben?«

»Nicht vor dem Lunch«, sagte Campion. »Vergessen Sie's. Ich versuche es. Dann kennen Sie Eve also noch nicht sehr lange. Wie haben Sie sie kennengelernt?«

»Durch Gwenda – Mrs. Onyer. Peter Onyer ist ein enger Freund von Johnny, und ich habe die beiden sofort nach Bekanntgabe unserer Verlobung kennengelernt. Gwenda sagte, ich müsse unbedingt Miss Snow kennenlernen, und sie hat es auch arrangiert. Dann hat Miss Snow mir Don – ich meine, Lieutenant Evers vorgestellt.«

»Gwenda hat Sie mit Eve zusammengebracht?«

»Ja. Alle waren so schrecklich nett zu mir, deshalb ist es ja so – so schrecklich.«

»Ach ja«, sagte Campion.

8

Interessiert sah er sich im ›Minoan‹ um. Zum ersten Mal machte er Bekanntschaft mit der Ära der eleganten Provisorien. Die schimmernden weißen Wände und grün eingefärbten Tischtücher wirkten recht freundlich, aber auch improvisiert vornehm und geschmackvoll. In nicht allzu ferner Vergangenheit, bevor Philip Stavros es renoviert hatte, war das Gebäude eine Raststätte für Fernfahrer gewesen; sogar jetzt noch sah der Boden abgetreten und schmutzig aus, wirkten die Holzteile abgenutzt. Die Gäste jedoch waren trotz ihrer Uniformen und der neuen Ernsthaftigkeit unverändert. Sie nahmen das Essen ernst und tranken ihren Wein mit wehmütiger Trauer.

Stavros selbst stand in der Nähe der Tür und ging Susan und Campion entgegen, als sie eintraten. Er hatte sich sehr verändert, seit Campion ihn zuletzt gesehen hatte, sein berühmter Bauch bestand nur noch aus wabbligen Falten, und unter die dunklen Brauen mischte sich viel Weiß. Er wiegte sich jedoch noch immer beim Gehen, und sein Benehmen war so eindrucksvoll wie eh und je.

»Für meine Freunde den Hummerpilau«, sagte er leise und sah sich verstohlen um, als gebe er ein Staatsgeheimnis preis. »Ich bringe Ihnen auch etwas zu trinken. Der kleine Tisch dort drüben hinter dem Bogen ist für Sie reserviert.«

Dieses Entgegenkommen hatte er auch früher dem unerwarteten Gast gezeigt, für den es wie durch ein Wunder immer noch einen freien Tisch gab, und Campion, der den Satz unzählige Male gehört hatte, war jetzt ebenso amüsiert wie in jenen fernen Tagen.

»Ich bin natürlich inkognito hier«, sagte er törichterweise.

Der Grieche hob mit einem Ruck den Kopf und sah ihn an.

»Aber selbstverständlich«, pflichtete er ihm sanft bei, lächelte dann und enthüllte dabei einen ganzen Schatz an Gold und Elfenbein. »Ah, jetzt habe ich Sie erkannt«, sagte er entwaffnend. »Guten Tag, Mr. Campion. Sind Sie gesund? Ich dachte, man habe Sie getötet. Oh, mein Freund, mein Freund, das Chaos, das Desaster – denken wir nicht daran.«

»Das ist eine Möglichkeit«, stellte Campion vergnügt fest. »Wie geht es Ihnen?«

»Entsetzlich«, sagte Stavros unerwartet aufrichtig. »Mein Leben ist zu einer einzigen Katastrophe geworden. Seit heute morgen. Vielleicht komme ich später zu Ihnen und erzähle Ihnen alles.«

Das klang, als meine er es ernst, und seine kleinen braunen Augen mit dem gelblichen Weiß hatten einen naiven Ausdruck.

»Wie gräßlich«, sagte Campion, während er Susan einen kleinen vergoldeten Küchenstuhl hinstellte. »Entweder habe ich ein freundliches Gesicht bekommen, oder alle Leute, denen ich begegne, erleben die reinste Hölle. Eine alte Dame ohne Manieren hat mich in Beirut verflucht. Glauben Sie, ich hätte das zu leicht genommen?«

Noch während er sprach, merkte er, daß der oberflächliche Ton nicht angebracht war. Susan fröstelte leicht, als sie sich umsah. Er beobachtete sie hilflos.

»Was ist?« fragte er. »Erinnerungen und so?«

Sie wurde rot, und er sah betroffen, daß sie Tränen in den Augen hatte, aber sie hatte Courage und eine gute Kinderstube, daher wahrte sie die Form.

»Ich habe mich erkältet«, sagte sie steif. »Es war sehr freundlich von Ihnen, mich zum Essen einzuladen.«

»Aber durchaus nicht«, sagte er ernst. »Ich hoffe nur, das Essen kuriert Ihre Erkältung, und ich stecke mich nicht an. Bekommen wir richtiges Essen? Dort drüben sitzt der alte Theo Bush. Falls er gefärbtes Wasser trinkt, tut er es mit bewundernswertem Gleichmut. Beobachten Sie Theo, jemanden wie ihn werden Sie vielleicht nie wieder zu sehen kriegen. Er ist auf der ganzen Welt die größte Autorität in unverfälschten Weinen – oder war es zumindest. Inzwischen könnte ihn natürlich irgendein alter Hunne mit besseren Produktionsanlagen eingeholt haben.«

Gehorsam blickte Susan zu dem von Campion bezeichneten Tisch hinüber. »Meinen Sie diesen ziemlich grimmig aussehenden alten Mann mit dem gräßlichen Kind?«

»Kind?«

»Ein ungefähr sechzehnjähriges Mädchen – mit weißen Pickeln.«

Campion schaute auch hin und war geschockt. »Gütiger Himmel«, sagte er, »ich habe sie glatt übersehen. Das muß seine Nichte Hebe sein. Wir haben früher eine Menge über sie zu hören bekommen. Ihre Eltern wollten ihren Gaumen bis zur Perfektion verfeinern. Ich fürchte, der Krieg ist ihnen dazwischengekommen. Soweit ich mich erinnere, sollte sie sich mit vierzehn allen Ernstes auf einer Reise durch die ganze Welt trinken. Oder etwas dergleichen.«

Er unterbrach sich und sah seine Begleiterin an. Sie hörte ihm nicht zu. Ihr junges Gesicht hatte einen tragischen Ausdruck, ihre Augen waren dunkel.

»Warum«, sagte er plötzlich, »warum in aller Welt gehen Sie nicht zu Johnny und erzählen ihm alles? Er ist ein anständiger Kerl und wirklich nicht von gestern. Manche Leute haben auch schon früher aufgehört zu lieben, wissen Sie?«

Sie hob den Kopf und starrte ihn so vernichtend an, wie es nur sehr junge und sehr ehrliche Menschen können.

»Sie verstehen nicht«, sagte sie. »Sie meinen es gut, aber Sie verstehen überhaupt nichts.«

Campion legte den Kopf schief und musterte sie von der Seite. »Ich war auch einmal jung«, gab er ihr zu bedenken.

Einen Moment dachte er, sie werde das in Zweifel ziehen, aber sie lächelte ihn an, denn so jung war sie auch wieder nicht.

»Wir haben es jetzt schwerer«, sagte sie, »es gibt so viele verschiedene Welten, wissen Sie. Jeder von uns muß in zweien oder dreien leben.«

Es war eine Wiederholung jener Bemerkung, die Johnny gemacht hatte, als er das Taxi holen ging, und Campion erinnerte sich mit lebhaftem Interesse daran. »Ich lebe in zwei verschiedenen Welten«, hatte Johnny gesagt, »in zwei völlig verschiedenen Welten.«

Susan beobachtete über den Tisch hinweg seine Miene, und ihr Gesicht wurde sehr ernst.

»Sie glauben, Don und ich hätten uns gestern voneinander getrennt, nicht wahr?«

Genau das hatte er gedacht, und es jetzt zu leugnen wäre ihm unfair vorgekommen.

»Ich weiß es«, stimmte sie zu, als er nickte. »Aber das stimmt nicht. Wir waren eben zu dem Schluß gekommen, daß wir's nicht könnten. Deshalb ist der ganze Schlamassel noch viel schlimmer, als er aussieht.«

»Sie haben das Gefühl, es wäre unfair, Johnny ausgerechnet jetzt zu verlassen, da er in einen Skandal verwickelt zu sein scheint«, sagte er. »Nun, ich finde das richtig. In den zwanziger Jahren waren solche Ideen *en vogue*, doch dann brachte jemand die Mode auf, Leidenschaft sei Trumpf und in der Liebe alles erlaubt. Jetzt dreht sich das Rad wieder anders herum, oder?«

»Man handelt jetzt zweckmäßig«, sagte Susan, »in der Liebe genauso wie in allem anderen. Sie begreifen die Situation einfach nicht. Erstens glaube ich nicht, daß Johnny je in mich verliebt war, aber ich wußte nicht, daß ich ihn ebensowenig geliebt habe, bis ...« Sie zögerte.

»Bis Sie sich in jemand anders verliebten«, sagte Campion. »Fahren Sie fort, ich komme ganz gut mit.«

»Nun gut«, sagte sie. »Ich wollte Johnny alles erklären, und er hätte uns beiden da herausgeholfen. Es wäre nicht leicht gewesen, doch er hätte es geschafft. Jetzt wird es so aussehen, als sei dieser widerwärtige Selbstmord der Grund, und das ist unmöglich.«

Campion fiel auf, daß sie noch Selbstmord sagte, schob das jedoch beiseite. Er überlegte, wie er ihr eine bestimmte Frage stellen könnte, als sie sie schon von sich aus beantwortete.

»Ich denke, Johnny hat beschlossen, mich zu heiraten, nachdem mein Mann gefallen war. Sie wissen doch, daß ich schon verheiratet war, oder? Ich kannte Tom genau sechs Wochen. Er fiel fünf Tage nach unserer Hochzeit. Das alles ist Teil dieser anderen Welt, von der ich gesprochen habe. Tom war einer von Johnnys Piloten, und er hatte Johnny gebeten, sich um mich zu kümmern. Er fiel, und Johnny hat genau das getan. In dieser Atmosphäre klingt alles unreif und seltsam, das weiß ich, aber auf einem Stützpunkt der R.A.F. wäre dem nicht so.«

Campion blickte auf; er war überrascht, was bei ihm nur selten vorkam, und er begann das, was sie ihm anvertraute, mit neuem Respekt zu behandeln. Sie hatte natürlich recht. Eine Welt, in der alle jung waren und alle am nächsten Tag sterben konnten, war nicht die gleiche wie die, die sich in Stavros' neuen weißen Wänden spiegelte. Johnny Carados gehörte beiden Welten an. Diese Tatsache, dachte Campion, könnte die Erklärung für vieles sein.

Susan lächelte leicht, beinahe freundlich, und ihm wurde klar, daß sie, trotz ihrer Jugend, über die großen Sinnlosigkeiten wahrscheinlich mehr wußte als er.

»Johnny ist ein Held, dort draußen und hier«, sagte sie. »Verstehen Sie jetzt?«

Er nickte. »Wenn Toms Frau dem alten Mann den Laufpaß gibt, weil irgendeine Schlampe sich auf seiner Schwelle umgebracht hat, wird das gewissen Leuten sauer aufstoßen, und die sind wichtig«, sagte er.

»Ja, schrecklich wichtig sogar. Darum geht's. Aber wenn Johnny beschlossen hätte, das Mädchen einem Jungen zu überlassen, mit dem er einverstanden ist, dann wäre das okay gewesen. In seiner engsten Umgebung ist es niemandem recht, daß er mich heiraten will. Sie sind eine ebenso verschworene Gemeinschaft wie Toms Familie und Freunde, und auch sie leben nach dem Motto: Einer für alle und alle für einen. Das wurde mir schon klar, als ich sie das erstemal sah. Ich denke, Johnny hat es auch gesehen, seit er wieder mit ihnen zusammen ist. Das ist das Schönste an Johnny, er gehört dazu, wo immer er ist.«

Wie recht sie hat, dachte er. Zwei verschiedene Welten, zwei absolut verschiedene Welten. Susan unterbrach seine Gedanken.

»Ich glaube, der Mann, von dem Sie gesprochen haben, kommt zu uns herüber«, sagte sie. »Er sieht Sie ununterbrochen an.«

»Theo Bush?« Campion wandte den Kopf und nickte Bush zu, der auf die Rechnung wartete. »Ja, sieht ganz so aus«, pflichtete er ihr bei. »Lassen Sie mich überlegen, sein Tempel hat durch den Luftangriff stark gelitten, nicht wahr? Bush war der *spiritus rector* des Wein-Museums, müssen Sie wissen. War Sekretär, Kurator und Hohepriester in Personalunion.«

»Tatsächlich?« Sie war höflich interessiert. »War das nicht die Sache, mit der auch Johnny zu tun hatte? Das Ganze war ein bißchen überkandidelt, nicht wahr?«

»Glauben Sie das ja nicht«, antwortete Campion mit großem Nachdruck. »Das Wein-Museum war einer der schöneren Einfälle jener Zeit, und obwohl man Ihnen wiederholt erklären wird, Sie hätten nichts versäumt, weil Sie es nicht gesehen haben, werden Sie immer bedauern, daß es Ihnen entgangen ist. Johnny hatte den größten Teil finanziert und mit der herrlichen Sammlung antiker Trinkgefäße seines Vaters gewissermaßen den Grundstein gelegt. Tatsächlich kam Theo Bush überhaupt erst durch diese Sammlung auf die Idee. Er fand ein kleines Haus in Jockey's Fields in der Nähe des Verlagshauses Barnabas und ließ sich zum Museumsleiter ernennen.« In Erinnerungen schwelgend, schüttelte er den Kopf. »Es war ein faszinierender Ort. Ich war bei der Eröffnung. Hoffentlich existiert es noch.«

Susan runzelte die Stirn. Sie bemühte sich tapfer, interessiert zu erscheinen.

»Leider ist etwas damit passiert«, sagte sie. »Ich weiß nur nicht mehr so recht, was. Vielleicht hat ein Lump es leergetrunken. Aber es gab dort ja nur Bücher und juwelenbesetzte Karaffen und ähnliches Zeug, nicht wahr? Keinen richtigen Wein, oder?«

»Keinen Wein? Mein liebes Mädchen!« Campion war leicht empört. »Es war eine unserer brillantesten Regeln, daß bestimmte anerkannte Weinkenner, lauter Subskribenten natürlich, kleine Mengen ihrer seltensten Jahrgänge unter Theos oberpriesterlicher Aufsicht in unseren idealen Kellern reifen lassen durften. Selbstverständlich war es niemandem erlaubt, einen Wein herauszunehmen, ehe Theo ihm den höchsten Reifegrad zugesprochen hatte. Doch wenn es soweit war, mußte der Wein weg, und wenn man ihn drängte, kam Theo und half beim Trinken.« Campion lachte. »Vielleicht war es nach modernen Maßstäben sogar ein bißchen überkandidelt und luxuriös, aber damals war es ein sehr hübsches, altväterlich vornehmes Vergnügen.«

»Das war es bestimmt«, sagte sie. »Hatten Sie auch welchen dort?«

»Ich glaube, meine ererbte halbe Flasche von *Großvaters Traum* wurde in einem der weniger geweihten Korridore als Türstopper benutzt«, sagte Campion bescheiden. »Ich hoffe,

Theo kommt nicht, um mir zu sagen, daß er sie verloren hat. Aber wenn ich ihn so betrachte, hat er diesen Blick, oder?«

Hinter ihnen entstand leichter Aufruhr, und dann war Theodore Bush da. Im Stehen wirkte er kleiner als im Sitzen, aber immer noch sehr eindrucksvoll. Er hatte den Kopf eines viktorianischen Staatsmannes; die schlaffe Haut ließ die Umrisse seines Schädels klarer hervortreten und bildete einen üppigen Faltenwurf um sein Kinn. Seine Augen jedoch waren hell und sehr intelligent; er lächelte zwar nie, hatte aber eine Art, ein Lächeln ahnen zu lassen, das jederzeit hervorbrechen konnte; dadurch wirkte sein Gesicht angenehm unsicher.

»Sie sind wieder da, Campion, wie ich sehe«, sagte er, als mache er eine interessante Feststellung. »Das ist gut, wissen Sie, das ist sehr gut.«

Campion gluckste glücklich, wie man es von ihm erwartete, und Bush nickte. »Ich hoffe, Sie gelegentlich zu sehen«, fuhr er fort. »Haben Sie von meiner kleinen Tragödie gehört?«

»Ich habe eben darüber nachgedacht. Wurde das Museum zerstört?«

»Zerstört? O nein!« Bush strich mit seinem breitkrempigen schwarzen Hut über die Schöße seines riesigen braunen Tweedmantels. »Nein, es ist nichts geschehen, was nicht reparabel wäre. Wir wurden evakuiert, müssen Sie wissen. Unglücklicherweise ziemlich spät und sind dadurch erst während des zweiten großen Luftangriffs umgezogen. Wir konnten alles in Sicherheit bringen, bis auf...«

»Meine halbe Flasche«, sagte Campion.

Bush bestrafte ihn mit einem vorwurfsvollen Blick. »Ich fand das gar nicht komisch«, sagte er kalt. »Eine ganze Lastwagenladung mit absolut unersetzlichen Dingen wurde vernichtet. Alle Sachen aus dem Schrank unter dem Südfenster des großen Raumes sind dahin, alle russischen Karaffen, nachweislich die kostbarsten Stücke der ganzen Sammlung;

außerdem zehn Kisten schöner Gläser mitsamt allen schwedischen Exponaten.«

»Irgendwelche Weine?«

»Nur wenige.« Bushs kleine Augen ruhten einen Moment auf Campions Gesicht. »Nur sehr wenige. Ein kleines Paket wurde noch im letzten Augenblick in den Lastwagen gelegt. Der Inhalt war leider nicht uninteressant; es gehörte dem Bischof von Devizes.«

»Meinem Onkel«, sagte Campion fast andächtig. »Gütiger Himmel!«

»Oh, nicht der Port – nicht der Port, mein Lieber«, beschwichtigte ihn Bush. »Der ist in Sicherheit. Ich habe den Bischof zu Anfang des Krieges gebeten, ihn nach Hause mitzunehmen. Einige Keller im Palast sind ganz ausgezeichnet, das habe ich ihm gesagt. Lassen Sie mich überlegen – Sie sind jetzt der einzige Neffe, nicht wahr? Ihre Schwester...«

»Der Port wird nur in der männlichen Linie weitervererbt«, sagte Campion, und Susan ließ sich von seinem Ernst irreführen. Bush lachte.

»Ich habe dem Wein mein Leben geweiht«, sagte er, »für mich ist er wichtig und wird es immer bleiben. Ich hoffe, Sie bald einmal zu sehen, Campion.«

Die leichte Betonung des letzten Satzes ließ ihn wie einen Befehl klingen, und als Bush weiterging, mit dem Mantel auf beiden Seiten die Tische streifend, sah Campion ihm erstaunt nach, denn als sie sich die Hand geschüttelt hatten, hatte Bush ihm einen Zettel in die Hand geschoben. Er las die Nachricht jetzt im Schutz des Tischtuchs. Der Zettel war aus einem Notizbuch herausgerissen, und der kurze, ungewöhnliche Text lautete:

Ich werde in naher Zukunft vielleicht Ihre Hilfe brauchen. Halten Sie sich bereit. Theodore Bush.

Das sah dem Mann, wie Campion ihn in Erinnerung hatte, sowenig ähnlich, daß er unwillkürlich blinzelte. Er betrachtete noch immer die Notiz, als Susan fragte:

»Ist er immer so? Immer gewichtig und mysteriös?«

»Gewichtig ja, mysteriös nein«, sagte Campion und rollte den Zettel zu einem Kügelchen zusammen. »Meine Güte, was für ein angenehmes Lokal das doch ist. Sind Sie oft hier?«

»Nein, leider nicht. Sehr selten. Ich habe Ihnen doch gesagt, daß Miss Snow mich hier mit Don bekannt gemacht hat. Ich glaube, daß sie es häufig frequentiert, aber heute ist sie nicht hier.«

»Miss Evangeline Snow, Miss?« Der uralte Kellner, den Stavros einem Kleinstadthotel abspenstig gemacht hatte, mischte sich mit arglos provinzieller Naivität ins Gespräch. »Nein, sie ist heute nicht hier, und ich habe sie schon seit vorgestern nicht mehr gesehen. Sie kommt oft, wissen Sie.«

»Wie schön für Sie«, sagte Campion.

»O ja, Sir.« Die trüben Augen wurden hell. »Sie ist wirklich sehr nett. Eine sehr liebe Dame, wenn Sie wissen, was ich meine. Und immer kommt sie zu einem meiner Tische. Am Sonntag habe ich sie zum letztenmal gesehen, da hat sie dort drüben mit Lord Carados zu Abend gespeist.«

»Mit Johnny? Aber das ist unmöglich. Er ist doch erst gestern zurückgekommen!« Susan war unwillkürlich damit herausgeplatzt, und die Hand des alten Mannes zitterte, als er ihren Teller auf den Tisch stellte.

»Das stimmt, Miss, ich habe mich geirrt«, sagte er beiläufig. »Es war gar nicht Lord Carados, sondern ein anderer Gentleman. Es ist sehr schwierig, die Leute in Uniform auseinanderzuhalten, wissen Sie.«

Nervös hinkte er davon, und seine Zerknirschung blieb wie eine Wolke in der Luft hängen.

»Großartig, so alt zu werden und noch immer indiskret zu sein«, stellte Campion fest und schaute ihm nach. »Sein Leben war bestimmt ein einziger langer Treppenabsturz, und trotzdem hat er noch viel Mumm, wie ich sehe.«

»Aber wie merkwürdig!« Susan war ungewöhnlich blaß. »Johnny kann Sonntagabend nicht in London gewesen sein.

Das war der Abend – beziehungsweise die Nacht, in der diese Frau gestorben sein muß.«

»Vergessen Sie's«, sagte Campion energisch. »Hören Sie, Susan, das ist die erste Mahlzeit seit meiner Rückkehr. Bisher hatten wir köstliches Pferdefleisch, und das hier sieht wie ein schöner Reispudding mit frischen Mispeln aus. Essen wir ihn, und vergessen wir für eine kurze Zeit unsere und anderer Leute Schwierigkeiten, in Ordnung?«

Susan lächelte. »Feines Mädchen«, sagte Campion, hob sein Glas und setzte es, ohne auch nur daran genippt zu haben, wieder ab. Mit betonter Lässigkeit, die ihm unübersehbar den Stempel »Polizei« aufdrückte, kam Kommissar Yeo auf ihn zu.

Im großen ganzen nahm Campion es recht ruhig hin.

»Ich werde ihn nicht lange aufhalten«, sagte Yeo zu Susan. »Will nur ein paar Worte mit ihm sprechen. Sie bekommen ihn im Handumdrehen wieder. Tut mir wirklich leid, Mr. Campion.«

»Gestapo«, sagte Campion, als sie den Korridor hinter dem Personaleingang betraten.

»Nicht nötig, beleidigend zu werden«, sagte der Kommissar sanft. »Sie werden gleich sehr interessiert sein.«

»Wie nett«, erwiderte Campion. »Wollen wir wetten?«

Yeo antwortete nicht sofort. Er ging in ein kleines Büro voraus, dessen einziges Fenster den Hof hinter dem Restaurant überblickte. Er war leer, aber aus einem Zimmer drangen undeutlich erregte Stimmen zu ihnen.

»Wir haben die Leiche identifiziert, Sir.« Yeo wedelte mit einem imaginären Schweif. »Sie hat früher Moppet Lewis geheißen, doch als sie starb, war sie Mrs. Philip Stavros, die Frau eines der Restaurantbesitzer. Er sagt, er habe sie in letzter Zeit nicht oft gesehen, und das scheint die Wahrheit zu sein. Aber schauen Sie doch einmal hinaus, Sir.«

Campion sah aus dem Fenster und erblickte im Hof einen uniformierten Polizisten, der ein uraltes Taxi bewachte. Das

Fenster auf der Beifahrerseite hatte ein Loch, das sehr gut von einem Schuhabsatz stammen konnte.

»Die Griffe an den Innenseiten der Türen wurden abgeschraubt«, sagte der Kommissar beiläufig. »Das macht Sie wohl nachdenklich, wie?«

9

Der Hof war so düster und schmutzig, wie nur ein Londoner Hinterhof sein kann. Er war kalt und unappetitlich und wenig einladend. Als Campion aus dem Taxi stieg, nachdem er es bis zur Erschöpfung untersucht hatte, nieselte es leicht. Yeos rotes Gesicht glänzte über dem Kragen seines hocheleganten Mantels.

»Können wir hoffen?« fragte er.

»Es zu identifizieren? Keinen Schimmer. Nicht im Zeugenstand. Ich hatte meine kleine Auseinandersetzung im Dunkeln, müssen Sie wissen. Und dieses verdammte Ding sieht aus wie jedes gewöhnliche Taxi; es wurde saubergemacht, daher können wir auf einen echten Beweis nicht hoffen. Der Verdacht liegt natürlich sehr nahe.«

Yeo seufzte. »Ein Verdacht zählt nicht«, sagte er. »Jammerschade, daß Sie sich nicht an etwas Definitives erinnern können. Aber ich nehme es Ihnen nicht übel, man kann nicht vorsichtig genug sein. Ich kann mir auch nicht vorstellen, wie es in unseren Fall hineinpaßt; Sie sagen, Sie glauben an einen Zusammenhang zwischen den beiden Verbrechen, und ich gebe zu, es hat allmählich den Anschein, aber ich sehe nicht, daß uns das hilft. Meiner Meinung nach kompliziert es nur alles.«

Campion stellte den Kragen seines Jacketts auf. »Wie lautet ihre Geschichte?«

»Die der Leute aus dem Restaurant? Oh, sie sagen, ein Junge, der noch im Einsatz ist, habe das Taxi hier untergestellt. Wir können das überprüfen, aber es ist vermutlich die Wahrheit.«

Während er sprach, bewegte der Kommissar sich wieder auf das Haus zu. »Sie sagen, es sei seit einem Jahr nicht draußen gewesen«, fuhr er fort, »und es ist nicht zugelassen. Wenn es also gestern auf der Straße war, ist der Fahrer ein großes Risiko eingegangen.«

»Das ist genau der Typ Fahrer, den wir suchen«, stellte Campion fest, der Yeo ins Haus folgte.

»Stimmt«, sagte Yeo gereizt. »Und was weiter? Ich sage Ihnen, Campion, ich bearbeite diesen Fall seit genau zwölf Stunden und habe ihn schon satt. Solche Probleme habe ich schon früher ausgebadet. Es wird der Polizei Unglück bringen, das rieche ich.«

Campion dachte an den Admiral und sagte sich, diese Prophezeiung könne sich sehr schnell bewahrheiten, doch er unterließ es taktvoll, eine entsprechende Bemerkung zu machen.

»Wir wollen jetzt mit Stavros sprechen«, fuhr der Kommissar fort. »Er muß die Verstorbene heute nachmittag identifizieren. Wir hatten ja keine Ahnung, daß es einen Ehemann gibt, daher haben wir ihre Putzfrau gebeten, in die Leichenhalle zu kommen. Das reicht jedoch nicht, schließlich muß alles seine Ordnung haben. Es ist eine Menge zu tun und weit und breit kein Lichtblick. Holly ist jetzt bei ihm; ein tüchtiger Beamter, dieser Holly, aber hart, sehr hart, hat eigentlich keine Ähnlichkeit mit einem Londoner Polizisten.«

Während er sprach, drängte er seinen Begleiter immer näher zum Seiteneingang, doch Campion, dem dieses Manöver plötzlich auffiel, blieb abrupt stehen.

»Brauchen Sie mich?« fragte er.

»Ja, mein Junge, das tu ich.« Yeo nahm seinen Arm. »Sie waren nicht überrascht, als ich Ihnen sagte, die Tote sei Stavros' Frau gewesen. Wie kommt das?«

Campions blasse Augen schienen größer zu werden. »Ich

hoffe, Ihnen ist klar, daß ich zur Tatzeit noch auf See war«, begann er.

»Ja, das ist mir klar. Aber reiten Sie nicht ständig darauf herum, sonst sehe ich mich noch gezwungen, es nachzuprüfen. Nein, verdächtig sind Sie nicht, doch Sie sind mit Leuten befreundet, die als Verdächtige in Frage kommen. Außerdem verpassen Sie Ihren ersten Heimaturlaub nach drei oder vier Jahren, und sobald Sie sicher sind, daß Ihr zwielichtiger alter Kumpel Lugg noch lebt, wäre ich nicht allzu überrascht, wenn Sie plötzlich alle Einzelheiten vergäßen, deretwegen wir Sie möglicherweise als Zeugen in London zurückhalten. So sieht's aus, Campion. Habe ich mich deutlich ausgedrückt?«

»Schrecklich«, sagte Campion. »Es wird Sie vielleicht überraschen, wenn ich Ihnen sage, daß Sie mich lebhaft an meine liebe Mutter erinnern, Yeo. Sie hat die Dinge ebenso klar gesehen und auch unumwunden ausgesprochen, was schwerwiegender ist.«

Der Kommissar seufzte auf. »Ich fühle mich nicht wie irgend jemands Mutter«, sagte er. »Wieso sind Sie überhaupt hier? Ich glaube nicht, daß ich allzu mißtrauisch sein muß, um das zu bemerken, oder?«

»Ich bin hergekommen, um zu speisen«, sagte Campion würdevoll, »und ich hoffe noch immer, daß ich das auch wirklich tun kann. Ich habe Mrs. Shering bei den Carados kennengelernt, und sie hat mir das Restaurant empfohlen, weil sie und andere aus ihrem Kreis oft hier essen. Deshalb bin ich hier, und deshalb war ich auch nicht überrascht zu erfahren, daß die Tote ebenfalls von hier stammt. Bis Sie mir sagten, ich könnte mir nicht vorstellen, wie die Leute, die so bemüht scheinen, aus ihrem Tod ein Geheimnis zu machen, sie je kennengelernt haben könnten. Als Sie Ihr kleines Sprüchlein aufsagten, wußte ich plötzlich, wie es zugegangen war, und deshalb war ich auch nicht überrascht. Sind Sie jetzt zufrieden?«

Yeo rümpfte die Nase. »Sie haben sich abgeschirmt«, sagte er aufreizend, »aber Sie helfen nicht. Wir haben die Tote durch ein Wäschereizeichen in ihrem Nachthemd identifiziert. Der Beamte, der auf diese Dinge spezialisiert ist, hat die Firma in Notting Hill aufgespürt, und die hat uns ihre Adresse gegeben. Die Putzfrau hat das übrige getan. Mrs. Stavros hat nicht mit ihrem Mann zusammengelebt.«

»Sie hat nicht mit Stavros zusammengelebt? Hat nicht hier gewohnt?« Campion, gezwungen, eine enge Treppe hinaufzugehen, blieb erstaunt stehen, und der Kommissar stieß mit der Schulter gegen ihn.

»Das ist richtig«, sagte er. »Sie hat nicht hier gewohnt. Und wenn man ihrem Mann glauben darf, ist sie auch nicht oft hergekommen. Sie hat allein in einer kleinen kunstvoll eingerichteten Wohnung in der Kensington High Street gelebt.«

»Wann haben die beiden geheiratet?«

»Anfang des Krieges. Sie war verwitwet. Lewis, ihr erster Mann, scheint damals schon jahrelang tot gewesen zu sein. Stavros sagt, sie und er hätten nicht länger als vierzehn Tage zusammengelebt, trotzdem behauptet er, sie sehr gern gehabt zu haben.«

Yeo keuchte leicht auf der Treppe. Seine Stimme war leiser geworden und klang verärgert. »Kommen Sie mit, und reden Sie mit ihm. Die Sache scheint ihn ziemlich kühl zu lassen, aber das hilft uns nicht gerade, Campion, das dürfen Sie mir glauben. Mir gefallen die Leute nicht, die mit dieser Sache zu tun haben.«

»Welche Leute? Stavros oder Lady Carados und Familie?«

»Alle miteinander nicht. Sie« – der Kommissar zögerte – »sie reden das Blaue vom Himmel herunter, bis man ganz wirr im Kopf ist. Intellektuelle. Mögen da, wo sie hingehören, ja ganz in Ordnung sein.«

»Und wohin gehören sie?« erkundigte sich Campion zerstreut.

»Auf die Bühne«, antwortete Yeo unerschütterlich. »Ich

liebe die Bühne über alles. Aber wenn mir das Gehabe bei meiner Arbeit begegnet, ist es sehr lästig. Kommen Sie mit, und hören Sie sich den Kerl an. Zweifellos glaubt er, er ist was Besonderes mit seiner intellektuellen ausländischen Art, aber ich kann ihm einfach nicht folgen.«

Campion ließ alle Gedanken an sein Essen fahren und tat wie befohlen.

In einem kleinen, dunklen Raum, den Stavros manchmal für private Dinnerpartys benutzte, fanden sie ihn vor einem runden Tisch stehend, an dem ein Polizist saß, der sich Notizen machte. Inspektor Holly, sehr ordentlich und penibel aussehend, stand auf dem Kaminvorleger. Das glatte schwarze Haar wich schon leicht von der blassen Stirn zurück, die wie Porzellan schimmerte, und seine auffallend kalten Augen waren groß und blau und streng. Auf den ersten Blick stellte Campion fest, daß Stavros sich verändert hatte, doch erst später erkannte er, wieso. Der Grieche war eine Privatperson geworden. Er legte eine völlig neue Würde und eine andere Höflichkeit an den Tag, die überhaupt nicht mehr einschmeichelnd wirkten. Er stand lässig, jedoch völlig reglos da, hatte die Hände gefaltet und den Kopf leicht erhoben. Seine Augen flackerten, als Campion eintrat, aber er sagte nichts.

Holly ging Yeo entgegen. »Er hat nichts hinzuzufügen«, sagte er, die Stimme ein, zwei Nuancen senkend, aber ohne einen echten Versuch, vertraulich zu sprechen. »Am vergangenen Sonntag hat er seine Frau zum letzten Mal gesehen, als sie am Nachmittag für etwa zehn Minuten auf einen Schwatz und einen Sherry bei ihm hereinschaute. Als sie ging, hat sie ihm nicht gesagt, wohin sie wollte. Er behauptet, er habe sie auch nicht gefragt.«

Yeo drehte sich um und musterte Stavros düster und nachdenklich. »Und Sie wollen nichts hinzufügen?« fragte er. »Überhaupt nichts?«

Stavros lächelte Campion nervös zu. »Es ist nie leicht, eine

Beziehung mit einer Frau genau zu beschreiben, nicht wahr?« sagte er.

Yeos unscheinbares Gesicht erhellte sich hoffnungsvoll. »Wir alle hier sind Männer von Welt, Mr. Stavros«, sagte er herzlich, und seine Väterlichkeit wurde nur durch einen Schimmer polizeilicher Befangenheit ein wenig getrübt. »Sie werden uns nicht engstirnig finden. Sagen Sie nur, was Sie sagen wollen.«

Stavros errötete unter der dunklen Haut. »Ich habe meine Frau geliebt«, sagte er mühsam. »Ich habe sie genug geliebt, um sie zu heiraten. Auch später habe ich sie noch geliebt, wenn auch nicht mehr so sehr. Sie war keine Frau, mit der man Tag für Tag zusammenleben konnte.«

Hollys glaskalte Augen bekamen einen verächtlichen Ausdruck, die von Yeo einen resignierten Blick. Sie waren beide verheiratet, und Mrs. Yeo und Mrs. Holly waren Damen, mit denen man jeden Tag oder gar nicht zusammenleben konnte. Stavros schien sich des Eindrucks bewußt, den er machte, sprach jedoch unbeirrt weiter.

»Wir waren mit unserem Leben zufrieden«, sagte er eindringlich, die runden braunen Augen bittend auf Yeo geheftet. »Manchmal ist sie zu mir gekommen, manchmal habe ich sie besucht, aber wir haben weder im selben Haus gewohnt, noch hatten wir dieselben Freunde. Wir waren beide nicht mehr jung, wir waren nicht untreu.«

Hollys Kopf neigte sich immer mehr auf eine Seite, doch Yeo hatte sich dazu entschlossen, Mitgefühl zu zeigen, und tat jetzt sein Bestes.

»Aber«, fragte er heuchlerisch, »sie hat Ihnen doch bestimmt gesagt, wohin sie ging?«

»Warum sollte sie?« Stavros schien erstaunt, und Yeo kam aus dem Takt.

»Ich dachte, es sei Ihr gutes Recht gewesen, das zu erfahren«, sagte Holly steif.

»Ich wollte es ja gar nicht wissen. Ich hatte keine Ahnung,

woher sie an diesem Nachmittag kam; wohin wir gingen, was wir taten, ging den anderen nichts an.«

Der Polizist schrieb etwas in Schulkinderschrift in sein Notizbuch. Campion sah ihm dabei über die Schulter.

Ehe ohne Liebe hatte er geschrieben und die Worte mit einer Wellenlinie unterstrichen.

Campion fühlte sich ein bißchen hilflos. Yeo schüttelte traurig den Kopf. »Dann können Sie uns also nicht helfen«, sagte er. »Was für ein Jammer, Mr. Stavros. Schließlich ist eine Frau gewaltsam zu Tode gekommen, und es war Ihre Frau.«

»Ja, glauben Sie denn, das weiß ich nicht?«

Niemand im Raum war auf diese Explosion gefaßt. Stavros war offensichtlich einem Zusammenbruch nahe; seine Würde, sein weltmännisches Benehmen waren dahin, er hatte Tränen in den Augen und auf den Wangen, und sein Mund war verzerrt wie der Mund einer tragischen Maske.

»Ja, glauben Sie denn, das weiß ich nicht?« Er kehrte den Männern den Rücken zu, und seine Worte kamen als heiseres, abgehacktes Flüstern.

Yeo, von Natur aus der freundlichste Mensch, war entsetzt. Sein rotes Gesicht spielte leicht ins Blaue, er trat von Stavros zurück und wandte sich an Holly.

»Haben Sie eine genaue Beschreibung der Kleidung, die sie trug, als er sie das letztemal sah?« fragte er so leise, daß es wie ein Knurren klang.

»Ja, die habe ich. Sogar schriftlich.«

»Gut. Nun, ich denke, ich kann die Sache Ihnen überlassen, Inspektor.« Yeo gab sich geschlagen und verhehlte es nicht. »Er muß sie identifizieren, aber lassen Sie ihm Zeit. Drängen Sie ihn nicht, es ist eine reine Formalität. Kommen Sie, Campion.«

Ohne ein einzigesmal zurückzublicken, verließ er den Raum und blieb im Flur stehen, um sich über das Gesicht zu wischen.

»Da haben wir's«, erklärte er. »Ich hab es Ihnen gesagt. Ich verstehe dieses verdammte Volk nicht. Er ist aufrichtig betroffen, daran gibt es nichts zu deuteln.«

»Aber natürlich ist er das, der arme Kerl. Er war in sie verliebt.«

»Er hat sie nur ab und zu gesehen. Hat sie geheiratet, aber nicht mit ihr gelebt.«

»Das ist wahrscheinlich der Grund.«

»Der Grund wofür?«

»Dafür, daß er in sie verliebt war. Ich meine, vielleicht ist es so passiert. Wir wissen nicht viel über sie, wissen nicht, was für eine Art Frau sie wirklich war.«

Yeo musterte ihn mit freundlichem Bedauern. »Zynisch«, sagte er. »Sie mögen recht haben, aber schön ist es nicht.«

»Zum Teufel mit schön«, antwortete Campion wenig vornehm. »Dieser Mann stellte eines Tages fest, daß er eine Frau geheiratet hatte, die er manchmal liebte, und deshalb sah er sie auch nur manchmal. Das ist ungeheuer vernünftig. Sie scheinen ihn jedoch nicht gefragt zu haben, warum sie bei ihm war.«

Der Kommissar schien ratlos zu sein. »Hat sie ihren Mann denn sonst nie besucht?« fragte er unschuldig.

»Keine Ahnung, aber ich denke eigentlich, daß sie sich gewöhnlich verabredet haben. Eine Beziehung wie die ihre erfordert ein gewisses Maß an Takt auf beiden Seiten, finden Sie nicht? Stellen Sie es sich doch einmal vor.«

»Das kann ich nicht«, sagte Yeo. »Und wenn meine Frau Sie so reden hörte, würde sie Sie übers Knie legen. Aber sprechen Sie ruhig weiter, ich bin nicht zu alt, um zu lernen.«

»Also ich weiß ja nicht«, sagte Campion abermals, »aber für mich hat es so geklungen, als hätte entweder er sie oder sie ihn angerufen, und sie hätten gelegentlich ein Wochenende miteinander verbracht. Ich will nicht beschwören, daß es so war, aber wenn sie plötzlich für zehn Minuten vorbeikam, hatte sie ihm wahrscheinlich etwas zu sagen, worüber sie am Telefon nicht reden wollte. Das ist jedenfalls mein Eindruck.«

»Sehr französisch«, kommentierte der Kommissar.

»Nicht unbedingt«, erwiderte Campion.

»Na schön, ich geh der Sache nach.« Yeo war mürrisch. »Trotzdem, es kommt mir komisch vor, einen Mann zu fragen, warum seine Frau ihn aufgesucht hat.« Er schüttelte mit düsterer Miene den Kopf. »Sie haben keine Ahnung, was wir uns gefallen lassen müssen«, sagte er. »Nicht alle Übel der Welt sind auf dem Kontinent zu finden. Und was muß ich jetzt tun? Mit dieser furchteinflößenden Frau reden.«

»Lady Carados?«

»Ja. Wir müssen ihr Haus mit dem Staubkamm nach den restlichen Kleidern von Mrs. Stavros durchsuchen. Sie kann nicht in einem Nachthemd von der Straße gekommen sein. Üblicherweise würde ich das einem anderen Beamten überlassen, doch das ist ein besonderer Fall, und man ist allgemein der Ansicht, je höher der Rang des Bobbys, um so feiner die Glacéhandschuhe, mit denen er zugreift. Ich bezweifle jedoch, daß das stimmt.«

»Angenommen, Sie finden die vermißten Kleider nicht im Haus von Lady Carados?«

Yeo kniff ein Auge zu. »Dann begeben wir uns schnurstracks in das Haus ihres Sohnes«, sagte er. »Jemand hat diese Frau erstickt, und er wußte genau, was er tat. Wir kriegen ihn, Campion, darauf können Sie sich verlassen. Und wenn wir ihn haben, wird er hängen.«

Campion sah die mächtige Gestalt mit plötzlichem Ernst an.

»Ich stehe hinter Ihnen«, sagte er sachlich.

Yeo seufzte auf. »Freut mich zu hören«, sagte er. »Hinter dieser Sache steckt viel mehr als Sie ahnen, mein Junge. Gehen Sie jetzt zu Ihrer jungen Dame zurück, und vergessen Sie nicht, daß ich Kooperation erwarte.«

»Die sollen Sie haben«, sagte Campion. »Wir sehen uns im ›Philippi‹.«

»Früher hieß es ›Coach and Horses‹«, murmelte der Kommissar. »Liegt am anderen Ende der Early Street. Auf jeden Fall kurz vor zehn. Wiedersehen.«

Campion kehrte in das jetzt praktisch menschenleere Restaurant zurück, und als er zu seinem Tisch hinübersah, waren alle Speisen abgeräumt, wie er befürchtet hatte. Susan war noch da, aber sie war nicht allein. Neben ihr saß ein junger Mann in Khaki. Campion hatte Don Evers erst einmal und nicht unter den allerglücklichsten Umständen gesehen, aber er erkannte ihn sofort. Der junge Mann war eine auffallende Persönlichkeit, und da er jetzt blasser war als auf der Schwelle der Wohnung in der Bottle Street, hatte sein natürliches gutes Aussehen eine noch stärkere Wirkung. Er sah älter aus als er war, und die kräftigen Linien, die seinem Gesicht eines Tages Charakter verleihen würden, zeichneten sich schwach unter seiner hellen Haut ab.

Susan beobachtete ihn mit tragischem Blick. Beide waren sich ihrer Umgebung nicht bewußt, waren miteinander allein.

Campion störte sie nicht. Er setzte sich an einen Tisch, der ein ganzes Stück von dem ihren entfernt war, und der alte Ober, der noch immer zu impulsiv sein konnte, hinkte auf ihn zu. Campion akzeptierte die wie ein Ultimatum klingende Erklärung, daß ein Kaffee mit oder ohne Cognac das einzige war, was man noch für ihn tun konnte, und schnüffelte, weil es nach irgend etwas roch, von dem er inbrünstig hoffte, daß es nicht medizinisches Paraffin war; dann fragte er beiläufig:

»Haben Sie vor kurzem mal Mrs. Stavros gesehen?«

Die wäßrigen Augen des alten Mannes musterten ihn verstohlen. »Nicht seit dem Streit vor ein paar Tagen, Sir«, sagte er. »Am Sonntag war's, glaub ich.«

10

Campion sah dem Alten eine ganze Zeitlang in die tiefliegenden, wäßrigen Augen.

»Leute streiten sich schon mal«, sagte er gleichmütig. »Ab und zu ein oder zwei zerbrochene Teller, was macht das schon?«

»Oh, aber es war kein solcher Streit, Sir.« Der alte Kellner zögerte. Er schien ein bißchen ratlos zu sein, und Campion zündete sich sehr sorgfältig und konzentriert eine Zigarette an. Der Kellner schlurfte weiter, spielte an einem Seitentischchen mit Porzellan, machte ein paar Schritte auf Campion zu, überlegte es sich anders und schlurfte zur Tür, wo er, nach einem kurzen Blick auf das Wetter, einen Entschluß zu fassen schien. Er kam zu Campion zurückgehinkt.

»Vielleicht hätte ich es nicht erwähnen sollen, Sir«, sagte er und tänzelte um den Tisch. »Nur ein paar laute Worte. Nun, so laut auch wieder nicht. Eigentlich gar nicht laut, wenn ich's mir recht überlege.«

»Wie laut? Wie eine Heulboje?« erkundigte Campion sich mit gespieltem Ernst.

Allmählich kam Mißtrauen im verrunzelten Gesicht des Kellners auf. Er starrte ihn an. »Ich bin alt«, sagte er, »manchmal rutscht mir einfach etwas heraus. Das sollte nicht sein, aber ich bin London nicht gewöhnt, und ja, man könnte sagen, daß meine alte Zunge mit mir davonläuft.«

»Woher kommen Sie?« fragte Campion. »Aus Sudbury?«

Der klapprige Alte sah ihn erstaunt an. »Ich bin ganz in der Nähe geboren«, sagte er. »Vielleicht habe ich Sie irgendwo bedient. Erkennen Sie mich denn?«

»Nur ganz allgemein«, antwortete Campion unbestimmt. »Sie langweilen sich nie sehr lange, nicht wahr?«

»Langweilen, Sir?«

»Sie sind nie angeödet, weil es an Aufregung mangelt. In Ihrer Nähe passiert immer etwas, und wenn das nicht der Fall ist, helfen Sie ein bißchen nach.«

Der alte Kellner sah ihn fest an, und tief in den blassen Augen flackerte eine Spur boshafter Belustigung. Er nahm ein leeres Glas und begann es zu polieren.

»Es war kein großer Streit«, sagte er. »Was mich nachdenklich gemacht hat, war etwas, das sie zu ihm gesagt hat, als sie ging – ganz besonders nachdenklich, als ich hörte, daß sie den Löffel abgegeben hat.«

»Den Löffel abgegeben?«

»Daß sie tot ist, Sir.«

»Oh, ich verstehe. Und was hat sie nun gesagt, als sie ging?«

Der Kellner zögerte, vermutlich um die Situation ganz auszukosten, die ihm Genugtuung bereiten mochte.

»Ich möchte nicht zur Polizei gehen – wegen meiner Stellung, wissen Sie«, sagte er.

»Und wofür halten Sie mich?«

Ein Lächeln reiner Bauernschlauheit erschien auf dem Gesicht des alten Sünders.

»Jedenfalls nicht für einen Polizisten, Sir«, sagte er. »Wahrscheinlich sind Sie so neugierig wie ich, aber Sie sind ebensowenig Polizist wie ich. Ich verrate Ihnen, was sie gesagt hat. Hier kümmern sich die Leute nicht so umeinander wie bei uns auf dem Land. Hier heißt es immer nur: ›Das geht dich nichts an, misch dich nicht ein!‹, und ich wette, daß außer mir keiner gemerkt hat, wie zornig die Lady und ihr Mann waren, als sie am Sonntag miteinander redeten. Sie gingen in sein kleines Büro, und dort krachte es ordentlich zwischen ihnen.«

»Es hat gekracht?«

»Na ja, sie haben gestritten, Sir. Das denke ich wenigstens, denn als sie rauskamen, war sie feuerrot und hat fast geweint. Als sie ging, sagte sie: ›Dann auf Wiedersehen. Ich kann nichts versprechen. Du verstehst nicht, ich kann nichts versprechen.‹ Das war's. Das hat sie wortwörtlich so gesagt.«

Campion bezweifelte es, aber er vermutete, daß der Sinn korrekt wiedergegeben war.

»Das hat mich nachdenklich gemacht«, wiederholte der

Kellner, »besonders seit sie den Löffel abgegeben hat. *Was* konnte sie nicht versprechen? Das geht mir dauernd im Kopf rum. Ich wüßte gern, was es war.« Er sprach mit so aufrichtiger Wehmut, daß Campion lächelte.

»Wie heißen Sie?« fragte er.

»Ich könnte bei Gericht nicht als Zeuge aussagen.«

»Ich bezweifle, daß man Sie vorladen würde.«

»Ich würde sagen, ich erinnere mich nicht.«

»Davon bin ich überzeugt.«

»Nun gut, nachdem das klar ist. Ich heiße Fred Parker.«

»Tatsächlich?« Campion schien entzückt. »Haben Sie einen – eh – Spitznamen?«

Parkers alte Augen wurden schmal. »Nein«, sagte er. »Keinen Spitznamen. Einfach Fred. Hätten Sie vielleicht gern Ihre Rechnung, Sir? Sie bezahlen doch auch für die junge Dame, die mit Ihnen gekommen ist, oder?«

»Das ist in unserem Land so üblich«, stimmte Campion zu und schaute zu Susan hinüber, die den blonden Kopf ein wenig hängen ließ.

»Ja, das ist wohl so«, sagte der alte Fred dümmlich. »Lassen Sie mich mal sehen. Es ist die junge Dame, die dort drüben mit dem amerikanischen Offizier spricht, nicht wahr? Tisch zwölf, Sir.«

Er sagte es so unschuldig und spielte so perfekt den senilen Tattergreis, daß Campion, trotz seiner jüngsten Entdeckung, beinahe darauf hereingefallen wäre.

»Das ist doch wohl die junge Dame, die Lord Carados heiraten soll, oder? Stand jedenfalls so in der Anzeige. Eine sehr hübsche junge Dame, wenn ich das sagen darf. Ich hab sie sofort erkannt, als sie reinkam, deshalb war ich so aufgeregt, als ich mich verplappert hatte, Sir.« Er hob die Augen und eine furchtbare Gier nach Erleben flackerte darin.

»Sie sind wirklich ein einmaliges Exemplar«, erklärte Campion. »Sagen Sie, geraten Sie eigentlich manchmal in ernste Schwierigkeiten?«

Der alte Fred gestattete sich ein boshaftes Kichern. Ein lautloses Kichern, bei dem er eine ganze Sammlung scheußlicher Zahnstummel sehen ließ.

»Sie sollen Ihren Spaß haben, Sir«, sagte er. »Ich bin nur ein alter Mann, der sich für das interessiert, was er sieht. Ich bin vorsichtig und suche mir die Leute genau aus, mit denen ich spreche. Sehr genau.«

»Ich freue mich, das zu hören. Sonst würde Mr. Stavros es vielleicht bereuen, Sie aus dem ›Eastern Lion‹ – oder wie das Hotel heißt – hierher verpflanzt zu haben.«

»Das ›Totham Sun‹, Sir. Ich war viele Jahre dort. Ein sehr langweiliges Restaurant im Vergleich zu diesem hier. Nein, es ist nicht Mr. Stavros, vor dem ich mich in acht nehmen muß.« Fred wurde nachdenklich. »Es ist dieser Mr. Pirri, der andere Partner. Er ist nicht der Mensch, an den man unüberlegt herantreten kann.«

Campion grinste. »Danke für den Tip«, sagte er.

»Nein, ich danke Ihnen, Sir«, sagte der alte Fred und ging lachend davon. Als er wiederkam und Campion getan hatte, was von ihm erwartet wurde, wagte er noch eine einzige Frage.

»Nur um meine akademische Neugier zu befriedigen – wissen Sie, wer ich bin?«

Der alte Fred zögerte, und das Verlangen, einen Punkt zu machen lag ganz offensichtlich im Kampf mit der ihm angeborenen Vorsicht.

»Ich habe mich nach Ihnen erkundigt, Sir«, sagte er endlich. »Als der Herr von der Polizei kam, habe ich gleich gefragt, wer Sie sind. In der Küche hat man es mir erzählt. Der Oberkellner hat Sie erkannt. Er hat Sie vor dem Krieg immer bedient.«

»Ich verstehe. Und da haben Sie sich gedacht, ich sei die Person, die mit ein paar vertraulichen Mitteilungen beglückt werden sollte. Du meine Güte, Ihnen entgeht wirklich nicht viel, nicht wahr?«

»Nein, Sir.« Er fühlte sich offensichtlich geschmeichelt. »Sehr wenig. Wirklich sehr wenig. Übrigens, etwas hätte ich Ihnen schon früher sagen müssen. Dieser amerikanische Herr, der bei Ihrer jungen Dame sitzt, kam herein und hat nach Ihnen gefragt. Ich habe ihn dann an den Tisch der jungen Dame geführt.« Der wäßrige Blick heftete sich hoffnungsvoll auf Campions Gesicht. »Ich dachte, das sei so in Ordnung, Sir, weil er schon ein paarmal mit ihr hier war.« Er hielt einen Moment inne, um die Wirkung seines letzten Knallfroschs abzuwarten, und wieselte dann mit erstaunlicher Geschwindigkeit seitlich davon.

Am Tisch der beiden jungen Leute blieb er stehen. Sie kehrten nur widerstrebend zur Erde zurück und drehten sich um. Von Susan gefolgt, kam Don sofort zu Campion herüber; beide waren zerknirscht und rührend dankbar.

»Wir hatten keine Ahnung, daß Sie wieder zurück sind ...«

»Sind Sie schon lange hier?«

»Was sollen Sie nur von uns denken ...«

Plötzlich brach Susans natürliche Offenheit durch. »Sie sind in Ordnung«, sagte sie und legte ihm die Hand auf den Arm. »Ich mag Sie. Wo haben Sie gesteckt? Einen Verdauungsspaziergang gemacht?«

»Was für eine angenehme Vorstellung«, sagte Campion. »Nein, ich habe mich mit dem alten Fred unterhalten. Er stammt vom Land.«

»Ein Bauer ist er also?« Don war interessiert. »Ich hab mir schon gedacht, daß er nicht hierhergehört. Meiner Meinung nach ist er ziemlich schrecklich.«

»Ja, ein angenehmer Zeitgenosse ist er wirklich nicht«, pflichtete Campion bei. »Er hält sich für die Hand des Schicksals. Hat behauptet, Sie hätten mich gesucht, Lieutenant.«

»Das stimmt. Er hat Sie gesucht und mich gefunden.« Susan war noch in einem Alter, in dem man sehr heftig erröten kann, wie Campion feststellte. »Ich muß jetzt gehen, hab mich schon furchtbar verspätet. Vielen Dank, Mr. Campion.

Ich fürchte, ich war ein miserabler Gast, aber Sie sind der reizendste Gastgeber, den ich kenne. Ich kann Ihnen gar nicht sagen, wie ungeheuer dankbar ich Ihnen bin.«

Sie unterbrach sich und sah ihn mit glänzenden Augen an. »Ich wünschte, ich könnte helfen«, sagte sie impulsiv. »Eins noch. Lugg liebt sein Schwein über alles, Mr. Campion, wirklich über alles. Ich glaube, für das Tier würde er alles riskieren.«

Campion, der aufgestanden war, um ihr die Hand zu geben, blickte scharf auf sie hinunter.

»Ach, das würde er? Danke, Susan. Das zu wissen, ist sehr wertvoll für mich.«

Don begleitete sie zur Tür, und als er zurückkam, runzelte er die Stirn. »Ich schulde Ihnen unendlichen Dank, Sir«, sagte er mit jener transatlantischen Höflichkeit, die viel strenger ist als irgend etwas in England. »Ich habe, fürchte ich, Ihren Lunch zu zweit gestört.«

»Aber durchaus nicht«, erwiderte Campion. »Das hatte schon die Polizei besorgt.«

Don schüttelte den Kopf. »Die Angelegenheit ist sehr ernst, und ich fürchte, Sie werden meine Bitte unter den gegebenen Umständen ziemlich oberflächlich finden. Tatsächlich weiß ich kaum, wie ich sie aussprechen soll, aber nun ja – ich will Sie ganz einfach einladen, heute abend bei einer ganz besonderen, kleinen Party, die ich hier gebe, mein Gast zu sein.«

Campion, der sich alle möglichen Bitten vorgestellt hatte, nur nicht die, schien überrascht und erfreut. Don kam seiner höflichen Antwort zuvor.

»Vielleicht sollte ich es Ihnen näher erklären«, sagte er. »Ich glaube, wir haben einen gemeinsamen Freund, Mr. Theodore Bush.«

Campion seufzte. Also hatte er die Einladung nicht seinen schönen Augen zu verdanken. »Ja«, sagte er. »Ich habe ihn sogar vor etwa anderthalb Stunden hier gesehen.«

»Das weiß ich. Er hat mich gleich danach angerufen und

mir aufgetragen, Sie einzuladen und ein Nein nicht zu akzeptieren.« Don wirkte mürrisch und zerstreut. »Ich fürchte, das Ganze klingt ziemlich verrückt für Sie, da hier doch so viele ernste Dinge geschehen«, fuhr er fort. »Ich selbst finde es nämlich verrückt, doch abgesehen von der schwerwiegenden Sache im Ausland, scheinen in dieser Stadt alberne Kleinigkeiten – manche ziemlich ernst, andere eher unwichtig – gleich serienweise zu passieren, und zwar mit Höchstgeschwindigkeit.«

Campion lächelte ihm hinter der Brille hervor zu. »Ich weiß«, sagte er. »Ich war noch keine vierundzwanzig Stunden hier, und schon waren mir in unserer alten Stadt ein paar Verrücktheiten aufgefallen; irgendwie unheimliche Verrücktheiten, wenn ich so sagen darf. Es ist sehr merkwürdig. Ziemlich erschreckend.«

»Oh, dann läuft es also nicht immer so?« Don schien erleichtert, das zu hören.

»Nicht in diesem Tempo«, sagte Campion zurückhaltend. »Ich komme aber trotzdem gern zu der Party. Was hat Theo vor? Heckt er vielleicht etwas aus? Hoffentlich nicht.«

»Nein, ich glaube nicht, daß es schon soweit ist.« Don lachte. »Aber für Mr. Bush ist der Wein eine sehr ernste Sache, und da komme ich ins Bild. Mein Vater ist nämlich Richard Caxton Evers.«

»Tatsächlich? O mein Gott!« Campion machte ein verständnisvolles Gesicht. »Er ist, glaube ich, auf der Welt Theos einziger ernsthafter Rivale. Sie liefern sich ein Kopf-an-Kopf-Rennen um den Thron des besten Weinkenners, nicht wahr?«

»Ich weiß nicht, ob Dad damit einverstanden wäre«, sagte Don. »Er hat einen gesunden Respekt vor Mr. Bushs Ansichten. Ich verstehe von Wein überhaupt nichts; meine Generation hat, meine ich, andere Sorgen und Probleme, aber im Moment bin ich irgendwie hineingeraten. Ich erzähle Ihnen, wieso. Der Mann, dem dieses Restaurant gehört, ist ein kleiner Kerl namens Stavros, und er hat mir einen Kasten Burgunder verkauft. Das heißt, er hat mir zwei Flaschen gebracht und gesagt, er könne mir drei Dutzend besorgen, wenn ich will. Er war zwar nicht unverschämt, wie man das hier zur Zeit häufig erlebt, aber es war klar, daß es um etwas ganz Besonderes ging.«

Campion nickte, um Verständnis zu zeigen, und der junge Mann fuhr fort:

»Es ist eine ganz alltägliche Geschichte, bisher, jetzt allerdings nimmt sie eine neue Wendung. Obwohl ich, wenn es um Wein geht, der reinste Novize bin, wurde ich andererseits auch von meinem alten Herrn erzogen und merkte sehr schnell, daß man den Wein mit entsprechender Ehrfurcht trinken mußte, wenn er auch nur halb so gut war, wie Stavros behauptete.« Er blickte auf, und in seinen Augen standen Scheu und Belustigung. Campion begann ihn zu mögen. »Ich tat also, was ich meiner Ansicht nach tun sollte. Sicherte mir das Vorkaufsrecht an drei Kisten und trug Stavros auf, zwei Flaschen für mich bereitzustellen, da ich wußte, daß mein Urlaub bald fällig war. Natürlich erwähnte ich den Wein auch in den Briefen, die ich nach Hause schrieb. Das war wenigstens etwas, das ich Dad berichten konnte, ohne daß die Zensur sich den Kopf darüber zerbrechen mußte.«

»War Ihr Vater interessiert?«

»Interessiert? Er hat mir ein Übersee-Telegramm geschickt. Der Text ging ungefähr so: *setz dich wegen flasche mit theodore bush in verbindung stop wenn echt, was unwahrscheinlich ist, dann bemerkenswert stop bush verläßliches urteil das zweitbeste nach mir stop wenn er den wein empfiehlt sind kosten unwichtig und herzlichen glückwunsch stop wünschte, ich wäre bei dir.*

Don brach lachend ab. »Er ist ein großartiger alter Enthusiast«, sagte er, »aber so aufgeregt ist er gewöhnlich nicht. Ich habe mich sofort mit Bush in Verbindung gesetzt, und ihn packte es sogar noch schlimmer. Er drehte halb durch und bereitete alles für eine kleine Fete vor. Ich fühle mich, als hätte ich ein Lebenselixier entdeckt oder was Ähnliches. Wir treffen uns um halb acht in einem Raum im ersten Stock.«

»Was für ein Spaß«, sagte Campion. »Bei Gott, das ist die erste heitere Geschichte, die ich seit meiner Rückkehr zu hören bekomme. Wie lauten die magischen Worte auf dem Etikett?«

»Ah! Hier wird das Ganze rätselhaft«, sagte Don, »zumindest finde ich das. Es ist ein Vosne, Jahrgang 1904, und er heißt *Les Enfants Doux*.«

Campions Gesicht blieb ausdruckslos. »Ich habe mein Snobbuch nicht bei mir«, sagte er, »aber das Jahr ist ein Klassiker. Nur – ehrlich gesagt – habe ich von dem Weinberg noch nie gehört. Wer hat den Wein abgefüllt?«

»Das wird nicht erwähnt.« Don sah ihn um Entschuldigung bittend an. »Und es könnte sehr gut ›Die alte minoische Badewannen-Gesellschaft‹ sein, ich warne Sie. Ich habe von *Les Enfants* auch noch nie etwas gehört. Der Name steht in keinem Buch, und ich habe in einer sehr, sehr guten Weinhandlung nachgefragt, und auch dort hatte man noch nie etwas von diesem Wein gehört. Aber Dad hat davon gehört und Bush ebenfalls, und sie sollten es wissen.«

»O du lieber Himmel, ja, sie wissen es«, sagte Campion. »Und der große Augenblick ist also heute abend? Ich fühle mich riesig geschmeichelt und so weiter, aber – mit allem Respekt gefragt – warum werde ich eingeladen?«

Don sah ihn hilflos an. »Offen gesagt, ich weiß es nicht, doch ich würde mich auf jeden Fall sehr freuen, wenn Sie mein Gast wären.«

»Das ist sehr anständig von Ihnen«, sagte Campion aufrichtig. »Wer kommt denn alles? Sie, ich und Theo?«

»Unglücklicherweise nein.« Dons Verlegenheit nahm offensichtlich zu. »Sehen Sie, es fing damit an, daß Mr. Bush erklärte, er und ich sollten die Weinprobe allein durchführen. Dann kam er auf die Idee, einen weiteren Fachmann hinzuzuziehen, dessen Namen ich leider vergessen habe, und vorhin hat er mir gesagt, er habe Carados bewogen zu kommen, und ich sollte jede List und Tücke anwenden, um Sie zu überreden.«

»Mein lieber Junge«, sagte Campion mit aufrichtigem Mitgefühl, »wollen Sie wirklich all diese Fremden bewirten?«

Don strich sich mit der Hand durch das blonde Haar. »Nun ja, das ist auch so eine kitzlige Sache. Ursprünglich sollte es meine Party sein, aber seither hat Mr. Bush gewissermaßen die Herrschaft an sich gerissen. Ich habe protestiert, doch er hat kein Nein akzeptiert, aber darauf bestanden, daß ich Sie einlade. Es ist alles ein bißchen merkwürdig, doch da Dad mich zu ihm geschickt hat... Sie verstehen?«

»Genau«, stimmte Campion zu. »Es wird immer merkwürdiger. Das sieht Theo nicht ähnlich, wissen Sie? Er hat irgend etwas vor.«

»Das hat mich auch gewundert«, sagte Don. »Als ich ihn kennenlernte, schien er ein ziemlich konservativer Mensch zu sein. Ich hätte nie erwartet, daß er so unorthodox handeln könnte.«

»Ich ebensowenig«, sagte Campion. »Nein, das ist interessant. Sie wissen nicht mehr, wer der andere Fachmann ist, oder? Denn weder Johnny noch ich haben das Zeug, einen Wein zu beurteilen.«

Don schüttelte den Kopf. »Nein, leider weiß ich's nicht mehr. Es war eine prominente Persönlichkeit, aber der Name ist mir entfallen.«

»Daß Carados kommt, ist Ihnen bestimmt ein bißchen peinlich, nicht wahr?« sagte Campion.

»Peinlich ist die Untertreibung des Jahres!« Das war ein Aufschrei aus tiefstem Herzen. Dann verstummte Don für ein paar Sekunden und setzte endlich hinzu: »Ich weiß nicht, wie eng Sie mit Susan befreundet sind, leider haben wir eben nicht über Sie gesprochen.«

»Eh – nein«, murmelte Campion. »Nein, das glaube ich auch nicht.«

Der junge Mann lächelte flüchtig und sprach hastig weiter. »Ich habe heut morgen einen Brief von ihr bekommen. Sie hat ihn geschrieben, nachdem wir uns gestern abend gesehen hatten, und er hat mich völlig umgeworfen. Sie schrieb, ich dürfe sie nicht mehr treffen, sie habe sich entschlossen, Carados zu heiraten. Ich habe den ganzen Vormittag vertrödelt und mir überlegt, was ich tun sollte, als mich der alte Bush, den ich ganz vergessen hatte, im Hotel anrief und mir sagte, ich solle hierhergehen und mit Ihnen sprechen. Er erwähnte zufällig, daß Sie mit Susan hier seien, und da bin ich.«

Die Erklärung kam einer Beichte gleich, und Campion nahm sie entsprechend entgegen. »Ich hoffe, die Dinge haben sich inzwischen zufriedenstellender entwickelt«, sagte er.

»Ich weiß es nicht.« Don zweifelte zwar, war aber nicht entmutigt. »Die Hochzeit ist ohnehin verschoben, und das ist schon etwas. Ich gebe mich erst geschlagen, wenn ich muß. Unglücklicherweise hat Susan für ihr augenblickliches Verhalten einen verdammt guten Grund. Mir gefällt er natürlich nicht, aber ich verstehe sie. Sie ist ein liebes Mädchen, eins unter einer Million.«

Campion fand seine Haltung sympathisch und wünschte ihm Glück. Laut sagte er:

»Sie haben sie durch Eve Snow kennengelernt, nicht wahr?«

»Das ist richtig. Erst vor drei Wochen. Gwenda Onyer hat mich mit Eve bekannt gemacht, und Eve hat mich Susan vorgestellt – alles an einem Abend. Danach – nun ja, Sie wissen, wie so etwas passiert.«

Campion wußte es tatsächlich, sagte es aber nicht. Er runzelte die Stirn. »Eve hat Sie nicht mit Gwenda zusammengebracht?«

»Nein, es war genau anders rum. Mrs. Onyer habe ich kurz nach meiner Ankunft in England durch Freunde meiner Mutter kennengelernt. Kennen Sie sie?«

»Nicht besonders gut.«

»Sie ist eine seltsame Frau, das habe zumindest ich empfunden. Als ich sie kennenlernte, beachtete sie mich überhaupt nicht, und ich dachte, sie habe mich vergessen. Aber drei Monate später tauchte sie plötzlich auf und schleppte mich ins ›Royal Alexandra Theatre‹, um mich mit Eve bekannt zu machen. Dafür bin ich ihr ewig dankbar, denn ich wurde zu dem Abendessen eingeladen, bei dem ich Susan begegnete.

»Ich verstehe«, sagte Campion bedächtig, während er eingehend das Tischtuch betrachtete. »Ich verstehe... Gütiger Gott!« stieß er plötzlich hervor, und beide Männer sprangen auf.

Zornige Stimmen wurden laut, eine Tür flog auf und zwei Gestalten, die sich gegenseitig anschrien, wurden förmlich in den Raum katapultiert. Die erste war ein Fremder; er kam rücklings herein, ein schlaksiger Mensch in unmöglichen grauen Hosen und einem Sweater, der nicht in das elegante Speiserestaurant paßte. Stavros, der offensichtlich die Absicht hatte, ihn umzubringen, rannte mit einem Messer hinter ihm her. Er hatte den Arm erhoben, sein Gesicht war weiß vor Zorn, und seine kleinen Augen glühten. Die beiden brüllten sich in mehreren verschiedenen Sprachen an, und das Chaos wurde noch größer durch das aufgeregte Geschrei des Personals im Flur. Durch die Schwingtür erhaschte Campion einen Blick auf die blauen Uniformen der Polizei, die sich einen schmalen Durchgang zu erkämpfen suchte.

»Passen Sie auf, er hat ein Messer«, sagte Don und stürmte in dem Moment vorwärts, in dem sich der Gejagte umdrehte, um zu fliehen. In seiner Panik verfing er sich mit einem Fuß in einem Tischtuch und riß eine Menge Silber und viele Gläser zu Boden. Er stolperte und stürzte der Länge nach hin. Stavros wäre im nächsten Augenblick über ihm gewesen, hätte Don ihn nicht festgehalten, ihm das Messer entrissen und weit weggeworfen.

Inzwischen hatte Campion den Fremden am Kragen festgehalten, und als ein sehr ärgerlicher Holly mit einem Kriminalbeamten und einem Polizisten im Gefolge hereinmarschierte, standen die beiden Gegner sich, von Don und Campion in Schach gehalten, sprungbereit gegenüber. Sobald Stavros entwaffnet war, erlosch auch seine Wut. Er ließ die Schultern hängen, und sein Gesicht war grau.

»Das wär's«, sagte Holly zu Stavros. »Sie sind verhaftet, und es war auch höchste Zeit.«

»Ich zeige ihn nicht an.« Der Mann im Sweater befreite sich aus Campions Griff und begann seine Kleidung zurechtzuzupfen. »Ich zeige ihn nicht an«, wiederholte er. »Wir hatten eine freundschaftliche Auseinandersetzung im eigenen Haus. Sie können überhaupt nichts tun, weil ich ihn nicht anzeige.«

Er hatte eine Stimme, die man nicht bei ihm erwartete, hoch und schrill, und die überhaupt nicht zu seinem Äußeren paßte; sein Einwand jedoch war logisch, und Holly war unzufrieden.

»Tragen Sie Ihre freundschaftlichen Auseinandersetzungen immer mit dem Messer aus?« erkundigte er sich.

»Manchmal«, sagte der Mann im Sweater bockig. »Warum nicht? Das ist doch nicht schlimm, wenn wir sie nicht benutzen. Ich bin nicht verletzt, oder? Sie dürfen ihn nicht anfassen, wenn ich ihn nicht anzeige. Und ich zeige ihn nicht an.«

Jetzt begriff Campion, daß sie es mit dem furchtbaren Mr. Pirri zu tun hatten.

»Sie müssen sich gelegentlich wohl gegenseitig in Angst und Schrecken versetzen, nehme ich an?« fragte er mild.

Pirri fuhr herum und nahm ihn zum ersten Mal richtig wahr. Er stand da und starrte Campion mit weit aufgerissenen braunen Augen an. Campion war selbst verblüfft. Obwohl es unmöglich ist, einen Mann endgültig zu identifizieren, von dem man bisher nur ein Auge gesehen hat – und das durch den Rückspiegel eines Taxis –, kann man dennoch einen sehr starken Verdacht haben. Je länger er darüber nachdachte, um so größer wurde seine Gewißheit, daß dies einer seiner Angreifer vom Abend zuvor war. Er sagte jedoch nichts, und Pirri wandte sich Stavros zu.

»Wer ist das?« fragte er.

»Ein alter Stammgast«, antwortete Stavros gleichgültig. »Ein guter alter Stammgast.«

Wieder starrte Pirri Campion an, ungläubig diesmal. Endlich ging er schulterzuckend den Weg zurück, den er gekommen war. An der Tür blieb er stehen.

»Ich mache keine Anzeige«, sagte er noch einmal energisch zu Holly. »Gegen niemand.«

Er schloß die Tür hinter sich, und auf ein Nicken von Holly ging der Kriminalbeamte auf Stavros zu. »Sie müssen leider trotzdem mitkommen und tun, was getan werden muß«, sagte er. Stavros nickte. Er sah völlig gebrochen und erschöpft aus. »Ich komme«, sagte er.

Die beiden und der Polizist verließen den Raum, und Holly drehte sich zu Campion und Don Evers um. »Diese verdammten Kerle«, sagte er. »Wir versuchen den Burschen dazu zu bringen, seine Frau zu identifizieren, und unterwegs sieht er seinen Partner und stürzt sich mit dem Messer auf ihn. Und jetzt weigert sich der Partner, ihn anzuzeigen. Sind alle gleich, die Brüder. Alle irgendwie gestört.«

»Vielleicht verdächtigt er seinen Partner, daß der etwas mit dem Tod seiner Frau zu tun hat«, sagte Don.

»Das mag sein.« Holly blieb unverbindlich. »Er hat ihn nur gesehen und sich schon auf ihn gestürzt, und jetzt hat der Partner angedeutet, das sei schon oft vorgekommen.«

Campion nickte Holly zu und nahm Dons Arm.

»Ich denke, Sie wissen –« murmelte er.

»Ich bin auf Ihrer Seite«, stimmte Don sofort zu, und zusammen traten sie hinaus in den kühlen Sonnenschein. »Ich nehme an, all das hatte irgendeinen Sinn für Sie«, sagte Don schüchtern, als sie die enge Straße entlanggingen. »Als Außenstehender habe ich nur den Eindruck, daß hier alle total verrückt geworden sind.«

»Nicht alle«, schränkte Campion ein. »Nicht alle, aber irgend jemand schon. Jemand ist total übergeschnappt, und ich wette jeden Betrag darauf, daß es nicht unser Freund Stavros ist.«

11

Hätte Taffy Warlock, Bühnenportier im ›Alexandra Theatre‹ in der Shaftesbury Avenue, Campion nicht als geschätzten Freund erkannt, wäre es durchaus möglich, daß der Zwischenfall, der ihn zuerst schockierte und dann so verärgerte, nie passiert wäre. Doch sobald er in dem grauen Korridor hinter den Soffittenlampen auftauchte, steckte Taffy den wie angestaubt aussehenden Kopf aus seiner Loge und begrüßte ihn mit so herzlicher Freude, daß Campion (der schließlich bisher zu Hause noch nicht so willkommen geheißen worden war, wie es jedem heimkehrenden Krieger gebührte) gerührt war. Leider wurde er jedoch auch berührt, und das im wahrsten Sinn des Wortes.

Taffy war sicher, daß Miss Snow über das Wiedersehen ebenso entzückt sein würde wie er, und schickte Campion unter Mißachtung der strengen Hausregeln die Treppe hinunter, ohne ihn anzumelden.

Auf der Bühne war man mitten im zweiten Akt der Matinee, und von weither hinter der einzelnen nackten Glühbirne an einer Biegung im Korridor kamen die ersten Töne von *Moma's Utility Baby Gets a Riveter's Lullaby*-Nummer, Eves Glanznummer in der Mitte der Show. Campion erkannte sie nicht, obwohl er den flotten Rhythmus interessant fand, und ihm war auch nicht klar, daß Eve Snow die Lead-Sängerin des Chors war. Er ging weiter zur Garderobe des Stars, entdeckte Eves Karte an der Tür und klopfte.

Die Tür wurde aufgerissen, und er sah sich Stanislaus Oates gegenüber. Die beiden alten Freunde musterten sich gegenseitig mit der gleichen Zurückhaltung, und sogar dann noch hätte die Situation gerettet werden können, wäre hinter Oates nicht Johnny Carados aufgetaucht.

»O hallo, Campion!« sagte er verblüfft. »Kommen Sie rein.« Er war leichter durchschaubar als sie, und man merkte ihm an, daß er verblüfft war – oder besser gesagt, daß er sich ertappt fühlte. Campion, dessen erster Eindruck es gewesen war, daß der Chef der Kriminalabteilung einen Grund gehabt oder beschlossen hatte, den Marquis von Carados zu verhaften, fing an zu begreifen, daß es nicht annähernd so einfach war.

Oates öffnete die Tür ein bißchen weiter und ließ ihn eintreten. Er war alles andere als erfreut. Campion, der ihn seit fast siebzehn Jahren gut kannte, sah es ihm an. Alle drei waren verlegen, und Campion tat sein Bestes, um sich zurückzuziehen.

»Ich wollte Eve nur kurz guten Abend sagen«, erklärte er. »Ich wußte nicht, daß hier eine Party stattfindet.«

»Das ist auch nicht der Fall«, sagte Oates. »Ich wollte eben gehen. Miss Snow wird mir verzeihen, daß ich nicht auf sie gewartet habe. Grüßen Sie sie von mir, Carados, ja?«

»In Ordnung«, antwortete Johnny unbestimmt. »In Ordnung«, wiederholte er und setzte plötzlich hinzu: »Die sollten Sie wohl lieber mitnehmen, oder?«

Er sammelte mehrere Papiere von einer Sitzbank in der Ecke auf, wo die beiden offenbar gesessen hatten, und reichte sie Oates, der sie verlegen entgegennahm. Sein melancholischer Blick begegnete für einen Sekundenbruchteil dem von Campion. Im Lauf der Zeit hatte Campion so viele Polizeimemoranden gesehen, daß er sie natürlich erkannte, wenn sie ihm gleich bündelweise vor die Nase gehalten wurden, aber da er ein gefälliger Mensch war, machte er ein dümmliches Gesicht. Oates ließ sich jedoch nicht täuschen und nickte ihm kurz zu, als er die Papiere in der Brusttasche verstaute.

»Ich möchte nicht, daß Sie London verlassen«, sagte er leise. »Ihr Zug muß warten.«

Er sagte es geradezu herausfordernd vergnügt, und daran

erkannte Campion, wie unbehaglich ihm zumute war. Der ganze Zwischenfall sah Oates überhaupt nicht ähnlich; und wenn es um sein Leben gegangen wäre, Campion konnte sein Erstaunen einfach nicht unterdrücken. Das Gesicht des Polizeichefs verdüsterte sich.

»Nun denn, auf Wiedersehen«, sagte er und enteilte.

Es war eine Flucht, und Campion, der sanfteste aller Männer, war zuerst erschrocken und wurde dann ärgerlich. Das Ganze sah viel zu sehr nach einem geheimen Treffen mit einer verdächtigen Person aus, über das man nicht so einfach hinweggehen konnte, falls er sich irgendwie in die Ermittlungen einschalten sollte. Wenn er jedoch nicht zum Kreis der Ermittler gehörte, warum beschnitt man ihm dann auf so infernalische Weise seinen längst überfälligen Urlaub? Seine Miene wurde hart, und er musterte Carados, der mit den Händen in den Taschen vor ihm stand und ihn seinerseits mürrisch betrachtete.

Carados sagte nichts, und das Schweigen dauerte so lange an, bis Campion es selbst brach.

»Ich glaube, wir essen heut abend zusammen«, sagte er.

»Tatsächlich?« Carados hob den Kopf, und plötzlich breitete sich auf seinem Gesicht ein freundliches Lächeln aus. »Das freut mich. Freut mich wirklich. Bush hat sich mit Ihnen in Verbindung gesetzt, nicht wahr? Was halten Sie von der Geschichte?«

»Von der Flasche X, dem mysteriösen Wein?«

»Ja. Was halten Sie davon? Ziemlich seltsam, äh?«

Campion war überrascht. Es war eine interessante kleine Geschichte gewesen, sanft und von vornehmer Zurückhaltung, aber einer Mörderjagd aufgepfropft und vom verheerendsten Konflikt aller Zeiten flankiert, schien sie alle Pikanterie eingebüßt zu haben. Er war drauf und dran, das auszusprechen, als Carados ihm zuvorkam.

»Es *ist* seltsam«, sagte er. »Ich bin verdammt froh, daß Sie kommen, Campion.«

Campion betrachtete seinen Freund erstaunt über den Brillenrand hinweg. Für einen Mann, der mordverdächtig und dessen Hochzeit deshalb aufgeschoben worden war, schien er sich mit höchst trivialen Dingen zu beschäftigen. Carados ging rastlos im Raum auf und ab.

»Theo hat mir gesagt, der beteiligte junge Mann sei der, der mir meine Susan abspenstig gemacht hat«, sagte er plötzlich. Es klang fröhlich, wenn auch nicht unbedingt unbeschwert, und Campion nahm die Brille ab, um ihn besser zu sehen.

»Ich war bis vor kurzem mit Evers zusammen«, sagte er. »Ich finde ihn nett.«

»Wirklich?« Carados schien das gern zu hören. »Ich muß ihn näher kennenlernen. Halten Sie ihn auch für gesund? Das ist für mich sehr wichtig.«

Die Frage klang überzeugend aufrichtig, und Campion tat sein Bestes.

»Ich habe mir weder seine Zähne noch seine Bankauszüge zeigen lassen«, antwortete er steif. »Aber ich finde ihn sympathisch.«

»Gut, gut.« Carados rasselte mit den Münzen in der Tasche und begann leise zu pfeifen. »Ich hoffe bei Gott, daß er ein anständiger Kerl ist«, fuhr er gleich darauf fort. »Ich werde sie nicht ohne Riesenkrach freigeben, wenn ich mit ihm nicht einverstanden bin. Sie hat keine Familie mehr, außer diesem alten Heldenfisch von Vater. Tom hat immer gesagt, der Alte brauche einen Aufpasser, und mein Gott, wie recht er hatte. Tom war ihr Mann, ist vor ungefähr einem Jahr gefallen. Der beste Junge, den ich gekannt habe.«

»Ich habe mit Mrs. Shering gegessen«, sagte Campion.

»Ach ja?« Carados unterbrach sein Hin und Her und drehte sich um.

»Sind ein guter Kerl. Ich hab' mich um sie gesorgt. Seit der Pleite mit der Hochzeit hab' ich sie nicht mehr gesehen. Sie ist ein Schatz, nicht wahr?« Er seufzte. »Ich habe mit Papa gegessen, der Minen für die Polizei ausgelegt hat. Auf See ist er großartig, glaube ich. Dort ist zweifellos viel Platz für seine Methode. Wir haben im ›Black's‹ gegessen, nicht sein Ding.«

Campion sagte nichts, sein Gesicht blieb ausdruckslos, und eine Weile sah es so aus, als habe Carados ihn vergessen. Doch nach einiger Zeit setzte er sich ihm gegenüber auf den Garderobenstuhl. Er sah jünger aus denn je, und seine graublauen Augen blickten irgendwie erschrocken drein. Dann stellte er eine völlig unerwartete Frage.

»Haben Sie, als Sie auf dem Kontinent waren, jemals das Gefühl gehabt, daß wir aktiv an einem Krieg beteiligt sind, Campion?« wollte er wissen.

Nachdem er ausreichend lange Selbstbeherrschung geübt hatte, antwortete Campion freundlich: »Ich erinnere mich schwach.«

Carados lächelte nicht. Sein kräftiges, empfindsames Gesicht behielt den ängstlichen Ausdruck bei. »Nun«, sagte er, »dann wissen Sie, was viele Leute hier nicht wissen – daß man nämlich, wenn man aktiv an einem Krieg beteiligt ist, immer das tut, was am zweckdienlichsten ist. Überlegungen, die man in Friedenszeiten anstellt, und friedensmäßige Institutionen kommen einem ein bißchen abwegig vor – und irgendwie weit weg; angenehm und gut und alles, aber wie übertriebener Luxus und unpraktisch, oder?«

Campion glaubte ihn zu verstehen. Nervös blickte er auf und fragte sich, wie weit er wohl gehen würde. »Ja, ich weiß«, sagte er kurz.

»Da haben wir's«, sagte Johnny. »Was für eine Erleichterung, jemanden zu finden, der Bescheid weiß. Das ist zur Zeit hier drüben die Krux. In unserem Land ist alles vermischt. Wir, die wir an der Front kämpfen, leben zu Hause mit den Leuten, die vom Krieg keine Ahnung haben. Draußen hatten alle wenigstens den gleichen Job.« Er stand auf und grinste. »Das habe ich aber erst gestern oder so begriffen«, fügte er hinzu.

Campion sah ihn nachdenklich an. Das war natürlich die

Wahrheit und beleuchtete die Zeit von einer Seite, die er bisher nicht wahrgenommen hatte.

»Johnny«, sagte er plötzlich, »glauben Sie, man hat diese Frau in Ihrem Zimmer wegen der bevorstehenden Hochzeit getötet?«

Carados schaute ihm in die Augen und senkte dann den Blick. »Was soll ich denken?« sagte er. »Mir ist das Warum egal, ich zerbreche mir den Kopf über das Wer.«

Er wandte sich ab und begann wieder im Raum auf und ab zu tigern. »Wenn intelligente, gebildete Menschen zusammenbrechen, dann gibt es Scherben«, sagte er. »Mich erschreckt folgendes: Ich fange an zu glauben, daß einer von uns wahnsinnig geworden ist. Zwar habe ich versucht mir einen anderen Grund auszudenken, aber es läuft immer wieder darauf hinaus.«

Campion schwieg eine Weile. Ein wenig mehr Licht sikkerte in das Bild, das er im Kopf hatte, aber auch jetzt noch war es alles andere als klar, obwohl andererseits an der Geschichte auch nichts so unwahrscheinlich war, daß er es nicht hinnehmen konnte. Er wandte sich einem leichteren Thema zu.

»Wie war sie?« fragte er. »Was für eine Frau?«

»Wer? Moppet?« Carados runzelte die Stirn. »Oh, sie war ganz in Ordnung, wissen Sie. Eine fröhliche, vulgäre kleine Person und irgendwie interessant. Man hatte immer das Gefühl, sie werde im nächsten Moment etwas unglaublich Witziges sagen, aber sie hat es nie getan. Es umgab sie auch ein unbeschreiblicher Hauch von Romantik, der sich jedoch als einfältige Sentimentalität entpuppte. Und trotzdem hatte man sie gern. Ihre schlimmste Eigenschaft, an die ich mich erinnere, war ihre Energie, doch ich kann mir nicht vorstellen, daß jemand sie deshalb getötet haben könnte. Außerdem gehörte sie zu den Leuten, die man sogar noch dann gern hat, wenn man sie nicht mehr in seiner Nähe erträgt.«

»Das hat auch Stavros gesagt«, sagte Campion leise. »Er hat

gesagt, man habe nicht jeden Tag mit ihr zusammenleben können, aber das habe er erst herausgefunden, nachdem er sie geheiratet hatte.«

»Sie geheiratet?« Carados sah Campion erstaunt an. »Sprechen Sie von Stavros vom ›Minoan‹?«

»Ja. Sie war seine Frau. Er hat sie zu Anfang des Krieges geheiratet. Wußten Sie das nicht?«

»Nein, ich wußte rein gar nichts über sie«, sagte Carados. Eine Welle unendlicher Erleichterung lief über sein Gesicht. »Sind Sie da auch absolut sicher?«

»Ganz sicher. Die Polizei weiß es auch.«

»Oates hat es nicht gewußt.« Johnny runzelte von neuem die Stirn, und in seinem Gesicht zeigte sich wieder dumpfer Jammer. »Er hätte es mir gesagt.«

Campion zuckte mit den Schultern. »Der Bericht wartet vielleicht auf ihn.«

»Vielleicht. Vielleicht. Ich hoffe, Sie haben recht, Campion. Wenn das stimmt, haben wir einen ziemlichen Dusel. Ich meine, dann besteht die Möglichkeit, daß es keine interne, sondern eine externe Sache ist.« Er unterbrach sich und fuhr fort: »Wir sehen uns also heut abend. Das war eine gute Nachricht. Ich bin halb durchgedreht, war in Panik, doch jetzt sehe ich, daß ich mich möglicherweise doch geirrt habe ... O hallo, Eve!«

»Hallo. Tut mir leid, aber ich muß mich umziehen. Albert, mein Lieber, ich hatte ja keine Ahnung, daß Sie hier sind! Wie geht's?« Eve Snow war hereingerauscht, gefolgt von der unvermeidlichen Mrs. Phipps, seit Jahren ihre Garderobiere. Aus ihrer von ihrem Riesenpublikum so sehr geliebten Koloratursopranstimme sprachen Überraschung und Freude, und Campion wurde es warm ums Herz.

Eve war müde, aber sie triumphierte. Sie sah in dem kleinen weißen Strampelanzug und dem Babymützchen komisch und anziehend zugleich aus. Ihr Gesicht war bemalt wie das einer Puppe, und in der Hand hielt sie einen kleinen, mit Glöckchen behängten Silberhammer. Sie küßte Campion oberflächlich und winkte ab, als er sich entschuldigen wollte.

»Nein, Liebling, gehen Sie nicht«, sagte sie, »ich möchte mit Ihnen sprechen. Phippy, du nimmst die Sachen, und ich schminke mich inzwischen ab.« Sie setzte sich vor den Spiegel, während Mrs. Phipps, die an ein Kaninchen in Petticoats erinnerte, energisch und tüchtig ihrer Arbeit nachging. Eve hängte sich einen Frisierumhang über die Schultern und tauchte dann beide Hände in die Cold Cream.

»Bist du den Polizisten losgeworden, Johnny?« fragte sie. Es waren die ersten direkten Worte, die sie an ihn richtete, und Campion dämmerte, daß die beiden Streit hatten.

»Ja«, sagte Carados.

»Und? Ist alles in Ordnung?«

»Mein liebstes Mädchen, das weiß ich nicht.« Er beobachtete sie, als sie sich die Creme dick auf Mund und Brauen schmierte. »Das weiß ich nicht«, wiederholte er. »Danke, daß ich hier mit ihm reden durfte. Auf Wiedersehen bis heut abend, Campion.«

Er war fort, ehe es ihnen klar geworden war, und die Tür fiel hinter ihm zu. Eve sagte nichts, und Campion saß schon wieder auf der Couch, als er merkte, daß sie weinte. Er stand auf und legte ihr eine Hand auf die Schulter.

»Ich sollte wohl lieber verschwinden«, sagte er verlegen. »Eine Menge zu tun und so.«

»Nein, bleiben Sie, Albert. Bleiben Sie. Ich muß mit einem vernünftigen Menschen reden.« Die hohe Stimme klang eindringlich. »Sagen Sie mir, Liebling, glauben Sie, daß die ungeheure seelische Anspannung – der Krieg, von der anderen schrecklichen Sache ganz abgesehen – ihn fertiggemacht hat?« Das Gesicht, das sie ihm zuwandte, bunt, glänzend und tragisch, war wunderbarerweise noch immer anziehend, die großen honiggoldenen Augen absolut aufrichtig.

Campion zögerte. »Sie meinen, ob ich glaube, daß der alte Junge den Verstand verloren hat?« fragte er sehr direkt.

»Ja, daran habe ich gedacht.«

Campion sah sich um, aber Mrs. Phipps war hinter einem Wandschirm in der Ecke verschwunden und war vermutlich der Meinung, sie sei nicht mehr anwesend.

»Nein«, sagte er, »das glaube ich nicht. Ich nehme an, daß er im Moment Bammel hat und sich Sorgen macht. Aber da kommt er durch. Es ist eine erschreckende Geschichte, wissen Sie. Lady Carados hat ihr durch den Transport der Leiche eine Wendung zum Schrecklichen gegeben. Sie ist zur Zeit ein bißchen sonderbar. Eine richtige nervliche Zerreißprobe für Johnny.«

»Das stimmt natürlich«, pflichtete sie ihm bei, wischte sich die Creme und auch die Tränen ab. »Das stimmt natürlich, mein Lieber, aber ich denke nicht an den Mord. Nicht nur daran. Es ist auch alles andere. Es muß sich seit langem ganz allmählich entwickelt haben, und ich habe nichts geahnt.«

»Was meinen Sie mit ›alles andere‹?«

Eve sah ihn nicht an. »Nun ja, seine Heirat, zum Beispiel«, antwortete sie mit erstaunlicher Offenheit. »Er liebt dieses Kind nicht, Albert, hat es nie geliebt. Als er das erstemal mit mir darüber sprach, habe ich ihm nicht geglaubt. Ich dachte, sie ist jung und schön, und er hat ihretwegen ganz normal den Kopf verloren. Ich hab's ihm nicht übelgenommen, wirklich nicht. So etwas passiert nun einmal, mehr ist dazu nicht zu sagen. Aber jetzt weiß ich, daß er die Wahrheit gesagt hat. Er liebt sie nicht, Albert, und er hat sie nie geliebt.«

»Ich sehe darin keinen Beweis dafür, daß er verrückt ist.« Campion war klar, daß er in einem Beet mit zarten Blumen herumtrampelte, aber er sah keine Möglichkeit, das zu vermeiden.

»Aber er wollte sie heiraten«, sagte Eve hartnäckig. »Er wollte sie heiraten, weil er ihrem jungen Ehemann versprochen hatte, sich um sie zu kümmern. Das ist verrückt, richtig verrückt! Können Sie sich vorstellen, daß jemand so etwas tut – nicht jemand aus einem Buch, sondern ein moderner Mann, der seine fünf Sinne beisammen hat? Nicht hier in England und ganz bestimmt nicht Johnny.«

Sie begann ihr Gesicht wieder zurechtzumachen, schnell und geschickt, mit den Gedanken hauptsächlich bei dem, was sie tat.

»Er hat mir das Herz gebrochen, doch das hat mich nicht erschreckt, als ich dachte, er sei verliebt. Jetzt sehe ich aber, daß er's nicht ist und es nie war, und das macht mir angst. Er ist übergeschnappt, wie könnte er denn sonst so handeln?«

Campion war völlig hilflos. Er sah sie, wie sie war, klug, liebenswürdig und vor allem erwachsen. Er konnte ihre Verwirrung nachfühlen, brachte es jedoch nicht über sich, sie darauf hinzuweisen, daß sie in dieser sich so schnell verändernden Welt ein bißchen altmodisch war. Trotzdem hielt er es für seine Pflicht, eine Erklärung zu versuchen. Es war eine mühsame Sache, und sie ließ ihn ungefähr eine Minute lang reden, ohne ihn zu unterbrechen. Plötzlich platzte ihr der Kragen.

»Zwei Welten«, wiederholte sie entrüstet mit überlauter Stimme. »Sie also auch! Was ist mit euch allen eigentlich los? Wenn Sie mir jetzt sagen, Sie seien ›im Krieg‹, dann – dann hau ich Ihnen eine runter, Albert. Guter Gott, sind wir denn nicht alle im Krieg?«

Campion schwieg und dachte an seinen Zug und an die grünen Wiesen hinter der Endstation. Eve lachte.

»Tut mir leid, Liebling«, sagte sie. »Es – es geht mir zu sehr zu Herzen, fürchte ich. Ich bin im Moment nicht ganz zurechnungsfähig. Irgendwann werde ich verstehen, was Sie meinen.« Nach einer Weile fügte sie hinzu: »Er ist so böse auf mich, Albert.«

»Wirklich?«

»Mm. Wütend. Wütend auf uns alle, und das sieht ihm gar nicht ähnlich. Nennt man einen solchen Zustand nicht Verfolgungswahn? Er denkt, wir hätten alle ein Komplott gegen ihn geschmiedet.«

»Um die Hochzeit zu verhindern.«

»Ja. Das und – oh, es muß nur das sein. Das reicht schließlich.«

Campion legte die Stirn in Falten. »Denken Sie, es könnte auch noch etwas anderes sein?« fragte er endlich.

Eve zog sich die Brauen nach. »Das habe ich mich auch gefragt«, antwortete sie, ohne den Blick vom Spiegel abzuwenden.

»Warum haben Sie Susan mit dem jungen Evers bekannt gemacht?« fragte Campion unerwartet.

»Ich?« sie legte den Augenbrauenstift aus der Hand und drehte sich zu Campion um. »Ich glaub nicht, daß ich das war, oder doch?«

»Sie sagt ja. Auf einer Party im ›Minoan‹.«

»Also dort habe ich sie schon einmal gesehen!« Eve war erleichtert. »Das ist richtig. Sie kam mit einer Gesellschaft herein, die Gwenda mitgebracht hatte. Gwenda bringt immer irgendwelche Leute mit. Also hab ich sie einander vorgestellt, ja? Sehr wahrscheinlich. Ich war die Gastgeberin.«

»War es keine abgekartete Sache zwischen Ihnen und Gwenda?«

»Damit sich Susan für einen Mann ihres Alters interessiert? Mein lieber Junge!« Eve kehrte ihm den Rücken und fuhr fort, sich zu schminken, während Campion dasaß und nachdachte. Nach beinahe vierundzwanzig Stunden unzusammenhängender Ereignisse, glaubte er in ihrem Ablauf einen undeutlichen, fast unwirklichen, spinnwebfeinen Sinn zu erkennen.

»Noch nie«, sagte er, »hat jemand einen Menschen getötet, um einem anderen durch einen Leichnam im Haus Unannehmlichkeiten zu bereiten. Es gibt nicht viel, was ich sicher weiß, aber das weiß ich. Noch glaube ich, daß jemand einen Mord begeht, um einen Dritten zu belasten. Es gibt nicht viele Regeln, doch eine davon ist, daß der Mörder sein Opfer tot sehen will. Eve, meine Liebe, wissen Sie etwas über eine künstliche Rose und eine Perlenkette von Woolworth?«

»Eine Rose?«

Er dachte daran, daß sie Schauspielerin war, doch ihre Überraschung überzeugte ihn.

»Eine künstliche Rose und eine große Kette aus Wachsperlen.«

»Keine Ahnung, wovon Sie reden. Was soll das? Ist es irgendein Trick? Sie erschrecken mich, Albert.«

»Das ist nicht meine Absicht, und ich führe auch nichts im Schilde. Nur noch eine Frage. Was ist Gwenda für eine Frau?«

»Gwenda?« Eve begann zu lachen. »Sie sind absurd. Gwenda ist das albernste, wolligste kleine Schmusetier der Welt. Ich kenne sie seit Jahren. Gwenda rennt immer in wichtigtuerischer Panik herum und versucht zu tun, was jemand anders ihr gesagt hat, und bildet sich ein, sie leiste Pionierarbeit, sei bahnbrechend.«

Mrs. Phipps unterbrach sie und erinnerte sie an die Zeit, und sie ließ sich willig ein wolkiges Netz über den Kopf stülpen. Als sie wieder daraus auftauchte und die Garderobiere vor ihr kniete, um ihr die Rockfalten zurechtzuzupfen, schaute Campion ihr ins Gesicht.

»An dem Abend, an dem Moppet getötet wurde, haben Sie mit Johnny im ›Minoan‹ gegessen«, sagte er. »Waren Sie den ganzen Abend zusammen?«

Eve erwiderte seinen Blick. Ihr Gesicht, das so viel mehr hatte als Schönheit, war sehr ernst. »Ich weiß zwar nicht, woher Sie diese Information haben, aber die Antwort ist, daß er jede Minute bei mir war«, antwortete sie. »Jede Minute bis zum Morgen.«

Er zögerte. »Es könnte ziemlich peinlich werden, wenn Sie das beschwören müßten«, sagte er.

»Wenn es sein muß, werde ich es beschwören.«

»Auch wenn er verrückt ist?«

Eve schloß die Augen. »Bitte nicht, Liebling.«

»Gut, ich laß es. Aber überlegen Sie, was Sie tun.«

»Das tu ich«, flüsterte sie. »Das tu ich doch die ganze Zeit.«

Campion verließ das Theater. Johnny Carados hatte also ein Alibi. Ob es nun echt war oder nicht, Eve liebte ihn genug, um alles für ihn zu tun, was sie für wichtig hielt. Es war sehr interessant – um so interessanter, weil er, je länger er darüber nachdachte, um so mehr überzeugt war, daß Johnny Carados Moppet Stavros nicht getötet hatte.

Inzwischen fuhr ein Zug nach dem anderen vorbei.

12

Als Campion an diesem Abend ins ›Minoan‹ kam, war die erste Person, die er erblickte, sein Onkel, der Bischof von Devizes. Ernst und gesammelt saß er ganz allein an einem Tisch. Campions Mutter, die immer ein Krieger, um nicht zu sagen, eine ganze Panzerdivision der militanten Kirche gewesen war, hatte ihrem Schwager ihr Leben lang gegrollt. Obwohl sie mit ihrer Meinung allein auf weiter Flur stand, hatte sie behauptet, er sei schüchtern und dickköpfig. Er war ein sehr kleiner, sanfter Mensch mit einer weichen Stimme und den blauesten Augen, die außerhalb Skandinaviens je gesehen worden waren. Doch es war typisch für ihn, daß im Moment nicht er, sondern das ›Minoan‹ fehl am Platz war.

Als Campion ihn begrüßte, war er entzückt.

»Mein lieber Junge«, sagte er, »wie erfreulich, dich hier vorzufinden. Ich habe schon befürchtet, ich würde heut abend kein einziges mir bekanntes Gesicht zu sehen bekommen. Es muß zehn Jahre her sein, seit ich bei einem Besuch in London das letztemal nicht in meinem Club gegessen habe. Das Lokal sieht sehr sauber aus.«

Es war eine absolut freundlich gemeinte Bemerkung, aber Campion hatte das Gefühl, er bekomme durch sie alles zurück, was das ›Minoan‹ ihm eventuell schuldete.

»Der Parnaß steht noch auf seinen Säulen, hoffe ich, Sir?« fragte er.

»Der Club? O ja, ich komme eben von dort. O ja, in der Tat. Ich frage mich, ob ich ein bißchen zu früh gekommen bin.« Er zog eine sehr flache goldene Uhr hervor und verstaute sie dann wieder in den schwarzen Seidenfalten. »Zwei Minuten«, sagte er und setzte mit einem übermütigen Blick, den man bei einem so auffallend arglosen Menschen nicht erwartete, hinzu: »Du fragst dich bestimmt, was ich hier will, nicht wahr? Ich verrate dir jetzt etwas, mein Junge – ich frage mich das auch.«

Campion hatte einen Geistesblitz, und große Teile des Puzzlespiels fügten sich nahtlos ineinander.

»Du bist nicht zufällig hier, um dein Urteil über eine Flasche Wein abzugeben?« fragte er.

Der Bischof hob die feinen Brauen. »Ah, dann bist du also mit von der Partie. Darüber bin ich froh, es ist sehr vernünftig von ihnen. Es ist eine sehr ungewöhnliche Geschichte, findest du nicht?«

Zum zweitenmal an diesem Tag erlebte Campion, daß jemand wegen der mysteriösen Flasche Wein aus dem Häuschen geriet, von dem er geglaubt hatte, er habe lohnendere Dinge, um sich zu begeistern. Diesmal war er jedoch nicht ganz so erstaunt.

»Ja«, sagte er bedächtig, »eine sehr ungewöhnliche Geschichte.«

Der alte Mann lachte sein sanftes, leises Lachen, das zeit seines Lebens so viele Menschen zu seinen Sklaven gemacht hatte.

»Du kennst dich in solchen Dingen viel besser aus als ich«, sagte er. In seiner Stimme war kein großes Bedauern, gerade nur ein Hauch davon. Die Feststellung traf zu; falls sein Onkel meinte, was Campion dachte, dann traf sie zu. Er war ein wenig verärgert, weil Bush den alten Mann in diese Geschichte hineingezogen hatte.

»Ich wollte kommen, mußt du wissen«, sagte der Bischof. »Theodore Bush hat mich vergangene Woche besucht, und ich sagte ihm, ich bestünde darauf, dabei zu sein. In einem solchen Fall müssen wir alle tun, was wir können.«

Campion gab es auf. Er konnte sich sehr gut vorstellen, daß Theo wegen einer gestohlenen Kiste Wein nach Devizes fuhr – oder nach Durban am Tag des Jüngsten Gerichts, aber daß sein Onkel deshalb mitten im Krieg ins ›Minoan‹ kam, war schier unglaublich.

»Ich habe den Eindruck, daß ich nicht die ganze Geschichte kenne«, sagte er.

»Dann warte«, sagte der Bischof. »Warte. Ach, ist der junge Mann dort drüben vielleicht unser Gastgeber?«

Campion drehte sich um und sah Don Evers in der Tür stehen, die in den privaten Bereich des Hauses führte. Er lächelte und kam zu ihnen herüber. Offensichtlich kannte er den Bischof nicht und wußte anscheinend über die Angelegenheit noch weniger als Campion. Es wurden jedoch keine Erklärungen abgegeben. Der Bischof war charmant und erstaunlich gewandt. Er sei, sagte er, aus Devizes heraufgekommen, um mit einem jungen Mann zu Abend zu essen, den er nicht kenne, nachdem er von einem dritten dazu eingeladen worden sei, der sich offenbar verspätet habe. Und er lehne es ab, etwas Ungewöhnliches darin zu sehen. Er erwähnte die bewußte Flasche jedoch nicht und gestattete es auch keinem anderen. Den unverbindlichen Plauderton beherrschte er meisterhaft, und zu Campions Erleichterung schien Don ihn zu mögen, nachdem er eine gewisse anfängliche Verwirrung überwunden hatte.

»Wir essen oben«, sagte der junge Mann schließlich. »Ich dachte, Bush wäre inzwischen eingetroffen, aber ich sehe ihn noch nicht. Sollen wir hinaufgehen? Er kann uns ja nachkommen.«

»Das sollten wir tun, denke ich. Der junge Carados wird auch erwartet, nicht wahr?«

Den silberhaarigen Kopf dicht bei Dons Schulter, ging der Bischof schon auf die Tür zu.

»Kennen Sie Carados, Lieutenant Evers? Ein überaus bemerkenswerter junger Mann. Hat einen sehr gefestigten Charakter. Ein bißchen autokratisch vielleicht, aber eine Persönlichkeit. Zweifellos eine Persönlichkeit unserer Zeit.«

Campion, der hinter den beiden herging, sah, daß Don das Blut ins Gesicht schoß, und der junge Mann tat ihm leid. Für jemanden, der nur unbesonnen genug gewesen war, seinem Vater zu berichten, er habe eine Flasche Burgunder gekauft, schien seine Strafe übertrieben hart.

Der Raum, den sie betraten, war der, in dem Stavros am Vormittag seine tragische Erklärung abgegeben hatte. Er war jetzt heller und warm. Die Lichter waren tröstlich, und das Silber glänzte. Campion fragte sich, was aus dem Griechen geworden war, als er ihn sah. Er stand da und starrte auf den für fünf Personen gedeckten Tisch. Er ließ den Kopf hängen und schien geschrumpft zu sein, denn er füllte seine Kleidung nicht mehr aus. Er bemerkte Campion nicht sofort. Don und der Bischof verdeckten ihn. Stavros trat zurück und verbeugte sich leicht. Als er den Kopf hob, sah er direkt vor sich den schlanken Mann mit der Hornbrille. Er war überrascht und bekam dann Angst. Seine berufliche Gelassenheit verließ ihn, und in seinem grauen Gesicht zeigten sich rote Flecke. Einen Augenblick blieb er unschlüssig stehen, dann drehte er sich impulsiv zu einer Zimmerecke um, als wolle er dort Schutz suchen. Campion verfolgte seinen Blick und entdeckte zwei Flaschen; zwei ganz gewöhnliche schwarze Flaschen, die noch zugekorkt waren. Don kam zu ihm herüber.

»Ich stecke in einem Dilemma, Sir«, wandte er sich an den Bischof. »Mr. Bush hat mir die Anweisung gegeben, die Flaschen erst zu öffnen, wenn alle da sind, doch obwohl ich nicht behaupte, etwas davon zu verstehen, weiß ich, daß wir das Zeug bald dekantieren müssen, wenn wir's noch heut abend trinken wollen. Was meinen Sie?«

Stavros lief auf ihn zu und murmelte etwas. Sehr vorsichtig nahm Don eine der beiden Flaschen in die Hand und sah sie an.

»Nein«, sagte er, »nein, alles in Ordnung, Mr. Stavros, es ist kein Irrtum. Das ist er. *Les Enfants Doux* von 1904. Ich erinnere mich auch an das Tintengekritzel. Könnten Sie mir einen Korkenzieher und zwei Karaffen schicken lassen?«

Stavros zögerte noch, zuckte dann plötzlich mit den Schultern, ging zu Campion, blieb vor ihm stehen und schaute ihm tief in die Augen.

»Du meine Güte, was macht es schon aus?« sagte er und verließ den Raum.

Er hatte die Stimme nicht gesenkt, und Dons ungläubiges Staunen hätte unter anderen Umständen komisch gewirkt. »Dieses Haus hat schon seine ganz eigene Atmosphäre«, sagte er trocken.

Der Bischof lachte. »Mein lieber Junge«, sagte er, »ich bin sehr, sehr froh, daß Sie genau so sind, wie Sie sind. Lassen Sie mich die Flasche einmal sehen, ja?« Er nahm sie ehrfürchtig entgegen und trug sie unter das Licht. Die beiden anderen trabten hinter ihm her, und Don tat sein Bestes, nicht wie der kleine Junge auszusehen, der ein seltenes Fossil entdeckt hatte.

»O ja«, sagte der Bischof. »Du liebe Güte, ja!«

Er holte ein Taschenmesser heraus und versuchte eine Ecke des Etiketts anzuheben. Als er feststellte, daß das nicht ging, richtete er seine Aufmerksamkeit auf den Korken. Lange betrachtete er das schwarze Siegel durch die Lesebrille.

»Ja«, sagte er wieder. »Ja, ich denke.«

Campion wich Don aus, aber der Bischof hielt sich nicht zurück.

»Und«, sagte er, »wo ist jetzt der Korkenzieher?«

Der alte Fred brachte ihn, unverhüllte Neugier in den wäßrigen Augen, wurde jedoch sofort wieder hinausgeschickt.

»So ist es recht«, sagte der Bischof. »Wir wollen keine Außenstehenden hier haben. Wir sollten auf die beiden anderen warten, aber wir werden es nicht tun, denke ich. Ich – denke – nicht.« Er war dabei, die Flasche zu öffnen, während er sprach, und seine schlanken Hände bewiesen große Geschicklichkeit dabei. »Nein«, sagte er und winkte Don beiseite, der ihm helfen wollte. »Nein, das tu ich selbst, mein Lieber, wenn Sie nichts dagegen haben. Wir brauchen den Korken – der Korken muß unbeschädigt bleiben.«

Don lachte. »Da krieg ich richtig Heimweh«, sagte er. »Es ist Dads Zeremoniell.«

»Ihr Vater ist ein hervorragender Kenner«, stellte der Bischof, ohne aufzublicken, fest. »Ein ganz hervorragender. Ich stimme mit einigen seiner Theorien nicht überein, aber dieses Kapitel über die Rhone ist meisterhaft... Ah!«

Der Korken hatte mit einem geisterhaft gehauchten Plop den Flaschenhals verlassen.

»Da«, sagte der Bischof und stellte die Flasche vorsichtig auf das Tischtuch. »Jetzt wollen wir einmal sehen.«

Campion, der durchaus darauf vorbereitet war, daß ein Geist aus der Flasche fuhr, sah interessiert zu, als Don und der Bischof den Korken mit einer Leselupe absuchten. Zuerst dachten sie, er sei nicht gekennzeichnet, doch endlich seufzte der Bischof und legte den Finger auf einen winzigen Stempel auf der rotfleckigen Seite.

Er erledigte auch den Rest des Zeremoniells selbst. Der leuchtend rote Wein ergoß sich in das Kristall, liebkoste es, schmiegte sich daran, aber der Bischof schwieg, und als er die volle Karaffe auf den Beistelltisch stellte und sich die Hände mit einer Serviette abwischte, sah er nicht mehr so glücklich aus wie bisher. Don schlug vor, auch die zweite Flasche zu öffnen, aber der Bischof wehrte ab.

»Ich denke, das wird Mr. Bush selbst tun wollen«, sagte er. »Aber ich konnte der Gelegenheit, meine eigene Neugier zu befriedigen, einfach nicht widerstehen. Wo bleibt Bush eigentlich? Und sollte Carados um diese Zeit nicht auch schon hier sein?«

»Das sollte er allerdings. Ich habe mich auch schon gefragt, wo er bleibt. Er wollte als erster kommen.« Don war noch gut gelaunt, aber verwirrt. »Bush war ganz erpicht darauf, vor mir hier zu sein. Und er wollte einen Sherry mitbringen. Er hat gesagt, er sei das einzige, was wir vor diesem Wein trinken dürften. Ich kenne ihn nicht. Sieht ihm ein solches Verhalten ähnlich?«

»Nein«, sagte der Bischof. »Er ist ein sehr pünktlicher und korrekter Mensch. Liebe Güte, hoffentlich ist nichts passiert.«

Campion hatte sich schon eine ganze Weile bemüht, eine leichte Unruhe zu verdrängen, schüttelte jetzt aber den Kopf. »Wenn ihm etwas passiert wäre, würde sich Carados kaum ebenfalls verspäten«, sagte er. »Hören Sie, ich möchte nicht unangebracht neugierig erscheinen, doch selbst mir kann nicht entgehen, daß an dieser Party etwas ungewöhnlich ist. Glauben Sie, Sie könnten es mir erklären, Sir? Ganz abgesehen von allem anderen, scheinen wir uns unserem Gastgeber gegenüber ziemlich schlecht zu benehmen.«

»Zerbrechen Sie sich meinetwegen nicht den Kopf, Mr. Campion. Ich nehme an, mein Vater hat ganz entscheidend die Hand im Spiel.« Don war großartig. »Ich habe den Eindruck, daß er sich ohne mein Wissen mit Mr. Bush in Verbindung gesetzt hat. Diese ganze Party riecht irgendwie nach väterlicher Regie. Er glaubt noch immer, er müsse mich vor den Schattenseiten des Lebens bewahren. Ich will wirklich nicht mißtrauisch sein, aber allmählich dämmert mir, daß eine entfernte Möglichkeit besteht, daß dieser Wein irgendwo geklaut wurde. Habe ich recht?«

»Mein lieber Junge, ich muß mich wirklich entschuldigen.« Das Gesicht des Bischofs war bekümmert wie das eines trauernden Cherubs. »Ich wollte um alles in der Welt nicht, daß das geschieht. Wir alle haben so sehr gehofft, es werde nicht nötig sein, es Ihnen zu sagen. Ich habe Bush darauf hingewiesen, daß wir uns durch unser Verhalten in eine scheußliche

Lage bringen, doch wie er schon sagte, gibt es ziemlich ernsthafte Schwierigkeiten, und absolute Geheimhaltung ist unter den gegebenen Umständen unbedingt erforderlich. Ich kannte Sie noch nicht und hatte daher keine Ahnung, daß wir in Ihnen einen so bemerkenswert – äh – toleranten und höflichen jungen Mann vorfinden würden.«

Don war über das Kompliment ziemlich bestürzt, und Campion kam ihm zu Hilfe. »Ist der Verdächtige identifiziert?« fragte er.

»O ja, ich glaube schon.« Der Bischof hob die Karaffe und schnupperte herzhaft daran. »Ich fürchte es. Wir müssen ihn natürlich kosten, denn selbst wenn unsere Gaumen ein wissenschaftlich genaues Instrument wären, wie manche von uns dummerweise denken, selbst dann muß man den anderen Merkmalen großes Gewicht beimessen. Der Korken, das Siengel und die Flasche sind meiner Meinung nach über alle Zweifel erhaben. Tatsächlich glaube ich, auf Grund dieser Indizien und auf Grund der Farbe und des Bouquets behaupten zu können, daß dies der echte *Les Enfants Doux* von 1904 ist.«

Campion hatte keinen Anlaß, ihm zu widersprechen, fragte sich jedoch, wenn auch respektvoll, wohin genau dieser Schluß sie bringen sollte. Don war praktischer.

»Ich denke, wir sollten Mr. Stavros sofort hereinholen«, sagte er.

»O nein! Egal, was Sie tun, mein lieber Junge, das dürfen Sie nicht.« Der Bischof war sehr energisch. »Es steckt noch viel mehr dahinter. Ich habe Bush versprochen, alle Erklärungen, die wir möglicherweise abgeben müssen, ihm zu überlassen, aber da Sie mich direkt gefragt haben, habe ich das Gefühl, daß es mir erlaubt sein muß, Ihnen das bißchen zu erzählen, das ich weiß.«

Campion blickte auf. »Du hattest drei Kisten von *Les Enfants Doux* in dem Lastwagen, der bei der Evakuierung des Weinmuseums verlorenging, nicht wahr?«

»Ja, das stimmt. Dann kennst du also die Geschichte?«

»Nein, ich kenne sie nicht. Ich weiß nur, daß es einen solchen Lastwagen gegeben hat. Bush hat es mir heute mittag erzählt.«

»Aha. Und kennen Sie sie, Lieutenant?«

»Nein. Ich habe auch noch nie etwas von dem Museum gehört.«

Der Bischof war ganz glücklich, daß er loslegen durfte. Nach einer ziemlich langen Vorrede kam er endlich zum eigentlichen Thema.

»Dieser Lastwagen verließ London im September 1940 während des zweiten großen Luftangriffs«, sagte er, und seine schöne, klangvolle Stimme schien die Worte ganz auszukosten. »Der arme Bush hatte viel zu lange gewartet, der alberne Kerl. Das ist ihm jetzt klar. Der Lastwagen hatte die wertvollsten Exponate des ganzen Museums geladen; den Kelch der Gyrth und die Vase von König Artus, beides Dinge von unbezahlbarem Wert, und noch viel mehr – und außerdem, um den ganzen Laderaum zu nutzen, glaube ich, zwei Kisten meines *Les Enfants Doux*. Dieser Lastwagen wurde das letztemal gesehen, als er während des Luftangriffs in die St. Theobald's Road einbog. Sein Weg führte durch diesen Teil der Stadt, der in derselben Nacht sehr schwer beschädigt wurde. Er ist nie an seinem Ziel angekommen, und weder Fahrer noch Beifahrer, beide ehrbare Familienväter, wurden je wiedergesehen.«

»Hat man ihre Leichen gefunden?« fragte Campion mit einem völlig neuen Interesse.

»Das kann niemand mit Sicherheit sagen.« Für den Bischof war die Geschichte schmerzlich, und seine leuchtend blauen Augen blickten kalt und zornig. »Nach dieser Nacht hat man in London die Trümmer von vielen Lastwagen gefunden, mehrere waren unter einstürzenden Häusern begraben worden. Auf drei davon hat nie jemand Anspruch erhoben, und aus einem wurden zwei verkohlte Leichen geborgen. Eine absolut sichere wissenschaftliche Identifizierung war jedoch nicht möglich, und nirgends fand sich eine Spur der museumseigenen Exponate. Schließlich nahm man an, daß dieses Fahrzeug der Museumslastwagen gewesen war und schrieb die Ladung als Totalverlust ab. Unter anderen Umständen wäre die Untersuchung bestimmt gründlicher ausgefallen, doch in dieser Zeit – ihr erinnert euch vielleicht...« Er zuckte mit den Schultern.

»Und dann bin ich mit meiner Geschichte zu Mr. Bush gekommen«, sagte Don. »Ich kann sein Interesse verstehen.«

Campion, der auf der Armlehne eines Sessels gesessen und die rote Glut in der Karaffe betrachtet hatte, rührte sich jetzt ein wenig.

»'tschuldige, Onkel«, sagte er schüchtern, »aber mit welcher Methode kann man eine bestimmte Flasche oder einen ganzen Satz identifizieren? Ich bezweifle nicht, *daß* du es kannst, Sir, ich will nur wissen, wie du es machst.«

»Das ist nur zu verständlich.« Endlich hatte der Bischof die Frage herausgelockt, auf die er gewartet hatte. »Nun«, sagte er, »das ist der Teil der Geschichte, den ich immer selbst erzählen wollte. Ich nehme an, ihr beide hattet bisher noch nie etwas von *Les Enfants Doux* gehört, oder?«

Campion und Don schüttelten den Kopf. Der Bischof seufzte, schob das Verbrechen beiseite und wandte sich glücklich schöneren Dingen zu.

»Die Weinberge von Vosne sind fast alle klein und die meisten gut«, begann er in einem leicht lehrhaften Ton, eine Hand unter das Jackett geschoben, die andere frei, um seine Worte, wenn nötig, elegant zu unterstreichen. »Die meisten sind berühmt. Es gibt, wie ihr wißt, die drei *Romanées* und den *Richebourg*, den *La Tache*, den weniger bekannten *Les Malconsorts* und noch ein paar unbedeutendere. Aber ein kleiner Weinberg – meiner Meinung nach nicht einmal einen halben Hektar groß – unterscheidet sich von den übrigen und übertrifft, wie so mancher behauptet, in den meisten Jahren die anderen weit. Sein Produkt kommt nie auf den Markt.« Er legte eine Pause ein, damit seine nächsten Worte eine um so nachhaltigere Wirkung hatten. Keine unbedingt dramatische, aber ein Element der Überraschung und des Interesses enthielten, so sorgfältig beigemischt wie die Ingredienzen eines sehr guten schottischen Whiskys.

»Der kleine Weinberg *Les Enfants Doux* liegt direkt hinter *La Tache* in einer flachen Mulde versteckt und ist von der Straße aus nicht zu sehen«, fuhr er fort, und seine Stimme war so mild wie die Trauben, von denen er sprach. »Das Land gehört seit jeher einer Bauernfamilie namens Bigot, der früher die Ehre zuteil geworden war, für die großen Damen des Hauses von Bragelonne die Ammen zu stellen, wann immer sie einer bedurften.« Er unterbrach sich und lächelte leicht. »Ich kann Ihnen leider nicht sagen, wie das passend eingerichtet werden konnte, aber so war es eben. Einmal wurden die Zwillingssöhne eines gewissen Comte de Bragelonne als Säuglinge in die Obhut von Héloise Bigot gegeben, der schönen jungen Frau des Besitzers von *Les Enfants Doux*. Etwa sechs Monate später brach in Burgund eine Epidemie aus, und die Kinder starben. Héloise war außer sich vor Angst, und der Mutter der Kinder brach das Herz. Die große Dame – und die großen Damen im damaligen Frankreich waren erschreckend groß – verließ den Hof und fiel wie ein Gewitter über die unglücklichen Bigots her. Ihr Zorn und ihr Kummer – vielleicht kam auch der Kummer an erster Stelle – waren wahrhaft fürchterlich, aber als sie endlich bei Héloise ankam, lag die junge Frau, so lautet die Geschichte, tot über den winzigen Totenbahren ihrer Schützlinge. Sie war vor Reue gestorben (könnte natürlich auch vom Fieber dahingerafft worden sein). Obwohl selbst verzweifelt, war die Gräfin über diese Hingabe gerührt, und anstatt dem unglücklichen Bigot die Strafe aufzuerlegen, die sie für ihn vorgesehen hatte, bemühte sie sich, ihn zu entschädigen, gab ihm Geld, damit er auf seinem Acker den Pinot pflanzen konnte, und darüber hinaus die Zusage, daß ihre Familie auf immer und ewig den gesamten Ertrag des Weinbergs kaufen werde.

»Und das ist auch noch heute so?« fragte Don.

»Es war so – bis zu Anfang dieses Krieges«, sagte der Bischof. »Der Himmel allein weiß natürlich, was für eine Tragödie es inzwischen gegeben haben mag. Der kleine Weinberg gedieh, und der Wein, der dort wächst (manche sagen, das komme von der Erde, in der die süßen Kinder und ihre treue Pflegemutter begraben sind, doch das ist unwahrscheinlich), hat eine unverkennbare milde Frische, die man in keinem anderen Wein der Welt findet. Die Familie Bragelonne reservierte die gesamte Ernte, ungefähr fünfundvierzig bis fünfzig Dutzend, alljährlich für sich, denn mit der Zeit entwickelte sich bei ihr ein Aberglaube, der besagt, es drohe den Kindern des Hauses ein Unglück, sollte der Wein je in andere Hände gelangen.«

»Und trotzdem hattest du drei Kisten«, warf Campion ein.

»Ich hatte sogar sechs«, erwiderte der Bischof, »und ich werde jetzt gegen meine eigene Regel verstoßen und euch erzählen, wie ich dazu kam. Ich habe diese Geschichte noch nie jemandem erzählt, weil sie sentimental und romantisch ist – und solche Geschichten verlieren, wenn man sie ausposaunt, das wißt ihr doch?«

»Wenn Sie sie lieber für sich behalten wollen, Sir –« begann Don hastig und wußte nicht recht, wie er den Satz beenden sollte. »Ich schätze, wir haben inzwischen Beweise genug.«

Campion kannte seinen Onkel gut und mochte ihn.

»Ich würde die Geschichte gern hören«, sagte er.

»Überstimmt«, sagte der Bischof lächelnd zu Don. »Vor vielen Jahren, als ich noch sehr jung war, kurz nach meiner Rückkehr aus Oxford, verbrachte ich die Ferien in Bragelonne, und zwar als Hauslehrer des Erben, der ein sehr zartes und ziemlich dummes Kind war. Er hatte eine ältere Schwester. Sie hieß Elise. Sie war sehr schön und hatte am siebzehnten Juli Geburtstag. Ich möchte betonen, daß es keine Liebesaffaire war. In jenen Tagen war man sehr zurückhaltend, und in hoffnungslosen Situationen kam es vielleicht dazu, daß man sich seine Liebe gestand, aber Affairen hatten wir nie.«

Der Bischof sah sie an, und aus seinen strahlend blauen Augen sprach unvergängliche Jugend. »Drei Jahre hintereinander reiste ich im Sommer nach Bragelonne«, fuhr er fort, »und beim letztenmal konnte ich meiner Elise zur Verlobung mit ihrem Cousin Henri de Bragelonne gratulieren, der nach ihrem Bruder der zweite in der Erbfolge war. Ich war Gast bei ihrer Hochzeit, und danach, obwohl wir uns nie trafen, schickte ich ihr immer eine Kleinigkeit zum Geburtstag. Sie schrieb mir, um sich zu bedanken, und berichtete mir, wie es ihr ging. Ich glaube, auf diese Weise haben wir zwanzig Jahre miteinander korrespondiert. Durch den letzten Krieg erfuhr unser kleiner Austausch ein jähes Ende, und als endlich nicht mehr gekämpft wurde und die Deutschen den Rückzug angetreten hatten, erhielt ich von einem Notar ein Schreiben mit der Nachricht, meine Elise sei tot. Er hatte einen Brief beigelegt, den sie kurz vor ihrem Tod an mich geschrieben hatte, und er teilte mir auch mit, daß auf ihre Veranlassung sechs Dutzend Flaschen Burgunder an mich unterwegs seien.«

Campion gab jeden Zweifel auf, der Bischof hatte starke Argumente. Er setzte sie auch richtig ein, wobei er hauptsächlich zu Don sprach, den er ins Herz geschlossen zu haben schien.

»Ihr Brief war reizend«, sagte er, »aber was sie schrieb, war schlimm. Ihr Bruder war gestorben, ihr Mann gefallen, kurz nachdem er das Erbe angetreten hatte, und ein paar Monate später war ihr Sohn seinem Vater gefolgt. Sie wußte, daß sie sehr krank war, und fürchtete, daß sie mir nie wieder schreiben würde, doch wie sie sagte, war sie noch immer eine Frau und wollte nicht vergessen werden. Daher (sie war sehr praktisch veranlagt, meine liebe Elise) schicke sie mir sechs Kisten *Les Enfants Doux* aus dem großen Jahrgang und bitte mich, immer am siebzehnten Juli eine Flasche zu trinken. Für einen königlichen Burgunder nicht gerade die beste Jahreszeit, aber woher sollte sie das wissen, der arme Schatz? Damals waren Frauen noch keine Weinkennerinnen.«

»Und alle sechs Dutzend Flaschen sind heil bei Ihnen angekommen?« fragte Don neugierig. »Das war ja an sich schon ein kleines Wunder, oder?«

»Und ob es das war! Wie sie es geschafft hatte, etwas so Kostbares und doch so leicht Verderbliches über die Besatzungszeit hinwegzuretten, weiß ich nicht, aber geschafft hat sie es. Und was den Aberglauben betraf, hatte sie wohl das Gefühl, daß ihre Familie kein Unglück mehr treffen konnte.«

»Das ist logisch«, murmelte Campion nüchtern und holte die Sache damit wieder auf die Erde zurück.

»O ja, das ist es – leider.« Der Bischof nahm die leere Flasche und zeigte auf die untere rechte Ecke des Etiketts, wohin jemand etwas mit roter Tinte gekritzelt hatte. »Seht ihr das?« fragte er. »Es heißt J. D. Es sind die Initialen des damaligen Kellermeisters. Ich erinnere mich noch sehr gut an ihn, er hieß Jules Denise und war ein großartiger Kerl. Ein gewisser Prozentsatz des Ertrags wurde immer für den Tisch des Grafen beiseite geschafft, zum Unterschied zu dem des Schloßkaplans, des Haushofmeisters und ein paar anderer, und jedes Etikett dieses kleinen Vorrats zeichnete Jules mit seinen Initialen. Auf jeder meiner sechs Dutzend Flaschen war sie zu finden. Sie haben sie Bush gegenüber erwähnt, Lieutenant, und als ich davon hörte, war ich ganz sicher. Daher habe ich mir die Freiheit genommen, auf Ihrer – äh – Party uneingeladen zu erscheinen.«

Don betrachtete die Karaffe mit Respekt. »Es kommt mir wie ein Verbrechen vor, ihn zu trinken, es könnte der letzte sein, den es auf der Welt gibt. Ich glaube nicht, daß wir Bush die zweite Flasche öffnen lassen müssen, oder? Schließlich ein herrlicher Wein wie dieser...«

»Braucht sich hinter keinem Busch zu verstecken«, sagte der Bischof schüchtern und lachte über seinen eigenen

Scherz. »Wo ist der Mann überhaupt? Ich hoffe wirklich, es ist nichts passiert. Ich habe jetzt fast eine ganze Stunde lang geredet.«

Weder Campion noch Don wußten eine Antwort, aber in der Stille, die seiner Bemerkung folgte, klopfte es an der Tür. Es war der alte Fred mit einem erwartungsvollen Funkeln in den wäßrigen Augen.

»Mr. Campion wird am Telefon verlangt«, sagte er. »Der Herr macht einen aufgeregten Eindruck, Sir.«

»Wer ist es?«

»Das hat er nicht gesagt, aber er schien sehr durcheinander. Folgen Sie mir bitte, das Telefon ist gleich hier draußen im Flur.«

Noch bevor Campion am Apparat war und den Hörer abgenommen hatte, hörte er schon jemand laut »Hallo hallo! Hallo, Campion!« rufen. »Ach, hier sind Sie ja endlich, ja? Ich will...«

Es war Johnny Carados, und er schien so außer sich zu sein, wie Campion ihn noch nie erlebt hatte.

»Ja?«

»Können Sie zu Theodore Bush kommen, und das so schnell wie möglich? Sie wissen, wo sein Haus ist, oder? Bedbridge Row 42. Kommen Sie bitte sofort!«

»Ich komme.«

»Gut, Mann, ich brauche Sie. Campion, ich...«

»Ja?«

»Ich fürchte, ich habe den Kerl umgebracht... Auf Wiedersehen.«

13

Der Weg vom ›Minoan‹ in die Bedbridge Row in Holborn durch ein stockdunkles, taxiloses London war für Campion ein größeres Abenteuer als erwartet, und es war schon fast eine Stunde vergangen, als er sich endlich die abgetretenen Steinstufen des schmalen georgianischen Hauses an der Ecke der halb zerstörten Sackgasse hinauftastete. Auf dem mühsamen Weg hatte er genug Zeit zum Denken gehabt, und je näher er dieser neuesten Entwicklung kam, um so weniger gefiel sie ihm.

Manchmal hatte er das Gefühl, verfolgt zu werden, aber in den dunklen, leeren Straßen war das nur schwer festzustellen. Auf einem belebten Platz hätte er sicher sein können, doch seine bisherigen Erfahrungen reichten nicht aus für diese riesigen offenen Räume, in denen Schritte in der Stille laut widerhallten. Er war auf jeden Fall nicht allein. Jemand anders war mit ihm unterwegs.

Das Haus sah aus, als habe es seit Jahren leergestanden. Im Licht seiner kleinen Taschenlampe sah er eine schäbige Tür mit schmutzigen Eisenbeschlägen und Messingziffern, die so ungepflegt waren, daß sie schon Grünspan angesetzt hatten. Doch als er auf die Klingel drückte, schien in der Halle eine Feuerwehrsirene loszuheulen.

Zu seiner Überraschung wurde die Tür sofort geöffnet, und eine Frau griff im Dunkeln nach seinem Arm.

»Da sind Sie ja endlich!« sagte sie. »Gehen Sie zu ihm hinauf, wir können nichts mit ihm anfangen, und er will die Polizei nicht holen. Ist das nicht schrecklich?«

Campion stellte erstaunt fest, daß er mit Dolly Chivers sprach. Sie hatte er hier nicht erwartet. In der weißgestrichenen Halle brannte ein schwaches blaues Licht, und ihr kluges Gesicht sah in der Düsternis krankhaft blaß aus. Sie war natürlich noch immer tüchtig und hatte sich ihre freundliche Vertraulichkeit bewahrt, doch der Schreck hatte jede dieser Eigenschaften intensiviert, so daß sie jetzt wie eine Karikatur ihrer selbst wirkte.

»Was stehen Sie hier herum und starren mich an?« sagte sie. »Ich weiß, daß Sie überrascht sind, mich hier zu sehen. Aber glauben Sie mir, ich bin genauso überrascht, daß ich hier bin.

Doch als er mich anrief, dachte ich mir, es sei besser, wenn ich käme. Gee-gee Gold ist mit Dion Robson oben. Das ist der Doktor. Johnny hat mich am Carados Square angerufen und gebeten, ihn zu holen. Ich bin mitgekommen, weil ich sehen wollte, ob ich was tun kann, aber er spricht nicht mit mir. Er ist im ersten Stock im vorderen Zimmer. Die anderen sind einen Stock höher im Bad. Ich spiele hier den Türsteher und sorge dafür, daß die alte Haushälterin nicht aus dem Souterrain heraufkommt. Mein Gott, was für eine Gesellschaft!«

»Weiß die Haushälterin nicht, was geschehen ist?«

»Außer uns weiß es niemand. Es ist natürlich Wahnsinn. Sie werden Johnny hängen, wenn er nicht aufpaßt. Er ist verrückt geworden, Mr. Campion, der Krieg hat ihn um den Verstand gebracht.«

»Ist Bush wirklich tot?«

»Inzwischen ist er's vermutlich. Vor einer halben Stunde hat er noch gelebt – gerade noch. Aber er wird sterben, und es wird einen furchtbaren Skandal geben. Um Himmels willen, gehen Sie hinauf, bringen Sie Johnny ein bißchen zur Vernunft, und bringen Sie ihn dazu, die Polizei zu holen.«

»Macht es Ihnen nichts aus, hier unten allein zu bleiben?«

»Wieso sollte es? Mein lieber Mann, sorgen Sie sich doch nicht um mich«, sagte sie und lachte nervös. »Ich bin doch nur die Sekretärin dieses Irrenhauses. Um den Herrn müssen Sie sich kümmern.«

Campion stieg die Treppe hinauf und kam in eine kleine, elegante, mit einem grauen Teppich ausgelegte Diele. Wenn Theodore Bush auf das Äußere seines Hauses auch genausowenig Wert legte wie auf das seiner Flaschen, der Inhalt schien ihm bei beiden um so wichtiger zu sein. Die polierte Tür des großen Wohnzimmers lag der Treppe direkt gegenüber. Dahinter war alles still. Von weiter oben drangen Stimmen und rastloses Hin und Her herunter. Campion klopfte leise und wartete.

»Hallo, sind Sie das, Dion?« Carados' Stimme klang fast unverändert.

»Nein. Ich bin's, Campion.«

»Na, dann herein mit Ihnen, Sie Affe. Ich lauere nicht mit einem Knüppel hinter der Tür.«

Campion betrat einen großen, harmonischen und dennoch durch und durch männlichen Raum und sah sich um. Die Beine zum Kamin ausgestreckt, das große Kinn auf die Brust gestützt, saß Carados in einem riesigen blauen Ledersessel, in dem er fast verschwand. Er rührte sich nicht, als Campion auf ihn zukam, hob jedoch den Blick.

»Das ist ein harter Brocken«, sagte er. »Was wissen Sie darüber?«

»So gut wie nichts«, sagte Campion. »Ich hoffe es nach und nach zu erfahren. Was haben Sie ihm getan? Ihm mit einer Flasche den Schädel eingeschlagen?«

»O nein. Ich war viel subtiler.« Seine graublauen Augen ruhten mit einem Ausdruck auf Campion, den er nicht sofort erkannte. Nur ganz allmählich dämmerte ihm, daß Carados Angst hatte. »Nein, ich habe den armen alten Jungen vergiftet«, sagte er endlich. »Ich habe es wirklich getan, Campion. Ich habe ihm Gott weiß wieviel Chloralhydrat gegeben und habe sogar zugesehen, als er's in einen Zahnputzbecher tat und in einem Zug austrank. Schrecklich. Ich werde es nie vergessen. Armer alter Theo. Er war natürlich ein Spinner. Glaubte an lauter falsche Dinge und war der absolut größte Langweiler auf Gottes Erde, aber ihn zu töten, Campion! Ihn so zu töten, völlig wehrlos im Unterhemd mit aufgekrempelten Ärmeln und in einer blauen Hose. Nein, das werde ich mir nie verzeihen. Nie, solange ich lebe.«

Campion setzte sich und kreuzte die langen, schlanken Beine.

»Ich hasse es, ausfallend zu werden, aber wenn sie weiter so erzählen, wird es nicht mehr lange dauern«, sagte er leutselig.

Carados stöhnte. »Ich habe Bammel«, sagte er. »Jemand ist

schrecklich schlau. Ich habe es schon vermutet, als ich diese unglückliche Person tot in Ihrer Wohnung liegen sah. Schon damals dachte ich, daß es jemand auf mich abgesehen hat. Hinterher habe ich mich gefragt, ob ich mich vielleicht zu wichtig nehme, doch jetzt weiß ich, daß ich recht hatte. Jemand versucht nicht nur, mich auszuschalten, man gibt sich auch größte Mühe, vorher zu beweisen, daß ich gaga bin. Wie steht es mit Ihnen? Sind Sie für oder sind Sie gegen mich?«

»Ich würde schon noch ein Glas mit Ihnen trinken«, sagte Campion, was seiner Meinung nach unter den gegebenen Umständen ein annehmbares Angebot war.

»Ich würde es nicht tun.« Carados war verbittert. »Ich würde mich selbst nicht mal mehr mit der Feuerzange anfassen und auch nichts, was ich in der Hand hatte. Ich bin gefährlich.«

»Na ja, ich weiß nicht, wie lange man leiden muß, um interessant zu sein«, sagte Campion absichtlich brutal, »aber ich nehme es Ihnen ab. Was dachten Sie denn, was Sie ihm gegeben haben?«

Carados' Gesicht hellte sich auf, und er griff in die Brusttasche seines Uniformrocks. »Die Gelassenheit des Experten ist sehr angenehm, wenn man sie braucht«, sagte er. »Schauen Sie mal her. Sehen Sie das?«

Campion nahm ihm einen kleinen Gegenstand aus der Hand, der wie ein Zigarettenetui aus imitiertem genarbten Leder aussah und eine Klappe wie ein Briefumschlag hatte. Darauf war mit Goldbuchstaben ein kurzer Text eingeprägt: *Zo-zo. Pour l'ennui de l'estomac* – Zo-zo. Medikament gegen Magenverstimmung. *Gilbert Frères. Paris 15ième.*

Campion hob vorsichtig die Klappe. Innen bestand das Etui aus zehn schmalen Unterteilungen, die normalerweise je eine Ampulle mit silbernem Metallverschluß enthielten und in das typische blau-grün gestreifte Metallpapier eingepackt waren. Im Moment waren noch sieben Ampullen vorhanden.

»Ein französisches Medikament auf Wismutbasis?« fragte er.

Carados nickte. »Ja. Nur drüben erhältlich und sehr teuer, wie üblich. Ich glaube, diese Packung hat ungefähr fünfzig Franc gekostet. Kurz vor dem Krieg war es hier irgendwie in Mode, und als ich Theo gestern sah, hat er über die Kapitulation Frankreichs gejammert, natürlich wie immer aus den falschen Gründen, und er erwähnte das Verschwinden dieses Medikaments als eines der geringeren Übel, die eine Folge des Krieges waren. ›Und um allem die Krone aufzusetzen, kriegt man nicht einmal mehr ein *Zo-zo*‹, hat er gesagt, der alberne alte Affe. Er sah ganz unglücklich aus, und ich sagte ihm, wir hätten wahrscheinlich noch irgendwo welche im Haus, und ich würde versuchen sie für ihn aufzutreiben.«

Carados sprach lässig, und Campion erinnerte sich, daß dies zu seinen Eigenheiten gehörte. Der Vorfall war typisch für ihn. Er teilte diese Eigenheit mit anderen großen Männern, deren Interessen breit gefächert waren. Er war ein Mensch, der immer Kleinigkeiten für andere erledigte, nicht unbedingt nur für seine engsten Freunde. Campion erinnerte sich an Geburtstagsfeiern; wenn ein Gast keine Austern vertrug oder nur türkische Zigaretten rauchte, stellte Carados alles Erdenkliche an, daß diesem Gast die Sonderwünsche erfüllt wurden. Es war eine seiner liebenswertesten Eigenschaften, aber zu wenig bekannt, um seine Geschichte für eine Geschworenenjury glaubhaft klingen zu lassen.

»Fahren Sie fort«, sagte Campion.

»Ich habe das Medikament gefunden«, sagte Carados, »und habe es ihm mitgebracht, als ich ihn abholen wollte. Er hatte mich gebeten, ihn hier zu treffen, weil es in der Sache mit den plötzlich aufgetauchten Flaschen *Les Enfants* ein oder zwei Punkte gab, über die er sich mit mir unterhalten wollte. Er war überzeugt, daß der Wein nicht echt ist, und hat sich gefragt, ob wir eine Erklärung abgeben sollten. Guter Gott, wie lächerlich klein und unwichtig einem heutzutage alles vorkommt, was man in Friedenszeiten für wichtig hält, Campion. Was waren wir alle doch für Narren.«

»Das hängt ganz davon ab, wie man es betrachtet«, sagte Campion vorsichtig. »Ich weiß nicht, ob unsere augenblickliche Beschäftigung sehr klug ist. Feuerwerk und Tod. Aber weiter im Text, Carados. Sie haben ihm das Zeug also mitgebracht?«

»Ja, allerdings. Theo hatte sich verspätet und zog sich erst um. Offenbar kann er eine seltene Flasche nur in jungfräuliches Linnen gewandet beurteilen. Etwas anderes verstößt vielleicht gegen seine Religion. Auf jeden Fall hat er mich gebeten, hinaufzukommen und mich mit ihm zu unterhalten, während er sich anzog. Ich gab ihm das Päckchen, und er war begeistert. Er benahm sich, als leide er seit 1939 an einer chronischen Verdauungsstörung. Er sagte, er wolle sofort eine Dosis nehmen, wenn ich nichts dagegen hätte. Er füllte Wasser in sein Zahnputzglas, schüttete den Inhalt eines dieser Dinger hinein, rührte um und trank. Zehn Minuten später lag er im Koma. Weiß Gott, wieviel Chloral er geschluckt hat.«

»Woher wissen Sie, daß es sich um Chloral handelt?« fragte Campion.

»Ich kenne den Geruch von dem Zeug.« Carados erzählte die entsetzliche Geschichte auf seine übliche lässige Art, ohne sich dieser Schwäche bewußt zu sein. Nur seine jetzt viel dunkler wirkenden Augen verrieten ihn.

»So ist es passiert«, sagte er. »Ich habe zwar gemerkt, daß Theo ein bißchen schwerfällig und zittrig wurde, aber sein Zusammenbruch kam für mich völlig überraschend. Er fiel auf das Bett und begann zu schnaufen wie ein Walroß. Es sah mir nicht nach einem Herzanfall aus, und auf einmal kam mir der Gedanke – Sie wissen ja, wie das manchmal passiert –, daß er etwas genommen hatte. Aber das einzige, das er meines Wissens genommen hatte, war das Zeug von mir. Die leere Ampulle lag noch auf dem Toilettentisch. Ich roch daran, und da hab ich erkannt, was es war.«

»Sie haben Chloralhydrat erkannt?«

Carados schüttelte den Kopf. Zum erstenmal wirkte er verlegen. »Nein – eigentlich nicht. Ich – ich erkannte *Bromot.*«

»Was ist das?«

Carados rutschte im Sessel nach vorn und schürte das Feuer.

»Es ist verdammt peinlich«, sagte er.

»Ich habe schon Schlimmeres gehört«, sagte Campion.

»Warten Sie nur. Es kommt knüppeldick. *Bromot* ist eine Mixtur gegen Schlafstörungen. Ein gefährliches Mittel. Dion hat es mir vor Jahren verschrieben, als es mir mal elend ging. Man nimmt ungefähr den fünften Teil der Dosis ein, die in eine solche Ampulle hineingeht, und es enthält Chloralhydrat, Kaliumbromid und noch einiges, das ich aber immer wieder vergesse. Die größte Gefahr ist, daß das hohe spezifische Gewicht ein hochdosiertes Konzentrat auf den Boden der Flasche sinken läßt, und man wird eindringlich davor gewarnt, die letzte Dosis aus einer Flasche einzunehmen. Ich habe es nie getan.« Er unterbrach sich und fuhr dann fort: »Ich wette, daß kurz vor Kriegsbeginn ein Dutzend Flaschen mit einer letzten Dosis im Haus herumgestanden haben. Ich erinnere mich genau daran, sie standen in einer Reihe ganz hinten im Medizinschrank. Ich wollte wiederholt jemandem den Auftrag geben, sie wegzuwerfen, hab's aber nie getan.«

Campion sagte nichts, und Johnny wies mit einem Nicken auf das Kästchen mit den Ampullen.

»Riechen Sie mal«, sagte er. »Fünf sind mit *Zo-zo* gefüllt, und die beiden anderen – an jedem Ende eine – enthalten *Bromot*. Und *Bromot* war auch in der, die Theo eingenommen hat. Teuflisch, nicht wahr?«

»Hat er es denn nicht am Geschmack gemerkt?«

»Das hat er bestimmt, aber er hat das Zeug einfach runtergekippt. Die Medikamente sind auch irgendwie ähnlich, trüb und wenig appetitlich. Er hat gesagt, es sehe anders aus, wie ich mich erinnere, aber er wäre nie auf die Idee gekommen, mir zu mißtrauen. Ich meine, warum sollte ich ihn töten?«

»Ja«, sagte Campion ernst, »warum sollten Sie ihn töten? Warum sollte ihn überhaupt jemand töten?«

Johnny rührte sich. »Das hängt alles mit dieser anderen verdammten Sache zusammen«, begann er und verstummte wieder.

Campion ließ ihn lange zappeln.

»Ich denke, ich würde alles sagen«, sagte er endlich. »Es ist nur eine Meinung, doch ich denke, ich würde es tun. So wie die Geschichte dasteht, gibt es in ganz England keinen Anwalt, der sie anfassen würde.«

Carados lehnte sich im Sessel zurück. »Das weiß ich«, sagte er. »Ich habe hier gesessen und genau das gedacht. Es ist erschreckend. Sie haben noch keine Ahnung vom ganzen Ausmaß der Geschichte. Das Teuflische daran ist, daß sie immer wieder auf mich zurückfällt. Egal, wohin man sich wendet, welchen neuen Weg man einschlägt, alle führen zu mir zurück. Zu *mir*, bedenken Sie. Wann immer ich einen Faden in die Hand bekomme und ihm folge und an seinem Ende eine undeutliche Gestalt verschwinden sehe, gehe ich weiter und weiter, bis ich ihr Gesicht sehe. Und, was glauben Sie, wer diese Gestalt ist? Ich, Campion. Ich selbst. Mein Gott, es wäre fast eine Erleichterung zu denken, ich sei verrückt.«

Campion blinzelte hinter der Brille. In jüngster Zeit hatte es manchmal Augenblicke gegeben, in denen er gedacht hatte, er werde alt, es gebe für ihn keine Abenteuer und keine Überraschungen mehr. Doch als er jetzt in diese kalten, ruhigen Augen blickte und das furchtbare Geständnis hörte, lief ihm wieder jenes halb vergessene Prickeln das Rückgrat hinunter.

»Ich glaube nicht, daß es mir erlaubt ist, Ihnen etwas zu sagen«, fuhr er fort. »Wir sollten Oates herholen, nehme ich an. Aber er traut mir nicht so recht, das denke ich zumindest.«

»Ein Polizist mißtraut mehr oder weniger jedem Menschen. Das ist das erste, das sie auf der Polizeischule lernen. Versuchen wir erst einmal mit einem Teil der Geschichte ins reine zu kommen. Woher hatten Sie heute dieses *Zo-zo*-Zeug? Das werden Sie nämlich erklären müssen, mein Lieber. In anderer Beziehung können Sie ritterlich sein, soviel Sie wollen, für diese Sache gilt das nicht, hier müssen Sie Farbe bekennen.«

Carados sah Campion bewundernd an. »Sie sind sehr scharfsinnig, nicht wahr?« sagte er wild. »Ich schütze niemanden, wenigstens niemand Besonderen, aber ich muß sicher sein. Das müssen Sie verstehen. Ich habe die Packung *Zo-Zo* vom Tisch in der hinteren Diele meines Hauses genommen – und zwar kurz bevor ich mit dem Admiral das Haus verließ.«

Campions Gesicht blieb ausdruckslos.

»Einfach so?« fragte er. »Sie haben es da liegen sehen und mitgenommen?«

»So war es nicht, nicht ganz. Hören Sie, Campion, wenn ich Ihnen das erzähle, müssen Sie es vertraulich behandeln, bis ich Sie davon entbinde. Ich schildere Ihnen jetzt haargenau, was passiert ist. Ich war gestern schon den ganzen Tag in London. Ich bin am Sonntag gekommen, und gegen Mittag schaute ich im ›Junior Greys‹ vorbei, wo ich etwa ein Dutzend Nachrichten von Bush vorfand. Sie klangen dringend, also setzte ich mich mit ihm in Verbindung. Wir unterhielten uns ein bißchen und verabredeten für heut abend dieses Treffen. Bei der Gelegenheit erwähnte er auch das *Zo-zo*. Am späten Nachmittag ging ich nach Hause. Eve begleitete mich. Es war keiner da, kein Diener, keine Menschenseele. Damit ich das *Zo-zo* nicht vergaß, schrieb ich eine kurze Notiz und ließ sie auf dem Tisch in der hinteren Diele liegen, wo ich meinen Notizblock immer hintue. Das war früher im Haus so Sitte. Ich schrieb auf, was ich wollte, und wer darüber Bescheid wußte, sorgte dafür, daß die Sache irgendwie erledigt wurde.«

»Zum Beispiel ›Tinte auf dem Arbeitszimmerteppich‹ oder: ›Bin nach Schottland gefahren‹ oder: ›Die Zahncreme ist uns ausgegangen‹?« erkundigte Campion sich interessiert.

»Ja, solche Sachen. Alle haben es so gemacht, nicht nur ich. Ich nehme an, der Butler hat in jenen Tagen, als wir noch einen Butler hatten, die Arbeiten verteilt. Ich fürchte, ich habe nie wieder daran gedacht. Sobald es schwarz auf weiß auf dem Block stand, konnte niemand sagen, sie hätten es nicht gewußt. Die Methode ersparte uns Zeit und Auseinandersetzungen. Das war der Sinn.«

»Ich verstehe. Und gestern haben Sie wie üblich eine Notiz hingelegt. Gibt es diese Notiz noch?«

»Ich nehme an. Ich habe sie nicht mehr gesehen. Das Zeug habe ich ganz zufällig entdeckt und in die Tasche gesteckt, als ich mir den Mantel holte.«

»Wissen Sie noch den Wortlaut Ihrer Notiz?«

»Ja, den weiß ich noch. Ich kritzelte ganz einfach auf den Block: ›Schaut bitte nach, ob wir *Zo-zo* im Haus haben.‹ Ich glaube, ich habe noch hinzugefügt: ›Rülps-Mixtur‹ oder so was ähnliches, um demjenigen, der sich auf die Suche machte, einen Anhaltspunkt zu geben, wie das Zeug aussieht.«

»Haben Sie auch geschrieben, daß es für Bush bestimmt war?«

Carados blickte auf und wurde rot. »Das habe ich tatsächlich«, sagte er. »Das habe ich, ich weiß es. Es ist so verdammt kindisch, nicht wahr, so albern. Ich wollte nicht, daß jemand dachte, es sei für mich, glaube ich. Ich weiß, ich habe noch druntergeschrieben: ›Mr. Bush will es haben‹, wie ein Schulkind. Ich habe hier gesessen, und als es mir wieder einfiel, habe ich mich verflucht.«

»Es ist nur menschlich«, sagte Campion. »Es klingt glaubhaft, denke ich.«

Er saß eine Zeitlang schweigend und mit gerunzelter Stirn da. Sie blieben ungestört, kein Geräusch erreichte sie aus dem oberen Stockwerk, und auf der Straße gab es keinen Verkehr.

Alles schien irgendwie ins Stocken geraten, Ernüchterung und ein Gefühl der Niederlage waren vorherrschend.

Schließlich stellte Campion die praktisch unvermeidliche Frage:

»Und wer hat das Fläschchen *Zo-zo* nun auf den Tisch gestellt?«

»Ich weiß es nicht.« Carados sprach so leise, daß seine Stimme kaum über den Kaminvorleger reichte. »Das ist ja das Teuflische daran. Ich habe keine Ahnung. Und ich kann es einfach von keinem glauben. Es gibt unter uns nur einen einzigen leichtsinnigen Idioten – nämlich mich.«

Campion kniff ein Auge zu und sah ihn an. »Dieser Weg führt schnurstracks in die Klapsmühle«, sagte er. »Sie haben also keine Ahnung, wann das Zeug auf den Tisch gestellt wurde, außer daß es irgendwann zwischen gestern nachmittag drei oder vier Uhr und ungefähr halb eins heute vormittag gewesen sein muß. Ist das richtig?«

»Ja.«

»Und in dieser Zeit war die ganze alte Bande im Haus, außerdem noch der Admiral, ich, Susan und natürlich Eve?«

»Ja.«

»Und jeder, der sich im Haus gut auskannte, konnte an Ihre *Bromot*-Tropfen heran?«

»Jeder. Sie und das *Zo-zo* standen wahrscheinlich auf demselben Bord. Man brauchte dazu nur die nötige verbrecherische Idee.«

»Ich verstehe.« Lebhaft erinnerte sich Campion an den Zwischenfall mit der Rose und den Perlen. Das bemerkenswerte Päckchen war, soweit er wußte, auch auf einem Tisch in der Diele gefunden worden.

»Wer hat gewußt, daß Sie zu dieser Bottle-Party mit Bush eingeladen waren?« fragte er.

»Halb London«, sagte Carados müde. »Bush machte ein solches Gedöns darum, mich zu finden, daß, glaube ich, jeder wußte, was er von mir wollte. Er scheint alles über diesen

Wein erzählt zu haben, über den ich mein Urteil abgeben sollte, nur nicht, wie er heißt. Wieviel wissen Sie darüber, Campion?«

»Ich weiß, was für ein Wein es ist und woher er kommt. Und ich weiß über den verschwundenen Lastwagen Bescheid und daß die beiden Fahrer auch nie wieder aufgetaucht sind.«

»Ist das alles?«

»Praktisch ja. Gibt es da noch mehr?«

Carados wandte den Blick ab. »Eine Menge«, sagte er kurz. »Leben und einen Schatz und etwas noch viel Wichtigeres. Aber das ist Oates' Bier. Wenn er es Ihnen nicht gesagt hat, ich kann es nicht. O Gott, ich wünschte, das mit Bush wäre nicht passiert. Was tun die eigentlich dort oben? Gold hilft Dion, mich wollten sie nicht dabeihaben. Inzwischen müssen sie ihm den Magen ausgepumpt haben. Ich glaube, sie versuchen ihn auch künstlich zu beatmen, aber das nützt nichts, ich habe gesehen, wieviel er eingenommen hat.«

Campion stand auf. Eines der größten Rätsel der letzten vierundzwanzig Stunden hatte seine Erklärung gefunden. Seine Vermutungen hatten sich bestätig; was in Wahrheit auch hinter dem Alptraum stecken mochte, in den er am vergangenen Abend so plötzlich hineingeraten war, es war keine einfache Geschichte von Diebstahl und Mord. Er kam sich wie ein Schauspieler vor, der mitten in einem großen Drama auf die Bühne gekommen war. Doch er war ein viel zu erfahrener Komödiant, um in dieser Situation etwas anderes zu versuchen, als seine Rolle blindlings aus dem Stegreif zu spielen.

»Ich gehe hinauf und sehe nach. Wo sind sie? Hinten im Haus?«

»Ja. Wenn Sie oben sind, sehen Sie sie sofort. Sagen Sie ihnen, sie sollen runterkommen, ich muß Dion einiges erklären, nehme ich an. Er wurde ganz unvorbereitet hierher verschleppt.«

Eine Hand schon auf der Klinke, drehte Campion sich um

und blickte zurück. »Noch etwas, Johnny«, sagte er. »War Ihre Mutter gestern abend in Ihrem Haus?«

Kaum hatte er die Frage gestellt, ging mit Carados eine Veränderung vor. Der kräftige Körper sackte zusammen. »Ich kann es Ihnen nicht sagen«, antwortete er. »Ich weiß es nicht. Vielleicht war sie da, ich kann es Ihnen nicht sagen. Vielleicht erinnert sich jemand anders daran.«

Campion hatte Mitleid mit ihm. »Wenn sie da war, erinnert sich bestimmt jemand«, sagte er unbeholfen und öffnete die Tür.

Vor ihm stand Lady Carados.

14

Campion wußte zuviel über die verwitwete Marquise, um jetzt überrascht zu sein. Darüber war er hinaus. Er sah sie abwartend und ausdruckslos an, und sie lächelte offen – wie erwartet.

»Ich habe Sie sprechen gehört und wollte Sie nicht stören«, sagte sie herausfordernd, »aber ich habe Johnny gesucht. Ich hatte im ›Minoan‹ angerufen, und dort haben sie mir gesagt, er sei hier.«

»Mutter, meine Liebe!« Carados erschien hinter Campion in der Tür. Er war sehr erschrocken, und Campion, der keine Lust hatte, den Polonius in Hamlet zu spielen, schob sich langsam aus dem Weg. »Was, in aller Welt, tust du hier, Liebling?«

»Oh, hier bist du ja endlich! Ich bin so froh.« In ihrem blauen Pelzmantel erstaunlich jugendlich und feminin aussehend, trat sie auf ihn zu. »Ich dachte mir, jemand müsse dich warnen und hielt es nicht für klug zu telefonieren. Mein Lieber, sie haben die Kleider dieser schrecklichen Frau gefunden.«

»Wer – sie? Die Polizei?«

»Ja, und ich fürchte, sie werden uns große Schwierigkeiten machen. Sie sind so – so hartnäckig und spießig, nicht wahr? Zum Beispiel dieser kleine Mensch – Yeo. Er hat überhaupt keinen Humor. Ist mit Korsetts hinter mir hergelaufen, die noch aus der Arche Noah stammen müssen. Ich habe ihm gesagt, sie gehören wahrscheinlich Ricky Silva, und stell dir vor – er hat es ernstgenommen.«

»O Gott!« sagte Johnny. »Hör mal, Liebste, wo haben sie die Sachen gefunden? In deinem Haus?«

»Nein, Liebling, nicht da.« Sie schob den Arm unter seinen und sah zu ihm auf, wie sie einmal zu seinem Vater aufgesehen haben mochte, der ihr nichts abschlagen konnte. »Ich war dumm. Das sehe ich ein, und deshalb ist es sinnlos, mich ständig darauf hinzuweisen. Ich war sehr dumm und leider auch ziemlich unfein. Es ist modern, draufgängerisch und aktiv zu sein und so, aber ich fürchte, es paßt nicht so recht zu uns älteren Frauen. Es tut mir leid, daß ich's getan habe. Leider habe ich auch Ihren Mann Lugg in Schwierigkeiten gebracht, Mr. Campion, und das ist ein Jammer, weil er wirklich ein großartiger alter Bursche ist – und so treu wie Gold. Was haben Sie gesagt?«

»Ich habe nichts gesagt«, antwortete Campion dumm. »Es hatte keine Bedeutung, hab nur was vor mich hingemurmelt. Wo, sagten Sie, hat man die Kleider der ermordeten Frau gefunden?«

»Ermordet? Sie wurde nicht ermordet. Sie hat Selbstmord begangen, das arme dumme Stück.«

»Die Polizei –« begann Carados.

»Oh, die Polizei!« sagte sie erleichtert. »Die beachte ich gar nicht mehr. Die dramatisiert immer, sieht alles nur düster und ist, wie ich schon sagte, hartnäckig und spießig zugleich. O nein, diese Frau hat Selbstmord begangen.«

»Wo hat man ihre Kleider gefunden?« wiederholte Carados langsam und überdeutlich.

»In deinem Schlafzimmer, mein Lieber«, sagte seine Mutter. »Ich habe sie nicht gesehen, aber die Polizisten haben sie gefunden. Allem Anschein nach haben sie auf der Fensterbank gelegen, ausgerechnet da, in einen Sesselüberwurf eingewickelt. Ich muß das Bündel gesehen haben, ohne daß es mir aufgefallen wäre. Das Ganze ist schrecklich peinlich und schwierig. Wir müssen uns jetzt einmal alle zusammensetzen und genau besprechen, was wir tun und, was sogar noch wichtiger ist, was wir sagen sollen.«

»Liebling!« Carados nahm sie energisch beim Ellenbogen und führte sie ins Zimmer. Campion folgte ihnen und schloß die Tür.

Als sie bequem im Kaminsessel saß, ließ Carados ihren Arm los und pflanzte sich auf dem Kaminvorleger auf.

»Schau nicht so, mein Schatz«, sagte sie. »Du bist wie dein Vater, und er wurde immer so zornig mit mir. Ich weiß, daß ich dumm war, und ich habe gesagt, es tut mir leid. Können wir es damit nicht gutsein lassen? Ich habe es nur für dich getan, Liebster, nur für dich, du alberner Kerl. Jetzt müssen wir alle ganz einfach tun, was am besten für uns ist.«

»Jetzt müssen wir die absolute Wahrheit sagen, Mutter.«

»Ja, unter uns, aber zu niemand sonst; das wäre verrückt. Wir müssen vernünftig sein.«

»Natürlich müssen wir das, und deshalb müssen jetzt alle Karten auf den Tisch.« Er sprach sehr sanft, fast lässig und ganz bestimmt beruhigend. Campion gab ihm Bestnoten dafür, erkannte aber auch die Methode, durch die Lady Carados so lange überleben konnte; offenbar war dies die Behandlung, die sie gewohnt war.

»Wie lieb du bist, Johnny«, sagte sie, »kannst einen wirklich trösten. Gib mir eine Zigarette. Wir sind hier in Theodore Bushs Haus, nehme ich an? Er ist nicht hier, oder?«

»Das ist richtig«, antwortete Carados, und die Hand, in der er das Streichholz hielt, war ganz ruhig. »Jetzt hör zu, Liebling, gestern abend – von wegen, war das wirklich erst gestern abend? – hast du mir gesagt, du seist sehr albern und dumm gewesen und hättest einen Fehler gemacht, als du mir die Geschichte von Campions Wohnung erzählt hast. Und später, als wir alle wieder zu Hause waren, hast du mir erklärt, du hättest die Frau tot im Kelier deines Hauses gefunden, und diese Geschichte hast du heute vormittag auch der Polizei aufgetischt, nicht wahr?«

»Ja, das stimmt.« Sie gab sich artig und sachlich und betonte jedes Wort, das sie sagte, indem sie den Zigarettenrauch in die Luft hauchte. »Das habe ich, und ich mache mir selbst schon Vorwürfe deshalb. Nicht, weil ich es auch der Polizei gesagt habe, denn ich denke, die ist ohnehin beschränkt, verdreht alles und taugt nichts. Aber ich mache mir Vorwürfe, weil ich dir nicht alles gesagt habe, Liebling. Ich wollte dich schonen ... Dein Urlaub und deine Hochzeit! Oh, es ist unerträglich, gerade als wir alle so glücklich geworden wären.«

Campion begann sich zu fragen, ob das sonderbare Gefühl an seinem Haaransatz wirklich von den wohlbekannten Schweißperlen herrührte. Sein Mitgefühl für Carados kannte keine Grenzen, und vor seinem geistigen Auge erschien der für das Zeitalter König Edwards so typische robuste Gentleman, der dieses liebliche, verwöhnte Schätzchen einer weniger sorglosen Generation hinterlassen hatte. Carados hatte jedoch so seine Erfahrung mit seiner Mutter und tätschelte ihr die Schulter.

»Wirklich schlimm, Schatz«, sagte er beschwichtigend. »Und jetzt wollen wir nur noch Fakten hören. Die reine, ungeschminkte Wahrheit und keinen Unsinn.«

Sie sah ihn mit nachsichtigem Vorwurf an. »Unsinn sollte es auch nicht sein, Johnny. Ich habe nur an dich gedacht.«

»Selbstverständlich, Liebling. Das ist großartig von dir. Aber jetzt laß uns hören, was wirklich passiert ist, und dann ...«

»Dann setzen wir uns alle zusammen und hecken einen Plan aus.«

»Ja, gut, wenn du unbedingt willst, aber sag uns vorher, wo

wir stehen. Ist die ursprüngliche Geschichte, die du mir in Campions Wohnung erzählt hast, die Wahrheit – und zwar buchstabengetreu?«

»Ja. Ja, Johnny. Im wesentlichen ja, denke ich.« Sie hatte so unglaublich viel Stil und Autorität, sogar noch jetzt in ihrer weichsten Stimmung, daß Campion vieles verstand, was ihn bisher verblüfft hatte. Das Verhalten der Polizei, zum Beispiel, und ebenso Luggs unerklärliche Gefälligkeit. Ihre potentielle Gefährlichkeit wuchs mit jedem Augenblick. Sie glich einem schönen, hochtourigen Wagen, der von einem freundlichen Irren gefahren wurde.

Johnny war die Sanftheit selbst. »Nein, meine Liebe«, sagte er. »›Im wesentlichen‹ reicht nicht. Ich will die ganze Wahrheit hören, genau wie sie sich abgespielt hat. In Campions Wohnung hast du mir erzählt, du seist gestern vormittag in mein Haus gegangen und hättest diese Frau tot in dem Bett gefunden, das für mich vorbereitet worden war. Neben ihr stand ein Medizinfläschchen, und deshalb hast du angenommen, sie habe Selbstmord verübt. Dann hast du sie in eine unbewohnte Wohnung gebracht. Das war deine erste Geschichte. Später hast du uns gesagt, du müßtest uns etwas gestehen, und zwar hättest du die Tote in einem Dienstbotenzimmer im Souterrain deines Hauses gefunden. Jetzt erklärst du uns, deine erste Geschichte sei wahr gewesen. Ist sie es wirklich?«

»Ja, mein Lieber«, antwortete Lady Carados scheinbar mit größter Anstrengung. »Weißt du, als ich euch alle so jung und lebhaft und glücklich über euren Urlaub vor mir sah, hatte ich das Gefühl, ich müßte euch beschützen. Das verstehst du doch, nicht wahr?«

Sie glaubte buchstäblich, was sie sagte, und Campion sah förmlich vor sich, wie sie sich im Zeugenstand edelmütig selbst von jeder Schuld freisprach. Carados schien mit jeder Minute zu altern, fuhr aber unerbittlich mit seinen Fragen fort.

»Ich habe das doch richtig verstanden, oder? Du hast das alles allein getan, außer Lugg hat dir niemand geholfen?«

»Das ist richtig.« Sie war offen und stolz. »Wenn man für einen Menschen kämpft, den man liebt, gibt einem das unglaubliche Kraft. Aber, Liebling, es war einfach schrecklich! Sie anfassen zu müssen, meine ich.«

»Das war es natürlich«, sagte er hastig. »Doch du hast dir das Ganze allein ausgedacht, oder?«

»Ja. Ich wollte uns allen einen scheußlichen Skandal ersparen. Es wäre furchtbar gewesen, wäre sie ausgerechnet jetzt dort gefunden worden. Ich meine, niemand hätte geglaubt, daß du ihr nicht wenigstens das Herz gebrochen hattest, nicht wahr? Vielleicht hast du's auch getan. Ich weiß es nicht. Ich will es nicht wissen, Johnny. Ich liebe dich einfach, weißt du?«

»Niemand außer dir und Lugg?«

»Niemand. Ich dachte, Miss Chivers könnte vielleicht etwas merken. Sie war in einem anderen Zimmer, als ich das gräßliche Ding fand, also hab ich sie weggeschickt.«

»Unter welchem Vorwand?«

Sie sah ihn erstaunt an. »Mein Lieber, ich brauche bei einer Angestellten keinen Vorwand.«

»Ich verstehe. Du hast nur gesagt ›gehen Sie weg‹ oder etwas in diesem Sinn.«

»Genau. Ich habe gesagt: ›Ich will Sie vor drei Uhr nachmittags in diesem Haus nicht sehen, Miss Chivers‹.«

»War sie nicht überrascht?«

»Johnny, Liebling, woher soll ich das wissen? Ich weiß, sie ist deine Sekretärin, aber sonst weiß ich nichts über sie. Sie ist übrigens jetzt hier. Unten. Sie hat mir die Tür geöffnet.«

»Ja, ich habe sie angerufen und herbestellt«, sagte er kurz. »Captain Gold ist auch hier – oben. Doch jetzt, Liebling, um die Dinge ein für allemal zu klären: Bist du sicher, daß du nur die Leiche weggebracht hast? Und das Medizinfläschchen entfernt, nehme ich an? Hast du es mitgenommen? Ich habe es in der Wohnung nicht gesehen.«

Sie schwieg und betrachtete den Rauch, der ungleichmäßig aus ihrer Zigarette aufstieg.

»Nun, was ist mit dem Fläschchen, meine Liebe?« Das Beben in seiner Stimme konnte kaum ungeduldig genannt werden, doch sie runzelte sofort die Stirn.

»Drangsalier mich nicht, mein Herz.«

»Verzeih mir, das wollte ich nicht. Darf ich dich nicht nach der Flasche fragen?«

»Mir wäre lieber, du würdest es nicht tun«, sagte sie. »Ich möchte dich nicht unglücklich machen.«

Das Blut stieg ihm ins Gesicht, und er grinste. Es war ein kurzes Aufblitzen echter Heiterkeit, und Campion, der sich allmählich gewundert hatte, glaubte endlich zu sehen, wo der ungeheure Charme lag, den sie auf ihre Männer ausübte.

»Ich werde es ertragen«, sagte Carados. »Man kann nicht ununterbrochen glücklich sein. Was ist mit dem Fläschchen?«

»Nun ja, ich habe es vertauscht.«

Es folgte ein Augenblick vollkommener Stille. Die Männer sahen einander nicht an.

»Warum?« Carados' Stimme klang trügerisch gleichgültig.

»Ich hielt es für das beste. Zwing mich nicht, dir weh zu tun, Liebling. Ich habe eingesehen, daß es besser gewesen wäre, hätte ich alles so gelassen, wie es war, und ich habe gesagt, es tut mir leid. Schau mich nicht so an, Johnny.«

Er setzte sich auf die Armlehne ihres Sessels. »Sag es uns!«

»Oh, wenn ich muß, dann werde ich es tun, aber ich warne dich, es ist ärgerlich und es ist furchtbar. Das Fläschchen, das neben ihr stand, war deins, mein Liebling.«

»Meins?«

»Ja, deins. Siehst du jetzt, wie schlimm es war?«

»Ja, das sehe ich. Aber wieso sagst du, daß es meins war?«

»Weil dein Name draufstand. Es war ein bißchen was von dem Zeug drin, das Dr. Robson dir vor langer Zeit verordnet hatte. Erinnerst du dich nicht? Das Medikament war verschreibungspflichtig, und du durftest nie die letzte Dosis einnehmen. Ich weiß nicht mehr, wie es hieß, aber dein Name stand drauf und die Nummer eines Rezepts.«

»Meinst du *Bromot*?«

»Ja, das war es. Ich wußte nicht, daß du noch welches übrig hattest, aber als ich es sah, ist es mir wieder eingefallen. Es muß schon sehr alt gewesen sein, weil es irgendwie trüb und widerlich aussah. Es war ungefähr noch ein Viertel übrig. Ich weiß natürlich nicht, wieviel sie genommen hat.«

»Was hast du damit gemacht?«

»Oh, ich habe das Fläschchen in den Medikamentenschrank vor deinem Badezimmer zurückgestellt. Ich hätte es wegwerfen sollen, weil das Zeug ganz offensichtlich schlecht geworden war, aber ich habe nicht daran gedacht.«

»Und was für eine Flasche hast du neben die Lei... ich meine neben die Frau gestellt?«

»Eine kleine blaue, die ich gefunden habe. Da stand nur der Name der Apotheke drauf. Ich glaube, es war irgendein Zeug, mit dem sie das Bad saubergemacht haben. Hinterher ist mir eingefallen, daß sie feststellen können, an welchem Gift ein Mensch gestorben ist, aber auf dieser Flasche stand ganz groß GIFT, und da dachte ich, sie würden vielleicht nicht mehr so genau nachsehen. Das klingt alles ein bißchen verrückt, ich weiß, aber ich hatte ganz einfach die Nerven verloren. Mir kam es so vor, als werde, was geschehen, durch das, was ich tat, nur klarer und verständlicher. Sogar jetzt noch denke ich, ich habe nichts wirklich Unrechtes getan, es sei denn jemand macht eine hochoffizielle Sache daraus.«

Es war dieser letzte Satz, der Campion dazu brachte, den Kopf zu heben und sie anzusehen. Sie hatte völlig arglos gesprochen, und sogar jetzt, während die Worte noch im Raum hingen, war es offensichtlich, daß sie an ihnen nichts seltsam gefunden hatte. Er fragte sich, wie verwöhnt sie war, wie weit ihr Dünkel reichte – diese Abnormität, die man höflicherweise Exzentrizität nannte –, so daß sie tatsächlich glaubte, es sei ihr gutes Recht, Dinge zu tun, die einem

Durchschnittsmenschen nicht erlaubt waren. Wie tief reichte sie und wie weit über jedes Maß hinaus? Er sah Carados an, dachte, daß auch er es nicht wußte. Campion bedauerte ihn sehr.

»Nun, wie geht es jetzt weiter, Liebling?« fragte die Lady tapfer. »Ich tue alles, was du von mir verlangst. Wenn du willst, sage ich sogar diesen unglaublich spießigen Wichtigtuern von der Polizei – warum tragen sie übrigens so enge Kragen? –, daß ich einen Fehler gemacht habe. Ich möchte es natürlich nicht, aber wir müssen alle zusammenhalten, und wenn du glaubst, die erste Geschichte ist die beste ...«

»Mein liebes Mädchen!« Obwohl er sich größte Mühe gab, wurde Johnnys Stimme lauter. »Es ist keine Frage von ›ist es die beste‹. Ist sie wahr?«

Sie war sofort beleidigt, ließ es sich jedoch nur ganz leicht anmerken, eben genug, daß er es als Rüge empfand, und nicht genug, daß er nur einen einzigen Augenblick denken konnte, sie sei ihm böse.

»Moralisierst du, Johnny?« sagte sie. »Ich hätte nie geglaubt, einmal so etwas von dir zu hören. Dein Vater hat immerzu moralisiert. Es ist nicht einfach eine Frage von Recht oder Unrecht, oder? Schau mal, es ist doch nicht so, als hätte die schreckliche Geschichte etwas mit uns zu tun. Wäre es unsere Angelegenheit, wären wir tatsächlich darin verwickelt, wäre einer von uns schuldig, sogar wenn du es wärst, Johnny, dann denke ich, kennst du mich gut genug, um dir darüber klar zu sein, daß ich tun würde, was meiner Meinung nach rechtens ist, egal was es uns kosten würde. Aber so ist es nicht. Es ist alles schrecklich *unfair*. Das Ganze ist nur ein unglücklicher Zwischenfall, der sich zufällig in einem unserer Häuser ereignet hat. Wir müssen uns schützen, das ist nur vernünftig. Das habe ich ihr auch gesagt.«

»Du hast es ihr gesagt? Mutter, wem hast du es gesagt?«

Sie blinzelte ihn an, unentschlossen, ob sie ganz ableugnen sollte, was ihr herausgerutscht war, oder ob sie klüger daran tat, sich herauszureden.

»Was, Liebling? Warum wirst du denn gleich so heftig? Du bist mit den Nerven völlig fertig. Oh, das ist wirklich ärgerlich.«

»Mutter, sag es mir! Hast du je mit der Frau gesprochen, die gestorben ist?«

»Nein, Liebling, natürlich nicht. Sei nicht so dramatisch. Du machst einen schrecklichen Narren aus dir.«

»Von wem hast du gesprochen?« sagte er.

»Wann?«

»Gerade eben. Du sagtest ›das habe ich ihr auch gesagt‹.«

»Oh, das!« Sie hatte Zeit gehabt, sich zu fassen und lachte. »Aber, aber, das habe ich heute morgen zu Gwenda gesagt. ›Es hat nichts mit uns zu tun‹, habe ich gesagt, ›und die Leute versuchen uns nur hineinzuziehen, weil wir reich und prominent sind.‹ Es gibt immer Leute, die das tun. Wenn man sich dann wehrt, schreien sie mordio.«

Campion sah Carados an und merkte, daß er, ob er nun zufrieden war oder nicht – und es schien kaum möglich, daß er es war –, diesen Punkt nicht weiter verfolgen würde. Statt dessen sagte er unvermittelt:

»Was tut die Polizei jetzt?«

»Das weiß ich nicht. Sie haben die Kleider mitgenommen. Einer, derselbe dumme kleine Mensch, hat gesagt, er wäre mir sehr verbunden, wenn ich bis morgen früh das Haus nicht verlassen würde, was mir albern und übertrieben schien.«

»Und trotzdem bist du hergekommen?«

»Aber mein Lieber, du nimmst doch nicht an, ich hätte die Absicht gehabt – oder er hätte erwartet, daß ich ihn ernst nehme, nicht wahr?«

Carados sagte nichts. Er und Campion lauschten. Im Stockwerk über ihnen hörte man Schritte, und gleich darauf kam jemand die Treppe herunter. Campion lief hinaus, um Captain Gold abzufangen, denn er war der Mann auf der Treppe. Gold starrte ihn an wie einen Geist.

»Ich komme herunter, um zu sehen, ob jemand Kaffee kochen könnte«, sagte er, und seine tiefe Stimme klang verhalten. »Guten, starken Kaffee. Robson hat gesagt, er muß so schwarz wie möglich sein.«

»Gee-gee!« Carados kam aus dem Zimmer und schloß die Tür hinter sich, so daß sich jetzt alle drei in der kleinen Diele drängten. »Bedeutet das...«

»Ich denke, ja.« Golds Zähne blitzten unter seinem Bart hervor. »Es war sehr knapp, aber ich glaube, Robson hat es geschafft. Der alte Herr ist aus zähem Material. Doch ich werde dort oben gebraucht, wenn mir also jemand den Kaffee machen könnte... Robson wird dich auch brauchen, Johnny. Er ist ein bißchen ungehalten, fürchte ich.«

»Ach, wirklich? In Ordnung. Geh du wieder hinauf, und wir sorgen für den Kaffee.«

Die Erleichterung erschütterte Carados mehr als die Angst vorher. Er verschliff die Worte ein bißchen, und seine Hand zitterte auf Campions Arm.

»Sie kümmern sich darum, ja? Ich gehe wieder hinein und versuche sie nach Hause zu schicken. Mit ein bißchen Glück braucht nie jemand etwas davon erfahren. Armer alter Junge. Ich bin froh. O Gott, bin ich froh!«

Gee-gee Gold warf einen Blick zur Tür. »Mrs. Shering?« fragte er.

»Nein, meine Mutter.«

»Oh, ich verstehe.« Man merkte ihm deutlich an, daß er sich des Ernstes der Lage bewußt war. »Dann gehe ich wieder. Sie bringen uns den Kaffee, Mr. Campion. Sehr stark und sehr viel.«

Er schlich die Treppe hinauf, und Carados wandte sich wieder an Campion.

»Zu keiner Menschenseele ein Wort«, sagte er eindringlich. »Mit Glück kommen wir ungeschoren davon. Mit Bush und Dion werde ich schon fertig. Sie werden Vernunftgründen zugänglich sein. Was für ein Glück, wie vom Himmel gefallen! Ich verdiene es nicht. Ich kann es kaum glauben. Wie ein Mörder habe ich mich gefühlt, und jetzt ist alles gut.«

Als Campion die Treppe hinunterging, wunderte er sich über Carados, aber über seine Mutter wunderte er sich noch mehr. Das Wichtigste und Vordringlichste war jetzt jedoch der Kaffee.

Im Haus war es still und kalt, und als er die Eingangshalle leer fand, sah er sich ein wenig ängstlich nach Dolly Chivers um. Er konnte sie in dem dunklen Raum nirgends entdecken, fand aber schließlich die Tür zur Dienstbotentreppe. Im Souterrain war es auch sehr ruhig, doch unter der mittleren Tür sah er einen Lichtschimmer. Ohne anzuklopfen trat er ein und kam in eine riesige, hell erleuchtete altmodische Küche mit Steinfußboden, Haken an der Decke und einem wahren Ungetüm von Tisch, das fast den ganzen Raum einnahm. Beim Herd saß eine alte Frau. Ihre Füße ruhten auf einem glänzenden Kamingitter aus Stahl.

Doch es war nicht sie, die Campions bestürzte Aufmerksamkeit erregte, denn am Tisch, mürrisch wie Kinder, die in der Schule nachsitzen müssen, saßen zwei Männer, die sich offensichtlich dem tristen Zeitvertreib hingaben, abzuwarten, wer als erster aufgeben und gehen würde. Einer war Kommissar Yeo, sauber und adrett in Zivilkleidung; der andere, überraschenderweise in der Uniform des zivilen Luftschutzes, war ein Mann, den Campion bisher erst zweimal gesehen hatte. Über dem blauen Kampfblouson blickten aus einem schmalen Gesicht finster die unvergeßlichen Augen von Stavros' Partner, dem allgegenwärtigen Mr. Pirri.

15

Vernünftigerweise stellte Campion das Wichtigste voran und kümmerte sich nicht um die beiden Besucher, sondern konzentrierte sich auf die Haushälterin. Sie schien über sein plötzliches Erscheinen nicht erstaunt, aber als er sie bat, Kaffee zu kochen, schüttelte sie lächelnd den Kopf.

Yeo schob eine Schiefertafel über den Tisch. »Sie müssen es aufschreiben«, sagte er kurz.

Pirri blickte scharf auf. Aus dem Tonfall des Kommissars war deutlich hervorgegangen, daß er und Campion sich kannten. Er stand sofort auf und schlenderte bewußt lässig zur Tür. Auf der Schwelle blieb er stehen und schaute zurück.

»Gute Nacht, alle miteinander«, sagte er.

»Gute Nacht«, sagte Yeo, ohne sich zu ihm umzudrehen. Als die Tür hinter Pirri zugefallen war, seufzte er erleichtert. »Dem Himmel sei Dank dafür«, sagte er. »London ist voll von diesen Kerlen, die wie reguläre Polizisten in den Häusern ein und aus gehen und überall eine Tasse Tee abstauben. Die Leute mögen sie, aber sie schaden dem Ruf der Polizei.« Er sprach geistesabwesend, und Campion, der sich inzwischen mit der Haushälterin verständigt hatte, trat beiseite, als sie zwischen Küchenschrank und Herd hin- und herwieselte.

»Aber doch nicht dem Ruf, der einem gestandenen Kommissar vorauseilt«, sagte er. Es war ein absichtlicher Schlag unter die Gürtellinie, und Yeo wurde feuerrot.

»Besondere Umstände erfordern besondere Taktiken«, verteidigte er sich. »Wenn ich normalerweise eine Person unter Hausarrest stelle, und sie befolgt meine Weisungen nicht, dann nehme ich sie fest. Wenn das nicht möglich ist, tue ich, was ich kann.« Er zögerte und lächelte dann. »Als ich Lady Carados hier ins Haus gehen sah, klopfte ich ebenfalls an diese Tür. Dieses alte Goldstück hat mir aufgemacht und mich einfach hereingewinkt. Daß sie taub ist, wurde mir erst klar, als ich schon im Haus war, und dann fand ich diesen Luftschutzwart hier drin und konnte nicht weiter. Und dann sind auf einmal Sie aufgetaucht. Was ist oben los?«

Campion beugte sich über den Tisch.

»Yeo«, sagte er, »wir kennen einander jetzt schon ziemlich lange. Haben Sie mich in dieser ganzen Zeit hilfsbereit, aufrichtig, ordentlich, sauber und bescheiden gefunden oder nicht?«

Der Kommissar fühlte sich unbehaglich. »Ich weiß nicht, worauf Sie hinaus wollen«, sagte er steif.

»Genau«, sagte Campion. »Und warum nicht? Weil ich nicht mitspiele. Solange ihr mir nicht traut, ziehe ich es vor, euch nicht zu kennen. Sie haben mir meinen ersten Heimaturlaub seit Kriegsausbruch vermasselt, und was fangen Sie mit mir an? Nichts. Sie vergeuden meine Zeit mit lächerlichen Blindekuh-Spielchen im Dunkeln. Ich habe nicht den leisesten Schimmer von dem, was Sie Ihrer Ansicht nach eigentlich tun. Und ich nutze diese Gelegenheit, um Ihnen zu sagen, daß es mir nicht gefällt, egal, was es ist. Gütiger Gott, ein Kommissar der Sicherheitspolizei, der sich widerrechtlich Zugang zu einem Haus verschafft. Was kommt als nächstes dran?«

Was er da sagte, war sehr unfair. Yeo, der sich pedantisch an Vorschriften hielt, reagierte verbittert.

»Hören Sie, mein Junge«, sagte er, »ich darf Ihnen nicht alles sagen. Ich unterstehe direkt dem Polizeichef, und so lauten seine Befehle. Ich weiß, es ist absolut irregulär, aber es handelt sich auch um ein – ein sehr ungewöhnliches Verbrechen.«

Campion nahm die Brille ab und musterte ihn kalt, ohne etwas zu sagen. Yeo wandte sich ab. Nach einer Weile hatte Campion Mitleid mit ihm.

»Sie sehen aus wie das personifizierte Polizistenschicksal«, sagte er.

Der Kommissar fluchte leise. »Das ist ein teuflischer Fall«, begann er und setzte ein wenig munterer hinzu: »Kann ich Ihnen helfen, das Tablett hinaufzubringen?«

»Vielen Dank, nein.« Campion war höflich, blieb aber entschlossen. »Da Sie keinen Anlaß haben zu glauben, daß sich oben etwas Ungesetzliches abspielt, begreife ich nicht, wie Sie noch hoffen können, weiter ins Haus vorzudringen.«

»Da seid ihr inoffiziellen Schnüffler uns gegenüber im Vorteil«, sagte Yeo unverzeihlicherweise. Jetzt hatte Campion auch keine Hemmungen mehr.

»Ich nehme an, Sie sind absolut überzeugt, daß unsere Gastgeberin tatsächlich taub ist?« fragte er unschuldig.

Yeo lachte. »Es gefällt mir, wenn Sie schlau sein wollen. So senil bin ich auch wieder nicht. Ich habe sie getestet, sie ist wirklich taub. Und mit dem Lippenlesen ist es auch nicht weit her.«

»Gute Arbeit. Und was ist mit dem Luftschutzwart?«

»Mit dem Luftschutzwart? Niemand hat behauptet, daß er taub ist. Worauf wollen Sie jetzt hinaus? Mir ist an dem Mann nichts Ungewöhnliches aufgefallen.«

»Das habe ich vermutet. Mir aber ist sehr wohl etwas aufgefallen.« Campion stand schon in der Tür. »Er heißt Pirri und ist der Partner von Stavros, dem Besitzer des ›Minoan‹. Sie müssen ihn heute vormittag um ungefähr zehn Minuten verpaßt haben. Holly kennt ihn. Als ich die beiden das letztemal gesehen habe, war Stavros mit einem Messer hinter Pirri her. Um ein Haar hätte er ihn erstochen. Vielleicht haben Sie davon gehört?«

Eine wahrhaft perfekte Rache. Der Kommissar saß mit offenem Mund da. »Und was zum Teufel wollte er hier?« fragte er endlich.

»Hat die neuen Polizeimethoden nachgeahmt«, antwortete Campion unfreundlich. »Doch er ist mir gefolgt, nicht Lady Carados. Und falls es Sie irgendwie am Rande interessieren sollte, ich bin ziemlich sicher, daß er der Mann ist, der gestern abend mein Taxi gefahren hat. Sollten Sie ihn sehen, können Sie ihm vielleicht begreiflich machen, daß er mit mir seine Zeit vergeudet. Ich habe ihm nichts zu sagen, nicht einmal, daß die Polizei mir vertraut.«

»Ich – hören Sie, Mr. Campion...« Doch Campion war schon draußen im Flur. Er ging mit dem Kaffee nach oben. Nachdem er einmal angefangen hatte, etwas – wenn auch Geringfügiges – zur Rettung von Theodore Bushs Leben beizutragen, sah er keinen Grund, warum er es nicht zu Ende führen sollte. Aber er war schon seit Jahren nicht mehr so zornig gewesen.

Von Dolly Chivers war in der Halle noch immer nichts zu sehen, und als er an der Tür im ersten Stock vorbeikam, hörte er dahinter das leise Gemurmel von Lady Carados' melodischer, nie ins Stocken geratender Stimme. Er ging weiter.

Auf dem nächsten Treppenabsatz hörte er andere Geräusche, und er klopfte an die ihm am vielversprechendsten erscheinende Tür. Gee-gee Gold öffnete sofort, packte wortlos das Tablett und wandte sich zurück ins Zimmer. Campion folgte ihm mit Unschuldsmiene.

Der bleiche Theodore Bush, eine todmüde, in Decken gepackte Jammergestalt, wankte am Arm des hemdsärmeligen Doktors, eines Mannes im mittleren Alter, im Raum umher. Er sah Campion unheilvoll an, sagte aber nichts zu ihm.

Campion empfand ein gewisses Mitgefühl für Dr. Robson; es war offensichtlich, daß er für derartige Abenteuer weder das Temperament noch die Nerven hatte. Sogar jetzt noch verriet sein Gehabe eine Spur pompöser Wichtigkeit, und seine feurigen Augen blitzten vor Entrüstung. Gee-gee behandelte ihn vorsichtig, ohne einen echten Versuch zu unternehmen, diese Tatsache irgendwie zu bemänteln. Er hastete herein und hielt ihm die Kanne hin. Der Doktor nickte gereizt, griff nach der Tasse, und Gold schenkte ein. Das alles geschah wortlos, und in dem Moment, in dem der Doktor sich wieder seinem Patienten zuwandte, nahm Gold energisch Campions Arm und führte ihn zurück auf den Flur.

»Ich weiß, Sie nehmen es nicht übel«, flüsterte er so laut, daß man ihn vermutlich auch noch hinter der Tür gut verstand. »Doch es ist besser, sie in diesem Stadium in Ruhe zu lassen. Bush erholt sich gut. Es ist ein absolutes Wunder, aber er schafft es, Gott sei Dank. Er wird natürlich Vernunft annehmen müssen, doch es wird sehr schwer sein, ihn davon zu überzeugen.«

»Warum sollte er, wenn ihm nicht danach zumute ist?« wandte Campion ein.

Gold sah ihn erstaunt an. »Aber er kann einen schrecklichen Skandal vom Zaun brechen«, sagte er.

»Das kann ich mir vorstellen, nur – ich sehe nicht ein, warum er es nicht tun sollte. Sie?«

»Mein lieber Mann«, sagte Gold mitleidig, »wir können uns keinen Skandal leisten. Schließlich ist Johnny der, der er nun einmal ist, nicht wahr? Ich weiß, daß es modern ist, das zu ignorieren, aber in Wirklichkeit tut man es eben nicht. Nein, wir können nicht dulden, daß Johnny in etwas so Unangenehmes hineingezogen wird. Das wäre lächerlich. Johnny ist *sans reproche* – über jeden Vorwurf erhaben. Ich bekomme den Burschen dazu, Vernunft anzunehmen, aber ein Spaziergang wird das nicht. Man hat die Ärzte heutzutage einfach nicht mehr im Griff. Wenn Sie nichts einzuwenden haben, werde ich mich auf ihn konzentrieren müssen. Ich sehe Sie dann unten, einverstanden?«

Die letzte Bemerkung war keine Frage, und er öffnete die Tür, um ins Zimmer zurückzugehen.

»Danke für den Kaffee«, sagte er, bevor er ganz verschwand. »Das war wahnsinnig anständig von Ihnen. Viel Hilfe gibt es in der Küche leider nicht.«

»Sie wären überrascht«, sagte Campion kurz und ging hinunter.

Er nahm seinen Hut vom Haken und verließ leise das Haus. Er begegnete niemandem, und dafür war er dankbar. Die Dunkelheit verschluckte ihn, als er sich zielstrebig nach Südwesten wandte. Er hatte eine Entscheidung getroffen und fühlte sich erleichtert. Er war mit diesen Leuten fertig. Nur eines mußte er noch tun, dann wollte er seine Hände in Unschuld waschen.

Während er durch die neblige Dunkelheit ging, versuchte er die ganze Sache zu verdrängen. Nach langen Jahren der Praxis hatte er eine gewisse Routine darin, doch jetzt bestand sein Kopf trotz allem hartnäckig darauf, die Untersuchung fortzuführen. Vor seinem geistigen Auge tauchte jede noch so geringfügige Information auf, die er während der vergangenen vierundzwanzig Stunden gesammelt hatte, und versuchte sich in das Muster einzufügen, das sich bereits abzuzeichnen begann. Die Entdeckung, daß Carados für Gold ganz selbstverständlich über jedes Maß zivilisierten Benehmens hinaus privilegiert war, gehörte zu diesen Informationen. Wie merkwürdig, daß sie ausgerechnet von Gold kam; sie hatte Campion an einen Zwischenfall aus seiner eigenen Kindheit erinnert, als die Nurse des kleinen Freundes, der ihn in den Round Pond gestoßen hatte, sich gegen sein, Campions, wütendes Kindermädchen gewandt und in genau dem gleichen Ton verblüfften Protestes gesagt hatte:

»Aber er ist doch ein Herzog!«

Schon im zarten Alter von viereinhalb Jahren hatte Campion das für eine windige Entschuldigung gehalten, und das tat er auch jetzt, allerdings in dem Bewußtsein, daß ihm neunundneunzig Prozent der Welt recht gaben. Dennoch fand er es interessant, daß es das restliche eine Prozent noch gab und daß es noch sein Unwesen trieb. Ein weiteres kleines Teilchen des Puzzles fand seinen Platz.

Obwohl tief in Gedanken, merkte er zu diesem Zeitpunkt, daß er wieder verfolgt wurde. Seine erste Reaktion war Ärger. Von allen Leuten, deren Unverschämtheiten er sich in den letzten zwanzig Stunden gefallen lassen mußte, schoß Pirri bisher den Vogel ab. Es überstieg Campions Vorstellungskraft, was er nach Ansicht dieses erbärmlichen Menschen tat. Pirri war der einzige, der nicht in das Bild paßte, das sich allmählich herauskristallisierte.

Er war nicht sicher, daß sein derzeitiger Verfolger tatsächlich Pirri war, doch es schien nur logisch, das anzunehmen. Er ging schneller, bog in die nächste Seitengasse ein, wartete im Dunkeln, bis die Schritte vorübergegangen waren, kam wieder heraus, überquerte die Straße und marschierte den Weg zurück, den er gekommen war. Das einfache Manöver schien erfolgreich zu sein, und nach einer Weile setzte er seinen Weg fort.

Es war nicht ganz so dunkel wie am frühen Abend; irgendwo hinter den Wolken steckte der Mond, und ein gräuliches Licht schien durch. Campion war bis zur Hauptstraße gekommen, ehe er merkte, daß der Mann wieder hinter ihm her war. Campion zog die Brauen hoch. Der Mensch war also doch kein solcher Anfänger. Doch er selbst hatte noch eine Menge Tricks auf Lager. Er reihte sich in eine Schlange ein, die auf den Bus wartete, der in die entgegengesetzte Richtung fuhr, schlüpfte in dem Durcheinander zwischen Aus- und Einsteigenden um die Motorhaube des Fahrzeugs herum und wieder auf die andere Straßenseite. Er hatte schon ein gutes Stück seines Wegs zurückgelegt, als er die ihm inzwischen vertrauten Schritte wieder hörte. Er korrigierte seine Ansicht über Mr. Pirri und betrat die nächste U-Bahnstation. Dort hatte er Glück.

In der Haupthalle drängten sich die Menschen. Er kaufte einen Fahrschein für einen Zug, der in westlicher Richtung fuhr, bestieg die Rolltreppe und schaute sich um, während er langsam nach unten getragen wurde. Weit und breit keine Spur von dem Mann, und er war leicht verwirrt. Er sah kein Gesicht, das er kannte, und mischte sich dann unter die Menge, die sich auf der nach oben führenden Rolltreppe drängte. Er verließ den Bahnhof durch den zweiten Ausgang und strebte wieder auf direktem Weg seinem Ziel zu. Er war jetzt im West End und hatte hier, inmitten der vielen Leute, das Gefühl, eher entkommen zu können.

Als er jedoch in die Baker Street einbog, waren die Schritte wieder da. Langsame, schwere Schritte, und wenn ein Fuß auf das Pflaster traf, gab es immer ein kurzes metallisches Klikken. Er ging weiter und sagte sich, er habe sich selbst zum Narren gemacht. Das waren nicht dieselben Schritte, die ihn zu Bushs Haus verfolgt hatten. Seine Einbildung hatte ihm einen Streich gespielt. Weil Pirri ihm das erstemal nachgegangen war, hatte er dummerweise angenommen, er werde es wieder tun. Nein, das war jemand anders.

Nachdem die orthodoxen Methoden versagt hatten, machte er kehrt und ging auf den Mann zu. Doch der Verfolger hatte das Manöver durchschaut und wandte sich ebenfalls in die entgegengesetzte Richtung. Campion folgte ihm eine Zeitlang. Eine Gruppe Soldaten, die aus einem Army-Club hervorbrach, kam ihm zu Hilfe, seine Schritte gingen in einer Stampede von Armeestiefeln unter. Er ließ sich von ihnen ein- und überholen, machte im Schutz der Geräuschkulisse, die sie ihm boten, kehrt und rannte. Nachdem er fünf Minuten lang im Zickzack über kleine Plätze und durch enge Gassen gelaufen war, war er wieder unbehelligt.

Er blieb stehen und horchte. Im gespenstischen Dunkel bewegte sich London überall um ihn herum; tausend Paar Füße. Das ferne Brummen von Benzinmotoren, Stimmen, Gelächter und ganz, ganz weit weg das charakteristischste aller Geräusche, das Stampfen der Schlepper auf dem Fluß. Doch das eine ganz besondere Geräusch, auf das er wartete, der langsame, feste Schritt, begleitet von metallischem Klick-klick auf Stein, dieses Geräusch blieb aus. Er seufzte sehr erleichtert. Er wollte keine Gesellschaft bei dem Besuch, den er jetzt vorhatte.

Er wartete und lauschte noch einmal fast fünf Minuten und setzte dann den Weg zum Carados Square fort.

Man könnte annehmen, es sei einem Fremden unmöglich, in der Mitte eines mehr als zweieinhalb Hektar großen Platzes im Dunkeln einen einzelnen Schweinekoben zu finden. Doch in dieser schwülen Londoner Nacht gab es Mittel und Wege, ihn zu entdecken.

All die schönen Zäune und Gitter waren abgerissen und hatten längst als Altmaterial Verwendung gefunden, und nur zwei Drähte schützten die Oase aus staubigen Sträuchern und Wellblechhütten. Campion umrundete den Behelfszaun, bis seine Nase ihm sagte, daß er am Ziel war; er schlüpfte unter dem Draht durch und schlug den Weg zu einer kleinen Holzhütte ein, die liebevoll aus den Treppensäulen eines berühmten Clubs und den Resten des Tresens einer etwas obskuren Bank gezimmert worden war.

Je näher er kam, um so besser wurde seine Stimmung. Er hörte Stimmen. Um genau zu sein, nur eine davon sprach verständlich; die andere bestätigte nur die Bemerkungen der ersten mit einer Reihe zustimmender Grunztöne.

»Machst dich ganz prächtig, meine Alte. Bis jetzt bildschön, hast echte Klasse. Haben sie dir zum Tee auch'n bißchen was zu futtern gebracht?« Das Gemurmel, zart und fürsorglich wie das eines Liebenden, war ziemlich deutlich zu hören. »Wer hat's 'n dir gegeben?« fuhr die Stimme fort. »Der Olle Warty-Wart? Du magst'n nich', meine Alte? Schon in Ordnung auf seine Art. Ich mag'n auch, er wird aber nie nich' der Kumpel sein, der ich für dich war. Daß du dir das ja nie nich' einbildest und vielleicht abhaust. Versuch bloß keine Scherze nich'. Ich komm jeden Abend zu dir. Ich bin bei dir, auch wenn du mich nich' sehn kannst, weißte? Bist'n fetter alter Teufel. Was hast'n da um deine Backen rum? Falten? Fett is' das. Fett und saftig biste. Du hast Haare an den Ohren, weißte das?«

Im Schutz der Dunkelheit schob Campion sich näher an den Zaun heran. Er sah nicht das geringste in der übelriechenden Grube unter sich, aber der schwarze Buckel, den er bisher für ein Schuppendach gehalten hatte, richtete sich schwerfällig auf und tauchte tiefer in den Schatten ein.

»Nennst du das'n Hals?« fragte die Stimme jetzt erheblich näher.

Mr. Campion ertrug es nicht länger. »Hat sie deine Augen?« fragte er.

Der Buckel veränderte abrupt die Form, und Lugg fluchte unterdrückt. »Sie hätten sie erschrecken können«, sagte er vorwurfsvoll und fügte betont beiläufig hinzu: »Sie sind also schon wieder inner Stadt, ja? Konnten die üble Sache wohl nich' in Ruhe lassen, wie?«

»Also so hätte ich es wahrscheinlich nicht ausgedrückt«, sagte Campion. »Und was hast du deiner Meinung nach getan?«

Trotzig blitzte im Dunkeln ein Auge auf. »Schon mal was von Taktik gehört?« erkundigte sich Lugg. »Ich weiß inzwischen 'ne Menge drüber. Das is 'n strategischer Rückzug, um schnell aus der Sache rauszukommen, und wenn ich Sie wär, tät ich das gleiche.«

»Ganz und gar deiner Meinung, aber du scheinst darin besser zu sein als ich. Du hast die Polizei angerufen, die Tote gemeldet und meinen Namen genannt, nicht wahr?«

»Man konnte sie doch nich' dort liegenlassen, Chef«, verteidigte sich Lugg. »Früher oder später hat man sie wegschaffen müssen, und weil doch ich mich um die Wohnung kümmern muß, hab ich mir gedacht, je eher die Bullen sie holen, um so besser. Ich hab Ihren Namen genannt. Wenn Ihnen das peinlich ist, tut's mir leid. Mehr könnte keiner nich' sagen.«

»Ach nein, wirklich nicht? Du würdest staunen. Ich nehme an, dir ist klar, daß du faktisch als Komplize giltst?«

Es folgte ein langes Schweigen. Lugg war so still, als sei er gestorben. Als er endlich etwas sagte, klang seine Stimme verdächtig dünn.

»Also hat die alte Dame sie abgemurkst, ja? Hab mich das schon selber gefragt, hätt mir aber auch am liebsten selber eine runtergehauen, weil mir so was in den Kopf gekommen is'. Gott! Da sieht man's wieder mal. Das is' vielleicht'n Ding. Was tu ich'n jetzt?«

Er setzte sich, während er sprach, auf etwas, das wie ein Eimer schepperte. »Verdammt!« stieß er hervor.

Campion hatte Mitleid mit ihm, aber es hielt sich in Grenzen.

»Wer hat dir vorgeschlagen zu verschwinden?« fragte er.

»Was? Gestern?«

»Natürlich. Keine Albernheiten bitte! Wer hat es dir nahegelegt?«

»Sie hat's getan. Die hohe Witwe Sowieso war's natürlich, aber ich hab da schon selber dran gedacht. ›Hat keinen Sinn, daß Sie noch länger hier rumhängen, Mr. Lugg‹, hat sie gesagt. ›Machen Sie sich aus'm Staub, und vergessen Sie das Ganze. Ich fürchte, wir haben uns in ziemliche Schwierigkeiten gebracht und müssen dazu stehen. Hat kein' Sinn, Sie auch reinzuziehen‹, hat sie gesagt.« Er schnaubte. »Ich bin drauf reingefallen, das kann ich nich' leugnen. Hab's geschluckt wie'n Goldfisch 'ne Fliege. Hätt's besser wissen müssen, das is' mir klar, also sagen Sie's gar nich' erst, aber ich war ganz weg. Passiert mir neuerdings immerzu. Ich kann's nich' ändern.«

»Und was könnte es ändern?« fragte Campion verblüfft.

»Erst schauen, dann trauen«, sagte die tiefe Stimme aus dem Dunkel herauf. »Das hab ich von 'nem netten kleinen Kerl in einem Pub. Hab'n bißchen was gelernt, während Sie nich' da waren.«

»Scheint so, aber es reicht nicht«, sagte Campion brutal. »Was wirst du jetzt tun?«

»Ah!« Die Stimme klang nachdenklich. »Fragen Sie mich was Leichteres, Chef. Was haben sie bisher gegen mich, wissen Sie das?«

Campion sagte es ihm, und wieder blieb es eine Zeitlang still.

»Hat'n anderes Garn gesponnen«, sagte Lugg endlich. »Singt jetzt 'ne andere Melodie, wie, und dabei war schon die erste nich' grad heiß, oder? Aber wahr.«

»War sie das tatsächlich? Überleg mal. Woher hattet ihr die Leiche?«

»Woher?«

»Ja, genau darum geht es.«

»Aus'm großen Haus da drüben, dem wo kein Dach mehr nich' hat – dem Royal-Air-Force-Mann seinem Haus.«

»Bist du sicher?«

Lugg erhob sich von seinem Eimer. »Ich bin noch nicht im Knast«, sagte er, »und auch nich' inner Klapsmühle, und Sie sind'n Kumpel – oder waren mal einer. Ich weiß, ich bin'n großer Lulatsch, aber ich hab Respekt gehabt vor der Lady ihrem Benehmen, was kameradschaftlich war, und vor ihrem Titel. Jetzt bin ich im Stich gelassen. Sie sind 'n bißchen gemein geworden, da draußen im Krieg, nich'? Wo is' Ihr Gefühl?«

»Gefühl?«

»Ja. Mitgefühl mit meinen Gefühlen. Wünschte, mir wär Hochwohlgeboren nie nich' unter die Augen gekommen. Sie is' 'ne wunderbare Frau. Hätte nie nich' geglaubt, sie hätt's in sich, jemanden umzubringen. Nich' so direkt. Es regt mich auf.«

»Tut mir leid«, sagte Campion – sehr unzulänglich, wie er fand.

»Schon gut«, sagte Lugg großmütig. »Vergessen wir's. Was is mit Ihnen? Rennen Sie auch vor was davon?«

»Tja, ich möchte unbedingt nach Nidd hinunter.«

»Ach ja? Da fahr ich mit. Wünschte, ich könnt mein altes Mädchen hier mitnehmen. Is' 'ne richtige Schönheit, is' sie wirklich, wenn Sie sie nur sehen könnten. 'ne Haut wie Alpaka.«

»Das kommt nicht in Frage.«

»Das weiß ich. Müssen Sie mir nich' unter die Nase reiben. Sie werden sie hier füttern, aber sie wird eingehen ohne mich.« Er wandte sich zum Koben um. »Arme alte Dame«, sagte er, »muß dich allein lassen, Schatz.«

»Vielleicht sollte ich auf dem Platz warten und dich mit ihr allein lassen«, sagte Campion.

»Ich hasse Sie, wenn Sie in dieser Stimmung sind.« Lugg war peinlich berührt. »Ich hab sie gern, das is' alles. Ich komme. Aber zuerst müssen wir noch mal in meine Bleibe – he, was is'n los?«

Campion hatte seinen Arm gepackt. Schritte näherten sich in der stillen Straße. Es waren auffallende Schritte, schwer und selbstbewußt, und jedem zweiten Auftreten folgte ein metallisches Klicken.

Die Schritte wurden lauter. In der Nähe des Schweinekobens, der kaum zu verfehlen war, verhielten sie und kamen dann direkt auf den Draht zu.

Und erst in diesem Moment erkannte Campion, zu wem die Schritte gehörten und wunderte sich nicht mehr, daß er den Mann nicht überlisten konnte. Er lachte leise.

»Oates, Sie alter Sünder«, sagte er laut, »was tun Sie hier?«

16

Der Chef der Kriminalabteilung kroch leise brummend durch den Draht.

»Hallo«, sagte er, »das ist doch Lugg, den Sie da bei sich haben, nicht wahr? Was für ein infernalischer Gestank! Hat sich noch niemand bei euch Kerlen vom Luftschutz darüber beschwert?«

Neben Campion atmeten sein Freund und die Freundin seines Freundes tief ein.

»Also ich riech' nix nich'«, sagte Lugg böse.

»Lieber Gott, wirklich nicht? Es ist einfach furchtbar. Ich habe Sie gesucht, Campion. Sie haben gedacht, Sie hätten mich abgeschüttelt, nicht wahr?« Es klang, als sei er insgeheim sehr zufrieden mit sich. Seine schlappe Gestalt beugte sich zu ihnen vor.

»Ein tüchtiger Bulle«, stimmte Campion ihm zu. »Mir war nicht klar, daß es sich um einen Kampf der Giganten handelte. Wie haben Sie es angestellt? Sich selbst degradiert? Ich dachte, daß solche Aufträge von niedrigeren Rängen erledigt werden. Wahrscheinlich haben Sie zuwenig zu tun.«

Oates schob den Arm unter seinen. »Jetzt reicht es aber«,

sagte er. »Das ist ein Privatbesuch bei einem alten Freund. Wir beide müssen miteinander reden. Ich freu mich trotzdem, daß ich noch so gut bin wie früher. Zum Kuckuck, Lugg, gibt es hier kein Plätzchen mit besserer Luft?«

»Sollen wir das so verstehen, daß Lugg verhaftet ist?« fragte Campion.

»Nein.« Der Druck auf seinen Arm wurde stärker. »Beruhigen Sie sich, Campion. Ich brauche Sie, und es ist wichtig. Pfui! Stehen Sie schon lange hier?«

Lugg ertrug die Kränkung nicht länger. »Wenn Sie sich über 'ne kleine Sau so aufregen –« begann er unheilvoll, besann sich jedoch eines besseren und wechselte die Tonart. »Vielleicht is' Ihnen meine Bleibe recht. Dort hätten Sie's gemütlich.«

»Ist es weit bis dorthin?«

»Ne, sie is' gleich da drüben.«

»In Ordnung. Bringen Sie uns hin. Sie mögen sich ja hier wohl fühlen, aber ich halte es für ungesund.« Oates ahnte nicht einmal, daß er Lugg beleidigte, und drängte Campion zur Drahtumzäunung. »Sie haben geglaubt, Sie hätten mich in der U-Bahnstation abgeschüttelt, nicht wahr?« fragte er.

Campion grinste. »Hab ich tatsächlich. Ich nehme an, Sie sind in der Schalterhalle geblieben und haben damit gerechnet, daß ich keinen Zug nehmen würde. Aber in der Baker Street bin ich Ihnen entwischt.«

»O ja«, sagte Oates, »doch inzwischen wußte ich, wohin Sie wollten. Das war mehr, als ich jetzt weiß. Wohin bringen Sie uns, Lugg?«

»Passense auf, daß Sie nich' stolpern«, antwortete Lugg. »Es is' auf der andern Seite von dies Stückchen Niemandsland.«

Sie waren inzwischen auf der anderen Seite des Platzes angelangt, und die dunkle Gestalt vor ihnen tauchte in einen schmalen Durchgang zwischen zwei zerstörten Gebäuden ein. Sie kamen auf einem freien Stück Land von der Größe eines Fußballplatzes wieder heraus, das dem Erdboden gleichgemacht worden war; die Aufräumungstrupps hatten die Straße schon gesäubert und Schutt und Trümmer nach ihrer Beschaffenheit sortiert und am Straßenrand zu kleinen Haufen zusammengetragen. Endlich blieb Lugg vor etwas stehen, das wie ein Trümmerberg aussah, sich jedoch als Spülküche mit Schornstein erwies, einziges Überbleibsel eines kleinen Kutscherhäuschens, das hier gestanden hatte.

»Hier sind wir.« Lugg holte einen Schlüssel aus der Tasche und sperrte mit ernster Miene sein Reich auf. »Es is' klein, aber fein«, sagte er stolz, »und für mich genügt's. Seit sie's ausgegraben haben, habe ich hier drin immer wieder mal eine geraucht. Hier geschlafen hab ich letzte Nacht nach dem ganzen Schlamassel zum erstenmal.«

Er verschwand und raschelte gleich darauf mit einer Streichholzschachtel. Das Licht einer einzelnen Kerze erhellte einen winzigen Raum mit zwei Stühlen, einem Tisch, einem Spülbecken und drei Flaschen Bier. Lugg zeigte auf den Herd, in dem jedoch kein Feuer brannte.

»Ich benütz ihn nich' von wegen dem Rauch«, sagte er offen. »Hab keine Lust nich', Miete zu bezahlen.«

Es fanden sich auch noch Spuren von früheren Bewohnern; ein uralter Lumpenteppich und eine Schüssel mit Scheuerbürste unter der Spüle. Über dem Kaminsims hing ein Spiegel. Im Rahmen steckte ein aus *Farmers' Weekly* ausgeschnittenes Foto, das eine mächtige Muttersau mit einem preisgekrönten Wurf zeigte. Campion nahm die Kerze, um sich das Bild näher anzusehen.

»Reizendes Pin-up«, sagte er. »Ist sie das?«

»Ne, das is' ihre Oma, aber sie kommt ganz nach ihr. Und – wie gefällt's Ihnen hier?«

Oates schaute ihnen ohne Begeisterung über die Schulter. Dann setzte er sich. »Es geht«, sagte er.

»Ich warte draußen«, sagte Lugg entgegenkommend. »Oder ich lauf schnell noch'n mal zurück und geb' ihr ihren

Nachtisch. Ich bin inner Nähe, wenn Sie mich brauchen. Bei unserer Reise bleibt's doch, oder?«

Oates sah Campion an. »Sie wollten nach Nidd fahren?«

»Wir haben daran gedacht.«

»Ich verstehe.«

Oates holte seine Pfeife heraus und begann sie zu stopfen. Lugg ging leise hinaus, und Campion stand mit dem Rücken zum kalten Herd und musterte forschend seinen Freund, der im Moment fast genauso aussah wie der alte Inspektor Stanislaus Oates vergangener Zeiten.

»Ich verstehe es nicht«, sagte er.

»Das wundert mich nicht«, stellte der Polizeichef freundlich fest, während er den Tabak sorgfältig in den Pfeifenkopf drückte. »Es wundert mich überhaupt nicht, aber es ist eine häßliche Geschichte. Zweiunddreißig Morde oder vermutete Morde bisher und nur der Himmel weiß wieviel unersetzliches Zeug in den falschen Händen. Aber das ist nicht die eigentliche Schwierigkeit.«

»Klingt aber wie ein guter Anfang.«

»Oh, es ist eine Menge. Erinnern Sie sich eigentlich noch an die alte McSweeney-Gang? Nein, ich glaube nicht. Sie hat so gegen 1910 ihr Unwesen getrieben, und die gesamte Polizei im Land ist herumgeschwirrt wie ein Bienenschwarm. Und worauf lief's hinaus? Auf ein halbes Dutzend toter alter Damen und bunte Steinchen für fünfzigtausend Pfund, die nach Amsterdam geschippert wurden. Damals war das für uns ein Riesending, aber die Zeiten haben sich geändert. Heutzutage müssen die internationalen Gauner im großen Stil arbeiten. Heutzutage ermorden sie Tausende und klauen ganze Zugladungen mit Kostbarkeiten. Ich will nicht behaupten, daß ich heute blasiert bin, aber wenn ich höre, daß ein Matrose sein Mädchen auf den Strich schickt, fühle ich nicht dasselbe wie früher. Ich weiß, er ist derselbe Lump wie früher, und ich handle den Vorschriften entsprechend, aber meine Gefühle gegen ihn sind nicht dieselben.«

Campion setzte sich auf den Rand der Spüle, und sein Gesicht hatte wieder diesen Ausdruck verständnisloser Verwirrung, den Oates kannte. »Also das schockiert mich wirklich«, sagte er.

»Das ist mir klar.« Endlich brachte Oates seine Pfeife dazu zu brennen. »Ich spreche so mit Ihnen, weil ich möchte, daß Sie sich nützlich machen – wenn Sie können. Wie ich die Sache sehe, hat in diesem Augenblick in der Geschichte der heutigen Zivilisation das Verbrechen ›Mord aus Gewinnsucht‹ nicht mehr denselben Stellenwert wie einst; es führt die Liste nicht mehr an. Es gibt ein Verbrechen, das schlimmer ist, weil es die Allgemeinheit mehr gefährdet.«

Campion sagte nichts.

»Das doppelte oder falsche Spiel«, sagte Oates.

»Das doppelte oder falsche Spiel?«

Oates blickte ernst auf. »So nenne ich es. Je älter ich werde, um so häufiger höre ich die Leute über diesen Ismus oder jenen Ismus, den Krieg und die Gründe für einen Krieg sprechen, und ich bin dessen überdrüssig. Für mich ist die derzeitige Affaire kein Krieg.«

»Wie?« sagte Campion.

»Nein!« stieß Oates mit großer Heftigkeit hervor. »Im Krieg gibt es Regeln, beim Verbrechen nicht. Das ist ein Verbrechen in einem kolossalen Stil, und ich betrachte es natürlich vom rein beruflichen Standpunkt. Meiner Meinung nach ist der gefährlichste Aspekt dieser Sache, im weitesten Sinn gesehen, dieses Element des doppelten oder falschen Spiels – diese Neigung, es mit beiden Seiten zu halten, wenn Ihnen dieser Ausdruck lieber ist. Das ist etwas, das unnachsichtig verfolgt und sofort mit der Wurzel ausgerissen werden muß, wenn es nicht immer wieder geschehen soll. Und meiner Meinung nach ist das Aufgabe der Polizei.«

»Spione fangen?« fragte Campion benommen.

»Nein, nein. Spione sind ganz in Ordnung, sie gehören dazu.« Oates wurde ungeduldig. »Wir fangen ihre, und sie fangen unsere. Spione sind fast sauber. Nein, ich bin hinter den Judassen her. Den Männern, die küssen und dienen und verkaufen; Kerlen, die selbstzufrieden das Leben hier genießen und dennoch anderen Gesellschaftsformen dienen. Männern, die nicht wissen, was zählt. Es gibt sie hier noch immer, und nachdem wir gesiegt haben, werden sie von neuem darauf warten, es wieder zu tun. Das sind die Kerle, hinter denen ich her bin. Ich habe eine ganze Gruppe schon fast in der Hand, und ich kriege sie alle, und wenn es das letzte ist, was ich tue. Das ist etwas Persönliches, Campion. Ich hasse diese Burschen.«

Er sprach mit größerer Leidenschaft, als Campion je in ihm vermutet hätte. Campion begriff jetzt auch einiges; das Bild in seinem Kopf bekam wuchtigere und dunklere Umrisse, und er staunte auch nicht mehr über die unglaubliche Tatsache, daß hochrangige Beamte von Scotland Yard durch die Straßen huschten wie Polizisten, dennoch gab es noch immer sehr viel, das er verwirrend fand.

»Wollen Sie damit sagen, das Verschwinden des Lastwagens mit den unbezahlbaren Schätzen sei eine vom Feind eingefädelte Sache?« fragte er verblüfft.

»Das und alles andere.«

»Das andere?«

»Oates lehnte sich auf seinem Stuhl zurück. »Im Januar '40«, sagte er, »verschwand ein Güterwaggon mit den bedeutendsten Stücken aus Lord Crokers Sammlung, unter anderem fünf van Dycks – eines davon *Der Kopf eines Soldaten* – Vermeers *Anna und die Jungfrau* und ein Bild, das *Die Mälzer* heißt. Mir ist entfallen, von wem es stammt.«

»Frans Hals.«

»Tatsächlich? Ja. Also, dieser Waggon und noch ein oder zwei andere wurden auf einem Nebengleis ausgeraubt, der Wachposten ermordet. Im März desselben Jahres wurden drei Privatwagen mit allen Cellinis aus dem National Museum in Wales angehalten und beraubt. Drei Männer verloren dabei das Leben. Ebenfalls im März – damals evakuierte man sehr viele Kunstwerke, vielleicht erinnern Sie sich daran – verschwand ein kleiner Lieferwagen, den eine Motorradeskorte bewachte, samt Personal. Als der Wagen London verließ, hatte er die achthundert Jahre alten Stephen-Gobelins geladen; wunderschöne Stücke, ich habe die Fotografien gesehen. Wir haben zwei Leichen gefunden. Soll ich fortfahren?«

»Ist da noch sehr viel?«

»Einundvierzig einzelne Fälle«, sagte Oates gelassen. »Ein paar bringe ich ganz einfach nicht über die Lippen. Ich kann nicht daran denken, ohne zu frösteln. Wo, glauben Sie, ist die *Weiße Sonne von Indien* jetzt?«

Campion starrte ihn an. »Aber das ist ja –« begann er und schwieg wieder. »Ich glaube es nicht«, sagte er wenig später.

»So empfinde ich im Hinblick auf sehr viele Dinge, die während der letzten fünf Jahre geschehen sind«, erklärte Oates trocken. »Sie brauchen sich nur umzusehen, dann können Sie Ungläubigkeit als altmodisch streichen, und je früher Sie das begreifen, um so geringer ist die Gefahr, daß Sie den Verstand verlieren.«

»Ja, ich weiß«, sagte Campion. »Aber wollen Sie wirklich behaupten, daß zu Beginn des Krieges, während der Evakuierung von Kunstschätzen aus den großen Städten, der Feind systematisch ...«

»Plünderte«, ergänzte Oates knapp. »Eine Plünderung vor dem Sieg, genau das war es. Gut organisiert, verdammt gründlich und unverschämt prompt. Eben durch und durch deutsch. Der Deutsche wollte nur sichergehen, daß die besten Sachen irgendwo untergebracht waren, wo er sie nicht treffen und vernichten konnte, bevor er hier war, daß sie aber andererseits auf ihn warteten. Daher traf er seine Vorbereitungen.«

Campion starrte den alten Freund noch immer mit unbehaglicher Verwunderung an. »Ich zweifle nicht an Ihren Worten«, sagte er mit einem wenig überzeugenden Zögern.

»Aber wieso hat er es geschafft? Was haben Sie alle damals getan?«

»Bei Kriegsbeginn hatte die Polizei eine Menge zu tun«, sagte Oates zurückblickend. »Vielleicht erinnern Sie sich noch daran.«

Campion warf einen Blick in die Vergangenheit und entschuldigte sich.

»Ihnen war anfangs nicht klar, was da eigentlich passierte?« fragte er.

»Nein, und als wir es merkten, haben wir es nicht geglaubt. Unsere Reaktion war damals die gleiche wie die Ihre jetzt. Ich gebe es höchst ungern zu, aber erst nachdem sieben solcher Transporte überfallen worden waren, sahen wir das Offensichtliche. Selbst die Besitzer, das zuständige Staatsministerium, die Aufsichtsräte der Museen und Kunst-Kuratoren glaubten uns nicht. Sehen Sie sich doch diesen Bush an. Er wartete buchstäblich bis zu den großen Luftangriffen, ehe er seine Sachen abtransportierte. Dann lud er alles zusammen mit zwei alten Getreuen auf einen Lastwagen und schickte ihn in das Bombardement hinaus. Wir waren zwar Narren, weiß Gott, aber mit anderen Leuten noch längst nicht zu vergleichen.«

»Du meine Güte«, sagte Campion. »Dennoch, ich verstehe nicht, wie es Ihnen gelungen ist, sie jedesmal durch die Lappen gehen zu lassen.«

»Aber das war nicht der Fall, natürlich nicht.« Oates war empört. »Von insgesamt einundvierzig haben wir dreiundzwanzig verloren. Wir haben zum Beispiel den Cassiobury Apollo gerettet und einen ganzen Porzellanladen erlesensten chinesischen Porzellans geborgen – Ming, nicht wahr? –, der vom William and Mary Museum in einem Möbelwagen nach Schottland unterwegs war. Natürlich haben wir etwas getan. Wir waren schlecht, aber nicht kriminell schlecht.«

»Konnten Sie ein paar der Beteiligten festnehmen?«

»Du meine Güte, ja. Eine Zeitlang haben wir sie massenweise eingeliefert. Sie haben immer unter besten Bedingungen gearbeitet. Es wurde an nichts gespart, die Ausrüstung war erstklassig und so weiter, und es waren lauter Berufsverbrecher. Das hat uns anfangs getäuscht. Sie haben nie dieselben Leute zweimal eingesetzt, und jede Gruppe dachte, ihr Job sei einzigartig. Das Ganze war brillant organisiert, man mußte wirklich den Hut vor ihnen ziehen.«

»Die Höheren haben Sie nie erwischt?«

Oates stocherte wieder in seiner Pfeife herum. »Noch habe ich ihn nicht«, sagte er. »Jedenfalls nicht ganz.«

17

Es folgte ein langes Schweigen, während Campion versuchte diese neuen, schwindelerregenden Daten in die Geschichte einzufügen, die er kannte. Allmählich wurde ihm die ganze Bedeutung dieser Fakten klar, und ein Dutzend Fragen, die sich alle um eine entsetzliche Möglichkeit drehten, schoß ihm durch den Kopf.

»Es war kein Problem, sie zum Singen zu bringen«, sagte Oates plötzlich. »Die meisten haben geredet, aber nicht einer hatte geahnt, daß er für den Feind arbeitete. Ein paar benahmen sich richtig komisch, wenn man darauf zu sprechen kam. Erinnern Sie sich an einen gräßlichen kleinen Kerl namens Knapp? Thos Knapp nannte er sich. Wir haben ihn festgenommen, als wir ihnen die Cassiobury-Sache vermasselten. Er war entsetzt, als wir andeuteten, daß er für die Deutschen arbeitete. Er habe gedacht, es sei ein respektabler Job, sagte er. Und er war ehrlich der Meinung, Kuyper habe ihn angeheuert, der große Boß im Silbergeschäft. Er hat achtzehn Monate abgesessen und ist jetzt in Italien an der Front, glaube ich. Er ist ein Gauner, aber kein Verräter.«

»Hatte Kuyper etwas damit zu tun.?«

»Nein. Er hat sich kurz vor dem Krieg abgesetzt, lebt jetzt

in Südamerika und ruht sich aus. Die Kerle haben sich bei dieser Sache nur seines Namens bedient, das war alles. Der Mann, der die Organisation übernommen hatte, war Whitey Smith.«

Campion schnitt eine Grimasse. »Der war aalglatt«, sagte er. »Wo ist er jetzt?«

»Im Knast. Wir haben ihn zum Sprechen gebracht, aber festgestellt, daß er nicht viel wußte. Er war nur angeheuert worden, um die Unterwelt zu organisieren, und das hat er getan. Sein direkter Vorgesetzter war ein merkwürdiger kleiner Typ namens King. Wir hatten ihn vorher nicht auf unserer Liste. Ein paar Jahre vor dem Krieg hatte er in London eine Anwaltskanzlei. Bis zu dieser Sache lag nicht viel gegen ihn vor, außer daß er ein paar zwielichtige Leute kannte und anno '37 dringend Geld gebraucht hatte. Gegen Ende dieses Jahres hatte er plötzlich eine Menge. Er will nicht sprechen, hat eine Heidenangst, aber nicht vor unseren vorbildlich höflichen Polizeibeamten, sondern vor jemand anders. Und er kennt natürlich alle Tricks. Er sitzt jetzt ein, hat aber nur drei Jahre bekommen. Er zieht es vor, sie durchzustehen, anstatt den Mund aufzumachen.«

»Und weiter sind Sie noch nicht gekommen?«

Oates sah den Jüngeren ruhig an. Campion kannte diesen kalten, abschätzenden Blick noch von früher her und fühlte sich leicht unbehaglich dabei. »Nein. Wir haben schon noch ein bißchen mehr«, sagte Oates endlich, »und sind dabei auf etwas Interessantes gestoßen. Wie lange kennen Sie Carados?«

»Johnny?« Es überlief Campion kalt. Schon während des letzten Teils der Erklärung des Polizeichefs hatte er versucht gegen diesen schrecklichen Verdacht anzukämpfen. »O nein«, sagte er, »nein! Das kommt nicht in Frage! Bedenken Sie doch seinen Ruf.«

»Genau. Und so denken wir alle. So denkt man bei der R. A. F., und so denkt man im Innenministerium. Denkt an seinen Ruf, denkt an seine Herkunft, denkt daran, was für ein Mann er ist.«

Oates seufzte und setzte sich bequemer hin.

»Deshalb haben wir alle Glacéhandschuhe angezogen und tun unser Bestes, unseren Augen zu mißtrauen. Es ist eine verdammte Geschichte.«

Dickköpfig tat Campion verständnislos. »Sie glauben doch nicht«, begann er schließlich, »Sie glauben doch nicht, das gewaltige Ausmaß dieser Angelegenheit könnte – nun ja, die wahrscheinliche Größe des – eh – Täters vervielfacht haben, ihn gewissermaßen überlebensgroß erscheinen lassen, so daß Sie alle natürlich geneigt sind, zu – zu ...«

»Ein bißchen überzuschnappen?« sagte Oates trocken. »Also für mich trifft das bestimmt nicht zu. Noch denke ich, die arme, dumme Polizei habe sich zu dem Irrglauben verleiten lassen, die Verbrechen müßten, weil von den Faschisten angezettelt, das Werk der oberen Klassen sein. Nein, ich wünschte, Sie hätten unrecht. Mir gefällt der Gedanke nicht besser als Ihnen. Oder ihm selbst, dem armen Kerl. Meiner Meinung nach ist er keineswegs überzeugt, daß Sie Bescheid wissen.«

Campions Augen begannen zu flackern. »Wer? Johnny?«

»Nennen Sie ihn doch nicht immer Johnny. Er heißt Carados.«

»Entschuldigung; in der Schule wurde er Johnny genannt.«

Oates unterdrückte einen für einen Polizeichef höchst unpassenden Ausruf. »Da haben wir's! In der Schule! Die Hälfte aller einflußreichen Leute im Land scheint mit ihm in die Schule gegangen zu sein.«

»Ich nicht. Ich habe nur ein- oder zweimal Kricket gegen ihn gespielt.«

»Das ist das gleiche. Sie kennen ihn Ihr Leben lang, und deshalb kann er kein Gangster sein. Das höre ich von allen Seiten, jeder sagt es. Ich muß zugeben, ich mag ihn auch, und ich behaupte, daß der alte Knabe selbst nicht weiß, ob er nun schuldig ist oder nicht.«

Campion dachte an Johnny Carados und ihr letztes Gespräch. Einige von Carados' Bemerkungen, die damals so phantastisch geklungen hatten, wurden jetzt von Oates wiederholt, der alles andere als eine lebhafte Phantasie hatte.

»Eine gespaltene Persönlichkeit und was noch?« sagte er zweifelnd.

Oates zuckte mit den Schultern. »Ich bin nur ein alter Bulle, zu meiner derzeitigen Stellung aufgestiegen durch den intelligenten Geistesblitz eines noch höheren Beamten«, sagte er. »Aber meiner Meinung nach ist diese Geisteskrankheit, von der man so viel hört, hauptsächlich ein moralischer Defekt. Ich kenne den Mann gut, und ich glaube nicht, daß er verrückt ist. Auch denke ich, daß er im Grunde ein guter Kerl ist. Er ist mutig, er ist originell, und er ist es gewohnt zu denken, für ihn sei nichts zu groß.«

»Nun denn...«

»Nun denn.« Oates ließ sich nicht unterbrechen. »Bedenken Sie die Umstände. Die Zeit kurz vor dem Krieg war sehr seltsam. Wir haben hier einen Mann, der sein Leben und sein Geld der Erhaltung und der Pflege schöner Dinge geweiht hat. Gibt es da nicht einen Spruch, der besagt, Kunst kenne keine Grenzen?«

»Nein. Das ist die Wissenschaft.«

»Das ist gehupft wie gesprungen. Jedenfalls war er offen und bereit, von irgendeinem cleveren Burschen von der anderen Seite bearbeitet zu werden.«

»Ja, ich weiß, aber ich kann mir einfach nicht vorstellen, daß er mit der Unterwelt gemeinsame Sache macht.«

»Das mußte er nicht, dafür hat King gesorgt. Er kam nicht einmal mit Bargeld in Berührung. Er mußte nur seinen Namen hergeben und erste Kontakte herstellen.«

»Sie denken, es ist ihm nicht einmal aufgefallen, daß und wie er manipuliert wurde?«

»Ich denke, daß es ihm möglicherweise egal war«, sagte Oates grimmig. »Lesen Sie eigentlich keine Zeitung? Es gibt eine Menge kultivierter Leute, die glauben, es sei schon ein oder zwei Leben wert, das richtige Bild oder die richtige Vase in Sicherheit zu bringen. Es macht ihm nichts aus, sein eigenes Leben aufs Spiel zu setzen, das wissen wir. Seltsamerweise denken sehr viele Menschen wie er. Sie unterscheiden sich nur darin, wofür sie sterben. Angenommen, er ahnt nicht, daß er je für Deutschland gearbeitet hat; angenommen, er glaubt, er habe nur der Kunst gedient; angenommen, er beschwichtigt damit sein Gewissen?«

»Dann ist er verrückt.«

»Ach, wirklich? Das könnte meiner Ansicht nach nicht einmal der beste Anwalt der Welt vor Gericht beweisen.«

Campion betrachtete im Geist diese neue Möglichkeit von allen Seiten. Alles außer seiner Vernunft wehrte sich vehement dagegen.

»Das gefällt mir nicht«, sagte er. »Ich will es nicht für möglich halten.«

»So reagieren alle«, sagte Oates. »Wie ich Ihnen schon erklärt habe. Doch alle Beweise führen direkt zu ihm.«

»Indizienbeweise?«

»Selbstverständlich, sonst hätten wir ihn schon festnehmen müssen.« Nachdenklich rieb sich Oates die Knie mit den Händen. »Ich versuche nicht, den Mann zu überführen – ich versuche es wirklich nicht. Keiner von uns tut es. Es sind diese verdammten Instruktionen. Er bekommt sie immer noch von Zeit zu Zeit.«

»Von der anderen Seite?«

»Ja.« Oates nahm die Pfeife aus dem Mund und benutzte sie dazu, seine Geschichte zu unterstreichen. »Bis vor etwa zehn Monaten hatten wir nicht einmal die Spur eines Hinweises, als eine neutrale Regierung bei meinem Büro Erkundigungen über einen naturalisierten Rumänen einzog, der in Streatham wohnte. Ich nehme an, Sie wissen, wie die befreundeten neutralen Staaten so etwas handhaben? Sie geben uns keine Informationen, stellen nur eine schüchterne kleine Frage, und damit hat es sich. Wenn sich die Gelegenheit ergibt, revanchieren wir uns.«

Campion wußte Bescheid, vergeudete jedoch keine Zeit damit, es Oates zu sagen.

»Wir erwischten den Burschen genau im richtigen Moment«, fuhr Oates fort. »Fanden haufenweise Belastungsmaterial in seinem Haus. Er war unordentlich, das hat ihm das Rückgrat gebrochen. Er war der einzige Agent, dem ich je begegnete, der nicht peinlich ordentlich war. Er ließ Papiere in seiner Kragenschublade und sogar unter seinem Bett herumliegen. Vermutlich hat er geglaubt, er sei sicher. Er war seit mehr als fünfunddreißig Jahren hier, hatte ein Haus und eine kleine Firma in der City, und er hatte seinen Namen geändert, und alle lieben alten Kumpel schworen, er sei so treu wie der Löwe vom Trafalgar Square. Aber er hatte natürlich keine Chance. Er starb im Tower, sehr tapfer, wirklich. Er hatte einen großen, sentimentalen Traum von Schlössern und Grafen und Königen und Bergen und so weiter, doch alle in Rumänien, unglücklicherweise.«

Oates unterbrach sich kopfschüttelnd. »Was für eine Welt! Tja, zu den Aufgaben dieses Kerls gehörten auch Kurierdienste. Er bekam die Briefe über sechs oder sieben Deckadressen in der Nähe seiner Firma. Sie kommen auf den abenteuerlichsten Wegen ins Land. Ein Flüchtling schmuggelt einen Brief herein, der wie ein Liebesbrief von einer Zufallsbekanntschaft aussieht, und fast immer ist der unfreiwillige Bote völlig arglos. Er wirft ihn ganz normal in den Briefkasten. Ein paar Briefe jedoch gehen, davon bin ich fest überzeugt, einfach ›verloren‹.

Angenommen, ein Junge vom Land findet auf der Straße einen versiegelten Brief, der ordnungsgemäß adressiert und frankiert ist; ab und zu öffnet einer der Burschen so einen Brief natürlich, weil er neugierig ist, doch der Inhalt sagt ihm kaum etwas. Häufiger aber steckt er ihn in den Briefkasten. Unser Rumäne dechiffrierte dann Briefe, die ihn erreichten, tippte die Nachrichten säuberlich auf seiner kleinen Maschine und brachte sie als gewöhnliche Geschäftsbriefe wieder auf den Weg. Als wir ihn festnahmen, saß er gerade über einem solchen Brief. Wir bekamen die Nachricht chiffriert und im Klartext; sie war für Carados bestimmt.«

»Ich verstehe. Und als Sie Carados damit konfrontierten?«

»Sagte er, er wolle verdammt sein, wenn er wisse, was das solle. Er hat mich völlig überzeugt. Er war so interessiert, so eifrig bemüht zu helfen und natürlich sehr zornig. Kein Unschuldiger hätte sich normaler benehmen können. Er dachte eine Zeitlang darüber nach und kam dann mit immer neuen Vorschlägen. Er war mit allem einverstanden, und wir haben seine sämtlichen Papiere durchgesehen. Wir haben seine Häuser auf den Kopf gestellt, haben mit seinen Mitbewohnern gesprochen, seine Post kontrolliert und nichts, aber rein gar nichts Belastendes gefunden. Yeo leitete die Untersuchung, und Sie kennen ihn ja. Er war wie eine alte Frau, die eine Postanweisung verlegt hat und danach sucht. Er machte immer weiter, drei-, viermal an denselben Stellen, unermüdlich. Schließlich gab er auf und sagte, genauso könne er sich selbst verdächtigen. Inzwischen trafen immer wieder neue Anweisungen für Carados ein.«

»Wie denn? Oh, ich verstehe, Sie haben die Firma des Rumänen nicht geschlossen. Was war mit der Adresse?«

»Ah, die Sache hatte einen Haken. Der Rumäne behauptete, er benutzte Carados' Privatadresse, und nichts konnte ihn von dieser Behauptung abbringen. Doch nachdem wir die nächste Nachricht dechiffriert und an Carados weitergeleitet hatten, war der Teufel los. Carados öffnete den Brief und kam damit brüllend zu uns – sofort. Er schwor, es sei die erste derartige Nachricht, die er erhalten habe, und ich muß sagen, er hat mich wieder überzeugt.«

Campion zuckte mit den Schultern. »Das ist es wahrscheinlich«, sagte er. »Jemand hat seinen Namen benutzt. Vermutlich wurde sogar der Feind getäuscht. In solchen Dingen sind die Deutschen merkwürdig.«

»Das dachten wir auch«, sagte Oates selbstgefällig. »Bis Gonfalon bei uns erschien.«

»Lord Gonfalon? Der bekloppte Clarence?«

Oates schnaubte. »Das wissen Sie, nicht wahr? Und das ist natürlich der Haken, von dem ich sprach.«

»Ich weiß, daß Gonfalon der größte Spinner aller Zeiten ist«, sagte Campion. »Achthundert Jahre konsequenten Nichtstuns liegen hinter ihm, und wenn man ihn nur als ihr Resultat betrachtet, ist alles logisch, was er tut, sagt, denkt. Auf anderes bezogen, trifft das Wort nicht zu.«

»Das haben wir natürlich festgestellt.« Oates schaute noch düsterer drein. »Er hat übrigens eine bemerkenswerte Frau. Sie ist Französin und leidenschaftliche Patriotin. Soviel ich weiß, hat seine Familie in dieser Ehe eine Mesalliance gesehen, aber du meine Güte, ohne sie hätte er keinen Penny, wahrscheinlich einen ›Jagdschein‹ oder wäre schon tot. Sie läßt ihn bis zu einem gewissen Punkt tun, was er will, aber wenn es anfängt, gefährlich auszusehen, macht sie seinem Treiben ein Ende. Kennen Sie sie?«

»Die süße Hortense? Nur aus dem Lied«, scherzte Campion und setzte dann hinzu: »Nein, wirklich, einen Beweis, der mit diesen beiden zusammenhängt, kann man nicht ernst nehmen.«

»Und wieder vertreten Sie eine konventionelle Meinung.« Oates war weniger gekränkt als verärgert. »Ich will Ihnen sagen, was passiert ist. Bald nachdem wir zu dem Schluß gekommen waren, daß Carados mit der Sache nichts zu tun hatte, tauchte eines Tages der alte Gonfalon bei mir auf und erzählte mir eine verrückte Geschichte über seltene Pfingstrosen und Siamesische Katzen und noch alles mögliche und erklärte mir dann, er habe kurz vor dem Krieg mit der feindlichen Regierung darüber verhandelt, wie man diese und andere Kunstschätze bei Gefahr schützen und erhalten könnte. Er sprach ganz offen darüber und sagte, seine Frau sei jetzt dahintergekommen und habe ihn zu mir geschickt, um die Sache zu bereinigen.«

»Steckte da auch nur ein Körnchen Wahrheit dahinter?«

»O ja. Wir sind der Geschichte natürlich nachgegangen. Holly hat Gonfalon nach Hause begleitet und die gesamte Korrespondenz mitgebracht, die er zwischen Katzen und Gewächshäusern aufspüren konnte, ganz zu schweigen von einem etwa zweieinhalb Hektar großen Saal voller Rüstungen aus allen Perioden und jeder Menge wertvollen oder weniger wertvollen Krams. Wir haben die Briefe gelesen, und ich muß sagen, daß er den Feind über seine Stellung und Bedeutung bei uns total genarrt zu haben scheint. Die Deutschen waren jedenfalls der Meinung, er sei eine der bestimmenden Gestalten bei der Verwaltung unseres nationalen Erbes, und obwohl ich seine Briefe an sie nicht kenne, kann ich mir, da er mir persönlich schon ein- oder zweimal geschrieben hat, gut vorstellen, wie eindrucksvoll und mysteriös sie auf einen Ausländer gewirkt haben müssen.

Um ihnen Gerechtigkeit widerfahren zu lassen, muß ich sagen, daß sie ihm nicht besonders getraut haben, aber sie haben ihm gewissenhaft sehr genaue Ratschläge erteilt, wie er seine eigenen Wertgegenstände schützen könne. Als der Krieg ausbrach, setzten sie sich, wahrscheinlich über den Rumänen, mit ihm in Verbindung und wiesen ihn an, sich an Carados zu wenden, wenn sich etwas Wichtiges ereigne und er Rat oder Unterstützung brauche.«

»War das nicht zu erwarten?« warf Campion hastig ein. »Ich meine, nachdem wir zu dem Schluß gekommen waren, daß jemand Carados' Namen benutzte...«

»Ja, ja, ich weiß.« Oates war ungeduldig. »Aber sehen Sie, er bekam Antwort.«

»Von Johnny Carados?«

»Ja. Wir haben sie bei unseren Akten.«

Campion sah ihn kurz an. »Ich hätte gedacht, das sei das Ende«, sagte er.

»Nein, das war es nicht. Das war ja das Unbefriedigende daran. Das Ende war es nicht.« Oates überlegte einen Moment, ehe er fortfuhr. »Der ganze Zwischenfall war verrückt, und die Erklärung, die wir von Carados bekamen, zwar irgendwie plausibel, hatte aber einen üblen Nachgeschmack. Gonfalon ist nicht ganz normal.«

»Wie recht Sie haben. Kaum noch menschlich.«

»Das würde ich nicht sagen. Ein Spinner eben. Dann ist Folgendes passiert: Eines schönen Tages verlor eine unserer Maschinen eine Übungsbombe in einem Feld, das an Gonfalons Gewächshäuser grenzt. Sie krachten zusammen, und Gonfalon verlor zwei oder drei seiner seltensten Pflanzen. In seinem gerechten Zorn über den vermeintlichen echten Angriff schrieb er sofort an Carados, meldete den Zwischen fall, erwähnte ihre geheime Brüderschaft und sagte in etwa: So, und was tun wir jetzt? Carados antwortete im gleichen Stil und versprach, ›sich darum zu kümmern‹.«

»Haben Sie Gonfalons Originalbrief zu sehen bekommen?«

Oates' blasses Gesicht färbte sich ein wenig dunkler. Die Frage schien ihm nicht zu behagen.

»Nun ja, wir haben ihn gesehen«, gestand er. »Carados hat ihn uns gegeben. Er hatte ihn für seine Offiziersmesse einrahmen lassen.«

Campion lachte. »So etwas habe ich erwartet«, sagte er. »Hat in dem Brief tatsächlich etwas über eine Verbindung zum Feind gestanden?«

»Nein. Gonfalon sagte, er habe versucht vorsichtig zu sein, und der Satz lautete: ›die erhabene Macht, der wir beide dienen‹. Carados sagte, er habe geglaubt, Gonfalon spreche von der Royal Horticultural Society – der königlichen Gesellschaft für Gartenbau.«

»Das war nicht unlogisch.« Campion war noch immer

leicht belustigt. »Jeder weiß über Gonfalon Bescheid; man lacht schon über ihn, bevor er etwas tut. Ich glaube nicht, daß Sie viel erreichen werden, wenn Sie diesen Baum anbellen.«

»Ich weiß nicht.« Oates blieb ernst. »Nachdem er den Brief bekommen und gerahmt aufgehängt hatte, damit jeder darüber lachen konnte, setzte Carados seinen ganzen Einfluß ein, um alle Übungsflüge in der Nähe des Gonfalonschen Besitzes einstellen zu lassen. Und sein Einfluß ist groß, wie Sie wissen. Also das klingt für mich ganz und gar nicht witzig.«

Campion sagte nichts dazu, und Oates fuhr fort: »Er erzählte uns eine ›wundersame Mär‹, und wir mußten sie ihm glauben, aber er gibt zu, kein persönlicher Freund von Gonfalon zu sein. Er weiß, der Mann ist geistig zurückgeblieben, und dennoch setzt er sich so für ihn ein. Warum? Die Antwort ist nicht allzu zufriedenstellend, nicht wahr?«

Campion saß sehr still da. Er dachte an Carados und die andere Geschichte, die er vor nicht ganz zwei Stunden gehört hatte. Die Geschichte der Vergiftung von Theodore Bush. Auch das war eine wundersame Mär gewesen und eine, die man, oberflächlich betrachtet, glauben mußte. Er vergaß jedoch nicht Johnnys Eigenheit – diese Beinahe-Leidenschaft, sich mit allen Mitteln dafür einzusetzen, Leuten zu helfen, auch wenn er sie nur flüchtig kannte.

»Es ist sehr schwierig«, sagte Oates. »Wir haben Gonfalon natürlich Hausarrest gegeben, aber man weiß nicht so recht, was man glauben soll, nicht wahr?«

Auch dazu gab Campion keinen Kommentar. Statt dessen sagte er abrupt: »Was ist mit dieser Flasche Wein?«

»Oh«, sagte Oates, »da sind Sie also mit von der Partie? Ich hatte mich schon gefragt... Hab grade mit Yeo gesprochen, das heißt, ich bin sogar mit ihm ins ›Bedbridge Row‹ gegangen, und er hat mir gesagt, jemand habe Sie vom ›Minoan‹ aus verfolgt. Es ist komisch, ich habe heute nachmittag in Eve Snows Garderobe mit Carados genau über dieses Thema gesprochen, aber er hat mir nicht gesagt, daß Sie auch zu der Partygesellschaft gehörten.«

Damit war eine Frage beantwortet, die Campion schon eine Zeitlang beunruhigt hatte, doch anstatt zu antworten, zog er die Brauen hoch.

»Ich nehme an, Sie haben Johnny erlaubt, nebenher ein bißchen zu ›kollaborieren‹?« fragte er. »Das ist ein schmutziger alter Polizeitrick, Stanis. Ich schäme mich für Sie.«

»Deshalb werden Sie auch nie ein richtiger Polizist«, sagte Oates ernst. »Sie sehen es nicht wie ich; Sie sehen einen Mann, ich sehe eine Bedrohung. Ich halte es nicht für unmöglich, daß Sie das Gefühl haben, es sei nicht wichtig, was ein Mann tut, der einen Spleen hat, aber so empfinde ich nicht. Wenn Carados der Mann ist, der er, wie ich allmählich glaube, sein muß, dann ist er – so wie ich es sehe – ein Übel, und ich werde ihn behandeln, wie ich einen Typhusbazillus behandeln würde. Ich weiß, daß wir diesen Krieg so gut wie gewonnen haben, aber den nächsten noch nicht und auch nicht den übernächsten, und solange solche Männer frei und mächtig sind, sind wir in Gefahr. Wenn es sich um einen Fall Freiheit gegen Sklaverei handelt, dann ist derjenige, der sich nicht ganz klar entscheidet, gegen Sie. Mir ist jedes Mittel recht, um ihn zu fangen und zu vernichten und die anderen mit ihm.«

Er unterbrach sich und mußte über sich selbst lachen.

»Bisher, ich gebe es zu, war er entweder ehrlich oder schlau genug, um einen bemerkenswert anständigen Eindruck zu machen«, räumte er ein. »Er kam mit dieser Weingeschichte sofort zu mir, nachdem Bush an ihn herangetreten war, obwohl er dadurch wieder mitten in die Sache hineinrutschte, die in diesem Stadium schon an sich verdächtig ist. Und wieder war ich gezwungen, ihm zu glauben. Er hat mir aber nicht gesagt, daß auch Sie zu der Party kommen wollten. Warum wohl?«

»Möglicherweise hat er es nicht gewußt«, sagte Campion.

»Don Evers hatte mich eingeladen, und ich habe Johnny erst gesagt, daß ich komme, als ich ihn im Theater traf.«

»Wie hat er es aufgenommen?«

»Er schien sich zu freuen – mehr, als man erwarten konnte.«

»Überschwenglich?«

»Nein, das wiederum nicht. Aber doch sehr.«

»Warum?«

Campion antwortete nicht. Auf der Waagschale türmten sich die Beweise gegen Carados und drückten sie nach unten. Die schreckliche Möglichkeit war jetzt zur Wahrscheinlichkeit geworden, und eine Tragödie drohte. Er warf Oates, der grau und unbefangen neben dem leeren Herd saß, einen verstohlenen Blick zu, rief sich all das ins Gedächtnis, was er von ihm wußte, und überlegte, daß er es hier vermutlich mit der einzigen gerechten Intelligenz zu tun hatte, der er je begegnet war. Jetzt war es soweit, jetzt mußte er sich zwingen, seinen Beitrag zu den Tatsachen zu leisten, die der Polizei bekannt waren. Dennoch war es eine widerwärtige Pflicht.

»Theodore Bush ist heute abend fast gestorben«, begann er unvermittelt. »Jemand wollte ihn töten. Das ist die Geschichte, die Carados mir erzählt hat, aber ich muß Sie warnen, trotz allem, was Sie mir über ihn gesagt haben, glaube ich ihm immer noch.«

Oates sagte nichts, bis er alles wußte, was sich an diesem Abend zugetragen hatte. Er war ein talentierter Zuhörer, unterbrach nie, und nie entging ihm eine Kleinigkeit.

»So standen die Dinge, als ich ging«, sagte Campion endlich. »Bush wird sich erholen, und ich wäre erstaunt, wenn er gegen Carados Anzeige erstatten würde. Der Doktor wird vielleicht Schwierigkeiten machen, doch ich bezweifle auch das.«

Oates stand auf. Er sah müde aus. »Da haben wir's«, sagte er. »Es ist immer das gleiche. Alles führt uns geradewegs zu ihm. Was auch geschieht, er steckt mittendrin, und er hat immer eine Erklärung, die so dämlich ist, daß sie nichts anderes sein kann als die Wahrheit. Diesmal hat er jedoch ein bißchen zu schnell gearbeitet. Die Frau, die wir in Ihrer Wohnung gefunden haben, hatte genug Chloral in sich, um daran zu sterben, wäre sie nicht vorher erstickt worden.«

»Das habe ich vermutet.«

»Ach ja? Und wieso?« Oates betrachtete ihn mißtrauisch. »Das ist eine Information, die wir nicht an die Presse gegeben haben. Woher haben Sie's gewußt? Hat er es Ihnen gesagt?«

»Nein, Lady Carados hat es verraten. Sie sagte, sie habe die Fläschchen vertauscht.«

Oates blieb stumm, fuhr sich jedoch mit dem Finger über die Innenseite des Hemdkragens, als sei er ihm plötzlich viel zu eng.

»Irgend etwas werden wir wegen dieser Frau unternehmen müssen, finden Sie nicht?« sagte er. »Sie läuft zum erstenmal im Leben ohne Wärter frei herum.«

Campion stand da und dachte über die Frau nach, die in Theodore Bushs Wohnzimmer so lange geredet und so erschreckende Dinge gesagt hatte, und ihm kam ein neuer, bestürzender Gedanke. Wenn es je einen Menschen mit sehr seltsamen Ansichten über das Leben gegeben hatte – hier war er. Hier war ein Mensch mit einem herrischen Willen, der daran glaubte, daß gewissen Leuten erstaunliche Privilegien zustanden; hier war jemand, vor den Johnny Carados sich schützend stellen würde.

»Hören Sie, Oates«, begann er, kam jedoch nicht weiter. Jemand klopfte diskret an die von Flammen geschwärzte und zerschrammte Tür der Spülküche.

18

Als Campion öffnete, drängte sich nicht die vertraute Gestalt im blauen Kampfblouson energisch an ihm vorbei, sondern ein schlanker junger Mann mit rötlichem Gesicht, der einen adretten Straßenanzug trug.

»Mr. Campion, nehme ich an?« sagte er munter. »Mr. Oates? Ah, da sind Sie ja, Sir. Ich hoffe, ich habe nicht falsch gehandelt, aber unter den gegebenen Umständen hielt ich es für richtig, Sie zu suchen.« Oates drehte sich zu Campion um, der den Neuankömmling anstarrte, als glaube er ihm nicht, und stellte die beiden einander vor.

»Das ist mein Sekretär«, sagte er. »Wie haben Sie hierhergefunden, Tovey?«

Der junge Mann nahm steif Haltung an und antwortete, als stehe er vor Gericht.

»Kommissar Yeo hat mir gesagt, Sie, Sir, seien Mr. Campion gefolgt, von dem man vermutete, daß er seinen Angestellten Lugg suchte. Dann fiel mir ein, daß Sie mir erzählt hatten, es heiße, dieser Lugg hege eine große Zuneigung zu einem Haustier, das er auf dem Carados Square untergebracht habe. Ich ging also los, denn ich vermutete, daß Sie, Sir, Ihr Wild inzwischen gestellt haben würden. Ich traf Lugg bei seinem Schwein und überredete ihn, nicht ohne Mühe, mir den Weg hierher zu zeigen. Ich bin gekommen, um Ihnen zu sagen, daß es ratsam wäre, wenn Sie so schnell wie möglich in Ihr Büro zurückkehren würden, Sir.«

»Er spricht richtig druckreif, nicht wahr?« sagte Oates zu Campion. »Aber er hat hergefunden, und das ist die Antwort auf die Frage, warum er mein Sekretär ist, falls es Sie interessiert.«

Tovey wurde vor Freude noch röter, blieb jedoch stramm stehen, als Oates ihn aufforderte fortzufahren.

»In Ihrer Abwesenheit Sir«, begann er, »hat Inspektor Holly mit einem Mann namens Angus Sloane gesprochen, der angeblich beweisen kann, daß verschiedene Gegenstände aufgefunden wurden, die auf unserer Liste verschwundener Wertsachen und Kunstgegenstände stehen. Nachdem er die Unterredung beendet hatte, gab Inspektor Holly Sergeant

Dacre den Auftrag, den Lieutenant der U.S. Army, Don Evers, zu ihm zu bringen. Ich bezweifle nicht, daß dieser Schritt absolut legal war, dachte jedoch, Sie sollten Bescheid wissen, denn als Lieutenant Evers kam, brachte er jemanden mit.«

»Er brachte jemanden mit? Was soll das alles, Tovey, wovon reden Sie? Sie sind so verdammt exakt, daß ich Ihnen nicht folgen kann. Wen hat er mitgebracht?«

Tovey schluckte. »Einen Bischof, Sir«, sagte er. »Als ich das sah, dachte ich mir, ich sollte Sie wohl lieber suchen.«

Campion, der fand, daß es für seinen Onkel ein hartes Schicksal war, bei seinem ersten Ausgang nach zehn Jahren gleich in Scotland Yard zu enden, unterbrach das leicht betroffene Schweigen.

»Ist dieser Angus Sloane der Mann aus der Bond Street?« fragte er.

»Ja, Sir. Er ist ein hochangesehener Kunsthändler, glaube ich.«

»Ja«, sagte Campion, »dann meinen wir denselben.«

»Er ist *der* Mann, nicht wahr?« brummte Oates. »Was hatte er zu sagen?«

Toveys Gesicht verriet Unbehagen. »Ich glaube, er hat gesagt, er weiß, wo die Venus von Croker ist.«

Die beiden Männer sahen ihn starr an.

»Und daraufhin hat dieser Inspektor Holly Don Evers in den Yard befohlen?« fragte Campion.

»Ja, Sir.«

Oates nahm Campions Arm. »Wir gehen sofort«, sagte er.

Tovey strahlte. »Der Wagen steht draußen, Sir. Hier entlang, bitte.«

Als er neben Oates im Fond der Limousine saß, die der tüchtige junge Mann durch die dunklen Straßen steuerte, erlaubte sich Campion ein kurzes Abschweifen.

»Kaum ein erfolgreicher Flüchtling, unser Lugg«, meinte er. »Ich nehme an, die Cops, die ihn suchen, legen ganz einfach die Hände vor die Augen, wenn sie ihn kommen sehen.«

Oates rutschte nervös hin und her. »Er ist dort sicherer als anderswo. Yeo weiß ihn zu finden, wenn er ihn braucht, und läßt ihn ungeschoren, wenn er ihn nicht braucht. Wir wollen im Moment seine Aussage gar nicht hören; niemand möchte einen großen Fisch wegen eines Streits um eine alberne Dame der Gesellschaft verlieren.«

Campion fand, daß die kleinen Vergehen während seiner Abwesenheit ziemlich zugenommen hatten. Er sprach es jedoch nicht aus, und nach einer Weile fuhr Oates fort:

»Würde Sloane denn die Venus von Croker erkennen? Ich meine, könnte er beurteilen, ob sie echt ist?«

»O ja, davon bin ich überzeugt. Er verdient unter anderem mit solchen Expertisen sein Geld.«

»Ach, wirklich?« Oates seufzte. »Ich wünschte, ich könnte das auch«, sagte er ernsthaft. Er lächelte auch nach etwa zehn Minuten noch nicht, als er Holly sehr nachdrücklich befragte, warum er Lieutenant Evers nach Scotland Yard zitiert hatte. Holly war verärgert, denn einen solchen Ton war ein Inspektor nicht gewöhnt. Seine blauen Augen wurden eisig, aber er blieb gelassen.

»Es war nie die Rede von einer Festnahme, es war eine reine Gefälligkeit von Lieutenant Evers, Mr. Oates«, erklärte er. »Wir haben ihm gesagt, um was es geht, und er ist sofort gekommen und hat den Freund mitgebracht, mit dem er dinierte.«

»Den Bischof von Devizes«, ergänzte Oates grimmig. »Das wird sich auf einer offiziellen Note des U. S. Army-Kommandos großartig ausnehmen.«

Hollys Kälte begann den Raum zu durchdringen. »Niemand konnte ahnen, daß er mit einem Bischof speist«, protestierte er, wider jede Vernunft, wie Campion fand. »Aber es ist in Ordnung, Mr. Oates. Das denke ich wenigstens. Sie waren beide sehr nett. Ich habe natürlich gesagt, es tue mir sehr leid, und bis zu einem gewissen Punkt war der junge Mann kooperativ, außer daß...«

»Hat es Streit gegeben?«

»Nein, Mr. Oates. Nicht direkt. Keine Unannehmlichkeit, aber...«

»Gütiger Gott, Holly, Sie haben sie doch nicht etwa hierbehalten?«

»Nein, Mr. Oates. Ich kenne meine Grenzen. Ich habe sie nur gebeten, noch eine Weile zu warten.«

Oates sah auf die Uhr. »Sind sie jetzt hier?«

»Ja, das sind sie. Sie haben es in meinem Büro sehr gemütlich...«

Oates stöhnte.

»Wieviel Autorität haben Sie über Ihren Onkel, Campion?« fragte er.

»Nennen wir es lieber Einfluß«, sagte Campion. »Ich gehe hinunter. Soll ich?«

Inspektor Holly räusperte sich. Er war erregt, doch es war offensichtlich, daß er zwar wußte, wie gefährlich seine Taktik war, sie aber für durchaus gerechtfertigt hielt. »Wir sollten die Aussage von Mr. Sloane berücksichtigen, Mr. Oates«, sagte er. »Sie zu lesen dauert höchstens fünf Minuten. Ich kann Ihnen den Inhalt aber auch in zwei Minuten mündlich wiedergeben. Ich glaube, wenn Sie ihn kennen, werden Sie auch das Gefühl haben, mein Vorgehen sei gerechtfertigt gewesen.«

Oates lehnte sich in seinen Sessel zurück. »Lassen Sie hören. Ich hoffe, es ist etwas Gutes.«

»Meiner Meinung nach ist es das, worauf wir gewartet haben.« Für einen Moment wurde Holly wieder zu dem eifrigen jungen Kriminalbeamten, der seine Beförderung seiner Zielstrebigkeit und Verläßlichkeit zu verdanken hatte. »Dieser Sloane tauchte heute nachmittag hier auf, und als man ihm sagte, ich sei außer Haus, meinte er, er werde warten. Er wollte nur mit dem Inspektor sprechen, der die vertrauliche Liste verschickt hatte, die im März an die Kunsthändler ging.

Ich bin erst um acht zurückgekommen, aber er war noch da und erklärte mir, er sei auf eine merkwürdige Sache gestoßen ...«

Oates nickte ermutigend.

»Er sagte, er wisse, wo die Venus von Croker ist«, fuhr Holly fort, »und ich bin zu der Überzeugung gelangt, daß der Mann tatsächlich wußte, wovon er sprach. Er hatte eine Anfrage von einem Kunden bekommen, der behauptete, er habe gehört, das Bild befinde sich in Privatbesitz, und er gab Sloane die Adresse einer Frau aus den Home Counties. Der Kunde wußte anscheinend nicht, daß das Bild gestohlen worden war; es ist ja keines der berühmten Gemälde auf der Liste, nicht wahr? Der Mann dachte, es sei regulär verkauft worden und bat Sloane, sich zu erkundigen, ob es vielleicht wieder zum Verkauf stehe. Und von da an hat Sloane einen falschen Weg eingeschlagen.«

»Weil er nicht sofort zu Ihnen gekommen ist?«

»Ja, denn genau das hätte er tun müssen, und das weiß er auch«, sagte Holly bekümmert, aber mit Nachsicht. »Nein, er wollte besonders schlau sein und die Adresse aufsuchen, die man ihm gegeben hatte. Es war ein ruhiges Haus auf dem Land, und er ließ sich bei der Besitzerin melden.« Holly holte tief Atem. »Ich wünschte, Sie hätten Sloane gesehen. Er ist ein dicklicher, von sich selbst überzeugter kleiner Kerl, und er sah, als er mir das erzählte, richtig verängstigt aus.

Die alte Haushälterin führte ihn in den Salon, wo er auf die Dame des Hauses warten sollte, und er sagt, als er das Zimmer betrat, habe ihn fast der Schlag getroffen. Der Raum war praktisch vollgestopft mit den vermißten Kunstschätzen. Wie er es mir schilderte, muß es wie der Wachtraum eines Händlers gewesen sein. Unbezahlbare Schätze zusammengewürfelt mit viktorianischem Schund. Die kleine Venus war auch da, er hat gesagt, er würde sie überall erkennen; sie hing in einer Ecke über einem Schreibtisch, als habe irgendein liebes Tantchen sie gemalt, und über dem Kamin prangte *Dedham*

Pightle. Meiner Meinung nach sind es die Sachen aus dem Lauderdale-Lastwagen. Das war die zweite Ladung, die verlorenging, wenn Sie sich erinnern, Mr. Oates.«

»Ich erinnere mich.« Oates winkte ihm fortzufahren.

»Nun, er hat gesagt, auf dem Dingsbums habe eine Bronze von Cellini gestanden und in einem gläsernen Schaukasten, der wie ein Tisch aussah, lagen die Miniaturen von Scribe, zusammen mit einem Sammelsurium von Brieföffnern und verziertem Porzellan.«

Erregung schlich sich in die Stimme des Inspektors, und sein Gesicht rötete sich.

»Er hat gesagt, es ›wimmele‹ dort nur so von dem Zeug, und er habe dagestanden und Mund und Augen aufgerissen. Und er weiß wirklich Bescheid, ist einer der ganz Großen seines Fachs. Also – ist das nun eine Geschichte? Ich habe ein oder zwei Punkte ausgelassen, tut mir leid, aber es hat mir plötzlich den Atem abgeschnürt.«

Triumph und Zorn hatten ihn Jahre und Würde gekostet. Er sah wie ein Junge aus. Die anderen saßen da und starrten ihn an. Dann mußte Oates plötzlich lachen. Campion blieb ernst.

»Ich kenne Sloane«, sagte er, »er ist kein überschwenglicher Mensch. In der Regel eher zurückhaltend. Er ist doch nicht zufällig verrückt geworden, Inspektor?«

»Er hatte einen Schock«, sagte Holly und zeigte seine überraschend schönen, blitzenden Zähne, »aber sonst ist er in Ordnung; er weiß, was er tut.«

»Hat er mit der Frau gesprochen?« fragte Oates.

»O ja. Er hat sich sehr vernünftig benommen. Sie scheint für ihn ebenfalls eine Überraschung gewesen zu sein. Ich weiß nicht, welche Vorstellungen er sich von ihr gemacht hatte, sie entsprach jedenfalls keiner. Er sagt, sie war schon älter, unverheiratet, sehr energisch, und er glaubte nicht, daß sie auch nur im entferntesten ahnte, was sich bei ihr angesammelt hatte.«

»Welche Taktik hat er eingeschlagen?« erkundigte sich Campion fasziniert.

Holly zuckte mit den Schultern. »Er sagt, er sei sehr, sehr vorsichtig gewesen. Wenn Sie mich fragen, war er wie vom Blitz getroffen, stand nur da und glubschte sie an. Er behauptet jedoch, ihm sei, da er ihrer Haushälterin seinen Namen genannt hatte, kein anderer Vorwand für seinen Besuch eingefallen als der, daß er gehört habe, sie wäre bereit, ein paar Bilder zu verkaufen.«

»Ja?«

»Dann hat sie ihn hinausgeworfen.«

»Oh!«

»Ja. Aber auf eine sehr vornehme Art. Sie sagte, nein, sie habe es nicht nötig, etwas von ihren Schätzen zu verkaufen, und er möge doch bitte ihr Haus verlassen.«

»Ist das alles, was er hat?«

»Nein.« Hollys Stimme überschlug sich und endete mit einem Quieksen. »Er hat sie um Entschuldigung gebeten und im Vorübergehen die Venus bewundert. Und sie sagte, ja, sie sei sehr hübsch, und sie bewahre sie für einen Freund auf. Sloane fragte nicht direkt nach dem Namen, aber sie konnte dann doch nicht umhin zu erwähnen, daß ihr Freund ein Adliger sei. Sie habe sich bereiterklärt, ihm auszuhelfen, als das Militär plötzlich einen Saal im Dorf beschlagnahmt hatte, der von einer Firma gemietet worden war, die dort ausgelagerte Möbel aufbewahren wollte. Also ging er ins Dorf und sah sich den Saal an ...«

»Das hat er wirklich getan, du meine Güte! Ein guter Mann. Doch den Namen der Firma hat er wohl nicht erfahren?«

»O doch. Hat er«, sagte Holly ehrfürchtig. »Es kommt einem wie ein Wunder vor, wenn man bedenkt, was wir alles getan haben, ohne ein Resultat zu erzielen. Aber Sloane ist energisch. Er fand heraus, daß der Saal der Kirchengemeinde gehört und suchte den Sekretär des Pfarrers auf, der den Namen in seinem Hauptbuch fand. Hier ist er: Peters and Jack, Ledbury Street, Clerkenwell. Ich habe Sergeant Pelly hingeschickt. Er wird alles aus ihnen herausholen, bevor ihnen überhaupt klar ist, daß sie reden, und wenn der Name des Adligen der ist, den ich erwarte, ist der größte Teil unserer Arbeit getan.«

Campion saß zusammengesunken in seinem Sessel. Er war sehr müde, aber die Augen hinter der großen Brille waren lebhaft und nachdenklich.

»Bleibt die Frage, ob es Peters and Jack tatsächlich gibt.«

Holly schnitt eine Grimasse. »Sie denken, das Ganze könnte ein Windei sein?« sagte er. »Das ist eine Idee!«

»Es wäre eine Möglichkeit, den Coup durchzuziehen, nicht wahr?« meinte Campion. »Seit ich die Geschichte gehört habe, habe ich mir über das Hauptproblem dieser Leute den Kopf zerbrochen – wo die Sachen aufbewahren, deren Besitz ihnen längst auf den Nägeln brennen muß. Diese Kunstgegenstände bedürfen alle einer besonderen Pflege. Nicht einmal damals konnte es einfach gewesen sein, als die Diebe glaubten, sie nur ein paar Monate behalten zu müssen. Doch nun, da ihre Bosse die Schätze ganz bestimmt nicht abholen werden, müssen sie für die Diebe zum Alptraum geworden sein. Eine nicht existierende Speditionsfirma, die auch Sachen lagert, ist wahrscheinlich die Lösung.«

»In diesem Fall holen wir uns die Sachen«, sagte Holly kurz. »Hoffentlich haben Sie recht. Pelly ist in solchen Dingen wie ein Terrier, er schlängelt sich überall durch. Wenn es die Firma gibt, findet er sie. Ich hoffe doch, in Ihrem Sinn gehandelt zu haben, Mr. Oates?«

»Wie?« Oates betrachtete ihn düster. Nach seiner ersten erschrockenen Reaktion auf die Neuigkeit, war er immer deprimierter geworden. »Was?« sagte er. »Ja. O ja. Sehr gute Arbeit. Glück gehabt. Ich verstehe nur noch immer nicht, warum Sie diesen amerikanischen Jungen in den Yard geholt haben. Was hat er damit zu tun?«

Holly begann zu lachen. »Ich bin wirklich ein Idiot«, sagte er freudig überrascht, wie es schien, »da habe ich doch tatsächlich ausgelassen, was ich Ihnen eigentlich sagen wollte. Der Kunde, der Mr. Sloane auf die bewußte Frau aufmerksam gemacht hat, ist Amerikaner, Mr. Oates, ein Mr. Evers aus New York. Und in seinem Brief an Sloane schreibt er unmißverständlich, er habe von seinem Sohn erfahren, wo die Venus sei, und dieser Sohn sei hier bei der U.S. Army. Da mußte ich mir den Jungen doch ansehen, oder?«

Oates atmete mühsam durch die Nase. »Natürlich«, sagte er. »Und hat er den Sachverhalt zufriedenstellend erklärt?«

Holly antwortete nicht sofort. »So ziemlich«, sagte er, »nur – er weiß mehr, als er preisgibt... Was sehr seltsam ist, wenn man es recht überlegt.«

19

Dem Bischof von Devizes war nicht besonders fröhlich zumute. Ihm war klar, daß er erstens bei Scotland Yard nichts verloren und zweitens von einem Beamten bessere Manieren erwartet hatte; Sergeant Dacre hatte sich in seiner Aufregung geradezu rüde benommen. Der Bischof hielt jedoch an seinem Entschluß fest, dem jungen Amerikaner zur Seite zu stehen, den er ins Herz geschlossen hatte.

Würdevoll und absolut fehl am Platz saß er im Büro des Polizeichefs im Besuchersessel und musterte Holly nüchtern. Es war nicht zu übersehen, daß Don unglücklich war. Er hatte es abgelehnt, sich zu setzen und stand, jung und kraftvoll, vor dem Schreibtisch, während Oates und Holly ihn beobachteten und Campion sich unauffällig im Hintergrund hielt.

»Ich«, sagte er, »habe es dem Inspektor schon erklärt. Ich will Sie nicht in Ihrer Arbeit behindern, und ich weiß nicht, warum Sie sich dafür interessieren, aber ich hatte die Idee, daß die Zensur es nicht durchlassen würde, wenn ich irgend etwas Verdächtiges nach Hause schriebe.«

»Die Zensur hat damit nichts zu tun«, begann Holly, und dann mischte Oates sich ein.

»Tatsache ist«, sagte er mit seiner alten Provinz-Bobby-Stimme, »daß wir Hilfe brauchen. Wir können nach Amerika schreiben und Ihren Vater auffordern, uns – wenn er will – mitzuteilen, was Sie ihm geschrieben haben. Ich bezweifle nicht, daß er uns entgegenkommen würde, und sehr wahrscheinlich werden wir uns an ihn wenden, doch wenn Sie es uns sagten, würde uns das eine Menge Zeit ersparen, wissen Sie? Aber wenn Sie nicht wollen, brauchen Sie's nicht zu tun.«

Es klang wehleidig, wie so oft bei Polizisten vom Land, und Don, der vom Chef der Kriminalabteilung eindrucksvollere Töne erwartet hatte, sah ihn erstaunt an.

»Ich habe dem Inspektor gesagt, was passiert ist. Es ist ganz und gar nicht meine Geschichte. Mein Vater erwartet jede Woche einen Brief von mir. Er hört gern eine Menge Neuigkeiten, und das so oft wie möglich. Manchmal gehen mir die Geschichten für ihn aus.«

»Sie berichten ihm also allen Klatsch«, sagte Oates. »Das ist in Ordnung. Das gefällt mir an meinem Jungen. Wissen Sie noch, was Sie ihm über diese Dame vom Land berichtet haben?«

»Ja. Wie ich Ihrem Inspektor schon sagte, habe ich durch einen Freund von ihr gehört – von einem Kameraden aus der U. S. Army, der auch hier ist –, er war in dem kleinen Dorf namens Chessing stationiert und hatte eine Empfehlung für eine Lady, die dort lebt. Sie wissen doch, wie das ist. Man lernt jemanden kennen, und der sagt: ›Ach, Sie liegen da und da in Garnison? Dann müssen Sie aber meine Tante – meine Cousine oder wen immer – besuchen.‹ Aber das kennen Sie natürlich.« Don machte unglaublich viel Wind, und Campion begriff, weshalb Holly ihn zum Verhör in den Yard geholt hatte. Ausflüchte waren nicht gerade die Stärke des jungen Mannes.

»Nun, dieser Freund«, fuhr er fort und setzte plötzlich erleichtert hinzu: »Ich kann Ihnen ja ruhig seinen Namen nennen: Mark Elder, Major bei der Artillerie. Er ist ein kultivierter Mann und hat an einem College unterrichtet, bevor ihm aufging, daß er sich eigentlich ein bißchen in diesem modernen Krieg umsehen sollte, ehe er sich weiter mit alten Kriegen beschäftigte. Wir sind gleichzeitig eingetreten, und als ich ihn das letztemal sah, hat er mir diese Geschichte bis in alle Einzelheiten erzählt. Er hat mir auch den Namen der Dame genannt, und ich habe ihn aus demselben Grund wie er im Gedächtnis behalten. Sie hieß Miss Dorothy Pork, und das war quasi das Tüpfelchen auf dem i dieser Geschichte. Er meldete sich zwar nicht bei ihr, aber sie begegnete ihm, als sie in der Feldküche aushalf, die im Rathaus eingerichtet worden war. Bei dieser Gelegenheit erwähnte er, daß er ihren Neffen kannte, und sie bestand darauf, daß er einmal zu ihr zum Tee käme. Offenbar war das eine große Ehre, denn sie lud sonst nie jemanden zum Tee ein, aber er hat gesagt, sie verkörpere alles, was er je über England gelesen hat. Sie trug sehr plumpe Schuhe und hinten schaute ein weißer Unterrock unter ihrem Tweedrock hervor, doch alles in allem war er nicht unbedingt erpicht auf diesen Besuch. Er wollte sie jedoch nicht verletzen, und nachdem sie ihn das drittemal aufgefordert hatte, ging er zu ihr.«

Sein Auditorium hörte interessiert zu, und ein Lächeln umspielte Oates' dünne Lippen. »Das ist schön«, sagte er. »Das ist es, was wir wissen wollen.«

»Nun«, fuhr Don fort, »Mark hat mir erzählt, das Haus habe genau dem entsprochen, was er darüber gelesen hatte, bis die Lady ihn in den Salon führte. In seinem ganzen Leben habe er noch nie so schöne Bilder gesehen. Eines davon kannte er von Reproduktionen und dachte, es müsse sich um eine Kopie handeln, bis er es sich genauer ansah und feststellte, daß es das Original war. Er hat auch gesagt, die alte Lady habe selbst überhaupt keinen Geschmack, und das Ganze sei für ihn eines der kleineren Rätsel dieser Insel. Da ich für meinen Vater keine Geschichte hatte, schrieb ich ihm einfach, was Mark mir erzählt hatte. Das Bild war irgendeine Venus, ich vergesse immer wieder, was für eine, aber ich hatte mir den Namen notiert und legte den Zettel dem Brief bei. Das ist alles, Sir, mehr weiß ich leider beim besten Willen nicht.«

»Wir sind Ihnen sehr dankbar«, sagte Oates und sah ihn mit einem aufrichtigen Lächeln an. »Es ist ein Zufall – ein ungewöhnlicher Zufall, es sei denn... Lieutenant Evers, wissen Sie, wer Major Elder die Empfehlung für Miss Pork gegeben hatte?«

Don preßte die Lippen zusammen und wurde zu seinem größten Ärger feuerrot. Das Blut schoß ihm ins Gesicht, und seine Augen blitzten böse. »Mehr kann ich Ihnen leider nicht sagen.«

Holly wollte etwas einwenden, doch Oates kam ihm zuvor.

»In Ordnung«, sagte er leichthin, »wir können Sie nicht zwingen, und das wollen wir auch nicht. Aber wir werden uns mit dem Major in Verbindung setzen müssen. Wenn er kein Entgegenkommen zeigt, müssen wir uns an die Lady wenden.«

Campion mischte sich ein. »Ich nehme an, diese Empfehlung kam von einem völlig arglosen Menschen«, sagte er zu Oates. »Ich meine, jemand, dem besonders viel daran liegt, daß niemand Miss Porks Salon zu sehen bekommt, hätte Major Elder bestimmt nicht empfohlen, sie zu besuchen, oder? Ich kann mich irren, aber das Ganze klingt mir ein bißchen zu unbekümmert. War es Mrs. Shering, die Ihrem Freund gesagt hat, er solle Miss Pork aufsuchen, Lieutenant?«

Dons Miene verriet ihn, und Campion war zerknirscht. »Tut mir leid«, sagte er, »doch meiner Meinung nach gibt es hier niemand sonst, den zu schützen Sie sich verpflichtet fühlen könnten. Sie kann in die Sache nicht verwickelt sein, das ist ganz und gar nicht ihr Bier – wenn ich so sagen darf.«

»Ich denke, mein Neffe hat recht, Lieutenant. Unschuld ist etwas bemerkenswert Auffallendes.« Der Bischof, der kurz in Vergessenheit geraten war, warf diese Bemerkung ein wie ein Richter von der olympischen Abgeschiedenheit seiner Richterbank. Und Don gab es auf, den Kavalier zu spielen.

»Nun schön«, sagte er. »Doch ich verlasse mich auf Sie, Mr. Campion. Ich weiß, daß Mrs. Shering nichts Ernstes zu verbergen haben kann und wollte nicht, daß man sie belästigt. Ja, sie hat Mark gesagt, er solle die alte Dame einmal besuchen.« Er unterbrach sich und sah sich um. »Es war reiner Zufall«, fuhr er fort. »Wir aßen zusammen im Berkeley zu Abend, als Mark hereinkam. Er blieb bei uns stehen, wir schwatzten ein bißchen, und sie fragte ihn, wo er stationiert sei. ›In einem sehr malerischen, aber sehr ungemütlichen kleinen Nest namens Chessing‹, antwortete er, und sie sagte: ›Ach, du meine Güte, wie recht Sie haben, ich kenne es nämlich. Aber wenn Sie einmal ein Bad nehmen oder ein Glas Stachelbeerwein trinken wollen, sollten Sie Dorothy Pork besuchen.‹ Er unterbrach sich, und ein leichtes Lächeln glitt über sein sorgenvolles Gesicht. »Für Sie hatte der Name nichts Komisches, bis wir anfingen zu lachen und sagten, wir glaubten nicht, daß ein Mensch Dorothy Pork heißen könne; dann alberten wir noch eine Weile herum, und das war alles.«

Es hatte sich ganz offensichtlich so und nicht anders zugetragen, daß sogar Holly schwieg. Es war der Bischof, der die Frage stellte, die ihnen allen durch den Kopf ging.

»Habe ich das so zu verstehen, daß Miss Pork eine Verwandte von Mrs. Shering ist?« fragte er.

»O nein!« Don schien über die Vermutung entsetzt. »Nein. Sie ist eine Freundin der Tante, bei der Mrs. Shering aufgewachsen ist. Sie sei ein Original, sagt Mrs. Shering.«

»Zweifellos die ›englische Schöne‹ vergangener Zeiten«,

sagte Campion geistesabwesend. »Du liebe Güte, ja, das ist sehr klar, nicht wahr, Mr. Oates?«

Der Polizeichef sagte, das sei es in der Tat, und mit vielen Entschuldigungen und Beteuerungen guten Willens auf der einen und reservierter Freundlichkeit auf der anderen Seite wurden die Besucher von Tovey und Campion hinunterbegleitet. Als sie sich die Hand schüttelten, lächelte Don Campion schüchtern an.

»Was für einen Wein Sie verpaßt haben!« sagte er.

Campion lachte. »Haben Sie ihn getrunken?«

»Wir haben ihn getrunken«, antwortete der Bischof förmlich. »Ein sehr angenehmer Abend.«

Als sie in Oates' Büro zurückkamen, schaute der Polizeichef quer durch den Raum zu Campion hinüber. »Carados gerät immer tiefer hinein«, sagte er.

»Das ist zweifellos der Fall, daran kommen wir nicht vorbei«, bekräftigte Holly. »Es ist immer gerade nur einen Schritt von ihm entfernt.«

Campion schob die Hände in die Taschen und begann auf und ab zu gehen.

»Adliger gibt der Freundin einer Tante seiner Verlobten gestohlene Kunstschätze im Wert von hunderttausend Pfund zur Aufbewahrung, die alle so bekannt sind, daß der erste intelligente Besucher sie sofort erkennt«, sagte er. »Was für ein Kerl, wie?«

Oates runzelte die Stirn. »So ausgedrückt, klingt es absurd«, gab er zu, aber Holly war verärgert.

»Es ist höchst verdächtig, Mr. Campion«, sagte er. »Ich weiß, die Geschichte klingt unglaubwürdig, aber die ganze Sache ist nicht alltäglich. Wir kommen jedoch weiter. Denken Sie, wir sollten Mrs. Shering jetzt aufsuchen, Mr. Oates? Oder...«

»Nein.« Der Polizeichef stand auf. »Nein«, sagte er noch einmal, »ich denke, die nächste Person, die wir befragen, ist Miss Pork. Ich sag Ihnen was, Holly, wir fahren alle hin.«

»Ich gehe auf die Vierundvierzig zu«, erklärte Campion plötzlich, »und die Bewußtlosigkeit nach dem Schlag über den Schädel gestern abend nicht mitgerechnet, habe ich seit achtundvierzig Stunden nicht mehr geschlafen.«

»Dann können Sie es im Wagen nachholen. Kommen Sie, Holly.«

»Jetzt, Sir?« Der Inspektor war über diesen Ausbruch jugendlichen Elans verblüfft. Oates schüttelte sich leicht wie ein älterer Hund; er griff nach Pfeife, Geld und Streichhölzern, schlüpfte in den Mantel und nahm seinen Hut vom Schreibtisch.

»Wir fahren jetzt«, sagte er. »Wir fahren, bevor wir den Bericht von Pelly bekommen, wir fahren, bevor Yeo zurückkommt. Wir fahren, bevor entweder Ihr Mann Sloane oder dieser Kindersoldat und sein klerikaler Freund Zeit haben, irgend jemandem auch nur ein Sterbenswörtchen auszuplaudern. Tovey«, setzte er hinzu, »besorgen Sie mir einen Wagen und einen Revolver.«

Campion begann zu lachen. »Sie haben die Zigarre vergessen«, sagte er. »Davon abgesehen ist es eine glänzende Nachahmung. Kommen Sie, Holly, jetzt werden wir einmal erleben, wie man es in der guten alten Zeit gemacht hat.«

Der Inspektor sah sie entrüstet an – ob wegen der *lèse-majesté* oder der beispiellosen Einmischung seines Chefs war nicht ganz klar. Oates lächelte leicht.

»Wir nehmen einen Sergeant mit«, sagte er. »Nur weil es besser aussieht.«

20

Das Haus hatte eine zornige Farbe, eher rotbraun als rot, und es duckte sich mürrisch am Ende einer schmalen Zufahrt, die von viel zu vielen Sträuchern gesäumt wurde. Ein Versuch in viktorianischer Gotik in ihrer geschmacklosesten Form. Sie kamen früh, aber nicht zu einer unschicklichen Zeit. Campion hatte darauf bestanden, etwas zu essen, und Holly hatte gedrängt, man möge ihm gestatten, gewisse Punkte von Angus Sloanes Geschichte nachzuprüfen, ehe sie zu ermitteln begannen. Dennoch war es erst kurz nach neun, als Tovey, in seiner Eigenschaft als erforderlicher Sergeant, mit dem Wagen vor der Veranda mit den bunten Glasfenstern hielt.

Miss Pork ließ sie in einer Diele warten, die auf schönheitsbewußte Menschen zutiefst entmutigend wirkte. Obwohl Oates ihr seine Karte hineingeschickt hatte, ließ sie ihnen ausrichten, sie sei beim Frühstück und werde Mr. Oates empfangen, wenn sie es beendet habe, und Holly, der dieser Entschuldigung nicht traute, war bestürzt, als er feststellte, daß sie korrekt war. Durch Glasscheiben hinter schmiedeeisernen Gittern in der Tür zu ihrer Rechten erblickten sie eine schattenhafte Gestalt bei einer Mahlzeit.

Oates, der geduldig und unerschütterlich aussah, brummte freundlich, als das ältliche Hausmädchen ihnen die Nachricht brachte, und ließ sich auf einen harten Holzstuhl nieder, aus dessen geschwungener Lehne ein Herz herausgeschnitten war. Holly zappelte nervös herum. Er stand in der Nähe der scheußlichen Tür und spähte hin und wieder mit mißbilligender Miene hindurch. Tovey, der seinen Chef nachahmte, nahm den zweiten Holzstuhl. Campion jedoch wanderte.

Er erinnerte sich, schon häufig in einem Haus wie diesem gewesen zu sein, und sah sich nach der Tür eines Zimmers um, das nach Süden hinaus gehen mußte, und als er sie gefunden hatte, schlenderte er unauffällig darauf zu.

Nach einer Weile, als man ihn vergessen hatte, öffnete er sie vorsichtig, steckte hastig den Kopf durch den Spalt und sah, als er ihn zurückzog, beinahe benommen aus. Danach wurde seine Ungeduld, mit Miss Pork zu sprechen, fast unerträglich.

Endlich kam sie hereingewieselt – eine Überraschung für alle Anwesenden. Dorothy Pork war nie eine »englische Rose« noch irgendeine andere Blume gewesen; sie war aus anderem Holz geschnitzt. Sie war klein und hielt sich, um das auszugleichen, bolzengerade, und sie war scharlachrot. Einen röteren Menschen habe ich bei Gott noch nie gesehen, dachte Campion; rotes Gesicht, rote Hände und sogar schlaffes rötliches Haar, das sich aus Nadeln und Spangen gelöst hatte und wild in eine vorspringende rote Stirn hing. Ihre Kleidung war praktisch, der Rock hinten länger als vorn, und an den Füßen trug sie große patriotische Holzschuhe. Sie hatte einen breiten Mund und eine Stimme, die wie ein Schnattern klang, und, wie sie selbst sagte, redete sie fast ununterbrochen. Glänzende runde Augen musterten die Besucher der Reihe nach und flackerten leicht, als Oates aufstand, um sie zu begrüßen.

»Also«, sagte sie, »was wollen Sie bei mir, eh?«

Es war ein direkter Angriff mit der Wirkung eines Flammenwerfers. Wie passend, dachte Campion, daß in einer solchen Burg ein feuerspeiender Drache haust.

Oates blieb völlig gelassen, bekümmert und nachdenklich. »Sind Sie Miss Dorothy Pork, Ma'am?«

»Bin ich. Und Sie sind Oates, Chef der Kriminalabteilung. Kommen Sie zur Sache. Wenn Sie etwas zu sagen haben, tun Sie's. Wir können keine Zeit vergeuden, es gibt eine Menge zu tun. Meine Güte, wenn ich den ganzen Vormittag nur herumstünde, weiß ich nicht, wo wir dann wären. Auf mich wartet viel Arbeit.«

»Das bezweifle ich nicht, Ma'am.« Oates war so sanft wie immer. »Keiner von uns ist müßig. Ich bin aus London gekommen, um mit Ihnen über einige Gegenstände zu sprechen, die Sie von der Firma Peters and Jack übernommen haben. Sie haben sie doch noch, nicht wahr?«

Miss Porks Gesicht wurde noch dunkler, ein erstaunlicher und sogar erschreckender Anblick. »Das ist die Höhe«, sagte sie zu sich selbst. »Wirklich der absolute Gipfel. Ich nehme an, Sie haben diesen Handlungsreisenden geschickt, der sich so aufspielte? Sie tun das aufgrund eines jener neuen, schimpflichen Gesetze, ja? Oder haben Sie vielleicht gar keine

Autorität? Das würde mich nicht überraschen. Ich rufe jetzt meinen Anwalt an.«

»Das ist eine wirklich gute Idee«, sagte Oates plötzlich lebhaft. »Sehr vernünftig. Wohnt er hier in der Nähe? Könnten Sie ihn herüberbitten?«

Miss Pork war ein bißchen aus der Fassung gebracht, und ein kurzes krächzendes Lachen entfuhr ihr. »Nein, seien Sie nicht albern«, sagte sie unerwartet. »Der Kerl ist ein gräßlicher alter Narr. Was wollen Sie also? Nur lassen Sie mich nicht sinnlos herumstehen.«

Sie war zwar nicht nachgiebiger geworden, hatte sich jedoch ein bißchen abgekühlt. Sie lächelte ebenfalls und verwandelte sich auf eine entwaffnende Weise in einen leicht vergnügten alten Drachen. Oates erwiderte ihr Lächeln.

»Haben Sie die Sachen hier, Ma'am?« fragte er.

»Nun ja, ich habe ein paar Bilder«, sagte sie, und ihre gute Laune hielt an. »Und ein paar kleine Zierstücke. Aber ich weiß, wem sie gehören, und ich bin demjenigen nur gefällig. Das habe ich seinerzeit auch sehr deutlich gesagt. Ein paar Sachen sind hier. Streifen Sie sich die Schuhe ab, ja? Ich habe den Teppich reinigen lassen. Meine Mutter hat ihn vor vielen Jahren selbst gemacht, und er ist se-ehr wertvoll. Hier hinein bitte.«

Sie marschierten hinter ihr in den Raum, den Campion entdeckt hatte, und blieben wie gelähmt stehen. Sogar Holly verschlug es die Sprache, obwohl er nicht für sich beanspruchte, von Kunst und Innendekoration etwas zu verstehen. Es war ein großer Raum mit riesigen schmalen Fenstern und reichen Vorhängen, und dennoch hatte man ein Gefühl von Enge. Campion hatte Möbel wie diese schon gesehen, aber nur als Ausstellungsstücke. Zwei große Eckbänke mit Gitterlehnen, die sich als Regale für Keramik fortsetzten, beherrschten das andere Ende des Zimmers, und im Vordergrund standen willkürlich verstreut seltsame vielsitzige, gepolsterte Sitzmöbel. Kronleuchter aus bunten Perlen und ein sehr schöner alter

Armleuchter hingen von der Decke, und der Wollteppich, über den sie gingen, erbrachte den Beweis dafür, daß Miss Porks Geschmack ererbt war.

Die Venus von Croker lächelte mutwillig von der Wand über einem praktischen Büroschreibtisch herab, und auf einer Rosenholzkonsole, die abwechselnd mit Ebenholz- und Elfenbeinperlen behängt war, bäumte sich wie eine Flamme ein wahrhaft herrliches Bronzepferd.

Der Polizist verschwand fast hinter einem Paar Kerzenleuchtern aus Benares, einigen wirklich bezaubernden Chelsea-Figuren und einer Marmoruhr, die in etwa die Form des Parthenontempels hatte.

»Natürlich«, sagte Miss Pork fröhlich, »gehören viele dieser Schätze mir. Das hier, zum Beispiel«, fuhr sie fort und zeigte auf einen mit abenteuerlich verschlungenem Messingdraht gerahmten kleinen Druck, der neben der Venus hing. »Dieser kleine Scotchterrier mit seinem Baby-Frauchen, zum Beispiel. Ich weiß, es ist nur eine Weihnachtskarte, aber ich habe sie seit Jahren aufgehoben, weil sie mir gefällt. Ich mag ja sentimental sein, doch das Bildchen ist sehr gut. Das nur mit einem Hemd bekleidete Mädchen daneben ist ein Bild, das ich verwahre. Ein paar Leute haben es bewundert, aber ich wußte nicht so recht, ob ich es aufhängen sollte oder nicht. Ich habe es nur getan, weil der Keller feucht ist und ich nicht wollte, daß es Schaden nimmt. Es ist nicht jedermanns Geschmack, und vor einigen Jahren noch hätte ich große Bedenken gehabt, es in einen Raum im Erdgeschoß zu hängen. Aber die Zeiten haben sich geändert, nicht wahr? Und das ist auch gut so. Mir gefallen diese Land Girls in ihren Pumphosen, sie sehen so vernünftig und gesund aus.«

Sie unterbrach sich, um Atem zu holen und den Besuchern Gelegenheit zu geben, sich neu zu gruppieren, doch sie nutzten sie nicht. Oates schaute sich sehr gründlich um. Holly, dem seine Unwissenheit peinlich war, war nervös, und Campion schien in Staunen und Entzücken verloren.

»Nun, Sie wollen bestimmt nicht nur hübsche Dinge ansehen«, sagte Miss Pork und bemächtigte sich, wie zweifellos gewohnt, der Situation. »Sie wollen reden, und Sie wollen wissen, was mir gehört und was nicht. Ist das richtig?«

»Ist das alles?« fragte Campion, plötzlich aus seiner Verzückung auftauchend. »Ich meine, sind das alle Sachen, die Sie übernommen haben?«

Miss Porks stachelbeerfarbene Augen wandten sich ihm erstaunt zu. »Alles, was aus dem Saal zu mir gebracht wurde? Ach, du liebe Güte, natürlich nicht. Ich habe die Kisten nicht angerührt, die im trockenen Teil des Kellers stehen. Hab nur kurz einmal hineingeschaut, hatte wirklich nicht die Zeit, sie genau zu inspizieren. In einem Haus wie diesem gibt es viel zu tun. Als Mann wären Sie überrascht.«

»Eine Menge abzustauben«, mischte Tovey sich ein.

»Und zu waschen«, sagte Miss Pork. »Ich wasche alles, mag alles sauber haben. Vorhänge, Schonbezüge, Teppiche, Tweedsachen. Diesen Bildern täte es auch gut, einmal tüchtig abgeschrubbt zu werden. Gute weiße Seife und Wasser schaden nie. Aber natürlich«, setzte sie hinzu, als sie die Mienen der Männer sah, »würde ich seine Sachen nie waschen, ohne ihn vorher zu fragen.«

»Wen meinen Sie eigentlich, wenn Sie *ihn* sagen?« fragte Oates.

»Unsinn!« erwiderte Miss Pork geradeheraus. »Verschonen Sie mich mit diesem Quatsch bitte! Sie müssen wissen, wem die Sachen gehören, sonst wären Sie ja nicht hier, um sie sich anzusehen, oder? Ich weiß genau, was passiert ist. Ich habe die Sachen erst vor ungefähr sechs Wochen in meinen Salon heraufgeholt, um sie vor Feuchtigkeit zu schützen, aber die Leute haben sie bewundert, und sie müssen darüber geredet haben. Was sie natürlich nicht wissen – und ich wage zu behaupten, daß es Ihnen genauso geht –, ist, daß ich eine sehr alte Freundin der jungen Frau bin, die der Marquis von Carados heiraten wird. Ich sehe sie nicht oft, und ich schreibe ihr nicht, weil ich nun einmal nicht schreibe. Ich schreibe nie, wenn es sich irgendwie vermeiden läßt, und ich lese auch nicht. Ich handle. Als ich merkte, daß die Sachen in Gefahr waren zu verderben, sagte ich zu meinem Mädchen Jones: ›Wir müssen sie schützen, und der beste Platz ist im Salon.‹ Sie gab mir recht, und wir packten das Zeug aus. Ich habe es niemandem gesagt, warum auch? Ist es wirklich wichtig, wo im Haus sie sich befinden, solange man sich nur um sie kümmert? Natürlich nicht. Und jetzt kommen Sie wegen nichts und wieder nichts daher, weil ich genau das getan habe. Alles ist jetzt absolut in Ordnung.«

Anstrengung und Triumph brachten sie wieder zum Kochen, und ihre Augen funkelten.

»Was haben Sie getan, Ma'am?« fragte Holly mit lobenswert ruhiger Stimme.

»Ich habe ihm natürlich geschrieben«, sagte sie.

»Carados?«

»Ja. Sofort nachdem dieser kleine Mann, dieser Handlungsreisende hier war. Hieß er nicht Sloane? Ja. Also nachdem er hier war, fiel mir ein, der Marquis könnte sich fragen, worauf ich aus bin, wenn er erfuhr, daß ich ein paar seiner Sachen aus dem Keller geholt habe. Ich mußte es ihm doch erklären. Es sind nämlich auch wirklich hübsche Stücke darunter. Ich stellte mich vor, teilte ihm mit, daß ich diejenige bin, die auf seine Sachen aufpaßt, und schrieb auch ganz offen über die Feuchtigkeit im Keller. In einem post scriptum habe ich ihn auch wissen lassen, daß die Blumenschale von mir stammt, die Susan zur Hochzeit bekommen hat. Ich habe bisher noch nichts von ihr gehört und erinnerte mich, daß ich keine Karte beigelegt hatte. Ich habe nie eine bei der Hand, wenn ich eine brauche. Es ist alles in Ordnung, wie Sie sehen.«

Die Besucher wechselten bedeutsame Blicke. »Ich denke, das ist es vielleicht wirklich«, sagte Campion. »Wann haben Sie den Brief abgeschickt, Miss Pork? Wissen Sie das noch?«

»Selbstverständlich. Vorgestern. Sofort nachdem der

Handlungsreisende gegangen war. Es hat eine Zeitlang gedauert, denn wie ich schon gesagt habe, schreibe ich selten, und mußte mir erst alles zusammensuchen; sauberes Briefpapier und eine gute Feder. Die Post habe ich aber noch erwischt, glaube ich, wenn ich mich auch eine oder zwei Minuten verspätet haben mag. Der Marquis müßte den Brief gestern nachmittag bekommen haben. Sie können auf jeden Fall sicher sein, daß er ihn jetzt hat, und wenn Sie wieder bei ihm sind, werden sie feststellen, daß sie sich keine Sorgen mehr zu machen brauchen.«

Sie lächelte ihnen zu und gab ihre starre Haltung auf.

»Es tut mir leid, daß Sie die lange Fahrt für nichts und wieder nichts gemacht haben. Trinken Sie ein Glas Wein. Aus Runkelrüben. Selbst gekeltert, aber noch vor dem Krieg. Schmeckt ausgezeichnet, etwa wie ein sehr süßer Port mit einem leichten Nelkenaroma.«

»Besten Dank, aber nein, Ma'am, wir wollen Ihnen keine Umstände machen.« Oates' schwarze Augen lachten, trotz seiner Enttäuschung. »Nur noch eine kleine Formalität, bevor wir gehen. Wir brauchen eine genaue Aufstellung der Gegenstände, die Sie hier haben, wie sie zu Ihnen gebracht wurden und woher sie kamen.«

Zuerst sah es so aus, als wolle Miss Pork protestieren, doch ob sie nun eine besondere Zuneigung zu Oates gefaßt hatte oder ob sie die Aufregung genoß, Tatsache war, daß sie ihnen noch ein paar Minuten widmete.

»Nun gut«, gab sie nach, »doch wir müssen uns beeilen. Ich muß noch vor dem Lunch in die Kirche hinunterlaufen und die Blumen arrangieren, und das ist immer ziemlich lästig. Die Leute meckern ständig. Ich selbst mag sehr viele Blumen in einer Vase, besonders auf einem Altar, es gibt nichts, das heiterer wäre. Die Sachen hier oben haben Sie ja gesehen, gehen wir also in den Keller, und ich sage Ihnen, was dort unten ist. Hier entlang bitte. Sie müssen auf Ihre Köpfe achten, wie ich sehe, sind Sie alle sehr groß.«

Sie hatte das Zimmer verlassen, ehe sie zu Ende gesprochen hatte, fauchend wie ein kleiner roter Zug, und ihre Holzschuhe klapperten rhythmisch über die bunten Fliesen. Eine niedrige Tür in der lackierten Täfelung führte zu einer steilen Treppe, auf der es stark nach Moder und Zwiebeln roch.

»Ich hänge meine Schalotten unten auf«, sagte Miss Pork. »Sie sind gut gegen Motten, schmecken gut im Eintopf und helfen gegen Krankheit. Wie Sie sehen, haben sie einen mehrfachen Nutzen. Sehen Sie sich auf der dritten Stufe von unten vor, sie ist nur noch halb vorhanden.«

Da sie nach dieser letzten Bemerkung natürlich ihre ganze Aufmerksamkeit auf die Treppe richteten, vollzog sich der Abstieg schweigend und endete in einem niedrigen Gelaß. Es war zur Hälfte mit riesigen Packkisten vollgestellt, und Holly bedauerte, daß er nicht zwei Sergeants und einen Polizisten fürs Grobe mitgebracht hatte.

»Sehen Sie«, sagte Miss Pork, »dort drüben ist es feucht.«

Und das war es tatsächlich; mehr als feucht sogar. Das Wasser rann in grünen Rinnsalen aus hoch in der Mauer angebrachten Gittern und bedeckte in schillernden Pfützen den modrigen Boden.

»Man kann hier keine Bilder aufbewahren«, fuhr Miss Pork fort. »Nicht einmal Möbel, obwohl einfach wundervoll ist, was gute Möbel aushalten. Deshalb habe ich den Inhalt dreier Kisten hinaufgebracht. Ein paar kleine Figuren habe ich übrigens ins Gästezimmer gestellt. Häßliche kleine Dinger aus einer Art Elfenbein. Alles andere haben Sie im Salon gesehen. Wollen Sie jetzt tatsächlich alle Kisten öffnen?«

»Wir müssen, Ma'am, leider.« Das kam Holly vom Herzen. Er beleuchtete mit seiner Taschenlampe eine Kiste, die weniger professionell aussah als die anderen, und Oates schaute ihm über die Schulter. Ein altes Etikett, das oberflächlich mit Kreide durchgestrichen war, verkündete, daß die Messrs. Bull & Butler, Weinhändler aus Old Jewry, diese Kiste einmal an den Marquis von Carados geliefert hatten.

Das neuere Etikett wurde noch von der Seite der nebenstehenden Kiste verdeckt. »Da drin sind nur ein paar Pappdekkel«, sagte Miss Pork. »Ich habe hineingeguckt. Sehen aus wie Kulissen eines Puppentheaters. In der großen Kiste sind vergoldete Sachen; sehr kunstvoll gearbeitete Stücke. Eins sieht aus wie ein Wasserkrug fürs Schlafzimmer, ist aber mit kleinen Figuren und Blumen verziert und viel zu kostbar, um benutzt zu werden, doch sehr schön verpackt, deshalb habe ich ihn in Ruhe gelassen. Also – wo wollen Sie anfangen?«

»Einen Augenblick noch bitte, Ma'am.« Oates war höflich, pochte jedoch auf seine Autorität. »Bevor ich eine komplette Bestandsliste machen lasse, habe ich noch eine oder zwei Fragen. Wann genau haben Sie diese Sachen übernommen?«

»Oh, das ist schon eine ganze Weile her«, antwortete Miss Pork entschieden. »Ich hatte so viel zu tun, daß ich keine Sekunde Zeit hatte, darüber nachzudenken. Nur die Feuchtigkeit hat mich daran erinnert, daß das Zeug noch hier ist. Vor sechs oder acht Monaten hat man es gebracht, glaube ich. Oder war's voriges Jahr um diese Zeit? Ich werde Jones fragen. Sie erinnert sich an alles, was ich vergesse, so kommen wir gut zurecht. Ich organisiere mein Leben. Es muß aber schon ziemlich lange her sein, sonst hätte ich nie daran gedacht, die Kiste zu öffnen. Wenn man höchstens ein Paket pro Jahr bekommt, hat man das Gefühl, sich gewisse Freiheiten herausnehmen zu können, nicht wahr?«

Oates schien diese Argumentation ein wenig zu verwirren, doch er beließ es dabei.

»Sie haben doch wohl eine Empfangsbestätigung ausgestellt, Ma'am«, begann er hinterhältig. »Haben Sie nicht gleichzeitig auch ein Memorandum bekommen? Ein Dokument? Irgend etwas Schriftliches, damit Sie einen Überblick haben?«

»O ja, ich verstehe Sie. Ich bin nicht geistig zurückgeblieben.« Miss Porks rotes Gesicht verriet ein geradezu wildes Vergnügen. »Ich bekam natürlich eine Kopie der Bestandsliste auf Firmenpapier und auch ein bißchen Geld. Sie haben mir eine Art Lagergebühr bezahlt. Deshalb habe ich mich verpflichtet gefühlt, mich um die Sachen zu kümmern. Wenn man Geld nimmt, und das tut man ja heutzutage, muß man auch seine Pflichten erfüllen. Wissen Sie, ich hätte es nicht für jeden getan, aber als ich erfuhr, wem das alles gehörte, sagte ich zu der Frau, ich hätte das Gefühl, tun zu müssen, was in meinen Kräften stehe. Der Adel stirbt aus, das weiß ich, habe ich gesagt, aber man muß ihn nicht auch noch schubsen.«

»Der Frau?« rief Holly, nicht mehr imstande, das geduldigere Spiel des Chefs zu spielen.

»Aber gewiß.« Miss Pork richtete den feurigen Blick nach oben. »Die Firma wurde von einer Frau vertreten. Ihren Namen habe ich total vergessen, falls ich ihn überhaupt je gewußt habe, aber sie war ganz bestimmt eine Frau. Ich sehe nichts Ungewöhnliches darin, Sie ja? Frauen tun viele Dinge, vertreten nicht nur Speditionsfirmen.«

Nachdem sie Holly abgefertigt hatte, wandte sie sich Oates zu. »Ich wollte Ihnen eben erklären, daß ich die Miete für meinen Keller für ein Jahr im voraus bekommen habe und seither kein Geld mehr eingegangen ist. Daraus schließe ich, daß das Jahr noch nicht um ist. Hoffentlich erwarten Sie nicht, daß ich Ihnen sage, wieviel Geld ich bekommen habe. Vielleicht sage ich es Ihnen, wenn ich will, aber zwingen lasse ich mich nicht.«

»Ich hätte gern den Scheck gesehen, Ma'am.«

»Ich habe keinen Scheck bekommen. Da es sich um eine geringe Summe handelte, nahm ich die zwei Fünfpfundnoten in bar. War mir so gerade recht. Ich habe gern ein bißchen Geld im Haus. Bestimmte Dinge bezahle ich immer bar, den Ölmann, zum Beispiel, und ...«

»Aber die Bestandsliste haben Sie doch aufgehoben, Ma'am?« Es gelang Oates, die Wortflut abzulenken, wenn auch nicht einzudämmen.

»Aber selbstverständlich«, sagte sie. »Im Schreibtisch. Bis

vor ein paar Monaten war sie noch vollständig, und auch jetzt ist noch ein bißchen was davon da. Ich zeige sie Ihnen dann gleich.«

»Ein bißchen was?« fragte Oates, den Kopf zur Seite geneigt.

»Ja, das letzte Viertel. ›Versiegelte Kisten 29‹ steht drauf oder so ähnlich – und das ist alles. Ich weiß es, weil ich es erst kürzlich in der Hand gehabt habe. Ein junger amerikanischer Offizier war zum Tee bei mir und bewunderte eines der Bilder im Salon. Er fragte, wie es heiße, und ich sagte ihm, ich würde es für ihn herausfinden, weil ich junge Männer mag, die häusliche Interessen haben. Also ging ich zum Schreibtisch – und hab's herausgefunden.«

»Den Namen des Bildes?« fragte Holly aufgeregt.

»Nein.« Miss Pork lachte über sich selbst. »Nein. Ich habe mich schrecklich geärgert. Ich fand nur dieses letzte Stückchen der Bestandsliste, und sofort als ich es sah, fiel mir auch ein, was ich getan haben mußte. Ich weiß nicht, ob Sie sich an solche Dinge erinnern, ich jedenfalls tue es. Ich war im Winter einmal spät abends hier hereingekommen und konnte keine Streichhölzer finden. Licht wollte ich nicht machen, weil die Verdunkelungsrollos nicht heruntergezogen waren, aber ich denke immer, eine einzige kleine Flamme kann doch nichts ausmachen, nicht wahr? Auf dem Rost lag noch ein bißchen Glut, also ging ich im Dunkeln zum Schreibtisch und nahm etwas heraus, das ich zu einem Fidibus zusammendrehen konnte, um damit eine Kerze anzuzünden. Ich riß es entzwei, das weiß ich noch, weil man kein Papier verschwenden darf, und warf die eine Hälfte in die Schublade zurück. Wie ich es jetzt sehe, kann es nur die Bestandsliste gewesen sein. Aber ich habe diese Hälfte aufgehoben und hole sie Ihnen jetzt.«

Sie war davongewieselt, bevor sie sie zurückhalten konnten, und der schlabbrige Rock hing ihr fast bis auf die Knöchel, als sie die Treppe hinaufpolterte.

Oates sah Campion an, und der jüngere nickte. »O ja, Gott

hat sie so geschaffen, niemand sonst hätte es gewagt. In den Winkeln des ländlichen England wachsen sie so. Ich wüßte gern, was sie in ihrem Gästezimmer hat. Die Waterlow Elfenbeinfigurinen oder etwas Ähnliches?«

Holly, der auf einer Packkiste saß und ein paar maschinengeschriebene Seiten studierte, die er aus der Tasche geholt hatte, blickte auf. »Es handelt sich um das Lauderdale-Zeug«, sagte er heiser. »Der Wasserkrug, den sie erwähnt hat, scheint mir der Lauderdale-Schatz zu sein. Ein Becken und ein Kelch, von einem Italiener namens Mattioti gearbeitet. Sehr wertvoll, sagen die Besitzer. Pures Gold, und sie bewahrt es hier unten auf.« Er sah sich mit leicht hervortretenden Augen im Keller um. »Es ist wundervoll, nicht wahr?«

Oates rümpfte die Nase. Er hatte über die Packkisten nachgedacht und kam jetzt zu einem Entschluß. »An Ihrer Stelle, Holly, würde ich die Ortspolizei hinzuziehen«, sagte er. »Hier ist eine Menge zu tun, und es muß sehr sorgfältig erledigt werden. Colonel Rufus ist der Chef, ein wirklich anständiger alter Knochen. Wenn unsere gute Dame zurückkommt, gehe ich hinauf und rufe ihn an.«

»Genau daran habe ich auch schon gedacht, Mr. Oates«, sagte Holly erleichtert. »Es entlastet mich hier, und ich kann mich sofort um Carados kümmern. Ich denke, jetzt haben wir ihn überführt. Das alles muß natürlich noch gründlich überprüft werden, aber ich glaube, die Beweise sind hier.«

Oates war nicht ganz so überzeugt. »Bisher haben wir nur ihr Wort und das alte Etikett auf der Kiste dort drüben«, wandte er ein. »Keins von beiden ist ein sehr zuverlässiger Beweis, ich hätte gern etwas Handfesteres. Doch vielleicht haben Sie recht. Ich will diese Bestandsliste sehen. Ich nehme an, sie kommt wieder.«

Holly sah ihn verständnislos an. »Aber – ich hätte nie gedacht –« begann er, kam jedoch nicht weiter.

Eine Frau kam die Treppe herunter. Nicht Miss Pork, sondern die Haushälterin – Jones, die ihnen auch geöffnet hatte.

Sie streckte ihnen ein Tablett entgegen, auf dem ein Stück Papier lag.

»Madam hat mich gebeten, das Mr. Oates zu geben«, sagte sie. »Sie sollen bitte entschuldigen, daß sie nicht sofort wieder herunterkommt, aber sie hat eben Besuch bekommen. Sie hat gesagt, ich soll Ihnen auch ausrichten, wer es ist, weil Sie es vielleicht wissen wollen.«

»O ja?« sagte Oates und nahm den Rest der Bestandsliste vom Tablett.

Jones senkte den Blick und sagte respektvoll und leise: »Der Marquis von Carados ist oben«, sagte sie. »Er und eine Dame. Es ist die, die schon einmal hier war.«

21

Niemand rührte sich, ehe die alte Frau gegangen war, die sich mühselig die gefährliche Treppe hinaufhievte. Als ihre Schritte oben auf den Fliesen verklangen, nahm Oates Campions Ellenbogen.

Keiner sprach ein Wort, während sie fast lautlos in die Diele zurückkehrten, in der es dunkel war bis auf die vielfarbigen Sonnensprenkel, die durch die bunten Glasfenster der Veranda fielen.

Die Tür zum Salon war geschlossen, aber die daneben stand offen, und Campion, der während der ersten Befragung seine Zeit nicht vergeudet hatte, führte sie in ein kleines Vorzimmer mit einer weiteren Tür aus Glas und Schmiedeeisen – dem Pendant jener anderen, hinter der sie Miss Pork vor einer Weile beim Frühstück beobachtet hatten. Sie führte zu einem Alkoven im Salon, und sie war offen, wie er bemerkt hatte.

Zwar konnten sie Miss Pork nicht sehen, die von einem Podest verdeckt wurde, auf dem ein Messingtopf mit Pampasgras thronte, aber sie hörten ihre Stimme; sie sahen jedoch Johnny Carados und die Frau an seiner Seite. Er stand einen Schritt vor seiner Begleiterin, hatte die Hände in den Taschen, und sein kräftiges, gutmütiges Gesicht war merkwürdig ausdruckslos.

Die vier Männer im Vorzimmer konzentrierten sich ganz auf die Frau, und Campion reagierte auf ihren Anblick mit einem erregenden Gefühl der Enttäuschung und Bestürzung. Es war ausgerechnet die Frau, die den Beweisen keinen neuen Stellenwert geben, deren Auftauchen an Carados' Situation nichts ändern konnte. Es war Dolly Chivers.

Fest und unerschütterlich stand sie da, die Hände über ihrer Handtasche gefaltet, das heitere Gesicht fragend erhoben. Wie üblich gab sie zu verstehen, daß sie tolerant war, aber weit über jeder Schwierigkeit stand, was es auch sein mochte. Campion vermutete jedoch, daß sie nervös war, denn eine unterdrückte Spannung ging von ihr aus, die er noch nie an ihr bemerkt hatte.

Die Stimme von Miss Pork – marktschreierischer denn je – überschlug sich fast. Offensichtlich hatten die Besucher bisher kaum Gelegenheit gehabt, etwas zu sagen, und auch jetzt schienen ihre Chancen nicht besonders groß.

»Oh, Sie dürfen nicht denken, es macht mir etwas aus«, sagte sie. »Es ist überhaupt keine Mühe für mich, und ich habe gewußt, daß Sie das mit der Feuchtigkeit verstehen würden. Hübsche Sachen brauchen Luft, alles braucht Luft, wir selber brauchen Luft; sehen Sie sich die Blumen an. Also habe ich sie einfach heraufgebracht und behandelt, als wären es meine eigenen Kostbarkeiten. Ein paar sind ja reizend, wissen Sie, und verdienen es durchaus, gepflegt zu werden, doch das wissen Sie ja selber. Wohin soll ich sie schicken und wann? Wir haben im Dorf einen sehr guten Lastwagen, der oft eine zweite Ladung braucht, und...«

»Warten Sie«, sagte Carados plötzlich. Er hatte lauter gesprochen als beabsichtigt, und die beiden Worte hallten wie Donner durch den Raum. »Entschuldigen Sie«, sagte er hastig, »ich wollte nicht schreien, aber...«

»Natürlich wollten Sie nicht schreien«, fiel Miss Pork ihm unermüdlich ins Wort. »Trotzdem – die Menschen tun es oft, finde ich. Ich nehme an, es ist Nervosität. Sie sehen nicht so aus, aber waren Sie als Kind nervös?«

Sie tat so, als sei das eine sehr wichtige Frage, doch er ließ sich nicht ablenken.

»Da ist irgendein Irrtum passiert«, sagte er hartnäckig. »Leider gehören die meisten Dinge, die Sie hier haben, nicht mir. Ich versuche es Ihnen dauernd zu erklären. Nur eine einzige Kiste, die...«

»Die Sachen gehören Ihnen gar nicht? Aber ich habe gedacht, es seien Ihre. Ich glaube nicht, daß ich sie zu mir genommen hätte, wäre ich dessen nicht so sicher gewesen. Und Sie haben es mir ja auch ganz deutlich gesagt, nicht war, meine Liebe?« setzte sie hinzu, sich an Miss Chivers wendend. »Sie sind die Sekretärin, stimmt's? Damals war mir das nicht klar, ich dachte, Sie seien die Beauftragte der Spedition. Ich mag ja ein bißchen wirr im Kopf sein, aber ich glaube nicht, daß Sie Sekretärin sagten. Daran hätte ich mich erinnert.«

Oates, der neben Campion stand, notierte sich diese Aussage.

»O ja, ich bin sicher, daß ich mich erinnert hätte.« Miss Pork lachte nicht laut auf, aber das Geplapper klang fast wie Gekicher. »Ich bewahre keine Sachen für gewöhnliche Leute auf. Warum auch?«

»Nein, ich glaube nicht, daß Sie das tun würden, und ich danke Ihnen sehr herzlich dafür«, sagte Carados energisch, der ständig mit neuerlichem Beschuß von ihr rechnen mußte, während er sprach. »Aber es war ein Irrtum. Nur eine meiner Kisten wurde hierhergeschickt, und sie enthält ein Puppentheater...«

»Ein Puppentheater – Pappdeckel? O ja, das habe ich. Ich...«

»...das«, fuhr Carados unerschütterlich fort, »meinem Freund Ricky Silva gehört. Er hat es selbst gebastelt und liebt es sehr. Um ihm eine Freude zu machen, hat meine Sekretärin es in meinem Auftrag aufs Land geschickt. Sie hat mir gesagt, das sei auf die übliche Weise geschehen. Als die Spedition den Saal aufgeben mußte, den sie in Chessing gemietet hatte, teilte sie es Miss Chivers ordnungsgemäß mit, und weil sie nicht wollte, daß man das Puppentheater nach London zurückschickte, hat sie sich erlaubt, Sie zu bitten, es in Ihre Obhut zu nehmen.«

»Warum hat sie ausgerechnet mich ausgesucht?« fragte Miss Pork sehr logisch.

»Sie hatte durch Susan Shering von Ihnen gehört. Susan und ihr erster Mann, mit dem ich eng befreundet war, haben vor ungefähr einem Jahr eine Woche bei mir in der Stadt verbracht. Damals hörte Miss Chivers, daß Susan von Ihnen erzählte, und später hat sie sich an Sie und an den Namen des Dorfes erinnert, wahrscheinlich weil sie wußte, daß Rickys Theater hierher ausgelagert worden war. Nachdem sie mit Ihnen gesprochen hatte, teilte sie der Firma mit, was mit meiner Kiste geschehen sollte, und daraufhin hat man offensichtlich alle Sachen zu Ihnen geschickt. So ist es doch, nicht wahr, Dolly?«

»Ja, genauso war's.« Miss Chivers bedauerte offensichtlich die Wirrköpfigkeit der restlichen Menschheit. »Es waren unzuverlässige, dumme Leute, die sich, wie ich meine, mehr aufgeladen haben, als sie tragen konnten.«

»Oh«, sagte Miss Pork und wurde in der Tür sichtbar, die in das Vorzimmer führte, und die Röte ihres Gesichts rührte jetzt von einer ausgeprägten Enttäuschung her.

»Wenn nicht Ihnen, wem gehören dann die meisten Sachen, die ich hier habe? Sie müssen über meinen Brief sehr überrascht gewesen sein.«

»Und ob ich das war!« Carados' Gesicht war noch immer ausdruckslos, immer noch ungewöhnlich ruhig. »Ich habe ihn gestern abend vorgefunden, als ich nach Hause kam. Sie hatten *Persönlich* draufgeschrieben, daher hatte man ihn nicht geöffnet. Ich verstand kein Wort von dem, was Sie schrieben, deshalb habe ich, obwohl es schon sehr spät war, Miss Chivers angerufen. Sie hat mir die Sache erklärt, und ich beschloß, sofort mit ihr zu Ihnen zu fahren.«

Miss Pork stand da und sah ihn mit seitlich geneigtem Kopf an, die unangenehm klugen Augen fest auf sein Gesicht gerichtet. »Gewiß, um nachzusehen, ob das Puppentheater unbeschädigt ist, nicht wahr?«, sagte sie trocken.

In seiner Ecke schnitt Oates eine Grimasse, aber Campion sah ihn nicht, seine Aufmerksamkeit galt etwas anderem. Carados antwortete nicht, Miss Pork ließ ihm keine Gelegenheit dazu.

Mit einer unerwarteten Geste, die bei fast jeder anderen Frau überaus charmant gewesen wäre, trat sie ein paar Schritte näher an ihn heran und spähte ihm von unten her ins Gesicht.

»Karten auf den Tisch«, sagte sie. »Da stimmt etwas ganz und gar nicht, oder? Was habe ich hier? Eine Ladung Diebesgut?« Wieder gab sie ihm keine Gelegenheit zu antworten. »Ich bin keine totale Närrin«, fuhr sie fort, »und ich weiß, daß es so etwas sein muß. Die Polizei ist nämlich im Keller, wissen Sie?«

»Die Polizei?«

»Reizende, kluge Männer, die sehr hart arbeiten. Sie haben es nicht direkt gesagt, aber ich wußte natürlich, daß sie einen guten Grund für ihren Besuch haben mußten, und den haben sie tatsächlich, stimmt's, Fräulein Sekretärin?«

Die Schnelligkeit, mit der sie sich zu Dolly Chivers umdrehte, war erstaunlich, und die junge Frau, die eben ihr Taschentuch aus der Tasche nahm, hielt inne und starrte sie an.

»Haben sie den?« fragte sie gelangweilt.

»Ja, natürlich haben sie ihn.« Miss Porks Aggressivität war erschreckend. »Behandeln Sie mich gefälligst nicht wie eine dumme alte Frau. Das ist nämlich eines der wenigen Dinge, die ich ganz bestimmt nicht bin. Als Sie mich vergangenes

Jahr aufsuchten, haben Sie sich als Angestellte der Spedition ausgegeben und mir vorgeschlagen, alle Kisten bei mir zu lagern, nicht nur die eine mit dem Puppentheater. Nein, sagen Sie nichts. Ich weiß genau, was ich rede. Sie haben mir gesagt, alles gehöre dem Marquis, weil Sie dachten, ich sei ein alter Snob, und das bin ich auch, Sie haben ganz recht. Sie dachten außerdem, ich würde treu und brav stillschweigen, was ich ja auch getan habe. Sie haben alles arrangiert, und Sie haben mir auch die Bestandsliste gegeben.«

Dolly Chivers wechselte nicht einmal die Farbe; sie stand jetzt ganz dicht bei Carados, und sie überragte Miss Pork um ein gutes Stück.

»Die Firma hat Ihnen die Bestandsliste drei Tage nach meinem Besuch bei Ihnen geschickt«, sagte sie.

»Ah!« rief Miss Pork triumphierend. »Woher wissen Sie das? Woher wissen Sie denn das, mein Mädchen?«

Es folgte ein Augenblick erschreckender Erkenntnis, und dann stürmte Campion mit in langer Praxis erworbener Schnelligkeit vorwärts. Er riß die Messingschale von ihrem Ebenholzpodest und schleuderte sie samt dem Pampasgras genau in dem Moment durch den Raum, in dem der Schuß knallte.

Miss Pork stieß einen schwachen Schrei aus, einer der Kronleuchter zerplatzte und überschüttete alle mit einem Glasperlenschauer. Der Raum war groß und voller Hindernisse, und Holly schlängelte sich hindurch, auf die Frau mit dem Revolver zu, aber es standen zu viele Menschen im Weg.

Dolly Chivers entkam ihm. Die noch immer mit dem Taschentuch umwickelte Waffe fiel zu Boden, und Dolly Chivers schlug Haken wie ein in die Enge getriebenes Wild. Oates verstellte ihr den Weg zu der einen Tür. Und Carados, das Gesicht vor Ungläubigkeit fast unkenntlich, stand zwischen Dolly Chivers und der anderen Tür. Sie machte einen Satz auf das hinter Vorhängen, Blumenkörben und

Vogelkäfigen halb verborgene geschlossene Fenster zu und warf sich dagegen, als sei es nur eine Öffnung, ein Ausweg in die Freiheit.

Sie konnten es nicht verhindern. Sahen alle ihr Gesicht. Einen entsetzlichen Moment lang, der sich – wie es solchen Momenten eigen – zu einem endlosen Alptraum des Begreifens dehnte, sahen sie wahnwitzige Angst in diesem Gesicht. Angst löschte Dolly Chivers' kraftvolle, fröhliche Tüchtigkeit aus; nackte Angst, die keine Vernunft mehr kannte. Sie strahlte sie aus wie ein besessener Dämon, und das Glas splitterte und klirrte und zerbrach, als ihre kräftigen Schultern dagegenprallten.

»Der Lichtschacht!« schrie Miss Pork. »Der Lichtschacht!«

Dolly Chivers schrie nicht. Noch lange Zeit danach erinnerte sich Campion daran, wie still sie gewesen war, und diese Stille erschütterte ihn mehr als irgendein Laut, den er je gehört hatte. Es kam kein Wimmern, kein Seufzen, kein ersticker Atemzug. Andere Geräusche waren zu hören. Das hohe, heisere Geräusch berstenden Glases, der furchtbare dumpfe Aufprall von Knochen auf Stein und das Scharren. Dann nur noch Stille.

Später sahen sie sich den Lichtschacht an. Es war einer jener engen, feuchten Schächte, gebaut wie ein Grab, und dazu bestimmt, Küchen im Souterrain mit mattem Tageslicht zu versorgen, die die Architekten am liebsten ganz versteckt hätten. Er war nur knapp einen Meter vom Haus entfernt und gegen den Garten durch ein schmales Geländer aus Schmiedeeisen abgegrenzt. Nach oben offen, klaffte er gierig wie das Maul eines heraldischen Fisches.

Während sie auf die Ortspolizei warteten, standen der Doktor und der Hauptwachtmeister, Oates und Campion auf dem Rasen, der in so viele Formen geschnitten war, wie ein Plätzchenteig vor dem Backen, unter einer Blutbuche. Carados war mit Holly im Haus in eine grimmige Unterredung vertieft, während Tovey sein Bestes tat, Miss Porks Nerven zu beruhigen und ihre Neugier zu befriedigen.

Oates grub mit der Schuhspitze ein Gänseblümchen aus. »Ich habe es nicht vorausgesehen«, sagte er. »Das ärgert und erschreckt mich. Ich werde alt, Campion. Wären Sie nicht so flink gewesen, hätten wir jetzt die falsche Leiche. Dennoch, ich kann ihm jetzt nicht glauben. Sie mögen recht haben, aber ich bin anderer Ansicht. Vielleicht hatte sie das Taschentuch um die Waffe gewickelt, damit man sie nicht sah.«

Campion nahm seinen Arm. Sie waren beide erschüttert, ohne daß es ihnen klar war, und als er sprach, klang seine Stimme verhalten. »Vielleicht«, stimmte er zu, »aber es war nicht so. Sie hat sie aus dem guten altmodischen Grund so gehalten, weil sie nicht wollte, daß ihre Fingerabdrücke darauf gefunden wurden. Ich habe mir den Revolver angesehen, er ist absolut sauber. Fast unnatürlich sauber. Das kann nur eins bedeuten. Nein, ich bin sicher, daß ich recht habe. Endlich paßt alles zusammen. Es ist Johnny Carados' Waffe, das ist das Wichtige daran.«

»Oh, ich weiß, worauf Sie hinauswollen. Ich verstehe Sie, doch ich akzeptiere es nicht.« Oates zweifelte noch immer. »Natürlich hat er sie sofort identifiziert. Sagte, er habe sie für die Dauer seines Urlaubs in seinen Schreibtisch gelegt. Es gefällt mir nicht, Campion. Es paßt zu den anderen Ereignissen. Er gibt sich offen bis kurz vor dem entscheidenden Punkt, aber wenn es darauf ankommt, weicht er aus. Im Augenblick scheint er wie betäubt, aber ist das echt? Ich verstehe den Kerl nicht, und ich verstehe nicht, wie er das macht.«

»Hören Sie«, sagte Campion beschwörend, »nehmen Sie nur für einen Moment als gegeben an, daß er es nicht tut und auch nicht getan hat. Denken wir an das, was wir mit eigenen Augen gesehen haben. Wir haben beobachtet, daß Dolly Chivers immer näher an ihn heranrückte, bis sie so dicht wie überhaupt möglich neben ihm stand. Sie schoß aus seiner mit einem Taschentuch umwickelten Waffe auf eine Frau, die dabei war, sie zu entlarven. Das sind die Tatsachen, nicht wahr?«

»Ja.«

»Sie stimmen mir zu?«

»Ja.«

»Nun, mein Lieber, nehmen wir einmal an, Sie hätten die beiden nicht gesehen, Sie wären noch, wie sie annahm, im Keller gewesen, hätten den Schuß gehört und wären hinaufgestürmt. Sie hätten Miss Pork tot und Johnny mit einer Waffe in der Hand vorgefunden, auf der nur seine Fingerabdrücke waren? Was dann? Wessen Geschichte hätten Sie geglaubt? Seine oder die von Dolly Chivers?«

Oates war beeindruckt, aber nicht überzeugt. »Warum hätte er die Waffe in der Hand halten sollen?«

»Weil Dolly Chivers die Absicht hatte, sie ihm sofort nach dem Schuß in die Hand zu drücken.«

»Woraus in aller Welt schließen Sie das?«

»Ich halte es für möglich, weil es genau das ist, was sie immer getan hat – bildlich gesprochen. Sie ließ Mrs. Stavros in seinem Bett liegen, mit seinem Chloral vergiftet, sie stellte ihm die Kapseln zurecht, die er Theodore Bush brachte, sie erzählte Miss Pork, alle Packkisten gehörten ihm. Jetzt endlich haben wir es mit eigenen Augen gesehen und wissen, daß es so war.«

Oates schüttelte den grauhaarigen Kopf. »Das ist nicht ganz richtig«, sagte er. »Ist ja etwas dran an dem, was Sie sagen, aber ganz richtig ist es so noch nicht. Ich denke schon, daß es so gelaufen ist, es kann nicht zwei Mörder geben, und wir wissen, daß sie die Mörderin war. Aber meiner Meinung nach hat sie das Ganze nicht allein gemacht.«

Campion schwieg eine Weile und setzte sich mit der schrecklichen Möglichkeit auseinander, die ihm zu Beginn durch den Kopf geschossen war. »Nein«, sagte er endlich, »sie kann es nicht allein getan haben. Sie war ›der zweite

Mann‹, nicht der Chef. Ich denke, sie war ein ›zweiter Mann‹, der versucht hat, sich den Weg freizuschießen. Sie war ganz außer sich vor Angst. Nachdem sie einmal angefangen hatte zu töten, konnte sie nicht mehr damit aufhören.«

»O ja, sie hatte Angst«, sagte Oates leise. »Das hat mich erschreckt. Wie eine Irre ist sie durch dieses Fenster gerast. Wie konnte sie hoffen zu entkommen, selbst wenn dort draußen keine verdammte Todesfalle gewesen wäre? Sie hat nicht nachgedacht. Ihr Verstand hat nicht gearbeitet.« Er unterbrach sich und seufzte. »Ja, das ist sehr folgerichtig. Mit jedem Mord wurde sie wilder, unbesonnener. Ich denke, so stimmt es ungefähr, Campion. Das denke und hoffe ich, aber – warum hat sie Carados ständig hineingezogen, wenn er nicht der Chef ist?«

Nachdem der Gedanke einmal ausgesprochen und in Worte gefaßt war, die nicht mehr zurückgenommen werden konnten, sah Campion ihn fasziniert an. Oates ging weiter, umrundete die halbmond- und sternförmigen Beete.

»Jetzt werde ich ein paar Vermutungen aufstellen«, sagte er. »Angenommen, sie hat die meiste Dreckarbeit erledigt, ist immer tiefer hineingeraten und sah dann wie alle anderen, daß der Krieg nicht in ihrem Sinn zu Ende gehen würde. Das muß ihr schreckliche Sorgen bereitet haben.« Wieder unterbrach er sich und streckte seine Fühler nach der Wahrheit aus. Dann sagte er: »Schließlich muß sie etwas getan haben, wodurch sie sich verraten hat. Etwas Unvorsichtiges.«

»Es muß etwas mit dem Wein zu tun gehabt haben«, sagte Campion. »Wie ich gesehen habe, steht eine Kiste *Les Enfants Doux* im Keller. Die andere muß aufgebrochen worden sein, die Flaschen lagen lose im Stroh, alles mögliche kann in der Eile passiert sein. Sie hat sie an sich genommen, weil sie dachte, sie hätten keinen Wert, und Stavros und seine Frau sind dahintergekommen und haben sie vielleicht erpreßt. Irgendwann muß sie dann den Kopf verloren und beschlossen haben, die Frau zu töten.«

»Das ist es«, sagte Oates, und seine grauen Augen wurden dunkel wie immer, wenn ein Fall kurz vor der Lösung stand. »Das ist es. Und weil ihr klar war, daß sämtliche Beweise sie und nicht ihren Chef belasten würden, wenn je alle Karten auf den Tisch kämen, hatte sie ihr Bestes getan, ihm die Schuld zuzuschieben. Wie klingt das?«

Campion steckte die Hände tief in die Taschen, und das Kinn sank ihm auf die Brust. »Es gibt nicht den geringsten Beweis gegen ihn«, sagte er.

»Bei Verbrechen wie diesen gibt es nie Beweise gegen den Mann im Hintergrund – den Drahtzieher«, sagte Oates erbittert. »Aber ich hole ihn mir«, fügte er grimmig hinzu. »Am Ende hole ich ihn mir.«

Campion warf einen Blick auf die Zufahrt. Noch immer weit und breit kein Polizeiauto zu sehen. Der Gärtner, der in der Nähe des Lichtschachts arbeitete, kehrte dem furchtbaren Anblick den Rücken und wischte sich mit einem bunten Taschentuch über den Nacken. Weder Holly noch Carados hatten bisher das Haus verlassen. Alles war sehr sonnig, häßlich und gemütlich.

»Sie können ihn nicht festhalten«, sagte Campion endlich. »Nicht auf Grund der derzeitigen Beweislage.«

»Nein, natürlich nicht«, antwortete Oates schroff. »Aber andererseits kann ich ihn auch nicht laufenlassen.«

»Wie meinen Sie das?«

Oates lachte zornig. »Ein Mann in seiner Position, mit einem Namen wie dem seinen und einem solchen Job kann sich in einem Land dieser Größe mit den derzeitigen Einschränkungen nicht verstecken«, sagte er. »Das ist der eine Vorteil, den ich habe. Ganz England ist ein Käfig für ihn, bis ich den Beweis habe, den ich brauche. Es gibt keinen Ausweg für ihn – keinen einzigen.«

Campion wußte einen, erwähnte ihn jedoch nicht. Die emotionale Wirkung, die die neueste Entwicklung bei ihm hervorrief, reichte viel tiefer, als er zugeben wollte. Nicht weil

Johnny Carados ein alter Bekannter war, sondern weil er jemand war, den er seit langem bewunderte. Verrat durch ihn war mehr als Verrat – war Kränkung und Betrug. Diesem Gedanken folgten andere, und unwillkürlich mußte er an jene vielgeliebten Gestalten denken, die der Krieg entlarvt hatte, die es nicht wert waren, daß die Allgemeinheit mit Stolz zu ihnen aufsah. Gehörte Johnny Carados zu ihnen, mußte er sich dieser traurigen Prozession anschließen? Die Frage erschütterte ihn so, daß er es als Erleichterung empfand, als er Holly quer über den Rasen auf die Gruppe zukommen sah. Der Inspektor war erregt, man merkte ihm deutlich an, daß der Beruf des Polizisten einem seiner fundamentalen Charakterzüge entsprach.

»Zweierlei, Mr. Oates«, sagte er. »Erstens habe ich mit Kommissar Yeo im Yard telefoniert. Dann habe ich mich mit Carados auseinandergesetzt. Er bleibt übrigens bei seiner Geschichte. Sie ist logisch, und ich kann sie nicht erschüttern. Er scheint wegen des toten Mädchens ehrlich betroffen – irgendwie betäubt. Außerdem sagt er, er müsse wieder zum Dienst zurück.«

»Nun, das ist im Moment nicht möglich, so viel steht fest.«

»Das habe ich ihm auch gesagt, aber er behauptet, er müsse sich bis heute abend wieder in seinem Standort melden. Er sagt, es sei sehr wichtig.«

Oates formte mit den Lippen mehrere Worte, ehe er die aussprach, die er sagen wollte: »Haben wir eine Möglichkeit, ihn festzuhalten, Holly?«

»Nein, Sir. Bei seiner Position dürfen wir keinen einzigen Schritt zu weit gehen. Er schwört, daß er zur gerichtlichen Untersuchung wieder hier ist – vorausgesetzt, sie findet irgendwann morgen nachmittag statt.«

Oates zuckte mit den Schultern. »Da gibt es kein Rechtsmittel dagegen, oder?«

»Ich glaube nicht, Sir.« Holly war genauso übelgelaunt wie sein Vorgesetzter. »Aber ich denke nicht, daß er fliehen kann.

Er glaubt sich in Sicherheit. Außerdem haben wir, was den Mord betrifft, nichts gegen ihn in der Hand. Wir haben gesehen, wie es passiert ist. Wären wir nicht dagewesen...«

»Ah, aber wir waren da«, sagte Oates. »Wir waren da und nicht schnell genug, sonst hätte das arme Ding uns etwas sagen können.«

»Das arme Ding, Sir?« Holly war bestürzt über das Mitleid für die kaltblütige Mörderin – die erste, die er bei ihrer Tat beobachten konnte.

Oates merkte es zwar, blieb jedoch unbeeindruckt. »Ich habe immer ein bißchen Mitleid mit Leuten, die so völlig außer sich geraten«, sagte er und setzte hinzu: »Besonders wenn sie so wertvoll sind wie diese arme Frau es möglicherweise für uns gewesen wäre. Nein, wir müssen ihn wieder laufenlassen, aber es ist das letztemal, Holly, das allerletztemal. Was spricht Yeo? Er ist mit uns nicht besonders zufrieden, nicht wahr.«

»Ich vermute, er ist der Meinung, wir hätten auf ihn warten sollen, Sir.«

»Damit hat er völlig recht. Ich könnte mich deshalb selber feuern.« Oates schien dennoch mit sich sehr zufrieden. »Wir waren unsere eigene Rechtfertigung – waren genau zur rechten Zeit hier. Haben Sie ihm das gesagt?«

»Ja, Mr. Oates. Und er hat etwas. Seine Leute waren fleißig und haben die Speditionsfirma gefunden.«

»Tatsächlich?« Oates war erstaunt. »Ich hätte darauf gewettet, daß es sie gar nicht gibt.«

»Aber es gibt sie. Sie ist sehr klein, nur ein winziges Büro, aber sie wurde schon vor längerer Zeit gegründet. Die einzige ältere Angestellte, die dort praktisch alle Arbeiten erledigt, hat erzählt, die Firma sei kurz vor dem Krieg, als sie sich kaum noch über Wasser hielt, in andere Hände übergegangen. Ein gewisser Mr. Jesso hat sie übernommen, der eine Menge Sonderaufträge einbrachte – Evakuierung von Möbeln aufs Land.«

»Guter Gott!« sagte Oates andächtig. »Endlich kommt Licht in die Sache. Haben sie Jesso?«

»Noch nicht, Sir. Anscheinend ist es in der Firma seit einiger Zeit sehr ruhig. Er taucht nur selten auf, und die Frau weiß nicht, wo er wohnt. Sie scheint aufrichtig zu sein. Doch unsere Leute haben die Firmenbücher mit allen Adressen der verschiedenen Lagerhäuser, Schuppen, Säle und anderer Unterbringungsorte auf dem Land. Die prüfen sie jetzt. Und wenn wir recht haben ...«

»Wenn wir recht haben, werden wir die ganzen Sachen zurückholen. Das ist hervorragend, Holly. Gibt es noch mehr?«

Der Inspektor antwortete nicht sofort. Ein leichtes Lächeln umspielte seinen kleinen Mund. »Dafür gibt es noch keinen Beweis«, sagte er endlich, »aber sie haben von der Frau eine ziemlich detaillierte Personenbeschreibung bekommen. Kommissar Yeo hat mir aufgetragen, sie Ihnen wortwörtlich zu wiederholen. Sie sagt, er sei ein ungewöhnlich kleiner Mann mit einer sehr tiefen Stimme und einem kleinen Spitzbart.«

»Gold«, sagte Campion sofort.

Holly nickte ihm anerkennend zu. »Das meint auch der Kommissar. Er arrangiert ein zufälliges Zusammentreffen zwischen den beiden.«

Oates pfiff durch die Zähne. »Wir sind schon ganz dicht an Carados dran«, sagte er.

Campion dachte nach. Er rief sich Einzelheiten des letzten Gesprächs ins Gedächtnis, das er vor weniger als zwölf Stunden mit Gee-gee Gold vor Theodore Bushs Schlafzimmer geführt hatte. »Johnny ist *sans reproche*«, hatte Gold gesagt und es ernst gemeint. Was genau hatte es zu bedeuten gehabt? Sah Gold in Johnny Carados einen Führer, dem er blindlings folgte? Oder war es möglich, daß er ihn als Deckmantel benutzte? Die energische Stimme des Polizeichefs unterbrach Campions Meditation.

»Ah, da sind die Autos ja endlich«, sagte er. »Das Zivilfahrzeug gehört dem Doktor, glaube ich. Jetzt können wir weitermachen.«

Er und Holly gingen den Neuankömmlingen entgegen, doch Campion blieb zurück. Er fand eine kleine, unbequeme betonierte Bank zwischen zwei scheußlichen deutschen Gartenzwergen und setzte sich. Sein Bedarf an Leichen war gedeckt, und es interessierte ihn nicht, welche Todesursache der Doktor bescheinigte. Dolly Chivers war tot, das stand fest. Campion hatte auch keine Lust, sich die endlosen Formalitäten anzuhören, die Entschuldigungen und die Erklärungen, die Verhöre und beschworenen Aussagen. Er saß da und dachte daran, daß es jetzt fast achtundvierzig Stunden her war, seit sein Zug zum erstenmal ohne ihn abgefahren war, und daß noch mehr Schwierigkeiten auf ihn zukamen, die ihn aufhalten würden. Allmählich wuchs die Überzeugung in ihm, daß er eine Pflicht zu erfüllen hatte, eine Pflicht, die sein ganzes Wissen und seine ganze Erfahrung erforderte. Es bestand die riesengroße Gefahr des Mißlingens, auch sie mußte er in Betracht ziehen, und außerdem die Möglichkeit, daß sich alles anders – und sogar noch unangenehmer – entwickelte.

Er lümmelte noch immer im strahlenden Sonnenschein auf der Bank, als Carados die pseudo-gotische Veranda verließ. Er blieb einen Moment stehen und schaute sich nach seinem Wagen um. Campion stand auf und ging auf ihn zu. Als er ihn erreichte, saß Carados schon am Steuer. Er war irgendwie verändert, doch anders, als Campion erwartet hatte. Er wirkte nicht mehr betäubt, seine Züge waren jedoch noch immer ausdruckslos, aber dahinter spürte man eine Art grimmiger Entschlossenheit, die fast Mut war. Sein gradliniges, beinahe erschreckend intelligentes Gesicht war blaß, aber ganz ruhig und seine Stimme nicht getrübt.

»Hallo, Campion«, sagte er. »Tut mir leid, Ihnen das alles aufzuhalsen, doch es geht nicht anders.« Er unterbrach sich, weil ihm klar wurde, daß seine Worte allzu oberflächlich klangen. »Es hat mich schwer getroffen, wissen Sie«, fügte er hinzu. »Ich habe sie seit acht Jahren gekannt.«

»Wissen Sie«, sagte Campion bedächtig, »das bezweifle ich eigentlich.«

Carados spähte durch das offene Fahrerfenster zu ihm hinauf. »Ja«, gab er zu, »da ist was dran. Es ist erschreckend, sich vorzustellen, daß man Menschen jeden Tag sehen kann und sie doch nicht kennt. Zum Schluß war sie wohl verrückt, hatte total den Verstand verloren. Haben Sie sie gesehen? Und doch bin ich heute morgen mit ihr hergekommen und habe nichts gemerkt. Ich habe nicht einmal über sie nachgedacht. Sie war wie immer, tüchtig, fröhlich und unnahbar.« Seine Stimme verriet ihn jetzt ein bißchen, die Vorteile wurden fadenscheinig.

»Sie war verrückt vor Angst«, sagte Campion.

Carados schüttelte sich leicht. »Gott, wie entsetzlich!« sagte er.

Campion holte tief Atem. »Ich möchte mich ja nicht einmischen«, begann er unglücklich, »aber muß es denn unbedingt sein, daß Sie ausgerechnet jetzt zurückfahren?«

»Leider ja.« Wieder zeigte sich einen Moment jener merkwürdige, abweisende Ausdruck in den blauen Augen. »Ich muß. Weil ich wußte, daß ich zurück muß, bin ich ja auch schon in der Nacht heruntergekommen. Ich fahre nicht über London, sondern nehme die direkte Route von hier. Dieser Termin war mir schon seit längerer Zeit bekannt, er ist wirklich sehr wichtig.«

»Aber ich habe gedacht, daß Sie, wenn alles normal gelaufen wäre, heute morgen geheiratet hätten?«

Man hätte vermuten können, die Worte seien Campion versehentlich herausgerutscht. Er errötete leicht und entschuldigte sich. »Tut mir leid«, sagte er, »es geht mich nichts an.«

Carados ignorierte den kleinen Zwischenfall. Seine Miene wurde noch abweisender, und er wechselte das Thema.

»Ich muß los«, sagte er. »Habe zu arbeiten. Es ist schon ein höllisches Leben.«

»Ja«, sagte Campion und fügte mit gespielter Arglosigkeit hinzu: »Fliegen Sie eigentlich selbst?«

Carados drehte den Zündschlüssel um. »Hin und wieder«, sagte er in das Brummen des Motors hinein. »Sie behaupten, man wird zu alt dazu, aber ich bring es einfach nicht fertig, das zu glauben.«

Campion klammerte sich an die Wagentür, als wolle er den Motor mit Gewalt zurückhalten. »Ich sehe Sie bei der gerichtlichen Untersuchung«, sagte er.

»Eh?« sagte Carados. »Ach ja, richtig.«

»Ich sehe Sie bei der gerichtlichen Untersuchung«, wiederholte Campion. »Ich verlasse mich auf Sie, und ich denke, Sie werden kommen.«

»Tatsächlich?« sagte Carados. »Was für ein seltsamer Kerl Sie doch sind! Ich frage mich, wieso Sie sich auf mich verlassen? Leben Sie wohl. Wenn ich kann, wissen Sie, wenn ich kann.«

Sehr vorsichtig ließ er die Kupplung kommen, der Wagen rollte langsam an und schüttelte Campions Hand beinahe liebevoll ab.

Campion blieb stehen und sah ihm nach, bis er zwischen den Bäumen verschwand. Aus dem Haus hinter ihm drangen Stimmen, und Oates und der stocksteife Hauptwachtmeister erschienen auf der Veranda. Sehr langsam drehte Campion sich zu ihnen um.

22

Es war kurz vor der Sperrstunde im ›Minoan‹, das während des Krieges von seinen Gästen erwartete, früh zu speisen und dankbar zu sein. Der kleine Raum im ersten Stock, der schon so viel von der Geschichte miterlebt hatte, war schon gut verdunkelt, und die Lampe, die von der Decke hing, warf einen hellen Kreis auf das rote Tischtuch. Halb innerhalb, halb außerhalb dieses Kreises saß Mr. Pirri, während Stavros hinter ihm im Halbdunkel stand.

Vor ihnen saß Campion, dessen Backenknochen unter dunklen Augenringen allmählich deutlich hervorzutreten begannen.

»Es ist ein faires Angebot«, sagte er.

Pirri breitete die klobigen Hände aus. »Wir haben Ihnen alles gesagt, was wir wissen«, erklärte er, und seine schrille Stimme hob sich zornig.

»Nun schön.« Campion stand auf. »Die Party ist zu Ende. Machen wir den langen Umweg. Ich kann das Taxi identifizieren, und ich kann beschwören, daß Sie es gefahren und mich überfallen haben. Mein Wort wird Sie vielleicht nicht ins Gefängnis bringen, aber Sie werden verdammt schnell laufen müssen für Ihr Geld.«

Pirris braune Augen flackerten. »Das wird unangenehm«, sagte er.

»Sehr«, stimmte Campion zu. »Überall Polizei, die sich über alles und jeden den Kopf zerbricht. Jemand muß beobachtet haben, daß das Taxi wegfuhr. Und jemand weiß, woher der Sprit kam. Das muß heutzutage leicht zu eruieren sein.«

Pirri dachte nach und entblößte dann bei einem kurzen Lächeln die Zähne. »Sind Sie kein nachtragender Mensch?«

»Unter Freunden bin ich bereit, diese oder jene Kleinigkeit zu vergeben und zu vergessen.«

»Sehr gut.«

»Ich stimme zu. Großartig sogar. Pirri, als Sie mich entführten - was haben Sie gesucht?«

Er antwortete nicht, aber Stavros legte ihm die Hand auf die Schulter.

»Was macht es schon aus?« sagte er leise. »Die beiden armen Mädchen sind tot...«

»Frauen!« sagte Pirri plötzlich wütend. »Du denkst nie an was anderes als an Frauen. Ich allein muß die ganze Arbeit tun. Ich bin es, der sich aufs Geschäft konzentriert. Wenn ich nicht wäre, lägen wir auf der Straße. Und was passiert, wenn ich übertreibe – vielleicht ein bißchen zu weit gehe? Du versuchst mich zu erstechen, weil du dir einbildest, ich hätte deine Frau überfallen. Ich, der ich mich nur bemühe, unser Geschäft über Wasser zu halten.«

Fast weinend wandte er sich Campion zu. »Diese Einschränkungen, dieser Mangel«, sagte er. »Wie kann man da vorwärtskommen? Wie die Gäste zufriedenstellen? Endlich sind die Leute bereit, etwas auszugeben, und ich – ich habe nichts zu verkaufen.«

In jeder anderen Situation hätte sein Zorn etwas Komisches gehabt. Seine ganze Energie wandte er auf, um seine unerträglichen Kümmernisse zu schildern, die wie eine Gefühlslawine aus ihm hervorbrachen.

»Seit ich ein Kind war, ein Junge, ein kleiner, hilfloser Junge, arbeite ich, um zu verkaufen, und keiner hat ein paar Pennies übrig«, wiederholte er. »Und jetzt wedeln sie mit Fünfpfundnoten, und was kann ich ihnen dafür bieten? Nichts. Überhaupt nichts. Das hat mich ein bißchen verrückt gemacht, wissen Sie?«

Campion sah schon, daß jede kurze Erklärung über die Beziehung zwischen Mangel und Geld auf jenen Boden fallen würde, in dem solche Saat sprichwörtlich welkt und stirbt. Pirri war nicht nur einfach wütend.

»Es war eine Gelegenheit«, sagte er, »und ich habe sie genutzt. Anfangs war ich vorsichtig, doch dann hat es mich gepackt, verstehen Sie? Ich war davon besessen, es hat mich wild gemacht.«

Campion war entsetzlich müde. Die körperliche Müdigkeit behinderte ihn, und er riß sich verärgert zusammen. Er sah, daß er hier keine zusammenhängende Geschichte zu hören bekommen würde und auf Fragen zurückgreifen mußte, wenn er den einen wichtigen Hinweis finden wollte, der zur Wahrheit führte. Er riet einfach drauflos.

»Mr. Stavros hat von Miss Chivers ein paar Flaschen *Les Enfants Doux* bekommen und hat sie Ihnen gebracht, damit Sie sie verkaufen. Ist das richtig?«

»Das war der Anfang«, stimmte Stavros unglücklich zu. »Meine Frau kam zu mir, verkaufte mir drei Flaschen für einen annehmbaren Preis und sagte, sie könne mir vielleicht noch mehr besorgen. Ein ganz einfaches Geschäft, absolut fair. Und dann«, setzte er plötzlich hitzig hinzu, »dann hast du die Flaschen in die Finger gekriegt, Pirri.«

»Und warum nicht?« sagte Pirri heftig. »Eines Abends habe ich eine einem alten Stammgast verkauft, und er ließ mich holen. ›Pirri‹, sagte er, ›dieser Wein ist köstlich. Sie verkaufen ihn weit unter Preis.‹ Er ließ mich kosten, und ich stellte fest, daß es wirklich ein ausgezeichneter Tropfen war. Mir wurde klar, daß ich eine Entdeckung gemacht hatte. Hier war endlich eine Chance; eine echte Chance, ein bißchen Profit zu machen.«

Wieder breitete er die Hände aus, und sein langes, unglückliches Gesicht war rührend in seinem Groll. »Es war ein absolut ehrlicher Handel. Stavros fand einen guten Kunden, einen netten jungen Amerikaner mit einer Menge Geld. Wir haben nichts Unrechtes getan. Wir boten ihm eine gute Ware an, und er hatte das Geld, um sie zu bezahlen. Er sagte, er werde unseren ganzen Vorrat aufkaufen und vielleicht eine kleine Party geben. Sehr zufriedenstellend. Dann kreuzte dieser Theodore Bush auf und stellte Fragen. Aber wir wollten nicht an den Meistbietenden verkaufen, hatten den Wein schon dem jungen Amerikaner versprochen. Alles lief wie geschmiert und dann – diese – diese Mrs. Moppet ...«

»Nein!« protestierte Stavros. Es klang eher nach einer Bitte als nach einem Einwand. »Sprich nicht so von ihr. Das arme Mädchen ist tot.«

Pirri verdrehte die Augen zum Himmel, woher er, wie es

schien, eine Inspiration bekam, denn sein besseres Ich setzte sich durch.

»Das bedaure ich«, sagte er, »und du tust mir leid. Ich fühle mit dir, aber mein Herz ist voller Bitterkeit, und ich war fuchsteufelswild.«

»Ich verstehe, sie dachten, sie habe Sie hintergangen?« warf Campion ein.

»Natürlich«, sagte Pirri ruhig. »Sie erzählte so viele Geschichten. Zuerst konnte sie den Wein bekommen, und der Preis stieg; dann wiederum bekam sie ihn nicht, und ich hob den Preis an. Ein weiterer Tag verging; sie kriegte den Wein noch immer nicht. Noch mehr Gerede, mehr Überredung von uns beiden. Es war noch immer nicht möglich. Es zog und zog sich, bis sie eines Tages endgültig erklärte, es gehe nicht. Sie könne von diesem Wein nichts mehr bekommen. Sie wollte sogar die Flaschen zurückhaben, die wir schon hatten. Ich wurde wütend, das gebe ich zu. Ich dachte nach, ich grübelte, ich drangsalierte mich und faßte endlich einen Entschluß.«

»Sie haben einen Plan entwickelt«, übersetzte Campion zum eigenen besseren Verständnis.

»Ich habe einen Plan entwickelt«, stimmte Pirri zu. »Ich sagte mir, ich würde ihr folgen und sie hindern zu tun, was sie vorhatte. Ich würde mir holen, was von Rechts wegen mir gehörte, und das habe ich auch getan. Ich lief einen Tag und eine Nacht hinter ihr her. Am Sonntag war sie hier und hat sich mit Stavros wegen des Weins gestritten, und als sie ging, verfolgte ich sie.«

»Du grüne Neune!« sagte Campion erstaunt. »In diesem Taxi?«

»Warum nicht? Ein Taxi ist eine ausgezeichnete Tarnung.«

»Das glaube ich gern. Aber ziemlich gefährlich, nicht wahr?«

Pirri zuckte mit den Schultern. »Ich war fuchsteufelswild«, sagte er noch einmal, als sei das eine ausreichende Erklärung.

Campion dachte nach. »Sie müssen dieses Taxi schon früher benutzt haben«, sagte er endlich.

Pirri sah ihn kalt an. »Wir reden jetzt nur über die Sache, die uns interessiert«, sagte er.

»Ja, natürlich, in Ordnung. Ich wollte es nur nachprüfen. Also haben Sie sie beobachtet. Wohin ist sie gegangen?«

»Zum Carados Square. Ich habe dort gewartet. Habe die ganze Nacht gewartet.«

Campion richtete sich auf dem Stuhl auf. »Sie haben die ganze Nacht gewartet?« wiederholte er.

»Aber ja. Ich war fest entschlossen.«

»Haben Sie jemanden gesehen?«

»Niemand Besonderen. Sie ging ins Haus, und nach einer Weile kam eine andere Frau heraus – groß, jung, gesund, kräftig.«

»Miss Chivers?«

»Ich denke, daß sie es war. Ich weiß es nicht. Sie hat nichts getragen, das war das einzige, was ich sah. Bis zum Morgen kam oder ging niemand mehr. Ich wartete weiter. Gegen neun kam das große Mädchen zurück und bald darauf eine Lady mit ein paar Blumen. Sie hatte einen Schlüssel zum Haus und schloß selbst auf. Nach einiger Zeit kam das große Mädchen wieder heraus. Ich war müde, hatte nicht geschlafen und war hungrig, aber immer noch wütend. Ich wartete weiter.«

Er dramatisierte seine Erlebnisse unglaublich, betrachtete sie aber, soweit Campion es sehen konnte, aus einem völlig falschen Blickwinkel.

»Sind Sie sicher, daß Sie nur diese beiden Frauen gesehen haben?«

»Ich bin sicher. Und keine hat etwas Schwereres als Blumen getragen. Können Sie sich vorstellen, wie wütend ich war?«

»Nun ja, so ungefähr. Und dann?«

»Dann kam die ältere Frau noch einmal heraus. Sie war schrecklich aufgeregt, das habe ich ihr angesehen. Sie überquerte den Platz zu Fuß. Der Vormittag verging, dann die Lunchzeit, und ich geriet in Gefahr, entdeckt zu werden. Aber ich war so zornig, daß ich blieb, und endlich, gegen Abend, wurde ich belohnt – oder habe es tragischerweise zumindest geglaubt.« Pirri ging ganz in seiner Geschichte auf. »Die ältere Frau kam zurück, und wieder schloß sie sich die Tür selbst auf. Nach einer Weile fuhr ein Krankenwagen vor. Von da, wo ich stand, konnte ich nicht sehen, was eingeladen wurde, und ich wagte es nicht, auszusteigen und nachzusehen, doch ich glaubte zu wissen, was es war. Das ist eine List, sagte ich mir, und eine schlaue noch dazu. Diese Moppet hat aus einem Fenster geschaut, mich entdeckt und erraten, warum ich hier bin. Sie versucht mich zu hintergehen, aber das laß ich nicht zu. – Ich war inzwischen wie im Fieber, verstehen Sie? Mein Zorn, mein Hunger und meine Müdigkeit überwältigten mich. Das ist meine Chance, dachte ich ...« Er unterbrach sich und sah Campion über den Tisch hinweg eindringlich an. »Verstehen Sie meine geistig-seelische Verfassung?«

Campion war selbst überrascht, aber er verstand sie tatsächlich. Die Vorstellung war entsetzlich, aber überzeugend.

»Ja«, sagte er, »ich verstehe Sie. Sie sind also hinter dem Krankenwagen hergefahren, nehme ich an?«

»Das bin ich, und als er am Piccadilly in die Sackgasse einbog, war die Verkehrsampel gegen mich.« Pirris Erbitterung war offensichtlich. »Ich wagte nicht, sie zu ignorieren, weil ich fürchtete, angehalten zu werden. Als ich und ein zweites Taxi in die Bottle Street kamen, stand der Krankenwagen leer und unbeaufsichtigt da. Wieder wartete ich. Viele Leute betraten das Haus. Einige kannte ich und hatte das Gefühl, daß meine Spur immer heißer wurde. Es wird schon klappen, dachte ich. Meine Zeit naht.«

Plötzlich sah Campion das Ende der Geschichte lebhaft vor sich und brach, trotz seiner Müdigkeit, um ein Haar in lautes Gelächter aus. »Sie haben gedacht, Madame Stavros habe mir den Wein verkauft und er sei in meinen beiden Holzkisten?«

Pirri beugte sich vor. Die Hemdsärmel rutschten ihm die knochigen Arme hinauf, und sein Gesicht war vergrämt. »Ich kann Ihnen nur mein Bedauern ausdrücken«, sagte er. »Mein tiefes Bedauern. Sie haben gelitten, das weiß ich. Ich konnte Sie in der Garage nicht wiederbeleben, sondern mußte Sie in einen kleinen Schuppen bringen, den ich manchmal benutze, wo Sie ganz langsam wieder zu sich kommen konnten. Man hat Sie am nächsten Morgen dort gefunden. Es tut mir leid. Sie wurden schlecht behandelt – aber sogar Sie müssen zugeben, daß ich es bin, über den man sich ausschüttet vor Lachen.«

Unter den gegebenen Umständen war das sehr nobel gesagt, und Campion wußte das zu schätzen. Dennoch mußte er lächeln. »Fast tut es mir leid, daß Sie enttäuscht worden sind«, sagte er.

»Ich war nicht enttäuscht, ich war vernichtet«, sagte Pirri. »Nach einer so langen Wache war mein Zorn unvorstellbar.«

Stavros wandte sich zur Tür. »Ich entschuldige mich bei Ihnen beiden«, sagte er kurz. »Aber es interessiert mich nicht, wissen Sie?«

Der Ton, in dem er das sagte, kam völlig unerwartet, und Pirri war fast ernüchtert.

»Es tut mir leid für ihn«, sagte er, als sich die Tür hinter Stavros schloß, »doch am meisten tu ich mir selber leid. Diese Moppet war eine schwierige Frau, eine ständig jammernde, nörgelnde, aufdringliche Person. Ich nehme an, sie ist jemandem so sehr auf die Nerven gegangen, daß er sie umgebracht hat.«

Campion nickte. »Damit haben Sie vermutlich recht«, sagte er. »Genau das ist passiert. Jemand hatte ihr den Wein angeboten, ehe den Leuten klar war, was sie an der Hand hatten. Dann haben sie versucht, Mrs. Stavros abzuwimmeln, doch sie hat entdeckt, daß es da ein Geheimnis gab und wollte die Leute um den Wein erpressen. Aber das Geheimnis war gefährlicher, als sie ahnte, ihre Gegenspieler gerieten in Panik und töteten sie.«

»Wenn Sie ›sie‹ sagen, meinen Sie Miss Chivers«, sagte Pirri.

»Wie kommen Sie darauf?«

Pirri stand auf. »Es ist nur logisch. Außer ihr war niemand da.«

Sie schwiegen eine Zeitlang, dann sagte Pirri abschließend: »Es ist eine böse Sache, aber das geht mich nichts an. Nachdem ich Ihnen ins ›Bedbridge Row‹ gefolgt war, habe ich aufgegeben.«

Campion war enttäuscht. Pirris Geschichte brachte zwar etwas Licht in die Sache, ihn selbst jedoch nicht weiter. Müde stand er auf. »Danke«, sagte er. »Damit ist das Kapitel beendet. Sie können sich darauf verlassen, daß ich auf das Thema nicht mehr zu sprechen komme.«

Wortlos ging Pirri zur Anrichte und holte eine Flasche und Gläser heraus. »Glauben Sie, daß die Geschafte bald wieder bessergehen werden?« fragte er, als er Campion den Drink reichte und sein Glas erhob.

»Trinken wir auf alle Fälle darauf«, sagte Campion und hatte das Glas noch nicht wieder abgesetzt, als die Tür langsam aufging und ein wäßriges, unvergeßliches Auge durch den Spalt spähte.

»Hatte schon Bammel, daß Sie nich' mehr da sind«, sagte der alte Fred und verriet dadurch, daß er genau im richtigen Augenblick kam, seine Wachsamkeit.

Pirri verfluchte ihn, aber nur halbherzig. Offenbar war der Mangel an Arbeitskräften eine weitere Zügelung für diesen hartnäckigen, aber aufrichtigen Geist. Als Landbewohner, der er immer bleiben würde, wartete Fred ab, bis der kleine Sturm über ihn hinweggefegt war. Dann schob er sich vorsichtig in den Raum.

»Diese junge Dame«, begann er, sich an Campion als alten Mitverschwörer wendend, »ich meine die, die den Lord heiraten wollte und sich an den amerikanischen Offizier rangemacht hat und mit Ihnen hier war...«

»Mrs. Shering. Was ist mit ihr?«

»Nun, sie ist jetzt mit ihm unten. Sie haben ein bißchen was gegessen.«

»Mit Lieutenant Evers?«

»Ja, und sie möchten gern mit Ihnen reden. Wir haben seit einer halben Stunde geschlossen, und sie sitzen allein da unten und warten. Ich hab gedacht, ich sollt es Ihnen vielleicht sagen.« Hoffnungsvoll stand er da, den Kopf seitlich geneigt, ein Auge, fragend und neugierig wie das einer Gans und auf ein verräterisches Signal lauernd, auf Campions Gesicht geheftet.

»In Ordnung, ich gehe hinunter«, sagte Campion zu seiner Enttäuschung. »Woher haben sie gewußt, daß ich hier bin?«

Die Frage verwirrte Fred. »Keine Ahnung«, sagte er, »möglich, daß es mir irgendwie herausgerutscht ist.«

Das war so gut gemacht, daß Campion sich um ein Haar hätte täuschen lassen. Er lachte und ging hinunter. Fred schlurfte hinter ihm her, nach außen hin auf jeden Fall so gleichgültig und unberührt und uninteressiert wie ein altes braunes Blatt im Wind.

Susan und Don saßen in dem sonst menschenleeren Restaurant an einem Ecktisch. Wie gewöhnlich waren sie ganz ineinander vertieft, und Campion beneidete sie. Von ihnen unbemerkt trat er an den Tisch, doch nachdem er Don auf die Schulter getippt hatte, begrüßten sie ihn überaus herzlich.

»Sie sind genau der Mann, den wir brauchen«, sagte Don, und seine Stimme hob sich beim letzten Wort. »Setzen Sie sich bitte zu uns, ja?«

Er war vor Glück geradezu außer sich; beide waren es. Glück umschwebte sie wie eine warme Wolke. Sie saßen da und sahen ihn strahlend an, so daß auch er angesteckt wurde und lachte. »Stehen die Dinge gut?« fragte er.

»Gut? Besser als das. Wünschen Sie uns Glück, alles ist geregelt, wir werden heiraten.« Die Stimme gehorchte Don nicht ganz, überschlug sich fast bei manchen Worten. Susan nickte; sie schien sich vor ihrem Glück ein bißchen zu fürchten.

»Es ist alles in Ordnung. Wir haben das Okay. Ich kann es gar nicht richtig begreifen – es ist so etwas wie ein Wunder.«

Campion nahm die Brille ab, bei ihm immer ein Zeichen der Konzentration. »Fein«, sagte er. »Ausgezeichnet. Ganz wie es sich gehört. Wie ist es gekommen?«

»Durch Johnny, natürlich.« Susan war auf schüchterne Weise stolz. »Er – er ist wirklich richtig gut.«

»Er ist wundervoll«, sagte Don mit der leidenschaftlichen Bewunderung, die den Menschen zu früh verlorengeht. »Er ist ein großartiger Kerl.«

Auf dem Tisch lag eine Scheibe Brot. Campion brach ein Stück Rinde ab und aß es geistesabwesend. Ihm war leicht übel.

»O ja?« sagte er. »Was hat er getan? Mit großer Geste verzichtet?«

»Stimmt. Aber mit was für einer Geste!« Don war begeistert. »Wir haben heute einen Brief von ihm bekommen. Er war zwar an Susan gerichtet, aber auch für mich bestimmt. Darf ich Mr. Campion den Brief zeigen, Susan?«

»Ich möchte es sogar, die ganze Welt soll ihn sehen«, sagte sie schwärmerisch und fügte hinzu: »Alle netten Leute.«

Campion nahm den Briefbogen mit dem Stempel eines berühmten Clubs. Nur mit Mühe hielt er ihn fest, ohne zu zittern, und der alte Fred, der im Hintergrund lauerte und ihn scharf beobachtete, hatte das Gefühl, daß es sich am Ende für ihn vielleicht doch noch gelohnt haben könnte.

Die Schrift war energisch und harmonisch, männlich und elegant zugleich.

Meine liebe Susan, mein lieber Don,
wenn man sich wirklich liebt und sehr jung ist und im Krieg lebt, dann kann man nur eines tun – sofort heiraten und ein paar Kinder bekommen. Laßt Euch durch nichts davon ab-

halten. Das ist mein voller Ernst, und wenn es lehrhaft klingt, dann deshalb, weil ich das Gefühl habe, Euch beide belehren zu dürfen. Ich denke, Ihr werdet eine Erklärung für diese Anweisung von mir haben wollen – denn eine Anweisung ist es, versteht mich nicht falsch –, ganz besonders in diesem Augenblick – am Abend vor dem Hochzeitstag. Du, Susan, wirst wissen wollen, ob ich Dich liebe. Die Antwort lautet natürlich ja, denn wer könnte Dir widerstehen? Doch – und wenn Du das, was ich jetzt schreibe, nicht verstehst, wird Don es Dir, glaube ich, erklären können – mein Gefühl für Deinen ersten Mann Tom Shering war zwar ein anderes, aber viel, viel stärker. Da ich Dich kenne, Susan, weiß ich, daß Du mich nicht für ungalant halten wirst, weil ich das sage, und Sie, Don, werden mich verstehen, denke ich.

Also, meine Lieben, tut, was ich Euch geraten habe. Viel Glück, und wenn ich zufällig keine Gelegenheit haben sollte, auf Eurem Fest zu tanzen, mißversteht mich bitte nicht.

Für immer der Eure, und das meine ich ernst,
Johnny

P.S. Ich habe mir die Freiheit genommen, mich nach Dons Leumund und Vermögen zu erkundigen. Beides ist beeindruckend. Wieder wird Don mich verstehen, wenn Du es nicht tust, Susan. Liebe Grüße, mein Schatz.

Campion legte den Brief aus der Hand. Die beiden jungen Gesichter schauten ihn begierig an. »Er ist so aufrichtig«, sagte Susan.

»Er ist so stark«, sagte Don.

Susan legte die Hand auf die seine. »Ich werde Johnny immer so lieben wie jetzt. Fünfundneunzig Prozent reine Verehrung. Ich wünschte nur, er hätte nicht geschrieben, daß er vielleicht nicht auf unserer Hochzeit tanzen kann.«

»Das geht schon in Ordnung«, antwortete Campion leichthin. »Daran ist der Militärdienst schuld. Man verspricht nicht mehr gern, zu einer bestimmten Zeit an einem bestimmten Ort zu sein. Das ist schon okay.«

Campion stand auf. Angesichts ihrer Verzückung tat er sein Bestes, und sie halfen ihm dadurch, daß sie ihn nicht allzu genau beobachteten. Nachdem die Glückwünsche wiederholt und die Adieus gesagt worden waren, ging er hinaus, und der alte Fred sah ihm mit wehmütiger Neugier nach.

Als Campion in die Dunkelheit hinaustrat, atmete er tief ein, als brauche er Luft. Unglücklich blickte er zum Himmel auf. Er glich einem klaren Vorhang, mit Sternen bestickt – eine wunderbare Nacht zum Fliegen.

23

Das ›Coach and Horses‹, das, wie Yeo gesagt hatte, am anderen »verkehrten« Ende der Straße lag, war ein kleines, bescheidenes Pub. Es schmiegte sich scheu unter den Flügel einer Baptistenkapelle, und als Campion es fand, hatte er noch genau zwanzig Minuten Zeit. Er betrat die adrette Bar mit dem nostalgischen Geruch, und das Herz wurde ihm schwer. Nirgends eine Spur der vertrauten ehrlichen Gestalt mit dem Kugelkopf. Resigniert fand er sich schon damit ab, den Weg noch einmal zu machen, als eine altmodische weibliche Bedienung mit Haaren so rot wie ein Sonnenuntergang ihn lächelnd fragte, ob er jemanden suche.

»Sie sind wirklich müde, nicht wahr?« sagte sie. »Warten Sie einen Moment.« Sie steckte den Kopf durch eine Tür hinter der Bar, und es gab eine kurze Verzögerung, bis an einem kleinen Fenster zwischen einer museumsreifen Flasche Chartreuse und zwei falschen Anderthalbliterflaschen ein Gesicht erschien. Es verschwand wieder, und die Frau drehte sich zu Campion um.

»Hier lang, Schätzchen«, sagte sie und hob eine Klappe in

der Theke. »Ich hab mir gedacht, Sie sehen wie'n Freund von ihm aus. Er ist ganz allein. Ich bring euch beiden gleich ein Spezial.«

Campion war getröstet. Zum erstenmal seit seiner Rückkehr nach England hatte er das Gefühl, zu Hause zu sein. Er ging hinter der Bar vorbei, durch die roten Vorhänge mit den Kugelquasten und kam in einen kleinen, überheizten Raum mit offenem Feuer und einer Hängelampe mit Alabasterschirm. Am Tisch saß der Kommissar, den Kragen gelockert, die Brille auf der Nasenspitze, die *Evening News* ordentlich gefaltet in den Händen und einen Humpen neben sich.

Campion betrachtete ihn mit unverhohlener Zufriedenheit.

»Haben Sie auch die Schuhe ausgezogen?« fragte er gemeinhin.

Yeo hob eine Braue. »Das ist mein inoffizielles Hauptquartier«, sagte er. »Lassen Sie sich nieder. Ich habe gehofft, daß Sie kommen. Man hat mir erzählt, Sie seien mit einem Blumentopf sehr treffsicher.« Er gestattete sich ein leichtes Naserümpfen. »Ein Glück, daß Sie dabei waren. Bedenkt man den Rang der beteiligten Personen, wäre das eine unrühmliche Verhaftung geworden.«

Campion ließ sich in einen tiefen Ledersessel sinken und lehnte sich dankbar zurück.

»Es war keine allzu saubere Sache«, stimmte er zu, »aber das Ganze kam eben völlig unerwartet.«

Yeo machte ein tugendhaftes Gesicht. »Man hat uns immer eingeschärft, für einen guten Bullen komme nie etwas unerwartet«, sagte er selbstgefällig. »Außerdem hatte der Alte seine Waffe dabei, oder? Trotzdem«, fügte er mit zunehmender Großzügigkeit hinzu, »ich nehm's dem Alten sowieso nicht übel. Ich möchte seinen Job nicht haben. Du meine Güte, was für ein Gedöns der einflußreiche Kerl machen kann. Ich habe ein bißchen was davon miterlebt und war überglücklich, daß der Chef heute nachmittag zurückgekommen ist.«

»Von wem sprechen Sie?«

»Von diesem verdammten Admiral.« Das klang beinahe respektvoll. »Der hat was Schönes angerichtet. Alle zwei Minuten kommen Fragen, Kurzbriefe, Memos von oben. Man könnte glauben, wir versuchten etwas zu vertuschen, schwitzten uns nicht die Seele aus dem Leib – verzeihen Sie bitte –, um den Fall aufzuklären. Ich habe Ihnen gesagt, daß das für die Polizei eine höchst unglückliche Sache ist. Wir sind jetzt gut vorangekommen, Gott sei Dank. Die Dinge geraten in Bewegung.«

»Tatsächlich?« Der Unterton von Hoffnung in diesem einen Wort war nicht zu überhören, und der Kommissar schüttelte den Kopf.

»Alle in die gleiche Richtung, fürchte ich«, sagte er. »Tut mir leid, mein Alter, ich verstehe ja irgendwie, was Sie empfinden, aber die Sache ist nur allzu klar. Es ballt sich wie ein Gewitter über Carados zusammen. Im Moment ist es noch nicht direkt über ihm, aber lange kann es nicht mehr dauern. Es wird sich auf ihn stürzen und ihn mitreißen.«

Campion rutschte ungeduldig hin und her. »Was ist mit Gold?«

»Oh, den haben wir«, sagte Yeo zufrieden. »Das hat Pelly heute nachmittag erledigt. Gold und die Frau sind sich, wie arrangiert, begegnet; sie hat ihn erkannt und angesprochen. Und er hat sich selbst verraten. So einfach war das – kein Getue, kein Feuerwerk, kein Sprung aus dem Fenster, eine normale Verhaftung, wie sie sein soll. Aber viel weiter bringt sie uns auch nicht.«

»Ach? Und warum nicht?«

»Weil er der Chivers untergeben war. Ich habe seine Aussage gelesen und ihn mir heut abend angesehen. Da besteht kein Zweifel, man sieht es sofort. Das ist in diesem Fall immer und immer wieder vorgekommen. Er wußte zwar, daß er für die Chivers arbeitete, aber er wußte nicht, wem sie verantwortlich war. Er vermutete es, vielleicht, aber gewußt hat er es nicht. Es war bei jedem einzelnen ganz genauso. Wir werden nachprüfen, welche Verbindung zwischen Gold und den anderen bestand, die wir schon haben, doch wir werden nichts finden – keine andere enge Zusammenarbeit mit jemandem aus der entgegengesetzten Richtung, außer mit der Frau. Ich weiß es, ich habe es schon erlebt.«

Campion blieb zurückgelehnt in seinem Sessel sitzen. Er hatte die Augen hinter der Brille geschlossen. »Schnelle Arbeit«, sagte er endlich.

»Das war es.« Yeo sträubte sich nicht gegen ein Lob, wenn er das Gefühl hatte, es gebühre ihm. »Wir haben heute morgen die Bücher der Firma bekommen, und ich habe die Jungs sofort zu der angegebenen Adresse geschickt. Wenn man in einem solchen Fall etwas erreichen will, muß man überall gleichzeitig eine Razzia machen, bevor noch eine Information durchsickern kann. Seither bekommen wir laufend Berichte herein. Die Hälfte des Schatzes ist in England, in kleinen Verstecken über das ganze Land verstreut – so sieht es wenigstens aus. Egal wie man uns behandelt, diese Feder können wir uns an den Hut stecken, behaupte ich.«

»Das können Sie.« Campion war es mit seinem Lob völlig ernst. »Als Organisation sind Sie schneller als sonst jemand auf der Welt, die russische Armee vielleicht ausgenommen.«

»Das ist richtig, trotz unserer alten Plattfüße«, sagte Yeo und kicherte vor Vergnügen. »Wir bekommen nicht viele Blumensträuße, außer von Ausländern, und ich muß sagen, ich hätte nichts dagegen, hin und wieder einen zu kriegen.«

Campion wandte sich wieder dem Problem zu. »Sie glauben also nicht, daß Miss Chivers es allein getan haben kann?« fragte er. »Daß sie zwar Carados' Namen benutzt, in Wahrheit aber – aber eine Einzelkämpferin war.«

Yeo sah ihn eindringlich an. »Das klingt nach einem verdammten Märchen«, sagte er grob. »Nein, ich glaube es nicht.

Abgesehen von allem anderen, sie hatte nicht die Nerven dazu, und sie hatte nicht die *Größe*, wenn Sie wissen, was ich meine. Sie konnte ja die Hände nicht einmal von ein paar alten Flaschen lassen, die, wie sie dachte, unerheblich waren. Als alles den Bach hinunterzugehen drohte, verlor sie den Kopf, fing an, Leute umzubringen und brach sich schließlich in ihrer Panik den Hals. Nein, der Kerl, den wir wollen, ist von anderer Art. Sein Kopf ist eiskalt, und seine Hände bleiben sauber.«

Das Argument war sehr überzeugend. Campion sah sich gezwungen, das zuzugeben. Die Angst in seinem Herzen wuchs.

Die Bedienung brachte ihre Drinks, nahm den spitzbübischen Kosenamen, den Yeo ihr gab, mit freundlicher Nachsicht hin und ging wieder. Sie saßen eine ganze Zeitlang da, ohne ein Wort zu wechseln.

»An dem ersten Mord gibt es vieles, was ich nicht verstehe«, sagte Campion endlich.

Yeo grinste. »Da ist noch viel mehr, das nie jemand verstehen wird«, sagte er. »Wenn die gerichtliche Untersuchung abgeschlossen ist, wird es zu einem Wahrspruch kommen, der das Vorliegen einer Straftat feststellt, jedoch ohne den Täter zu nennen – einen weiteren Fall auf der Liste unaufgeklärter Morde, die man uns bei jeder Gelegenheit vorwirft. Trotzdem hat sie es getan.«

»O ja, das hat sie«, sagte Campion bedächtig. »Das Stavros-Frauenzimmer war eine Pest. Sie hatte es sich in den Kopf gesetzt, daß Miss Chivers sie hinhalten wollte, und ich möchte behaupten, sie hat es mit allen Mitteln versucht. Damals muß die Sekretärin angefangen haben, den Kopf zu verlieren. Die Nervenanspannung muß eine Zeitlang ungeheuer gewesen sein, und das nörgelnde Stavros-Frauenzimmer hat ihr wohl den Rest gegeben. Sie hat sie irgendwie in Carados' Haus gelockt und dort getötet. In einer Beziehung hat sie es teuflisch schlau angestellt, denn wenn sie nicht die Nerven verloren und sie erstickt hätte, sondern es dem Chloral überlassen hätte, sie zu töten, hätte es stark nach Selbstmord ausgesehen;

während die Tatsache, daß sie so kurz vor der Hochzeit in Carados' Bett gefunden wurde, auf ein, wie wir jetzt wissen, nicht zutreffendes Motiv hingedeutet hätte.«

»Ah«, sagte Yeo, »möglicherweise hätte diese Vermutung mehr Berechtigung gehabt, als Sie glauben.«

»Wie meinen Sie das?«

Der Kommissar stellte sein Glas ab. »Sofort nachdem ich von ihrem Tod erfahren hatte, schickte ich ein paar Leute in die Wohnung der Chivers in Pimlico und ließ alle Papiere beschlagnahmen. Die Jungs sind noch dabei, sie durchzusehen. Doch kurz bevor ich heut abend wegging, brachte mir einer ein Bündel Briefe, die ich merkwürdig fand. Sie lauten alle ungefähr gleich, bestehen nur aus ein, zwei Zeilen und tragen alle das gleiche Datum, stammen aber aus verschiedenen Jahren. Und sie lauten alle: *Liebling, ich danke Dir sehr, aber das solltest Du nicht tun* oder so ähnlich. Sie sind mit *Moppet* unterschrieben und an Carados adressiert. Der letzte ist allerdings erst eine Woche alt. Was wissen Sie darüber?«

Campion saß stocksteif da, ungläubiger Widerwille zeigte sich in seinen Augen. »Das glaube ich nicht«, sagte er.

»Kommen Sie morgen zu mir ins Büro, dann zeige ich sie Ihnen.«

»Warum hätte die Chivers diese Briefe in ihrer Wohnung aufbewahren sollen?«

»Das ist eine gute Frage«, sagte Yeo, »paßt aber zu einer Theorie, die ich im Zusammenhang mit der Chivers habe. Wie Sie wissen, halte ich sonst nicht besonders viel von Theorien, ich denke, eine Frau wie sie ist mir bisher noch nie untergekommen. Sie war eine von diesen heiteren Ich-erzähl-diralles-und-sag-dir-nichts-Typen, nicht wahr? Das ist der Typ, der jeden Groll hinunterschluckt, dann neurotisch wird und Dinge tut, bei denen einem die Haare zu Berge stehen – und alles hinter einer lächelnden Maske.«

»Damit meinen Sie wohl, daß sie eine sublimierte Leidenschaft für Johnny hegte, keine Gegenliebe fand und ihn deshalb verletzten wollte?« Campion stellte die Frage mit großem Unbehagen. Er mußte an Dolly Chivers denken, die noch vor so erschreckend kurzer Zeit tüchtig und vergnügt an ihrem Schreibtisch gesessen hatte. Damals hatte sie auf die emotionalen Untertöne angespielt, die das Leben in dem berühmten Haushalt bestimmten. Bisher hatte er von besagten Untertönen noch keine Spur entdeckt. Was, wenn die entsetzlichen Abgründe, die sie erwähnt hatte, nur in ihr selbst existiert hätten?

»Davon weiß ich nichts«, beantwortete Yeo seine Frage. »Aber die Idee eines Selbstmords unmittelbar vor der Hochzeit – das sieht doch ganz danach aus, oder? Und daß sie die Briefe aufbewahrt hat, die die andere geschrieben hatte. Das ist seltsam. Vielleicht hat sie das auch nur so hingedreht.«

»Hingedreht?« Campion sah Yeo erschrocken und respcktvoll an.

»Ja, vielleicht hat sie das Ganze selbst eingefädelt. Hat der Stavros in seinem Namen kleine Geschenke geschickt, so daß sie glauben mußte, sie kämen von ihm – das mag ihr das Gefühl gegeben haben, sie habe sie alle in der Hand.« Campions mißbilligende Miene amüsierte Yeo.

»Sie haben mich gestern ausgelacht, weil ich auf einige Ihrer hochklassigen Ideen nicht einging«, sagte er, »aber ich bin nicht unwissend und weltfremd, wenn es sich um Verbrechen handelt. Der ganze moderne Quatsch, den die Kerle verzapfen, die meine Leute ›Gedankenakrobaten‹ nennen, ist meist nur beklopptes weibisches Getue. Das wissen wir schon lange. Und ungefähr das war es auch. Etwas in dieser Richtung, darauf wette ich meine Pension. Es ist nicht schön und macht große Schwierigkeiten.«

»Ja, das ist möglicherweise der Fall«, erwiderte Campion zerstreut. Er fühlte sich unbehaglich; er hatte Johnny Carados' Reaktion auf das Päckchen mit der künstlichen Rose und der Perlenkette von Woolworth nicht vergessen.

»So ungefähr hat die Chivers Mrs. Stavros in Carados' Bett

bekommen«, fuhr Yeo unerträglicherweise fort. »Hat sie mit einer Menge Lügengeschichten vollgestopft, wette ich. Wenn Sie wüßten, wie gemein und hinterhältig Frauen manchmal sein können. Ich wette, die Stavros war wegen des ganzen öffentlichen Traras um die Hochzeit, die ja inzwischen abgesagt wurde, ziemlich aufgeregt. Nun ja, jetzt sind beide tot, und die alte Dame vom Land hatte Glück, daß sie ihnen nicht Gesellschaft leistet. Sie ist so eine, bei allem was man hört.«

»Miss Pork?« Erleichtert kehrte Campion in eine glücklichere Welt zurück. »O ja. Sie sollten sie einmal besuchen, Yeo. Sie verdient es, in Ihren Memoiren verewigt zu werden.«

»Das ist richtig.« Yeo lächelte. »Tovey hat mir eine herrliche Geschichte erzählt. Holly weigert sich, über sie zu sprechen, sie scheint ihn wohl fortdauernd verwirrt zu haben. Ich habe mir überlegt, zur gerichtlichen Untersuchung zu fahren. Wissen Sie, wer in dieser Gegend der Coroner ist?«

»Leider nein.« Campion war überrascht. »Ich bin nicht mehr auf dem laufenden, aber meines Wissens ist es ein sehr kleiner Polizeibezirk.«

»Stimmt. Und er untersteht Montie Forster. Gott sei Dank ist Reisen mühsam, ansonsten wäre die ganze Presse dort.«

»Doktor Forster?« sagte Campion. »Warten Sie einen Moment – langsam dämmert's mir. Er ist Gerichtsmediziner, im Ruhestand oder so, richtig?«

»Wenn Sie sagen ›ein alter publicity-süchtiger Spürhund‹, kommen Sie der Sache näher«, sagte Yeo voller Vorurteile. »Er weiß, daß ein Coroner in seinem Pub der King ist und nutzt es aus. Genießt es von Grund auf. Und immer wieder kann man etwas über ihn in der Zeitung lesen.«

Campion stand auf. »Daher kenne ich den Namen also«, sagte er müde. »Es hat bei mir nämlich nur ganz leise geklingelt. Nun, vielen Dank auch.«

Yeo musterte ihn forschend. »Sie sollten mal eine Runde schlafen«, riet er ihm. »Waren Sie, seit Sie zurückgekommen sind, überhaupt schon im Bett?«

»Nein«, sagte Campion. »Offenbar schläft die Polizei nie.«

»Es ist nicht die Polizei, es ist London«, entgegnete Yeo mit grimmigem Humor. »Wir haben es uns abgewöhnt. Wir sehen uns morgen.«

Als er schon in der Tür stand, fiel Campion noch etwas ein. »Was ist mit Lady Carados?« fragte er. »Wird in dieser Richtung etwas unternommen?«

Yeo blickte mit einem absichtlich unbestimmten Ausdruck in den runden Augen an ihm vorbei.

»Was?« sagte er. »Ach, sie? Nein, wir haben beschlossen, sie unbehelligt zu lassen. Ihr Lugg kann seinem glücklichen Stern danken, daß er sich eine Komplizin ausgesucht hat, die sogar für uns ein bißchen zuviel ist. Nein, von ihr wollen wir nichts, wir sind hinter ihrem Jungen her.«

»Ja, ich verstehe«, sagte Campion und trat hinaus in eine Nacht von vollkommener Schönheit.

24

Er schlief unruhig. Was ihn antrieb, büßte trotz seiner körperlichen Erschöpfung nichts an Kraft ein. Er lag im Wohnzimmer auf der Couch – sein Schlafzimmer mied er wegen der wenig glücklichen Erinnerung –, und er drehte und wendete sich unter der Reisedecke, mit der er zugedeckt war. Trotzdem wachte er nicht auf; seine Träume führten ihn in eine phantastische Welt, in der Flugzeuge, Briefe und Polizisten ihn und sich selbst Hals über Kopf im Kreis verfolgten. Endlich, nach unzähligen Alptraumreisen, sah er plötzlich Eve Snow ganz deutlich vor sich. Sie saß auf dem Rand der Couch und schob ihm ein Blatt hinüber. Er scheuchte sie und alle anderen Phantome fort. Sie blieb jedoch hartnäckig, und ihre Stimme, hoch und schmeichelnd wie immer, drang durch die Wolken zu ihm.

»Albert! Albert! Wissen Sie, wo Johnny ist?«

Immer wieder stellte sie dieselbe Frage, und schließlich richtete er sich auf und behielt widerwillig die Lider offen. Erstaunt stellte er fest, daß sie Realität war. Es war Morgen, jemand hatte die Rollos hochgezogen, und gelbes Londoner Licht strömte durch die Fenster. Es fiel auf ihr blasses Gesicht und ihren weißen Mantel. Zuerst dachte er, es müsse regnen, denn sie hatte nasse Wangen. Dann riß er sich zusammen und blinzelte sie an.

»Hallo«, sagte er.

»Albert, wo ist Johnny?«

Noch völlig benommen vom Schlaf saß er da, und nach und nach kam ihm die ganze Geschichte wieder ins Bewußtsein, schrecklich wie jeder Alptraum, aber viel zusammenhängender und überzeugender.

»Wo ist Johnny?« wiederholte sie. »Wissen Sie es?«

Durch das Fenster warf er einen Blick zum Himmel: er war noch immer wunderbar klar, blaß austernfarben hinter dem Dunst.

»Wie sind Sie hereingekommen?« fragte er und sah wieder Eve an.

»Lugg hat mir geöffnet. Er ist draußen und macht Frühstück. Er hat gesagt, er hätte Ihr Bett vorbereitet, aber Sie hätten nicht darin geschlafen. Albert, wo ist Johnny?«

Sie war nur noch ein Schatten ihrer selbst, ein schicker, tragischer Schatten mit dunklen Augenrändern. »Wo ist er?« wiederholte sie. »Wissen Sie es nicht?«

»Er ist wieder bei seiner Einheit«, antwortete er mit einer Heiterkeit, die um diese Tageszeit nicht überzeugend war. »Er wurde angerufen und ist von Chessing direkt hingefahren. Hatte wahrscheinlich keine Zeit, Ihnen Bescheid zu sagen. Auf dem Flugplatz ist er.«

»Auf dem Flugplatz?« wiederholte sie. »Aber ich dachte, er sei zur Zeit nicht einmal in der Nähe eines Flugplatzes. Außerdem sollte er gestern heiraten, da hätte man ihn bestimmt nicht zurückgerufen. Niemand sonst wurde zurückgerufen.«

In ihrer Angst glich sie einer leibhaftigen Verkörperung seines eigenen Grauens, und um ein Haar hätte er sie angefaucht.

»Seien Sie nicht albern«, sagte er. »Alles ist in Ordnung. Er ist wieder an seine Arbeit gegangen. Sein ruhmreiches Vaterland hat ihm eben einen seiner launischen Befehle erteilt. Heutzutage kann jeder jederzeit mit dem Lasso eingefangen werden. Er wird schon wieder auftauchen. Was soll die Aufregung?«

Sie schaute sich immer noch im Raum um. »Ich habe heute morgen einen Brief bekommen, das ist alles«, sagte sie.

»Einen Brief?« Das Frösteln, das ihn durchlief, war vertraut, es setzte sich in seiner Brust fest, und er atmete schneller.

Eve wandte sich ihm zu. Ihr Gesicht war ausdruckslos, was selten vorkam, und ihre Bewegungen ganz langsam. »Es ist nur ein Zettel.«

Sie legte ein zusammengeknülltes Papier auf die Decke, und er nahm es. Es waren nur zwei Zeilen, mit einer viel nervöseren Schrift hingekritzelt als in dem Brief an Susan und Don. Campion hatte Mühe, sie zu entziffern.

Liebling, ich liebe Dich immer und überall. Gott segne Dich – Johnny.

Er zögerte. »Das ist ungewöhnlich, nicht wahr?«

»Sehr ungewöhnlich.« Sie sah ihm in die Augen, und ihr großzügig geschnittener Mund verzog sich plötzlich und täuschte ein Lächeln vor. »Das – das war zwischen uns nicht nötig. Auch wenn er dieses Kind geheiratet hätte, was ich nie bezweifelt habe – ich habe es immer gewußt. Ich – es geht schon so lange – ist so sicher. Man war so gut aufgehoben, so … O Albert, wo zum Teufel ist er? Was ist passiert? Was tut er?« Ihr Gesicht war wieder naß, und sie machte sich nicht die Mühe, es zu trocknen. »O Gott«, sagte sie, »ich habe solche Angst!«

Campion zog die Knie an und sah sich nach Hausschuhen

und Morgenmantel um. »Hören Sie«, sagte er energisch, »geben Sie mir bis heut abend Zeit. Ich rufe Sie dann an. Sie können sich darauf verlassen. Verschwinden Sie jetzt wie ein geliebter Engel, damit ich loslegen kann.«

Eve beugte sich vor und küßte ihn. »Sie sind ein großer Trost«, sagte sie unsinnigerweise. »Vielleicht bin ich hysterisch.«

»Ja, vielleicht«, stimmte er ihr zu. »Sehr wahrscheinlich sogar. Sorgen Sie sich jedenfalls nicht, ich rufe Sie an. Eve?«

»Ja?«

»Gehen Sie heute vormittag nicht zum Carados Square.«

»Warum nicht?«

»Weil ich hingehe.«

»Ich verstehe.« Als sie das Zimmer halb durchquert hatte, blickte sie zurück. »Er war in den letzten Monaten sehr verändert«, sagte sie. »Haben Sie das gewußt?«

Campion betrachtete sie hilflos. Er hatte das Gefühl, daß sie ihn mit ihrem Wissen verschonen sollte. »Hatte er Angst?« fragte er unwillig. »War er irgendwie besorgt?«

»O nein. Er hatte keine Angst.« Sie war so stolz auf ihn, daß das ein bißchen belustigt klang. »Nein, eher zornig, denke ich. Sie kennen Johnny nicht, bei ihm spielt sich alles unterschwellig ab. Deshalb hat mich der Zettel erschreckt. Verstehen Sie?«

»Nein«, sagte er ehrlich. »Nicht so wie Sie, natürlich.«

Sie nickte. »Finden Sie ihn«, sagte sie. »Das ist das Wichtigste auf dieser Welt.«

Sie sah sich nicht mehr um, und ihre leichten Schritte verklangen auf dem Korridor. Gleich darauf hörte er das Schloß der Wohnungstür einschnappen, und sie war fort.

Als er im Bad war, klopfte Lugg leise an die Tür.

»Wollense ins Schlafzimmer frühstücken?« fragte er.

»Nein, natürlich nicht. Knall es auf den Wohnzimmertisch, ich komme gleich.«

Es folgte ein Augenblick mißbilligenden Schweigens.

»Sie wollen essen, wo Sie geschlafen haben? Das gehört sich aber nich', außer Sie frühstücken ins Bett.«

Campion öffnete die Tür. »Was ist mit dir los?« fragte er. »Warum bist du überhaupt hier? Ich dachte, du bist nach Nidd gefahren.«

»Ne, bin ich nich'.« Lugg war verlegen. In Hausmantel und Pantoffeln sah er wieder aus wie früher. Ein bißchen älter vielleicht, ein bißchen kahler und nicht so riesenhaft und plump wie in seinen besten Zeiten, doch immer noch er selbst. »Nein, ich hab's mir überlegt, wissense. Wenn die Wichtigtuer mich nich' behalten haben, als sie mich hatten, dann wollen sie mich auch nich', und in dem Fall mach' ich mich lieber wieder an meine Kriegspflichten. Mein Dienst fängt inner Stunde an. Dachte, wir sollten aber vorher noch'n Happen essen. Ich hab 'ne Büchse Heringe – für diese Gelegenheit aufgespart. Bisher hat Sie ja noch keiner nich' richtig willkommen geheißen.«

Campion war gerührt. »Ich habe gewußt, daß ich zu Hause bin«, sagte er bescheiden.

»Was? Wegen der Leiche? Ich weiß.« Ein Schatten fiel über Luggs Gesicht. »Werdense meine Marquise einlochen?«

»Nein, das glaube ich nicht. Sie hat den Mord nicht begangen, und die Polizei hat alle Hände voll zu tun, deshalb wird keine Anklage erhoben.«

Luggs kleine schwarze Augen wurden größer, soweit die Falten es erlaubten, in die sie gebettet waren.

»Das freut mich sehr, aber ganz gerecht is' es nich', oder?« sagte er tugendhaft. »Ich hoffe nur, irgendeiner kriegt, was er verdient.«

Campion versicherte ihm, darauf könne er wetten, aber sehr begeistert klang es nicht.

Gegen zehn Uhr vormittags trennten sie sich auf dem Carados Square. Lugg verabschiedete sich, um für einen eventuellen schweren Einsatz zur Verfügung zu stehen, und Campion klingelte bei Nummer drei.

Gwenda Onyer öffnete und begrüßte ihn zu seiner größten Überraschung erwartungsvoll. Sie hatte geweint, stellte er fest, und ihr affektiertes Gehabe abgelegt; zurückgeblieben war eine sehr durchsichtige, sorgenvolle kleine Person, die zur Hektik neigte.

»Es sind nur Peter und ich hier, aber kommen Sie herein«, sagte sie. »Sie haben Johnny wohl auch nirgends gesehen, nicht wahr?« Er folgte ihr in die Halle und beantwortete ihre Frage, während er hinter ihr die Treppe hinaufstieg. Sie blieb stehen und drehte sich zu ihm um.

»Oh, er mußte also zurück?« sagte sie. »Wie absolut ungewöhnlich. Aber eine Erleichterung für uns, wir wußten es nämlich nicht. Wir dachten...« Sie ließ den Rest des Satzes unausgesprochen und eilte in das große Zimmer im ersten Stock, wo bei seinem letzten Besuch der ganze Haushalt versammelt gewesen war.

»Peter, mein Lieber«, rief sie schon, bevor sie in der Tür stand, »Albert Campion ist gekommen! Er sagt, Johnny ist nur zu seiner Einheit zurück.«

»Ach, wirklich, Campion?« Onyer erhob sich hinter dem Schreibtisch, an dem gewöhnlich Dolly Chivers gesessen hatte. »Ich bin froh, das zu hören. Ich hab mich schon gefragt, was aus dem alten Burschen geworden ist. Eine schreckliche Sache das, da unten in Chessing. Sie waren auch dort, nicht wahr?«

Auch er wirkte im Unglück menschlicher. Seine anmutige Eleganz war zwar noch vorhanden, aber sie wirkte ein bißchen zerzaust, und sobald sie allein waren, sahen seine engstehenden Augen Campion ängstlich an.

»Angeblich hat sie total den Verstand verloren. Stimmt das?«

Campion nickte. »Ja«, sagte er. »War am besten so, finden Sie nicht?«

»Ich nehme an, ja.« Onyer blickte auf den Schreibtisch hinunter, auf dem er Papiere sortiert hatte. »Ich bin froh, daß

Johnny wieder bei seiner Einheit ist. Die Sache wird ihm schwer zu schaffen machen. Er hat diesen Leuten vertraut. Der Himmel weiß, warum. Sie wissen, daß man Gold verhaftet hat?«

»Ich habe es gehört.«

»Schrecklich.« Onyer strich sich mit der Hand über den gepflegten Kopf. »Das wird den alten Burschen mehr als alles andere erschüttern. Er hat immer wieder betont, daß sie alle loyal sind. Ich habe ihm gesagt, daß er einen Fehler macht, doch er wollte nichts davon wissen. Er behauptete, sie seien schon deshalb in Ordnung, weil sie hier wären. Er hatte sie gern. Er hat ein so großes Herz und mag so viele Leute, der alberne alte Affe.«

Campion wurde das Herz schwer. Hier, fühlte er, war der letzte Stein, der ihm im Weg lag, und er ahnte, daß sich darunter Böses verbarg. »Sie selbst haben keinen von ihnen gemocht?« fragte er.

»Ich hab sie kaum gekannt«, antwortete Onyer hilflos. »Niemand kannte sie. Sie haben zu unserem Kreis gehört, aber nicht zu uns, wenn Sie verstehen, was ich meine. Johnny hat das nie einsehen wollen. Er ist in solchen Dingen so verdammt eigensinnig – erklärte, er verstehe sie, auch wenn wir es nicht täten. Und jetzt muß dieses ganze schreckliche Durcheinander geordnet werden.« Er warf wieder einen Blick auf den Schreibtisch. »Keine Ahnung, wie lange dieses Mädchen schon verrückt war«, sagte er.

Campion begann zu wünschen, er wäre nicht gekommen, fuhr aber hartnäckig fort: »Was hat sie getan? Die Bücher frisiert?«

»O nein. Sie hat sich nur um die gesellschaftlichen Belange gekümmert.« Dafür schien Onyer dankbar zu sein. »Nein, für mich sieht es eher nach einer belanglosen Intrige aus.« Er überlegte offensichtlich, ob er etwas Vertrauliches preisgeben sollte. »Was halten Sie davon? Es ist heute morgen gekommen.«

Campion nahm den Briefbogen und betrachtete ihn interessiert. Er trug den Firmenaufdruck eines Blumenhändlers in der St. James's Street und war an Dolly Chivers adressiert.

Campion las:

Sehr geehrte gnädige Frau,
wir haben jetzt den Auftrag erfüllt, den Sie uns im August 1938 erteilt haben:
Ein Dutzend Lady Forteviot-Rosen zusammen mit fünf von den fünfunddreißig Zuchtperlen, die uns übergeben worden waren, wurden laut Ihrer Bestellung vom 31. August 1938 in den Jahren 1938, 1939, 1940, 1941, 1942, 1943, 1944 regelmäßig am 2. September an Mrs. Moppet Lewis, Nr. 12 Wayland Studios, Church Street, W., geliefert. Die Bezahlung erfolgte im voraus, das Konto ist ausgeglichen.
Teilen Sie uns freundlicherweise mit, ob Sie wünschen, daß die Lieferungen fortgesetzt werden.

Hochachtungsvoll etc.

Campion reichte den Brief wortlos zurück, und Onyer warf ihn auf den Schreibtisch.

»Verdammt albern«, sagte er. »Und auch erschreckend.«

»Ein bißchen schon. Daher auch die negative Reaktion auf das Päckchen mit der Rose und den Woolworth-Perlen vor ein paar Tagen.«

Onyer richtete sich auf, seine Augen weiteten sich. »Die Perlen und die Rosen«, sagte er. »Guter Gott, der Gedanke ist mir nie gekommen. Dolly Chivers hat sie geschickt, nehme ich an. Um Johnny zu erinnern oder in die Sache hineinzuziehen. Gott, sie war wirklich total verrückt.«

»Ja, wirklich schrecklich. Aber es war tatsächlich als Gedächtnisauffrischung gedacht, wissen Sie ...«

»Johnny muß also davon gewußt haben? Ja, ich verstehe. Verdammt!«

Onyer legte die Hände auf die Armlehnen seines Sessels, als

wolle er aufstehen, überlegte es sich jedoch anders, als ihm ein neuer Gedanke kam. »Ich hab's«, sagte er. »Ich weiß es. Das ist es! Ja, es war ungefähr um diese Zeit, achtunddreißig, wenige Tage vor Kriegsbeginn. Moppets kurzes Gastspiel in unserem Leben ging gerade zu Ende. Johnny mußte beschlossen haben, die kleine Party sei vorbei und ließ ihr, anstatt ein Abschiedsessen für sie zu geben, Blumen und eine Perlenkette zukommen. Und das war's ungefähr. So hat er es immer gehalten. Ich werde ihn fragen. Ja, so ungefähr war es. Er hat Dolly damit beauftragt, und sie hat den Auftrag auf diese Weise ausgedehnt, um die Frau weiterhin in der Hand zu haben. So war sie, das ist typisch für sie. Kleinlich, intrigant und unglaublich niederträchtig. Wissen Sie, Campion, es macht mich ganz krank, ein solches Mädchen mit dem alten Burschen in Verbindung zu bringen. Er steht so absolut drüber, es paßt nicht zu ihm.«

Er hatte offener gesprochen als beabsichtigt und wurde ein wenig rot. Campion hielt seinen Blick fest. »Das war auch meine Meinung«, sagte er.

Onyer schnitt eine Grimasse. »Der alte Bursche ist ein Held«, sagte er verlegen. »Er weiß es nicht und kann auch nichts dafür, aber das ist nun mal seine Rolle, nicht wahr? Er ist einfach überlebensgroß. Deshalb ist es so schlimm, wenn er reingelegt wird. Er tut einem nicht leid, man nimmt es ihm übel. Man ist geschockt. Es ist ein bißchen hart für ihn, aber so ist es nun einmal. Wir haben ihn auf ein Podest gestellt, und er muß um unser aller willen verdammt noch mal oben bleiben.«

Campion betrachtete seine Schuhe. »Wenn er ernstlich in eine unangenehme Geschichte verwickelt wäre, wäre das sehr peinlich.«

»Es wäre eine entsetzliche Tragödie«, sagte Onyer. »Aber das ist nicht möglich, oder?«

Die letzte Frage klang scharf, und Campion blickte auf. Die engstehenden Augen musterten ihn forschend.

»Oder doch?« fragte Onyer.

Campion stand auf. »Mein lieber Junge«, sagte er, »wenn Sie etwas wissen, das ihm helfen könnte, dann sagen Sie es, um Himmels willen. Jetzt ist der Augenblick gekommen.«

»Ich weiß nichts, das ist das Vertrackte daran.« Onyer spielte mit den Münzen in seiner Tasche, und das Klirren war wie eine nervöse Begleitmusik zu seiner Stimme. »Ich habe ein albernes, erschreckendes Gerücht gehört, und sage Ihnen ganz offen, daß ich dachte, Lady Carados habe irgend etwas damit zu tun. Tatsächlich sind Gwenda und ich einen Tag früher als verabredet gekommen, aus dem einzigen Grund, um Nachforschungen anzustellen. Ich verabredete mich für Sonntagabend mit Gold und versuchte ihn auszuhorchen. Er war eines der wenigen Haushaltsmitglieder, die in der Stadt geblieben waren, müssen Sie wissen, doch ich glaube nicht, daß wir viel erreicht haben. Außer ihn zu ängstigen. Dann dachte ich daran, mich mit Eve zu treffen, vermutete jedoch, daß Johnny bei ihr war und wollte nicht stören. Es war alles ziemlich jämmerlich und geheimnisvoll und sah uns ganz und gar nicht ähnlich. Diese Heirat hat alle aufgeregt.«

»Sie haben diese Hochzeit nicht erwartet?«

»Sie ist uns völlig unverständlich. Ich glaube, Gwenda hat versucht einzugreifen und einen anderen jungen Mann für das Mädchen zu finden. Oder etwas ähnlich Idiotisches. Ich war wütend auf sie, aber die Heirat schien uns allen, die wir ihn so gut kennen, total verrückt. Johnny und Eve – nun ja, das geht schon unendlich lange, und sie verstehen sich so gut.« Er seufzte. »Ich bin ganz durcheinander«, setzte er hinzu. »Der alte Junge hat sich so verändert.«

Campion spitzte die Ohren. Das bekam er heute schon zum zweitenmal zu hören.

»Inwiefern?«

Onyer war wie ein jüngerer Bruder. Fürchtete einerseits, unloyal zu sein und machte sich andererseits schreckliche Sorgen.

»Er ist – wie soll ich es ausdrücken? Verschlossen. Um ehrlich zu sein, ich dachte, er habe etwas über die Aktivitäten seiner Mutter erfahren, und als sie sich dieses Husarenstück leistete und Moppet in Ihre Wohnung transportierte, war ich dessen sicher. Doch nun hat sie ziemlich reinen Tisch gemacht, und das Rätsel ist unlösbarer denn je.«

»Sie hat endlich alles gesagt, ja?«

»O ja. Haben Sie das nicht gewußt? Nachdem sie das von Dolly gehört hatte, hat sie ›alles gebeichtet‹. Sie hat Moppets Leiche morgens, als sie die Blumen arrangieren wollte, im Schlafzimmer gefunden – gleich hier nebenan. Dolly war schon am Arbeiten und bekam offenbar eine Art Anfall, als Lady Carados es ihr sagte. Und die alte Lady entschloß sich prompt, sich um alles zu kümmern. Sie kennen sie nicht sehr gut, nicht wahr? Dolly kannte sie, das ist das Niederträchtigste daran. Sie hat die alte Dame manipuliert und genau gewußt, daß sie mit der Situation fertig werden würde.«

Er sprach weiter, während er auf und ab ging, und das Klirren der Münzen, die er in der Tasche durch die Finger gleiten ließ, war jedesmal wie ein kleines Alarmsignal.

»Dolly scheint geradezu teuflisch schlau gewesen zu sein. Sie redete der alten Dame ein, es sehe wie Selbstmord aus, jammerte über den Skandal und wurde dann hysterisch. Lady Carados reagierte genauso, wie sie es vorausgesehen hatte. Sie schickte Dolly weg und nahm die Angelegenheit in die Hand. Um Dolly Gerechtigkeit widerfahren zu lassen – ich glaube nicht, daß sie ahnte, wie weit die gute Lady gehen würde, aber genauso war es.«

Campion lehnte sich im Sessel zurück und gab sich geschlagen. Das Bild wurde allzu klar, die Einzelheiten rückten an ihren Platz, Farben nahmen ihre richtigen Tageslichtnuancen an, aber vor dem Wichtigsten gab es kein Ausweichen. Die entscheidenden Konturen blieben dieselben.

»Wußten Sie, daß er gestern hätte zurückgerufen werden können?« fragte er plötzlich.

»Wer? Johnny? Nein, ich versteh's nicht. Alle Welt wußte doch, daß er gestern heiraten wollte, und soviel ich weiß, steht auch kein großer Einsatz bevor.« Onyer zuckte ungeduldig mit den Schultern. »Ich wünschte, ich wüßte, was das Ganze soll.«

Campion erhob sich, um zu gehen. Er hatte nicht vergessen, daß Carados ihm gesagt hatte, er kenne schon das Datum, an dem er zu seiner Einheit zurück mußte, doch es schien ihm sinnlos, das zu erwähnen. Onyer hatte selbst Schwierigkeiten.

Er verabschiedete sich und ging allein hinunter. Gwenda war nirgends zu sehen, und er wollte eben das Haus verlassen, als am anderen Ende der Diele jemand den Kopf durch einen Türspalt steckte. Ricky Silva. Er sagte nichts, winkte nur lässig mit der Hand und verschwand wieder. Die Hand auf der Klinke, blieb Campion stehen. Ein weiteres Gespräch bedeutete nur eine noch größere Belastung seiner bereits erschütterten Hoffnungen. Da er jedoch ein sehr gründlicher Mensch war, rührte sich sein Gewissen. Ricky war die letzte mögliche Informationsquelle; nach ihm kam niemand mehr, keine Menschenseele. Widerstrebend machte er kehrt und ging durch die Diele auf die bewußte Tür zu, als ihm die absolute Nutzlosigkeit seines Tuns schlagartig bewußt wurde und er abermals kehrtmachte und zur Haustür zurückmarschierte. Silva rief ihn, als er zum zweitenmal nach der Klinke griff.

»Hallo, Campion!«

»Ja?«

»Wegen meines Puppentheaters.« Ricky trug noch immer Kampfanzug und Sandalen und kam tänzelnd über den Teppich auf Campion zu. »Glauben Sie, daß es dort unten sicher ist? Oder sollte ich es holen? Ich möchte es nicht verlieren, wissen Sie. Ein paar Sachen waren wirklich sehr schön.«

Fragend stand er vor Campion, die großen Augen vertrauensvoll auf ihn gerichtet.

»Ich glaube, dort unten ist alles in Ordnung.« Campion

ärgerte sich über sich selbst, weil er so gereizt war. »Es könnte ein bißchen feucht werden, das ist alles.«

»Feucht? Aber dann wäre es ruiniert. Wie feucht? So feucht, daß man sich Sorgen machen muß?«

»Nein, das denke ich nicht.«

»Dann hätten Sie es mir lieber nicht sagen sollen, weil ich mir Sorgen machen werde.« Ricky zögerte. »O verdammt!« sagte er. Dann wurde er sich seiner Unhöflichkeit bewußt und lächelte. »Wenn ich nicht an solche Dinge denke, geht es mir gut«, erklärte er naiv, »aber sobald ich es tue, greift es meine Nerven an, und ich komme von den Gedanken nicht mehr los. Ich hätte von Anfang an nicht daran denken sollen, es wegzuschicken, hätte ich es doch nicht Dollys wegen getan.«

»Oh«, sagte Campion. »Wann war das?«

»Irgendwann im vergangenen Jahr. Fragen Sie mich nicht nach Daten, weil ich sie mir einfach nicht merken kann. Sie hatte bestimmt einen Grund. Ein richtiges Biest, ich habe sie gehaßt. Zuerst mochte ich sie, sie war so unweiblich, aber wenn man sie kannte, durchschaute man sie schnell. Johnny hat ihr auch vertraut und hätte es nicht tun dürfen, ich bin also nicht allein.«

Vom Stehen müde geworden, setzte er sich auf die Treppe, ließ aber für Campion keinen Platz frei. Er saß mit hochgezogenen Knien da, und stützte das Kinn auf die Handteller.

»Sie hat mich ausgenutzt, glaub' ich«, sagte er. »Damals habe ich es nicht bemerkt, aber jetzt ist es mir klar. Sie hat mir auch alles mögliche erzählt. Dachte, ich sei ein Kind oder geistig zurückgeblieben, glaub' ich. Ich ließ sie reden, es hat mich amüsiert.«

Campion hatte eine Idee. »Ricky«, sagte er, »wovor haben Sie Angst?«

»Ich?« Die großen Augen blickten rebellisch. »Ich habe keine Angst, wieso auch? Ich habe nichts getan. Und ich lasse mich von Ihnen nicht drangsalieren, Campion.«

Campion beherrschte sich – wenn auch nur mit Mühe. »Mein lieber Mann, ich bin sicher, daß Sie nichts getan haben«, sagte er lachend. »Aber ich weiß, in was für eine Aufregung eine solche Frau alle Beteiligten versetzen kann. Bevor man so recht weiß, worum es geht, muß man feststellen, daß man kompromittiert ist.«

»Man hat mich nicht kompromittiert!« Ricky war empört. »Gütiger Himmel, ich habe nichts getan. Johnny kann auf mich nicht böse sein. Sie hat nur mit mir gesprochen, wenn er mir half, meine Sachen in Ordnung zu bringen. Ich habe eine Todesangst vor Motten, wissen Sie, und sie war sehr gut im Vertilgen dieser Biester. In dieser Hinsicht wird sie mir fehlen. Sie war wahnsinnig tüchtig.« Er hielt nachdenklich inne. »Aber ich habe sie nie so richtig gemocht, und ich hätte nichts für sie getan, wäre sie nicht auf ihre Weise nützlich gewesen.«

»Was haben Sie getan?« Campion stellte mit Absicht einfache Fragen.

»Ich? Nichts. Ich habe hin und wieder eine Nachricht überbracht, das ist alles. Aber als ich vor ein paar Tagen feststellte, daß sie etwas von mir verlangte, das einem Einbruch gleichkam, habe ich gepaßt. Doch ich habe deshalb einen Tag früher Urlaub genommen und kam her, um mich am Sonntagmorgen hier mit ihr zu treffen. Wie ein Narr hab ich's hinterher rausgelassen. Wenn Johnny es erfährt, wird er fuchsteufelswild sein. Das weiß ich, und es wird ganz schrecklich unfair sein, denn als ich hörte, was sie wirklich wollte, habe ich mich geweigert. Ich habe sie stehenlassen und bin die übrige Zeit mit Bertie Lambley und seiner Clique zusammengewesen, das können sie bezeugen.«

Campion hielt den Atem an, er wagte nicht zu sprechen, und schließlich wurde sein Schweigen belohnt.

»Stellen Sie sich vor«, sagte Ricky verächtlich, »sie wollte, daß ich Punkt sechs hier auf der Treppe warte. Dann wollte sie mir Schlüssel für eine Wohnung in der Church Street geben, in die ich eindringen und aus der ich irgendein Gesöff herausholen sollte, ohne gesehen zu werden. Die Flaschen sollte ich dann irgendwohin bringen. Ich sagte ihr, sie sei verrückt, und sie fing an zu weinen und jammerte, ihr Leben hänge davon ab und weiß Gott was. Es war schlimm, aber ich machte ihr deutlich klar, daß sie mit mir nicht rechnen könne. Gott sei Dank.« Er seufzte zufrieden. »Gott sei Dank!« wiederholte er. »Ich nehme an, Sie haben erraten, wessen Wohnung es war? Die Wohnung dieser schrecklichen Moppet. Ich verstand nicht, um was es ging, bis ich hörte, daß sie tot aufgefunden worden war. Dann habe ich zwei und zwei zusammengezählt. Dolly wollte sie bewußtlos machen, um an die Schlüssel heranzukommen, und hat sie irrtümlich umgebracht, nehme ich an. Stellte fest, daß das Schlafmittel nicht schnell genug wirkte und hat sie erstickt. Dann hat sie weitergemordet, weil sie dachte, eine Mörderin sei sie ohnehin. Ich habe meinen Sternen gedankt, daß ich nichts damit zu tun hatte. Was ist los?«

Groß und schmal, die Hornbrille auf der Nase, stand Campion an der Treppe und umklammerte das Geländer so fest, daß seine Fingerknöchel weiß hervortraten.

»Wo wollten Sie das Zeug hinbringen?«

Ricky schlängelte sich an seine Beine. »Ich wünschte, ich hätte nicht mit Ihnen gesprochen«, sagte er. »Ich sollte es für sie irgendwohin bringen, das ist alles, und ich habe es nicht getan, so, das wär's.«

Campion verfluchte sich selbst. »Entschuldigung«, sagte er. »Es hat mich interessiert. Sie scheint Ihnen vertraut zu haben.«

»Natürlich hat sie mir vertraut. Sie mußte.« Ricky schwang sich anmutig aufs Geländer. »Ich wußte nämlich ein paar Sachen von ihr, die niemand sonst weiß.«

Campion lächelte ihm mit vorgetäuschter Belustigung zu. »Wo sie die Treter kaufte, die sie immer trug, nehme ich an.«

Ricky wurde feuerrot. »Nein, viel wichtigere Dinge«, sagte er boshaft. »Erstens wußte ich, daß sie heimlich verheiratet war und furchtbare Angst vor ihrem Mann hatte. Ich sollte den Wein in seine Wohnung bringen. Keine Ahnung, warum das so wichtig war. Theodore Bush sagte, es könne diesen Wein nicht geben. Irgendein komisches rotes Zeug, von dem ich noch nie gehört hatte. *Les Enfants Doux* heißt er doch, oder? Sie hat gesagt, sie habe Angst, daß er sie umbringt, wenn sie den Wein nicht zurückbringt.«

25

Im großen Clubraum des ›Red Queen‹ in Chessing war alles für die gerichtliche Untersuchung vorbereitet. Der Wirt hatte getan, was er konnte. Natürlich konnte nichts den tröstlichen Geruch des Bieres vertreiben, aber die schmalen weißgeschrubbten Tische hatte man anders angeordnet und die Spucknäpfe störend daruntergestellt; außerdem hatte man siebenundfünfzig Aschenbecher entfernt. Die Fotografien der Free-Forester-Sekretäre und der Vorfahren des Wirts waren geblieben.

Yeo und der Chef des Polizeibezirks, ein reizender Mann, dessen hohlwangiges Gesicht mit einem unvergänglichen Lächeln geradezu behaftet war, unterhielten sich in einer Ecke mit einem Polizeiarzt, während die Jury, sehr ernst und adrett im Sonntagsstaat, wartend dasaß, wie es ihre Pflicht war.

Am anderen Ende des Raumes nickte Miss Pork, in Schwarz röter wirkend denn je, Holly und Peter Onyer strahlend zu, die eben mit Theodore Bush, dem Sekretär des Weinmuseums, eingetroffen waren. Bush, nach seinem jüngsten nicht gerade gesundheitsfördernden Erlebnis ein wenig blaß, war jedoch immer noch eine eindrucksvolle Gestalt und sah in seinem weiten Tweedmantel recht flott aus.

Weder Campion noch der Coroner waren im Raum, aber man hatte beide schon im Gasthaus gesehen, als einige Mitglieder der Jury die Leiche besichtigten, und man vermutete sie mit dem einheimischen Polizeichef und Stanislaus Oates irgendwo hinten im Haus.

Ein paar Zuschauer waren auch gekommen, aber nicht allzu viele, denn die Tote war eine Fremde, und daß jemand aus einem Fenster fiel, kam auch öfter vor. Die ungewöhnlicheren Aspekte dieses Falles steckten unter den Polizeihelmen, und dort sollten sie auch bleiben. Der einzige Sinn des Spektakels war, Dolly Chivers anständig zu begraben, was den geltenden Gesetzen nach nicht möglich war, solange der Coroner seine Untersuchung nicht abgeschlossen und die Pfarrgemeinde Chessing aller Verantwortung enthoben hatte. Die einheimischen Autoritäten waren auf die vielen vornehmen Leute neugierig, und Polizeichef Beckworth vom Bezirks-C.I.D. versuchte Yeo vorsichtig auszufragen.

»Sie haben eine Menge Zeugen, wie ich sehe, Kommissar. Ist der richtige noch nicht gekommen?«

Yeo blickte zu der großen mondgesichtigen Uhr hinüber, die am Ende des Raums zwischen zwei Büffelhörnern hing. Ihm war nicht ganz wohl in seiner Haut.

»Er kommt noch«, sagte er, nicht sehr überzeugt. »Er ist bei der R.A.F., die bringen ihn schon her.«

»Und wenn er mit dem Fallschirm abspringt«, warf der kleine Polizeiarzt nach einem Blick auf seine Armbanduhr ein. »Ich hoffe, er läßt uns nicht viel länger warten. Wir haben eine Menge zu tun.«

»Er wird kommen«, sagte Yeo, aber seine Augen schweiften zu dem Fenster, durch das man einen guten Blick auf die lange, schnurgerade Straße hatte, die zu der etwa eine Meile entfernten Hügelkette anstieg.

Auf der anderen Seite des Raumes fragte Miss Pork dem unendlich leidenden Holly ebenfalls die Seele aus dem Leib.

»Wahrscheinlich können wir wegen der formellen Identifizierung der Toten nicht ohne Lord Carados anfangen«, sagte sie. »Ich bin überrascht, daß sie keine Verwandten hatte.

Irgendwelche Verwandte hat doch jeder, habe ich immer gedacht. Aber natürlich, wenn jemand verrückt ist, ist die Wahrscheinlichkeit wohl geringer. Trotzdem ist es sehr hart für ihn. Ich dachte, daß er schon damals ziemlich aufgeregt wirkte, aber schließlich waren wir das alle. Er wird sich freuen, Sie hier zu sehen, Major Onyer. Und auch Sie, Mr. Bush. Was wären das für Freunde, die in schweren Stunden nicht bei uns sind? Es ist sehr freundlich von Ihnen, zu kommen und ihm den Rücken zu stärken. Er wird das natürlich zu schätzen wissen. Er hat sich verspätet, nicht wahr? Vielleicht hatte er das Gefühl, er sei dem Ganzen hier nicht gewachsen, aber so ist er mir eigentlich nicht vorgekommen.«

»Er wird kommen, Ma'am«, sagte Holly, aber auch er schaute auf die Uhr, und seine Stimme klang eher bedenklich als überzeugt.

Theodore Bush räusperte sich und sprach Miss Pork so hochtrabend an, wie es ihr seiner Meinung nach zu gebühren schien.

»Im Laufe meiner langen Erfahrungen mit Lord Carados habe ich nie erlebt, daß er Menschen, die auf ihn warteten, enttäuscht hat«, sagte er. »Vielleicht hat er sich ein paar Minuten verspätet, doch daß er nicht erschien – das hat es nicht gegeben, niemals.«

»Wie nett«, sagte Miss Pork vergnügt. »Aber jetzt im Krieg weiß man nie etwas sicher. Ich habe schon viele Kriege erlebt, doch dieser bereitet viel häufiger Schwierigkeiten als alle anderen, an die ich mich erinnere. Habe ich nicht recht, Inspektor? Es scheint diesmal viel mehr zu passieren als gewöhnlich.«

Holly, den Miss Pork oft sprachlos machte, war auch jetzt um Worte verlegen, und Onyer intervenierte.

»Ja, bei Gott, wir haben Krieg«, sagte er. »Aber er hätte angerufen, wenn er nicht kommen könnte. Er kann durch alles mögliche aufgehalten worden sein. Hören Sie, Inspektor, wenn es nur darum geht, die Tote zu identifizieren, kann ich das genausogut tun wie sonst jemand.«

»Aber vielleicht geht es nicht nur darum«, sagte Theodore Bush vor sich hin. »Schließlich ist er mit dieser Frau nach Chessing gekommen, oder? Ich kann mir gar nicht vorstellen, was sie zu diesem Zeitpunkt noch untersuchen wollen.«

»Nur die Todesursache, Sir«, entgegnete Holly. »Etwas anderes interessiert dieses Gericht und den Coroner nicht. Das Ganze dürfte nicht länger als eine halbe Stunde dauern. Oh, da ist Mr. Campion, draußen auf der Straße. Offenbar hält er auch Ausschau, ob jemand kommt.«

Peter Onyer drehte sich um. »Vielleicht sollte ich zu ihm hinausgehen«, sagte er.

»Ich glaube nicht, daß Sie ihn noch draußen erwischen, Sir. Hier sind sie schon, nicht wahr?«

Holly hatte recht. Die Tür öffnete sich, und der Coroner trat ein, gefolgt von den beiden Polizeichefs und mit Campion als Nachhut.

»Setzen Sie sich«, flüsterte der Inspektor. »Sie werden aufgerufen, wenn man Sie braucht.«

Stille senkte sich über den Raum, und Dr. Forster nahm seinen Platz ein. Er war ein kleiner Mann, mager und zusammengeschrumpft, der – was er sehr genau wußte – dem bekanntesten Portrait von Laurence Sterne frappierend ähnlich sah. Er hatte grausame Lippen, und seine Augenhöhlen waren so dunkel, als seien sie gefärbt, doch sein ganzes Gesicht war weniger eindrucksvoll, als es hätte sein können, da es von einer Eitelkeit geprägt wurde, die zum Teil erklärte, wieso jemand wie er sich mit so oberflächlichen Erfolgen brüstete. Bevor er sich niederließ, sah er sich schnell und interessiert um, ähnlich einem Impresario, der das Haus, wenn er es zum erstenmal betritt, mit einem Blick abschätzt. Dann setzte er sich bequem hin, nahm schwungvoll seine Feder zur Hand und eröffnete die Verhandlung mit leiser, absichtlich gefährlich klingender Stimme, die sich ziemlich unangenehm anhörte.

Campion, der die letzte halbe Stunde mit ihm verbracht hatte, war nicht der aufmerksamste Zuhörer. Er hatte sich zu einem Platz durchgeschlängelt, von dem aus er die Straße beobachten konnte, die sich wie ein langer grauer Treppenläufer zu den dunklen Bäumen auf der Hügelkette erstreckte. Sie war völlig leer und sah in dem feinen Regen, der gegen Mittag eingesetzt hatte, unbeschreiblich einsam aus. Im Sitzen sackte Campions schmale Gestalt zusammen, und die Schlüsselbeine traten unter dem Jackett deutlich hervor. Immer wieder warf er einen Blick auf die Straße, und jedesmal wurden seine Augen vor Enttäuschung noch matter. Jetzt, da der Augenblick gekommen war, da seine Angst Wirklichkeit wurde, war er wie betäubt. Die ganze Geschichte, wie er sie nun sah, wie sie sich in ihrem wahren Licht darstellte, war unerträglich. Eine jener Tragödien, die ein Leben lang an einem nagen. Nicht einmal jetzt, als alles praktisch schon Gewißheit war, brachte er es fertig, es zu glauben. Wieder schaute er auf die Straße. Sie war leer, lag einsam und so gerade da wie ein Schwert.

Inzwischen wurde die kurze Befragung fortgesetzt. Die Jury war vereidigt worden, und jede Zeugenaussage wurde protokolliert und unterschrieben.

Campion wandte sich vom Fenster ab und verfolgte die Untersuchung mit größerer Aufmerksamkeit. Schließlich war das Spiel noch nicht zu Ende. Oates saß vorgebeugt auf dem Stuhl, und der einheimische Polizeichef rutschte unruhig hin und her. Auch Yeo fühlte sich unbehaglich, und Holly blinzelte in dem Bemühen, so gelangweilt dreinzuschauen wie sonst bei derartigen Verfahren. Bis jetzt hatte sich nichts Ungewöhnliches ergeben, und nicht einmal dem Coroner gelang es, ein bißchen Dramatik hereinzubringen. Der uralten Formel wurde langsam und peinlich genau Genüge getan. Der einheimische Inspektor bezeugte, wo Dolly Chivers gestorben war. Ihm folgte der Polizeiarzt, und kein Medizinerlatein konnte über die simple Tatsache hinwegtäuschen, daß die Frau aus einem Fenster in einen Lichtschacht gestürzt und sich, nachdem sie mit dem Kopf aufgeschlagen war, den Hals gebrochen hatte.

Zu Miss Porks großer Enttäuschung wurde sie nicht aufgerufen. Es war Holly, der gebeten wurde, die näheren Umstände des Todes zu erklären und die genaue Todeszeit zu nennen.

Campion hatte während seiner Laufbahn schon viele polizeiliche Aussagen gehört, aber der Inspektor beeindruckte ihn. Die Tatsachen, die er vorbrachte, reichten aus, um glaubwürdig zu sein, waren jedoch zu karg, um sich irgendein Bild zu machen. Es war meisterhaft.

Auf Grund einer Information, sagte er, hätten er und andere Polizeibeamte in dem bereits erwähnten Haus in einem Versteck gestanden und Miss Dolly Chivers beobachtet, deren Verhalten keinerlei Zweifel an ihrer Geisteskrankheit zugelassen habe. Um eine Gewalttat von Miss Chivers an der Besitzerin des Hauses zu verhindern, habe er den Raum betreten. Daraufhin habe sich Miss Chivers in einem Zustand der Raserei aus dem zu diesem Zeitpunkt geschlossenen Fenster gestürzt und bedauerlicherweise den Tod gefunden.

Die dünnen Lippen des Coroners verzogen sich beim Schreiben zu einem belustigten Lächeln, und einen Moment lang befürchtete Campion, er werde Fragen stellen. Doch der Moment ging vorüber. Holly unterschrieb und setzte sich.

Der Coroner betrachtete das Protokoll, sah sich im Gerichtssaal um, beäugte fragend die Tür und flüsterte dann seinem Sekretär etwas zu.

»Nun«, sagte er, und seine leise, unangenehme Stimme reichte bis in den letzten Winkel des Raumes, »kommen wir zu der Frage der Identität. Dieses Gericht ist nicht verpflichtet, darauf zu dringen. Uns genügt es zu entscheiden, wie, wo und wann diese unglückliche Frau gestorben ist, doch in Fällen wie diesem obliegt es uns, alles zu tun, um die Behörden zu unterstützen, die auf Grund hier vorgelegter Beweise eventuell ein Nachfolgeverfahren einleiten. Soweit ich weiß, wird allgemein angenommen, daß die Verstorbene keine Verwandten hatte. Daher sollte ihr Arbeitgeber, der sie an jenem verhängnisvollen Tag begleitete, heute nachmittag hier erscheinen, um die erforderliche formelle Aussage zu machen. Befindet sich Wing Commander Lord Carados in diesem Gerichtssaal?«

Keine Antwort.

Die Polizeibeamten sahen hölzern drein, das Publikum einfältig. Der Coroner wartete, und Campion begriff, daß er Zeit gewinnen wollte. Er machte das auch sehr gut und benutzte seine natürlichen Eigenarten als Deckmantel.

»Wing Commander Lord Carados«, wiederholte er. »Ist er anwesend? Wenn ja, möge er sich bitte erheben.«

Wieder blieb es lange still. Der Gerichtsdiener trat an den Tisch des Coroners und flüsterte mit ihm.

Fast im selben Augenblick wurde die Tür geöffnet, und Tovey schaute herein. Sein glattes rötliches Gesicht hatte einen bestürzten Ausdruck, und aus seinem Blick sprach Erregung. Er machte eine kaum merkliche Geste zu Oates hinüber, der sich abwandte. Der Coroner, der das Intermezzo beobachtete, seufzte zufrieden.

»Wie ich sehe, ist er nicht hier«, sagte er. »Da ich es für meine Pflicht halte, dafür zu sorgen, daß dieses Problem ein für allemal gelöst wird, habe ich mich zu einem ungewöhnlichen Schritt entschlossen. Vor mir auf dem Tisch liegt eine Heiratsurkunde, die das Eigentum der inzwischen verstorbenen Frau war. Die Urkunde wurde am 3. Juni 1938 ausgestellt und zwar, wie ich sehe, auf die 1909 geborene ledige Eleanor Dorothy Chivers. Der Ehemann hält sich, wie ich annehme, im Moment in diesem Gerichtssaal auf. Mr. Theodore Bush, würden Sie bitte aufstehen?«

Einen Sekundenbruchteil rührte sich die Gestalt in dem weiten Tweedmantel nicht; das weiche Gesicht mit den Hängebacken sah aus, als habe es sich in graues Porzellan verwandelt. In diesem Moment, in dem jedes Auge im Saal auf ihm ruhte, war er so angespannt, so erstarrt wie ein in die Ecke gedrängtes scheues Tier. Im nächsten Moment stand er auf den Beinen, wollte protestieren, wollte sich mit allen Mitteln wehren. Er riß sich zusammen und bereitete sich auf den Husarenritt vor. Yeo beugte sich vor und reichte Campion einen Zettel, der ihn an Bush weitergab. Vorher überflog er jedoch hastig die kurze Nachricht.

Ihr Haus wurde durchsucht und Ihre Papiere geprüft.
P. Yeo. Kommissar

Bush nahm den Zettel, las ihn ebenfalls und knüllte ihn zu einem Ball zusammen. Dann zuckte er mit den Schultern und ging langsam zum Tisch des Coroners. Hinter ihm schloß sich die Mauer der Polizeibeamten.

Campion verließ das Gericht und trat hinaus in den Regen. Er war barhaupt, und als er die Straße entlangging, beschlug sich seine Brille, so daß er ganz allein und von allem abgetrennt eine Welt aus Wolken durchwanderte.

Er wußte, daß er in ein paar Minuten zu ihnen zurückgehen und mit Oates, Yeo und den anderen in den allgemeinen Jubel einstimmen mußte. Er wußte, daß er sein Bestes tun würde, Onyer aufzuklären, der seine Rolle so gut gespielt und Bush völlig arglos nach Chessing gebracht hatte. Und er würde auch ein Wort mit dem kleinen Tovey reden, der mit der grauenhaften ländlichen Telefonzentrale so große Geduld gehabt und die so unerhört wichtige Botschaft von Sergeant Pelly genau zur rechten Zeit überbracht hatte. Er wußte, wie es sein würde. Er hörte förmlich die zurückhaltenden Erklärungen, konnte sich, dank Dr. Forster, die Rückfahrt mit Oates ausmalen und sah schon Yeo vor sich, der sich über die Lehne des Vordersitzes nach hinten beugte, weil ihm noch ein Detail eingefallen war, das in den fertigen Plan paßte. Er hörte schon die Diskussionen; hörte Yeo umständlich erklären, warum Dolly Chivers versucht hatte, Bush zu töten, als es für sie keine Hoffnung mehr gab, die verräterischen Flaschen des

Les Enfants Doux wiederzubekommen, bevor er davon erfuhr; hörte ihn erklären, wieso Bush so sicher war, daß der Wein, den Don entdeckt hatte, nur eine Fälschung sein konnte, sich zugleich jedoch verzweifelt anstrengte, allen zu beweisen, daß es sich tatsächlich so verhielt, und daß er die kleine Party nur geben wollte, damit ihm diese Tatsache von dritten bestätigt wurde.

Campion hörte schon, wie Yeo sich selbst verwünschte, weil ihm nicht klar gewesen war, daß der Mann, den er suchte, kein anderer als Bush sein konnte; Bush, der sich selbst dazu bekannte, ein Verehrer der guten und schönen Dinge des Lebens zu sein; Bush, der so überaus raffinierte; Bush, der Johnny Carados' Angestellte und seinen Namen benutzte.

Campion hörte und sah all das so deutlich, daß ihm übel wurde. Während er weiterschlenderte, erlaubte er sich, an Johnny zu denken, und aus seinem Unterbewußtsein stiegen ungebeten zornige Fragen auf. Was hast du erwartet? fragte er sich. Was hast du von einem solchen Mann – einem Mann von solcher Herkunft und solchem Stolz – erwartet? Wie hätte er deiner Meinung nach auf einen so ungeheuerlichen Verdacht reagieren sollen? Wie lange noch hätte er sich diese ständige Beobachtung, diese Einmischung in sein Privatleben gefallen lassen sollen? Wie hätte er deiner Meinung nach reagieren sollen, als er entdeckte, daß seine Sekretärin, der er vertraute, mit Kriminellen gemeinsame Sache machte? Wie wirkte es sich auf einen solchen Mann aus, wenn er überall auf Verrat stieß? Hast du erwartet, daß er Krach schlagen oder hältst du es für wahrscheinlicher, daß er einfach aussteigen würde?

Wer hatte ihn in der wunderschönen Nacht irgendwo dort draußen in den Tod geschickt? War es Oates? Oder Yeo? War es die heimliche Angst in den Gesichtern seiner Freunde? Oder warst du es selbst, Campion? Ist es möglich, daß du ihm den letzten Strohhalm weggezogen hast, an den er sich klammerte?

Campion versuchte nicht einmal, eine Antwort zu finden.

Er ging weiter, den Kopf gesenkt, im immer dichter fallenden Regen, der ihn einhüllte. Er schämte sich sehr.

Der kleine Wagen hätte ihn um ein Haar überfahren und hielt mit quietschenden Reifen, als Campion im letzten Moment zur Seite sprang. Der Fahrer steckte den großen, kantigen Kopf aus dem Fenster.

»Gehen Sie nach Hause?«

Campions Herz setzte aus. Der Regen auf seinen Brillengläsern machte ihn blind, doch er kannte die Stimme.

»Hallo, Johnny«, sagte er, ohne zu merken, daß seine Stimme alles andere als normal klang. »Ich habe gedacht, Sie kämen nicht.«

»Das dachte ich auch«, sagte Lord Carados. »Steigen Sie ein. Ist die Party zu Ende?«

Sie blieben lange im Wagen sitzen, und der Regen fiel auf das Wagendach und malte Europakarten auf die Windschutzscheibe. Campion berichtete kurz und ohne Umschweife, was sich ereignet hatte.

»Theo?« sagte Carados. »Ich hatte mich schon selbst gefragt ... Ich habe nämlich gewußt, daß er sie geheiratet hatte.«

»Sie haben es gewußt?«

»Ja, gleich nach der Hochzeit – oder ein bißchen später. Sie erzählte es mir und sagte, daß sie es bedaure und nicht mit ihm leben wolle, und sie fragte, ob sie ihre Stellung behalten könne. Ich sagte ›in Ordnung‹ und hielt den Mund über die Sache. Aber nach der schrecklichen Geschichte hier unten habe ich mich natürlich einiges gefragt. Ich nehme an, er hat sie geheiratet, um sich ihrer jederzeit bedienen zu können. Das muß zu seinem Plan gehört haben. Wie verheerend gründlich diese Leute doch sind, nicht wahr?«

»Er hat es sehr schlau angestellt«, sagte Campion. »Sich die eigenen Sachen aus dem Weinmuseum stehlen zu lassen, war ein kluger Schachzug.«

»Das hat er getan, weil sein Komitee ihm nicht gestattete, die Sachen dahin zu schicken, wohin er wollte. Es gab wochenlang gewaltige Streitereien deswegen. Er ist ein seltsamer Kerl. Was werden sie mit ihm machen?«

»Das weiß nur der liebe Gott. Es wird einen Prozeß unter Ausschluß der Öffentlichkeit geben, nehme ich an, falls der Krieg nicht vorher zu Ende ist.«

»Ja«, sagte Johnny Carados, »ja.«

Campion nahm die Brille ab und sah Carados zum erstenmal deutlich.

»Du meine Güte!« sagte er. »Sind Sie in Ordnung?«

Carados lächelte trotz seiner vielen Pflaster. »Es geht mir wunderbar«, sagte er. »Sie glaubten, ich sei aus Asbest, wollten mich aber trotzdem bis vor zwei Stunden nicht gehen lassen. Ich hatte gestern nacht einen kleinen Ausflug gemacht und bin praktisch in einer donnernden Rauchwolke zurückgekommen, in der es ganz stark nach Feuer gerochen hat. Was ist los mit Ihnen?«

Campion sagte es ihm. Er war sehr müde und sprach so offen, wie es nur zwischen Menschen gleichen Alters möglich ist. Carados hörte ihm schweigend zu.

»Sie waren verdammt nahe daran, recht zu behalten, alter Junge«, sagte er endlich, »aber ganz so schlimm bin ich nicht. Nicht ganz so schlimm«, setzte er rasch hinzu. »Doch ich war verdammt nahe dran. Nein, es war so: Vor einiger Zeit hatte ich die Idee, daß ein einzelner Pilot in einem ganz bestimmten Vogel mit einer ganz bestimmten Ladung einen ziemlich wirksamen Schaden anrichten könnte. Ich kann's nicht näher erklären und brauche es wohl auch nicht, oder? Aber es war eine verdammt kitzlige Sache. Das Ziel, das ich im Auge hatte, war menschlich und sehr gut bewacht.« Er zögerte. »Lassen Sie sich ja nicht einfallen, das zu glorifizieren«, fuhr er fort. »Es war nur ein spezieller Job und, wie die meisten seiner Art, nicht besonders gesund. Die Chancen, hinzukommen, waren jedenfalls viel größer als die, auch heil wieder zurückzukehren.

Nun, ich fand, da mir die Sache eingefallen war, sollte auch ich derjenige sein, der sich den Preis holte, und ich setzte Himmel und Erde in Bewegung, um den Auftrag zu bekommen. Das war doch vernünftig, oder nicht?«

»Sehr vernünftig«, sagte Campion aufrichtig. Er fühlte sich viel wohler, und etwas von der vagen Unbekümmertheit seiner Jugend kehrte in ihn zurück. »Und – haben Sie ihn erwischt?«

»Das wissen wir noch nicht. Es hat direkt im Ziel ein hübsches Feuerwerk gegeben. Er muß den Knall gehört haben. Dann hat der Spaß angefangen. Mein Gott, hatte ich eine Todesangst!«

»Diese andere Sache hatte nichts damit zu tun?«

Johnny Carados startete den Wagen. »Nichts hat etwas mit etwas zu tun«, sagte er. »Ich hatte keine Ahnung, wie ich zurückkommen sollte, und wie die Dinge lagen, war es mir auch ziemlich egal. So ungefähr ist alles gekommen. Deshalb wollte ich auch Susan heiraten. Sie hat mich nicht geliebt, wissen Sie – hatte damals noch nicht viel Ahnung von der Liebe, das arme Kind. Tom war eine Woche nach der Hochzeit gefallen. Ich habe sie sehr gern, aber ich konnte mir nicht vorstellen, daß es ihr großen Spaß machen würde, mit mir zu leben – oder anders herum, mir mit ihr.«

Campion konnte ihm nicht ganz folgen, war jedoch zu höflich, um es zu sagen. Dann jedoch erklärte Carados, was er meinte.

»Geld«, sagte er. »Geld, alter Junge. Unsere Familie hatte immer eine Menge, und das aus gutem Grund. Es ist alles festgelegt. Kein Erbe kann, tot oder lebendig, einen Viertelpenny vom Kapital anrühren. Ich konnte nicht viel für Toms Mädchen tun, konnte mich drum kümmern, daß sie anständig versorgt wurde. Hinterlassen konnte ich ihr nichts. Doch wenn ich sie heiratete, bekäme sie automatisch Einkünfte aus dem Familiensäckel. Sie besitzt keinen roten Heller, und der Admiral ist nicht reich. Ich hatte Tom versprochen, mich um sie zu kümmern, und das schien mir der einfachste Weg. Niemand stellte Fragen, niemand redete, nichts. Ich hatte es zeitlich sehr gut ausgeklügelt, wie ich glaubte.« Er lachte verlegen. »Ich habe es nicht für möglich gehalten, daß jemand von diesem Job gestern abend heil zurückkommen könnte. Jetzt säße ich ganz schön in der Bredouille, nicht wahr?«

Plötzlich hielt er an, noch immer ein gutes Stück von den Pseudo-Tudortürmen des ›Red Queen‹ entfernt.

»Hören Sie, Campion«, sagte er, »müssen wir uns in diesem schäbigen alten Pub sehen lassen? Ich habe ein Rendezvous mit einer Schauspielerin.«

Campion richtete sich auf, während der Wagen gewendet wurde.

»Das ist eine gute Idee«, sagte er, »denn wenn ich's recht bedenke, muß ich einen Zug erreichen.«

Es war ein sonniger, kalter und vielversprechender Morgen. Campion verließ den winzigen Bahnhof, der weder Taxi noch Bus noch sonst ein Verkehrsmittel zu bieten hatte, und ging den von hohen Hecken gesäumten Weg entlang. Zum erstenmal seit Jahren war er aus ganz persönlichen Gründen hoffnungslos nervös.

Er bog an der Wassermühle ab und überquerte die Holzbrücke. Vor ihm drängten sich dunkel und freundlich die hohen Bäume des Parks. Er folgte der rosafarbenen Mauer, die sich in Serpentinen nach oben zog, und hätte das schmiedeeiserne Tor passiert, das von steinernen Greifvögeln bewacht wurde, wäre er nicht von einem Wachtposten angehalten worden. Der solide Fremde im Kampfanzug blieb von Campions Geschichte völlig unbeeindruckt.

»Nicht ohne Passierschein, Sir«, sagte er entschieden. »Ich kann's nicht ändern, egal, wer Sie sind.«

Campion wiederholte seinen Namen. »Aber es ist mein Haus«, sagte er.

»Jetzt nicht mehr, Sir. Jetzt ist es eine Alandel-Fabrik, in der Flugzeugteile hergestellt werden, und ohne Passierschein können Sie nicht hinein.«

»Aber Alan Dell ist mein Schwager«, protestierte der Heimkehrer hilflos. »Meine Frau wohnt im alten Chauffeurscottage dort drüben. Sie können von hier aus das Dach sehen. Schauen Sie!«

»Tut mir leid, Sir«, sagte der Posten mit aufrichtigem Bedauern. »Aber ich kann nichts dafür. Schreiben Sie an die Direktion, erklären Sie genau, was Sie hier wollen, und wenn alles in Ordnung ist, kriegen Sie bestimmt in ein, zwei Tagen Ihren Passierschein.«

Campion machte wortlos kehrt. Er ging weiter, immer noch die Straße entlang, die neben der Mauer herlief, bis er zu der Ecke kam, an der die Böschung höher wurde. Er blieb stehen und schaute ängstlich hinauf. Doch alles war in Ordnung. Die Äste der Buche hingen noch immer über die Mauer und reichten bis auf das harte Gras. Er schwang sich sogar noch leichter hinüber als vor dreißig Jahren und ließ sich auf den Haufen faulenden Laubes mit dem aufregenden Geruch fallen, der ohne weiteres hätte derselbe sein können wie damals. Von da, wo er stand, konnte er gerade noch das weit entfernte Haus auf der sorgfältig gewählten Anhöhe sehen; es sah aus wie ein Puppenhaus oder wie der Hintergrund eines Portraits aus dem 18. Jahrhundert; er war jedoch nicht nah genug, um die Veränderungen zu entdecken. Ihm fiel nur der sehr lebhafte Betrieb auf der Zufahrt auf, und die beiden neuen Dächer, die gut getarnt hinter dem Westflügel aufragten, erregten seine Aufmerksamkeit, aber er hatte keine Lust, sie sich aus der Nähe anzusehen.

Vorsichtig suchte er sich seinen Weg durch die Bäume, bis er zu dem schmalen Pfad kam, der durch die Rhododendren malerisch zu einer Pforte führte. Durch sie gelangte er auf eine Lichtung, auf der mit der Rückseite zu ihm ein kleines Haus stand.

Campion öffnete die Pforte, durchquerte den Gemüsegarten, ging um das Haus herum und bog auf ein kleines Rasenstück ein, durch das sich ein schlammiger Pfad schlängelte.

Dort blieb er abrupt stehen, von einem heftigen Gefühl überwältigt, das zu drei Vierteln Verlegenheit war.

Auf dem Pfad spielte ein Junge, noch nicht drei Jahre alt. Er war weißblond und trug eine Sonnenbrille. Im Moment hockte er neben einer Pfütze, hatte eine Sandale ausgezogen und hielt sie fest in der Hand.

Er war sehr beschäftigt, denn er bemühte sich, den Schuh in einen Abdruck einzupassen, den er vor kurzem in den Schlamm gemacht hatte.

Als Campion näher kam, hob er den Kopf und schaute starr nach oben, und eine Zeitlang betrachteten sie sich gegenseitig erstaunt.

Eine junge Frau mit rotem Haar und einem großzügig geschnittenen Mund kam aus dem Haus und gesellte sich zu ihnen. Sie war braun und schlank und trug ein grünes Kleid, das ein bißchen zu formell und altmodisch war.

»Hallo«, sagte Amanda, »darf ich dich mit dem bekannt machen, was ich während des Krieges geleistet habe?«

Margery Allingham im Diogenes Verlag

»Margery Allingham sticht ins Auge wie strahlend helles Licht. Alles, was sie schreibt, ist von vollendeter Form.« *Agatha Christie*

Die Handschuhe des Franzosen
Fünf Kriminalgeschichten. Aus dem Englischen von Peter Naujack. Zeichnungen von Georges Eckert

Trau keiner Lady
Roman. Deutsch von Gerd van Bebber

Gefährliches Landleben
Roman. Deutsch von Brigitte Mentz

Süße Gefahr
Roman. Deutsch von Peter Fischer

Judaslohn
Roman. Deutsch von Edith Walter

Wenn Geister sterben
Roman. Deutsch von Brigitte Mentz

Überstunden für den Totengräber
Roman. Deutsch von Theda Krohm-Linke

Tänzer in Trauer
Roman. Deutsch von Irene Holicki

Polizei am Grab
Roman. Deutsch von F. A. Hofschuster

Blumen für den Richter
Roman. Deutsch von Marie Rieger

Der Hüter des Kelchs
Roman. Deutsch von Edith Walter

Der Geist der Gouvernante
Roman. Deutsch von Edith Walter

Der Fall Pig
Roman. Deutsch von Karin Polz

Ein böser Nachbar
Roman. Deutsch von Karin Polz

Zur Hochzeit eine Leiche
Roman. Deutsch von Edith Walter

Unschuldiger gesucht
Zwei Geschichten. Deutsch von Monika Elwenspoek

Gedankenschnüffler
Roman. Deutsch von Irene Holicki

Verschwundene Fracht
Roman. Deutsch von Klaus Schomburg

Der Dank des Einbrechers
Kriminalgeschichten. Deutsch von Anne Uhde

Schlag mich mit Blindheit
Roman. Deutsch von Gerd van Bebber

Der vollkommene Butler
Geschichten. Deutsch von Otto Bayer

Joan Aiken im Diogenes Verlag

»Joan Aiken ist eine großartige Erzählerin, die sowohl für Erwachsene wie für Kinder schreibt, Gesellschaftsromane ebenso wie Krimis.«
Herbert Pehmer/Extrablatt, Wien

Joan Aiken, Tochter des amerikanischen Lyrikers Conrad Aiken und seiner kanadischen Frau, wurde 1924 in Sussex geboren. Ihre ersten Gedichte und Schauergeschichten schrieb sie im Alter von fünf Jahren. Inzwischen ist sie Verfasserin zahlreicher historischer Romane, moderner Thriller und vieler Kinderbücher. Sie lebt heute in Sussex und New York.

Die Kristallkrähe
Roman. Aus dem Englischen von Helmut Degner

Das Mädchen aus Paris
Roman. Deutsch von Nikolaus Stingl

Der eingerahmte Sonnenuntergang
Roman. Deutsch von Karin Polz

Tote reden nicht vom Wetter
Roman. Deutsch von Nikolaus Stingl

Ärger mit Produkt X
Roman. Deutsch von Karin Polz

Haß beginnt daheim
Roman. Deutsch von Nikolaus Stingl

Wie es mir einfällt
Geschichten

Du bist Ich
Die Geschichte einer Täuschung
Roman. Deutsch von Renate Orth-Guttmann

Der letzte Satz
Roman. Deutsch von Edith Walter

Fanny und Scylla
oder Die zweite Frau
Roman. Deutsch von Brigitte Mentz

Schattengäste
Roman. Deutsch von Irene Holicki

Angst und Bangen
Roman. Deutsch von Renate Orth-Guttmann

Die Fünf-Minuten-Ehe
Roman. Deutsch von Helga Herborth

Jane Fairfax
Roman. Deutsch von Renate Orth-Guttmann

Stimmen in einem leeren Haus
Roman. Deutsch von Hans-Christian Oeser

Anderland
Roman. Deutsch von Ilse Bezzenberger

Mitternacht ist ein Ort
Roman. Deutsch von Ilse Bezzenberger

Celia Fremlin im Diogenes Verlag

»Celia Fremlin ist neben Margaret Millar und Patricia Highsmith als wichtigste Vertreterin des modernen Psychothrillers hierzulande noch zu entdecken.«
Frankfurter Rundschau

Klimax
oder Außerordentliches Beispiel von Mutterliebe. Roman. Aus dem Englischen von Dietrich Stössel

Wer hat Angst vorm schwarzen Mann?
Roman. Deutsch von Otto Bayer

Die Stunden vor Morgengrauen
Roman. Deutsch von Isabella Nadolny

Rendezvous mit Gestern
Roman. Deutsch von Karin Polz

Die Spinnen-Orchidee
Roman. Deutsch von Isabella Nadolny

Onkel Paul
Roman. Deutsch von Isabella Nadolny

Ein schöner Tag zum Sterben
Erzählungen. Deutsch von Ursula Kösters-Roth

Gibt's ein Baby, das nicht schreit?
Roman. Deutsch von Isabella Nadolny

Parasiten-Person
Roman. Deutsch von Monika Elwenspoek

Zwielicht
Roman. Deutsch von Ursula Kösters-Roth

Die Eifersüchtige
Roman. Deutsch von Barbara Rojahn-Deyk

Unruhestifter
Roman. Deutsch von Monika Elwenspoek

Der lange Schatten
Roman. Deutsch von Peter Naujack

Wetterumschwung
Geschichten. Deutsch von Barbara Rojahn-Deyk, Ursula Kösters-Roth und Isabella Nadolny

Gefährliche Gedanken
Roman. Deutsch von Irene Holicki

Sieben magere Jahre
Roman. Deutsch von Monika Elwenspoek

Cyril Hare
im Diogenes Verlag

»Cyril Hare, Pseudonym für Alfred Alexander Gordon Clark (1900–1958), geboren in Mickleham, England, studierte in Rugby und Oxford, arbeitete als Rechtsanwalt und später als Richter. Seine Romane und Detektivgeschichten sind ›A Must for Agatha Christie-Fans‹.«
Encyclopedia of Mystery & Detection

Mörderglück
und andere Detektivgeschichten
Auswahl und Einleitung von Michael Gilbert. Aus dem Englischen von Elizabeth Gilbert und Peter Naujack

Tragödie im Gerichtssaal
Roman. Deutsch von Robert Picht

Selbstmord ausgeschlossen
Roman. Deutsch von Karin Polz

Solo für Lucy
Roman. Deutsch von Kurt Bracharz

Mit einer Nadel bloß
Roman. Deutsch von Jobst-Christian Rojahn

Mord made in England
Roman. Deutsch von Klaus Prost

Der Tod ist nicht fair
Roman. Deutsch von Peter Naujack